COURTNEY MAUM

Ich habe so viel Spaß hier ohne dich

Roman

Aus dem Englischen von
Susanne Goga-Klinkenberg

BLOOMSBURY BERLIN

FSC
www.fsc.org
MIX
Papier aus verantwortungsvollen Quellen
FSC® C083411

Die Originalausgabe erschien 2014 unter dem Titel
I Am Having So Much Fun Here Without You
bei Touchstone, New York

Published by arrangement with the original publisher,
Touchstone, a Division of Simon & Schuster, Inc.
Für die deutsche Ausgabe

Umschlaggestaltung: ZERO Werbeagentur, Berlin
unter Verwendung eines Motivs von © FinePic®, München
Gesetzt aus der Dante durch psb, Berlin
Druck & Bindung: CPI books GmbH, Leck
Printed in Germany

ISBN 978-3-8270-1271-5

Das hier ist für meinen Domo.

Der Fluss, der durch uns fließt,
ist tief und schmutzig.

C. D. Wright

1

Besonders bedeutende Augenblicke haben oft einen bitteren Beigeschmack, weil wir uns geradezu krankhaft danach sehnen, im Stich gelassen zu werden. Und so war ich bei meiner ersten Einzelausstellung in Paris im September 2002 weder stolz noch aufgekratzt, als ich die vielen Menschen sah, die meine Bilder betrachteten, sondern traurig. Enttäuscht. Hätte mir jemand vor zehn Jahren gesagt, dass mein künstlerischer Ruf auf einer Serie realistischer Ölgemälde von Zimmern aus der Schlüsselloch-Perspektive gründen würde, hätte ich auf meine Collage aus Treibholz, Sägeblättern und geschmolzenen Ramen-Nudeltüten, auf meine kleinen grünen Plastiksoldaten in Blasenfolie gedeutet, hätte die Bässe des Elektronikalbums *Fancypants Hoodlums* von Peaches hochgedreht und erklärt, dass ich mich nie verkaufen würde.

Doch hier war ich, umgeben von dreizehn erzählenden Gemälden, auf denen Zimmer zu sehen waren, in denen ich im Laufe meines Lebens mit verschiedenen Frauen gewohnt oder in denen ich mit diesen Frauen bestimmte Erfahrungen gemacht hatte. Die kaum sichtbaren Pinselstriche und die Palette von Ölfarben würden sich an jeder Wand, in jedem Zusammenhang und in jedem Land gut machen. Die Bilder waren nicht kontrovers, ganz sicher nicht politisch und verkauften sich wie verrückt.

Allerdings war der Eindruck, ich hätte mich verkauft, sehr persönlicher Natur, denn er wurde weder von meinem Galeristen Julien geteilt, der glücklich durch den Raum schlenderte und rote Punkte an den Gipskartonwänden anbrachte, noch von den bunt gekleideten Exilanten, die mir mit Plastikgläsern voller Chablis zuprosteten. Es gab keinen Grund, schlechtgelaunt zu sein; ich war noch relativ jung und in Paris und hatte lange auf diesen Abend hingearbeitet. Doch seitdem Julien unter meinem ersten Gemälde der Serie, das den Titel *Der Blaue Bär* trug, einen grünen Aufkleber angebracht hatte, wurde ich das Gefühl nicht los, dass ich etwas Unwiderrufliches getan hatte, dass ich mich am falschen Ort befand und das schon seit Monaten. Schlimmer noch, ich besaß keinen Anker, niemanden, der mich wieder auf Kurs brachte. Die Frau, mit der ich seit sieben Jahren verheiratet war, eine nüchterne französische Rechtsanwältin, die mir während des Studiums zur Seite gestanden hatte, als ich noch Skulpturen aus dem Müll anderer Leute und Puppenhäuser aus Barbieverpackungen angefertigt hatte, war ein Gradmesser meines künstlerischen Niedergangs. Anne-Laure de Bourigeaud würde nicht lügen und mir sagen, ich hätte es geschafft. Der Mensch, der das getan hätte, der einzige Mensch, von dem ich mich trösten und antreiben lassen wollte, lebte jenseits des Ärmelkanals mit einem Mann zusammen, der zuverlässiger, unkomplizierter, *verfügbarer* war als ich. Und so musste ich mein Selbstwertgefühl aus roten Aufklebern und händeschüttelnden Möchtegernmäzenen beziehen. Doch später am Abend, als meine Frau für alle außer mir funkelte und strahlte, trieb ich ankerlos dahin und wäre am liebsten einfach untergegangen.

Nach der Vernissage legte Anne in unserem Peugeot energisch den ersten Gang ein. Wenn sie angespannt mit einem Schaltwagen durch Paris fährt, übt das eine fast kathartische Wirkung auf mich aus. Ich lasse sie oft ans Steuer.

Ihr Sicherheitsgurt spannte sich, als sie nach hinten griff und sich vergewisserte, dass unsere Tochter angeschnallt war.

»Alles klar, Prinzessin?«, fragte ich und drehte mich ebenfalls um.

Camille strich die wallenden Rüschen auf ihrem rosa Schlauchrock glatt, den sie für Dads großen Abend ausgesucht hatte.

»*Non* …«, gähnte sie.

»Du hast dir nicht den letzten Trinkjoghurt genommen, oder?«, fragte mich meine Frau.

Das Licht der Straßenlaternen fiel ins Auto, beleuchtete das Lenkrad, das verstaubte Armaturenbrett, das summende Elektroland unserer kleinen mobilen Welt. Anne war beim Friseur gewesen. Ich hütete mich, sie darauf anzusprechen, erkannte aber sofort den metallischen Erdbeergeruch des Haarsprays, der sich zweimal monatlich in unser Leben stahl.

Ich schaute ihr in die Augen, die sie in der lässigen und doch sorgfältig einstudierten Art der Französinnen wunderschön nachgezogen hatte. Ich zwang mich zu lächeln.

»Nein, habe ich nicht.«

»Gut«, sagte sie und manövrierte den Wagen aus der Parklücke. »Cam-Cam, wir essen noch eine Kleinigkeit, wenn wir nach Hause kommen.«

Paris. Paris bei Nacht. Paris bei Nacht zeigt einem Hunderte Augenblicke, die man erleben könnte. Man könnte das Paar unter der Straßenlaterne an der Place de la Concorde sein, das sich selbst fotografiert. Man könnte der alte Mann auf der Brücke sein, der auf die Hausboote hinunterschaut. Man könnte der Mensch sein, der das telefonierende Mädchen auf derselben Brücke zum Lächeln bringt. Oder man könnte der Mann in dem beschissenen französischen Auto sein, der mit seiner Frau über Trinkjoghurt diskutiert. Paris ist die Stadt der hundert Millionen Lichter, die manchmal flackern. Und manchmal verlöschen.

Anne schaltete die Nachrichten im Radio ein. Die weiche Altstimme der Sprecherin erfüllte den stillen Wagen: »Zum Auftakt eines Treffens in Camp David sicherte der britische Premierminister Tony Blair Präsident Bush seine volle Unterstützung bei der Auffindung und Zerstörung der Massenvernichtungswaffen zu, die angeblich im Irak lagern.« Dann näselte mein Premierminister: »Die Politik der Untätigkeit ist keine Politik, der wir uns in verantwortungsvoller Weise verschreiben können.«

»Genau«, sagte Anne. »Untätigkeit.«

»Das ist Wahnsinn«, sagte ich, ohne auf ihren Kommentar einzugehen. »Die Menschen haben Angst, weil man sie ihnen einredet. Und niemand fragt nach dem Grund.«

Anne setzte den Blinker.

»Ich glaube, es ist größtenteils eine *Verschiebung.*« Sie hob das Kinn, stolz auf ihr Arsenal an literarischen Fachbegriffen, das noch aus dem Grundstudium stammte. »Die großen Fragen sind zu beängstigend. Du weißt schon: wer eigentlich der Schuldige ist. Also haben sie sich ein leichtes Ziel ausgesucht.«

»Meinst du, Frankreich zieht mit?«

Ihre Augen wurden dunkel. »Niemals.«

Ich schaute aus dem Fenster auf den endlosen Fluss unter uns, der das rechte vom linken Ufer trennte, die Reichen von den noch Reicheren. »Aber es ist ein schlechtes Zeichen, dass Blair sich ihnen anschließt«, fügte ich hinzu. »Ich meine, die Briten? Früher haben wir Dinge zu Tode hinterfragt.«

Anne nickte, sagte aber nichts. Gerade fasste die Sprecherin die finanzielle Situation in der Eurozone seit der Einführung des Euro im Januar zusammen.

Anne drehte das Radio leiser und schaute in den Rückspiegel. »Cam, Schätzchen, hattest du einen netten Abend?«

»Na ja, war okay«, sagte unsere Tochter Camille und spielte an ihrem Rock herum. »Mein Lieblingsbild ist das mit den ganzen Fahrrädern und dann das, ähm, das mit der Küche und dann das mit dem blauen Bären, das früher in meinem Zimmer gehangen hat.«

Ich schloss die Augen wegen all der Frauen, selbst den kleinen, die Worte wie Zauberstäbe schwangen; eben noch waren sie zuckersüß und harmlos, dann plötzlich beißend.

Ästhetisch betrachtet war *Der Blaue Bär* eines der größten und daher teuersten Gemälde der Ausstellung – aber es war auch das heikelste, weil ich es ursprünglich als Geschenk für Anne gemalt hatte.

Der Blaue Bär ist ein Ölgemälde von 117 × 140 Zentimetern, auf dem das Gästezimmer in dem klapprigen, zugigen Haus eines Freundes in Centerville, Cape Cod, zu sehen ist. Dort verbrachten wir den Sommer nach unserem Examen, Mittzwanziger auf dem Scheitelpunkt, die sich die Frage nach dem *Was jetzt?* stellten und ans Babymachen dachten, was vielleicht nicht die Frage nach dem *Was jetzt?*, wohl aber die Frage nach dem *Was dann?* beantworten würde.

Wir waren die ersten aus unserem Freundeskreis, die heirateten, und es kam uns rebellisch und künstlerisch vor, ein Kind zu bekommen, während wir noch jung und schlank und ganz heftig ineinander verliebt waren. Gleichzeitig schmiedeten wir unsere Pläne aber auch in einem Traumland, sicher umschlossen von dem Mantra, das schon der Untergang so vieler privilegierter Weißer gewesen ist: Eine ungeplante Schwangerschaft passiert uns nicht.

Daher überraschte uns die Farbe auf dem Streifen, als Annes Periode nur fünf Wochen nachdem sie ihre Spirale entfernt hatte ausblieb und sie ein deutliches Pochen in den Brüsten spürte. Wir fanden es lustig – wir waren so symbiotisch in unserem Geschmack und unseren Wünschen, dass ein bloßes Gespräch eine Möglichkeit Realität werden ließ. Wir waren entzückt, sogar amüsiert. Fühlten uns gesegnet.

In den ersten Wochen am Kap baute ich noch Skulpturen aus Fundstücken, und Anne, eine begabte Illustratorin, lernte abwechselnd für ihr Jurastudium und arbeitete an neuen Bildern für ein Magazin, das sie während ihres Auslandsstudiums in Boston gegründet hatte. Es hieß *Âne in America*, ein Wortspiel mit ihrem Namen und dem französischen Begriff für Esel, *âne*. Darin schilderte sie die Fehltritte einer schüchternen, pessimistischen Pariserin in der lärmenden Welt zuckerwatteherziger, Diätbier bechernder Amerikaner, die darauf vertrauen, dass ihr unerschöpflicher Optimismus alles überwindet.

Doch während der Sommer dahinschlich und ich sie dabei beobachtete, wie sie laminierte Hardcover aus der städtischen Bibliothek las und ihren wachsenden Bauch streichelte, vollzog sich in diesem Engländer, der bis dahin ein Feind jeglicher Rührseligkeit gewesen war, eine seltsame Veränderung. Ich wurde sentimental, weichherzig, ein Schlaffi, der seichte Musik hörte. So wie wir im Flugzeug durch den Sauerstoffmangel plötzlich bei romantischen Komödien in Tränen ausbrechen, vertrieb das Kind, das in Annes Körper von einer diskutierten Möglichkeit zu einem echten Wesen heranwuchs, mein Interesse an Seeglas, zerdrückten Plastikdosen und porösem Holz. Stattdessen weckte es in mir das Bedürfnis, etwas Hübsches für sie zu malen. Für sie beide.

Die Idee für ein Bild aus der Schlüsselloch-Perspektive kam mir, als ich eines Morgens sah, wie Anne im Schlafzimmer einen Teddybären betrachtete, den uns unsere Freunde als vorzeitiges Babygeschenk auf einen Stuhl gelegt hatten. Sie waren damals unsere engsten Freunde und die ersten Menschen, denen wir von der Schwangerschaft erzählt hatten. Das Stofftier wirkte rührend und unheilverkündend zugleich. Würde das Baby damit spielen? Würde das Baby überhaupt leben? In Annes Gesicht spiegelte sich eine Mischung aus Furcht und Aufregung wider, als sie das ausgestopfte braune Ding in den Händen drehte, und es tröstete mich zu wissen, dass nicht nur ich eine Achterbahn der Gefühle erlebte.

Dennoch, Anne ist eine Frau, und das bin ich ganz offenkundig nicht. Zwischen dem, was mit ihr geschah, und dem, was möglicherweise – sicherlich – mit uns geschehen würde, bestand ein großer Unterschied. Und so kam mir die Idee, die Szene aus der Ferne einzufangen, als Außenseiter, als Betrachter.

Ich ließ das Zimmer leer bis auf den verschlissenen Teppich und den Schaukelstuhl am Fenster, durch das man aufs graue Meer blickte. Der Teddybär saß im Schaukelstuhl; er war ein bisschen größer als in Wirklichkeit und auch nicht braun. Ich malte einen blauen Bären, nicht in einem zarten Pastellton, der eine optische Täuschung von Licht und See hätte sein können, sondern in einem überschäumenden Himmelblau, das der ansonsten biederen Atmosphäre einen pulsierenden Mittelpunkt verlieh. Das Blau – je nach Lichteinfall beunruhigend oder besänftigend – stand für den Reiz des Unbekannten.

Als ich Anne das Bild schenkte, fragte sie nicht, weshalb der Bär blau sei. Sie erkannte es intuitiv, und ich war mir einmal mehr sicher, dass ich sie liebte, dass ich sie wahrhaft liebte, dass ich sie immer lieben würde. Welche andere Frau konnte ein solches Geständnis wortlos akzeptieren? Eine greifbare Darstellung von beidem, Glück und Angst?

In jenem Herbst überquerte das Bild mit unseren Habseligkeiten auf einem Schiff den Atlantik und wartete in einem Pariser Lagerhaus auf die Geburt unserer Tochter. Danach bezogen wir endlich ein eigenes Heim. Wir hängten es ins Kinderzimmer, ohne uns um die Bemerkungen gewisser Freunde und Verwandte zu kümmern, nach denen der Bär ohne die blaue Farbe sehr viel weniger abstoßend, viel »kindgerechter« gewesen wäre. Gerade das scheinbare Unverständnis anderer Leute überzeugte uns davon, dass wir eine ganz bestimmte Sensibilität teilten, etwas wahrhaft Besonderes, wodurch das Bild zu etwas weit Wichtigerem wurde als einem privaten Scherz.

So dachten wir, bis Camille drei wurde und die Wände mit ihren eigenen Zeichnungen und Papierausschnitten und Origami-Vögeln zu dekorieren begann. Wir befürchteten, ihr etwas aufzudrängen, das nur uns etwas bedeutete. Also brachten wir das Bild in den Keller und beschlossen, ein neues Regalsystem zu kaufen, damit wir an unserer Schlafzimmerwand genügend Platz für das Bild hatten. Doch dann begegnete ich Lisa, zu viel Zeit war vergangen, und als *Der Blaue Bär* wieder zur Sprache kam, verliefen unsere Diskussionen vorwurfsvoll und boshaft. Also blieb es im Keller, außer Sichtweite, nicht vergessen, sondern eher verachtet.

Als ich einige Monate später die Gemälde für die Ausstellung zusammenstellte, sagte Julien, er könne sich noch an das erste Schlüssellochbild erinnern, das ich ihm je gezeigt und das ihn sehr beeindruckt hätte. Ob ich es nicht vielleicht auch in die Ausstellung aufnehmen wolle? Mein Verdacht, dass *Der Blaue Bär* uns nicht mehr dasselbe bedeutete wie damals, bestätigte sich, als ich Juliens Vorschlag erwähnte und Anne daraufhin sagte, es sei ihr egal. Wenn das Bild die Ausstellung seiner Ansicht nach vervollständige, nur zu, dann solle ich eben auf ihn hören. Und es verkaufen.

Nachdem wir einen Parkplatz vor unserem Haus im 14. Arrondissement gefunden hatten, vollzogen wir wie ein eingespieltes

Team die überlebensnotwendigen Gesten unseres häuslichen Lebens. Während Anne Camille den bereits erwähnten Trinkjoghurt gab, ließ ich ihr oben ein Bad ein und fügte eine ihrer Lieblingsbadekugeln mit Pfirsichduft hinzu. Anne beaufsichtigte sie beim Planschen, in der Zwischenzeit räumte ich die Küche auf. Dann brachte ich Camille ins Bett und gab ihr einen Kuss, bevor ihre Mutter ihr noch eine Gutenachtgeschichte vorlas.

Ich putzte mir rasch die Zähne und spritzte mir Wasser ins Gesicht. Zwischen uns herrschte die unausgesprochene Übereinkunft, dass ich aus dem Badezimmer war, bevor Anne hereinkam, damit sie sich fertig machen konnte, ohne dabei mein Gesicht neben sich im Spiegel zu sehen.

Ich legte mich ins Bett und wartete darauf, dass der ferne Singsang des Vorlesens verklang. Als ich die Schritte meiner Frau im Flur hörte, nahm ich rasch *Poor Fellow My Country*, den längsten australischen Roman aller Zeiten, vom Nachttisch und begann darin zu lesen.

Anne schloss die Badezimmertür und sperrte mich damit aus. Als sie ins Bett kam, roch sie nach Rosmarin und hatte ihre dunklen Haare zu einem Knoten hochgesteckt, Haare, nach denen ich als Student völlig verrückt gewesen war, die ich aber nicht mehr berührte. Sie sagte, ohne mich anzusehen, gute Nacht, und ich sagte auch gute Nacht.

Ich hatte seit sieben Monaten und sechzehn Tagen keinen Sex mehr mit meiner Frau gehabt. Ich liebte sie und hatte sie aus den Augen verloren. Ich hatte mich mit einer anderen eingelassen. Anne wollte nichts darüber wissen, weder wer die Frau war oder wann es begonnen hatte noch worum genau es dabei ging – Sex, Flirt, Lust –, es sollte einfach »erledigt« sein. Sie wollte mich als Ehemann und Vater zurück, nicht aber als Freund. Und ich hatte ihr versprochen, es zu beenden, obwohl die Beziehung bereits das letzte Kapitel erreicht hatte. Als Anne mich wegen meiner Geliebten zur Rede stellte, war ich von meiner Geliebten bereits verlassen worden, weil sie einen anderen heiraten wollte. Ich sagte Lisa, dass ich sie liebte, doch es war ihr egal.

Und so steckte ich in einem Liebesdilemma: Ich sehnte mich nach dem falschen Menschen und trauerte an der Seite einer Frau, deren Körper ich nicht berühren konnte. Sie bot mir eine zweite Chance, doch mir fehlte der Durchblick, um sie zu ergreifen.

Ich war einmal sehr verliebt in Anne-Laure und sie – unglaublicherweise – auch in mich. Manchmal spüre ich dieses Gefühl noch immer beim Anblick meiner dunkelhaarigen, meeresäugigen Schönheit, meiner Frau, die ich nicht verdiene und mit der ich mir ein Leben aufgebaut habe. Und dann denke ich, verdien sie dir. Kehr zurück zu dem Mann, der du in eurer Wohnung in Rhode Island warst, als ihr die Uni geschwänzt und nackt unter einer Daunendecke darüber gelacht habt, wie viele Kissen Amerikaner in ihrem Bett brauchen; kehr zurück zu den holzigen Barolos, die sie in braunen Papiertüten zu Bottlepartys mitbrachte; kehr zurück zu ihrer Intelligenz, ihrem Wagemut. Kehr zurück zu der Französin in ihr, zeitlos, frei und subtil. Kehr zurück zu dem Menschen, der sich neben dir schlafend stellt. Greif hinüber, flehe, kehr zurück.

Es scheint unmöglich, und doch weiß ich, dass Anne mich noch liebt. Und wenn ich mich dabei erwische, wie ich sie quer durch den Raum, oben an der Treppe oder mit einer Einkaufstüte voller sorgfältig ausgesuchter Dinge im Arm betrachte, dringt das alles auf mich ein. Und es tut verdammt weh, weil die Erinnerungen, die sich so warm anfühlen, nicht mehr zu dem Leben passen, das wir derzeit führen. Ab irgendeinem Zeitpunkt fiel es uns schwer, auch nur freundlich zu sein. Ich weiß nicht, wieso, und ich weiß auch nicht, seit wann genau das so ist. Aber wenn ich mir all die Gründe vergegenwärtige, aus denen ich mich wieder in sie verlieben möchte, wünsche ich mir mehr als alles andere, dass mich die Flut des Früher mitreißt. Als ich meine Liebe zu Anne verlor, verlor ich auch ein wenig von meiner Liebe zu allem anderen. Ich weiß nicht, worauf ich warte, um dieses Gefühl wiederzuerlangen, geschweige denn, wie lange ich – oder wir – noch warten können.

2

Ende September rief mich Julien an, um mir zu sagen, dass er Post und Neuigkeiten für mich habe. Nachdem ich Camille wie jeden Morgen zur Schule gebracht hatte, kaufte ich in einer benachbarten Bäckerei ein Schweinsohr und aß es im Stehen hinter einem Zeitungskiosk. Ich wartete auf den rechten Augenblick für das, was mich in dem duftenden Briefumschlag erwartete.

Als Lisa mich verließ, fragte sie, ob sie mir schreiben könne. Diese paradoxe Bitte erinnerte mich an das Lied von Serge Gainsbourg, *»Je ne t'aime plus moi aussi«*. Lisa Bishop sieht sogar aus wie Jane Birkin, das kleine Biest. Jedenfalls sagte ich ja, weil ich ein Idiot und ein Nimmersatt in Sachen Selbstbestrafung bin. Ich sagte, sie solle mir an die Galerie schreiben. Niemals nach Hause.

Ich stellte mir die Briefe vor, sah mich darin nach Hinweisen suchen, dass Lisa mich vermisste, dass sie glaubte, einen Fehler begangen zu haben. Ich rechnete damit, dass die Briefe zahlreicher und hitziger werden würden, wenn sie erst verheiratet und den libidobetäubenden Ritualen des Ehelebens ausgesetzt wäre, dass sie grell und sexy klingen würden. In meiner Phantasiewelt schrieb ich ihr zurück, benutzte die Galerie für meine Flaschenpost und betrieb meine (jetzt nur noch intellektuelle) Tändelei weit weg von zu Hause. *Ich vermisse dich auch. Ich bin leer. Aber du hast recht, es musste aufhören.*

In Wahrheit waren Lisas Briefe sehr entmutigend. Ich beantwortete sie nicht. Eigentlich wollte ich sie bitten, gar nicht mehr zu schreiben, aber das wäre furchtbar kindisch gewesen, wie »Stock und Stein brechen mein Gebein, doch Worte bringen keine Pein«. Außerdem haben mich sowohl Stock und Stein als auch Worte verletzt.

Ich will nicht kleinlich sein, aber wenn ich mich sieben Ehejahre lang erstklassig benehme und dann schließlich in die Knie gehe, strauchele, alles gründlich vermassele, könnte meine Komplizin wenigstens den Anstand besitzen, meine Liebe zu erwidern.

Ich bin immer davon ausgegangen, Lisa würde sich wünschen, dass ich meine Frau verlasse. Zu oft habe ich mich gefragt, warum sie sonst mit mir zusammen sein sollte, und zu selten, warum sie es tatsächlich war. Und warum war sie mit mir zusammen? Wegen Sex, sagte sie schließlich. Wegen des Neuen. Des *Spaßes*. Und das aus dem Mund einer Amerikanerin, einer Journalistin, einer Frau, die sowohl die Prüderie ihrer Landsfrauen als auch die Ethik ihres Berufsstandes vermissen ließ. So sollte eine Affäre eigentlich nicht laufen. Lisa sollte sich wünschen, mein Kind kennenzulernen, sie sollte davon träumen, eine tolle Stiefmutter zu werden, eine größere, strahlendere, wildere Version von Anne. Sie sollte mir keinesfalls bei einem leichten Mittagessen aus Nigiri-Sushi beiläufig mitteilen, dass sie mich für einen Besteckdesigner aus London verließ, einen feinen Pinkel namens Dave.

»Guter Gott, nennt er sich etwa nicht David?«, fragte ich hüstelnd.

»Nein.« Sie steckte ihre Stäbchen mitten ins Wasabi, zwei Pfähle durchs Herz. »Er ist nett.«

»Sicher doch, mit so einem Namen.«

»Bitte, Richard. Mit deinem Namen gewinnst du nun wirklich keinen Preis für Originalität.« Sie schob ihr Sushi seufzend beiseite. »Willst du ernsthaft behaupten, du wärst überrascht?«

Mir fiel die Kinnlade runter. »Wann hast du ihn überhaupt kennengelernt? Wann hattest du Zeit dazu?«

»Richard, du bist verheiratet. Ich hatte jede Menge Zeit.«

Sie ließ die Rechnung kommen, und wir spazierten an der Seine entlang, während sie erzählte, sie habe einen Artikel über ihn für den Lifestyleteil der *Herald Tribune* geschrieben. Anscheinend war er der Designer, der in englischen Imbissen den Plastikgöffel eingeführt hatte, obwohl ein norwegischer Emporkömmling namens Lars dies derzeit bestritt.

»Er macht eine ziemlich stressige Zeit durch«, sagte sie und spielte an ihrem Schal herum.

Wenn eine Frau, an deren Körper man postkoitale Tränen vergossen hat, einem sagt, sie verlasse einen für einen Mann, dessen Ruhm auf der Verschmelzung von Suppenlöffel und Gabel gründet, rechnet man mit dem großen Knall, der Pointe. Womit man nicht rechnet, ist eine zweite Enthüllung: dass sie einen verlässt, um diesen Mann zu heiraten.

Inzwischen saßen wir auf einer Betonbank an der Seine, deren raue Oberfläche mit grünen Glasscherben gesprenkelt war. Es stank nach Urin.

»Ich dachte, die Ehe gefällt dir nicht. Ich dachte, du glaubst nicht daran.«

»Es ist komisch«, sagte sie und schnipste ein Stückchen Glas auf den Boden. »Alle sagen, wenn man es weiß, weiß man es eben. Und das stimmt. Irgendetwas hat einfach Klick gemacht. Es ist sehr beruhigend, wirklich. Nicht halb so dramatisch wie mit dir.«

Ich schaute sie ungläubig und in der festen Überzeugung an, einen dämonischen Aufziehschlüssel zwischen ihren Schulterblättern zu entdecken.

»Bist du wütend auf mich?« Sie legte meine Hand an ihr Gesicht. »Du wusstest doch, dass es mit uns nicht so weitergehen konnte, auch wenn es toll war.« Sie küsste meine Handfläche, den gemeinen Mund halbgeöffnet, so dass der Kuss sehr feucht ausfiel. »Und es war wirklich toll.« Sie begann meine Finger zu küssen. Ich zog die Hand weg.

»Du meinst es ernst.«

Ihre haselnussbraunen Augen weiteten sich. »Ja. Ich gehe weg. Ich ziehe in zwei Monaten nach London.«

Ich schaute auf meine Turnschuhe. Ich schaute auf die Seine.

»Ich bin verrückt nach dir«, fuhr sie fort. »Und das weißt du auch. Aber das hier muss aufhören. Wenn ich noch länger warte, zerstört es vermutlich dein Leben.«

Sie war neunundzwanzig, fünf Jahre jünger als ich, und ahnte nicht, dass ich im Gästezimmer meines eigenen Hauses schlafen musste, weil die Energie, mit der sie mich erfüllte, diese beschissene Gier nach Leben, diese Sehnsucht, jede Stunde eines jeden einzelnen Tages in ihr zu sein, mich in meinem eigenen Heim zu einem lebenden Toten gemacht hatte. Sie ahnte nicht, dass es Tage gab, an denen ich mich nicht daran erinnern konnte, worüber ich mit meiner eigenen Tochter auf dem Schulweg gesprochen hatte; sie ahnte nicht, dass ich ums Verrecken nicht wusste, was meine Frau in der letzten Woche – oder am gestrigen Abend – getragen hatte, ahnte nicht, dass ich mehr als sonst trank und weniger als sonst aß und mir nie, niemals hätte träumen lassen, dass es zwischen uns aus sein könnte.

Danach passierte nicht mehr viel – ich sah Lisa noch viermal, bevor sie nach London zog, und wir schliefen nie wieder miteinander. Sie hatte mich wer weiß wie lange betrogen, doch durch die Verlobung wurde sie selbstgerecht wie eine frisch Bekehrte. Sie sagte, sie habe es seelisch verarbeitet, das Betrügen, und freue sich wirklich darauf, eine gute, pflichtgetreue Ehefrau zu werden – was klang, als bräche sie zu einer verdammten Visionssuche auf.

Und dann verließ sie mich. Ließ mich verunsichert zurück mit der Frage, ob ich sie zurückhaben oder lieber hassen wollte, ließ mich zurück mit der Anweisung, ich solle nicht versuchen, sie zurückzugewinnen. Aber könne sie mir von Zeit zu Zeit schreiben? Sie ließ mich zurück mit der Mutter meines Kindes und verlangte, ich solle der Betäubung in meinem Inneren ein Ende setzen. Die Tatsache, dass ich es nicht schaffte, dass man mir die Entscheidung abnahm, dass ich nicht derjenige war, der »Schluss damit« sagte, hat es mir sehr viel schwerer gemacht, in mein Leben zurückzukehren.

Ich hatte gerade einen Krümelteppich von meinem Pullover gewischt und wollte zur Galerie gehen, als ein Roller neben dem Zeitungskiosk hielt. Darauf saß ein Mann mit knöchelhohen lila Turnschuhen und gelbem Helm.

»Richard!«, rief er und klappte das Visier hoch. »Dachte ich mir doch, dass du das bist!«

Ich war überzeugt gewesen, meine Stimmung könnte nicht noch weiter sinken, doch nun ging mein submarines Herz auf Tauchgang. Ich wischte meine butterverschmierten Finger an der Jeans ab und streckte die Hand aus, um seinen üblichen Gruß, eine Mischung aus Fauststoß und Boxhieb, zu erwidern.

»Patrick, wie geht's?«

»Gut, gut! Ich war auf dem Weg in mein neues Atelier in Bercy. Und an der roten Ampel dachte ich, ist er das jetzt oder nicht? Ich hab dich seit Jahren nicht gesehen!«

»Ich weiß, Mann«, stieß ich hervor und zuckte möglichst lässig mit den Schultern. »Der Nachwuchs.«

»Ach ja? Ich auch.« Er nahm den Helm ab. »Es ist schön, dich zu sehen! Ich dachte immer, wir würden uns mal über den Weg laufen, aber … keine Ahnung. Warst du auf Reisen?«

»Kaum. Du?« Ich machte mich darauf gefasst, jede einzelne seiner Antworten zu hassen. »Ich dachte, du wärst nach Dänemark zurückgegangen.«

»Bin ich auch. Für ein Jahr. Aber wenn man einmal in den Staaten gelebt hat, fühlt sich alles andere irgendwie so starr an, findest du nicht? Ich hatte gerade ein Aufenthaltsstipendium in Texas, im Ballroom Marfa. Meine Frau war auch dabei. Der Kleine … warte mal!« Er griff in seine Satteltasche. »Ich komme aus der Druckerei, daher …« Er wartete, während ich den Flyer betrachtete, den er mir gegeben hatte. »Habe demnächst ein Projekt im Musée Bourdelle. Performancekunst, ob du's glaubst oder nicht.«

»Ach ja?« Mein Magen verkrampfte sich.

»Ja, es ist ziemlich …« Er rutschte auf dem Roller herum. »Hast du jemals *Roman in Fragen* von Padgett Powell gelesen?«

Als ich verneinte, fuhr er fort: »Das Buch besteht nur aus Fragen. Frage auf Frage.« Er rückte seinen Helm unter dem Arm zurecht. »Zum Beispiel: ›Sollte ein Baum gestutzt werden? Gehört das Sammeln von Pfandflaschen zu den lieben Erinnerungen an Ihre Kindheit?‹«

»Hast du sie alle auswendig gelernt?«

»Nein«, erwiderte er lachend. »Nur ein paar. Sie haben mich im alten Studio vom Bourdelle untergebracht, dort werde ich eine Woche lang mit dem Buch sitzen. Die Leute können nacheinander hereinkommen und sich zu mir setzen, und ich mache mit den Fragen einfach dort weiter, wo ich beim letzten Besucher aufgehört habe. Jedenfalls«, er deutete mit dem Kopf auf den Flyer, »solltest du mal vorbeikommen! Ich finde es sehr aufregend.«

»Ja.« Ich fuhr mit dem Daumen über die Überschrift. »Vielleicht mache ich das.«

»Ich muss jetzt los, aber es wäre wirklich toll, wenn wir mal wieder länger reden, uns auf den neuesten Stand bringen würden. Guter Gott, unsere Kinder könnten miteinander spielen!«

Ich lächelte schwach. »Meinst du?«

»›Wenn sich Ihnen jemand mit den Worten ‚Führen Sie mich zur Musik' näherte, wie würden Sie reagieren?‹«

Ich blinzelte. Er blinzelte zurück. Zuckte mit den Schultern. »Das ist aus meinem Projekt.«

»Oh«, sagte ich und lachte gezwungen. »Cool.«

Er stieß den Roller mit seinem knöchelhohen lila Turnschuh zurück auf den Gehweg und wiederholte, dass er es ganz, ganz ehrlich meine. Kaffee. Bald.

Und weg war er. Dieser gottverdammte Patrick Madsen, so großzügig und aufrichtig, dass ich ihn und seine abgezockte Performancekunst nicht einmal hassen konnte. Damals an der Rhode Island School of Design hatte er als Hauptfach kinetische Animation belegt – für seine Arbeit im zweiten Studienjahr hatte er vier ausgestopfte Wildschweinköpfe mit Aufzeichnungen der Filmversion von *Roe v. Wade* versehen, die nur aktiviert wurden, wenn eine Frau vorbeiging. Für seine Abschlussarbeit hatte er Fotos, die sein deutscher Großvater im Zweiten Weltkrieg gemacht hatte, so verkabelt und mit Rillen versehen, dass sie tatsächlich auf einem Plattenspieler laufen konnten. Die Töne, die aus den Fotos drangen, waren furchterregend, schrill und kratzig. Dafür erhielt er ein Stipendium, das er nutzte, um in Osaka Robotertechnik und Ingenieurwesen zu studieren. Und jetzt machte er Performancekunst. Dank meiner leicht zugänglichen Ölgemälde (Schlüssellochbilder? *Jesus!*) kam ich mir ohnehin schon wie ein Auftragspinsler vor, und das hier machte es nicht besser.

Als ich endlich die Galerie betrat, fand ich Julien *comme d'habitude* vor, der Schreibtisch voller Einweg-Espressotassen, das Telefon am Ohr. Ich warf die Papiertüte mit dem Croissant, das ich ihm gekauft hatte, auf den Schreibtisch und wartete, bis er das Gespräch beendet hatte.

»*Tout à fait, tout à fait.*« Er nickte und streckte zum Dank den Daumen hoch. »Es ist eine *Menge* Gelb. Haben Sie vernünftige Fenster? Bei natürlicher Beleuchtung sieht es eher graugrün aus.«

Er schnippte mir eine Zehn-Centime-Münze zu, damit ich mir am Automaten im Hinterzimmer einen Instantkaffee ziehen konnte. Als ich zurückkam, hatte er das Gespräch beendet und angefangen, das Croissant zu essen.

»Auf Gelb reagieren die Leute komisch. Bei zu viel Gelb flippen sie völlig aus. Diese Idioten wollen ein Fünf-Meter-Gemälde in ihre Küche hängen, weil sie einen neuen Tisch haben, der – egal.« Er griff in eine Schublade. »Hier.«

Ich hatte zwei Briefe erhalten. Die manische Schrift auf dem einen Umschlag verriet mir, dass er von meiner Mum stammte. Der zweite war von Lisa Bishop, der boshaften Kolonisatorin englischer Herzen.

»Hm«, sagte ich und öffnete den Umschlag, der meinen Familiennamen trug. Meine Mutter schickte mir seit Jahren seltsame Zeitungsausschnitte und Rezepte an die Galerie. Postkarten schickte sie an unser Haus in der Rue de la Tombe-Issoire, nur der sonderbare Kram kam hierher. Wann immer wir uns in den Ferien sahen, spielte ich mit dem Gedanken, sie um eine Erklärung zu bitten, aber das irrationale Arrangement war so verführerisch, dass ich den Mund hielt.

Sie schrieb selten etwas Persönliches zu den Zeitungsausschnitten und Rezepten, ab und an kritzelte sie etwas unter die Überschrift. Dieser Umschlag enthielt gleich zwei Dinge:

ein Rezept für Traubensuppe mit der Anmerkung *Wir haben es ausprobiert!* und einen Artikel aus der *Sun*:

Briten 45 Minuten vor dem Untergang
von George Pascoe-Watson

Wie gestern bekannt wurde, könnten britische Soldaten und Touristen auf Zypern durch biologische Waffen, abgeschossen aus dem Irak, ausgelöscht werden.

Die Raketen könnten fünfundvierzig Minuten nach dem Abschussbefehl des Tyrannen Saddam Hussein auf der Mittelmeerinsel einschlagen. Und sie könnten durch Sprengköpfe, die mit Anthrax, Senfgas, Sarin oder Rizin bestückt sind, Tod und Zerstörung verbreiten.

Laut des fünfzig Seiten umfassenden Berichts von den Leitern der britischen Nachrichtendienste hat der Diktator ein Verbot der Vereinten Nationen ignoriert und bis zu zwanzig Al-Hussein-Raketen mit einer maximalen Reichweite von 640 Kilometern zurückbehalten.

Aus dem Bericht geht weiter hervor, dass die Waffen mit konventionellen, chemischen oder biologischen Sprengköpfen bestückt werden könnten und in der Lage wären, etliche Länder der Region einschließlich Zypern zu erreichen.

Ich warf Julien, der den Geschmack meiner Mutter mochte, die Zeitungsausschnitte hin.

»Hast du das mitbekommen?«, fragte ich.

»Dass man aus Trauben Suppe kochen kann?«

»Nein, den Konflikt, du Idiot. Was hältst du davon?«

»Ehrlich gesagt, bin ich froh, Franzose zu sein.«

Ich schnappte mir den Ausschnitt vom Tisch und wechselte das Thema.

»Vorhin bin ich einem alten Freund aus Studienzeiten begegnet.« Ich sah zu, wie Julien sein Scheckbuch aufschlug. »Eine Art Aktivist. Aber jetzt macht er Performancekunst.«

»Hm«, versuchte er sich in Multitasking.

»Läuft so was?«

»Performancekunst?« Er unterzeichnete den Scheck und schob ihn in einen orange-weißen Umschlag mit dem Logo der einzigen französischen Telekommunikationsfirma. »Nein.«

»Bei ihm wird es laufen.«

»Warum so düster, Haddon? Willst du mein Croissant?«

»Nein.« Ich schob meinen Stuhl seufzend vom Tisch weg. »Ich habe nur nachgedacht. Ich muss Bewegung in die Dinge bringen.«

»Wie denn, etwa *so*?« Er deutete auf den Artikel, den ich in der Hand hielt. »Tod und Zerstörung? Etwas *Performatives*?«

Ich verschränkte die Arme. »Nun ... ja.«

»Eins nach dem anderen, bitte.« Er tastete hinter sich nach einem braunen Umschlag, der gefährlich dicht an einer Vase lehnte. »Ich rufe dich an, weil ich gute Neuigkeiten habe, und du zeigst mir nur *das*.« Dabei deutete er mit einer allumfassenden Geste auf mein Gesicht. »*Der Blaue Bär* ist weg. Für zehntausend.«

Ich spürte, wie mein Herz nach unten rutschte, als wäre es schlecht verdautes Essen. In meinen Ohren sauste es leise, und ich fühlte einen Druck auf den Augenhöhlen, als hätte man mich geschlagen. Ich hatte mir erfolgreich eingeredet, dass niemand das Gemälde haben wollte, dass die Leute es ebenso wenig »kapierten« wie die wohlmeinenden Besucher nach Camilles Geburt und es deshalb nach Hause zurückkehren würde.

»Rich?« Julien reichte mir den Umschlag. »Es ist verkauft.«

»Stimmt.« Ich fuhr zusammen. »Das ist toll. Klasse.«

»Ziemlich merkwürdig, einer deiner Landsleute hat es gekauft – jemand aus London. Er war anscheinend bei der Vernissage. Komischer Vogel. Du weißt schon, bla, bla, bla, ein Geschenk zu seiner Verlobung, bla, bla, bla, für das neue Haus. Die Leute erzählen einem einfach alles. Über Grundrisse, ihre Kinder, den Teppich mit dem Chevronmuster im –«

Ich riss den Umschlag auf, während Julien weiterbrabbelte. Er enthielt den Kaufvertrag für den *Blauen Bären*. Das Bild ging an einen gewissen Dave Lacey aus London.

»Und er hat ausdrücklich seine Verlobung erwähnt?«

»Ja, hat er. Warum?«

Mein Herz zog sich zusammen. »Lisa ist nach London gezogen. Lisa hat einen Verlobten.«

Julien verdrehte die Augen. »Na ja, aber der Käufer heißt nicht Lisa.« Er deutete auf den Vertrag. »Da steht eindeutig Dave.«

»Aber das ist es ja gerade.« Ich fuhr mit dem Finger um den Stempel auf Lisas Brief. »Genau so heißt ihr Verlobter. Hast du sie etwa zur Ausstellung eingeladen?«

»Ob ich sie eingeladen habe – Richard. Komm wieder auf den Teppich. Nein, ich habe sie nicht zu deiner Vernissage eingeladen. Ich bin davon ausgegangen, dass du mit deiner *Frau* kommst. Nun, es mag ein komischer Zufall sein, das gebe ich zu, aber ich habe mich lange mit dem Kerl unterhalten und bin mir ziemlich sicher, dass seine ›Verlobte‹ nicht in einem Kleid zum Altar schreitet.«

»Aber es gibt in England keine gleichgeschlechtliche Ehe«, protestierte ich, während ich mir den Kopf darüber zerbrach, weshalb Lisa eines meiner Bilder gekauft haben sollte, vor allem gerade dieses.

»Er hat sich mit mir über Dekokissen unterhalten, ich glaube, das ist wirklich nicht dein Mann. Und selbst wenn, es ist verkauft, Schatz. Können wir uns jetzt mal freuen? Können wir nach vorn blicken? Deine Ausstellung war ein voller Erfolg. Liest du den jetzt oder nicht?«

Ich schaute auf Lisas Brief und schüttelte den Kopf.

»Schön, geißle dich selbst nur weiter. Es ist vorbei, aber nicht erledigt. Ach, noch was. Ich suche eine Praktikantin.« Er zog eine blaue Mappe aus einem Berg von Papieren und gab sie mir. »Welche soll ich nehmen? Ich dachte an diese Bérénice. Sie ist aus Toulouse.« Er deutete mit einem Bleistift auf den Ausdruck.

»Sie hat ein Foto beigefügt? Ist das erlaubt?«

»Ich dachte mir«, sagte er, ohne meinen Kommentar zu beachten, »dass sie mit einem solchen Namen sehr pflegeleicht sein dürfte. Mädchen aus dem Südwesten sind ein bisschen langweilig, aber fleißig. Nicht überkandidelt wie die Pariserinnen. Die bekommt bestimmt keinen Heulkrampf, wenn sie ein Fax schicken soll.«

»Ich kann jetzt nicht darüber reden.« Ich stand auf, meine Post in der Hand. »Ich muss nachdenken.«

»Da gibt es nicht viel nachzudenken. Das Gemälde stand zum Verkauf und wurde verkauft. So läuft das eben, Richard.«

»Ja, danke.«

Er umarmte mich und küsste mich auf beide Wangen.

»Geh mit Anne essen. Feiert schön.« Er warf einen Blick auf mein Gesicht und ruderte zurück. »Oder wartet bis zum nächsten Bild. Du wirst schon sehen, die gehen alle weg. Freu dich drüber, ja? Lebe im Heute.« Er brachte mich zu der großen Glastür. Genau rechts von der Galerie kackte gerade ein kleiner, unbeaufsichtigter Chihuahua auf den Gehweg.

»Sag Bescheid, wenn du das Rezept ausprobiert hast.« Er öffnete die Tür. »Ich liebe alles mit Trauben.«

Es gab einen Ort in der Nähe der Galerie, an dem ich gern Lisas Briefe las. Weit weg von meinem Haus und nahe am Premier

Regard, so dass ich mir einreden konnte, ich läse einen Geschäftsbrief oder Fanpost. Vor der Église Saint-Sulpice befindet sich ein kleiner Platz mit Springbrunnen, der seit Jahren nicht in Betrieb ist. An der nördlichen Seite stehen Betonpoller, die im Boden verschwinden, wenn ein Einsatzfahrzeug durchfahren muss oder eine Beerdigung stattfindet. Wenn ich mich auf einen davon setzte und den Brief in aller Öffentlichkeit las, umgeben von Kindermädchen, Bettlern und Nonnen, milderte das seine Bedeutung. Ich war nur ein Mann, der auf einem konischen Gegenstand hockte und einen Brief las, nichts weiter! Doch solange Lisa mir schrieb, würde Julien recht behalten: Unsere Beziehung war vorbei, aber nicht erledigt.

Für gewöhnlich öffnete ich die Briefe so aufgeregt wie ein Kind, doch heute war ich ängstlich. Die Begegnung mit Patrick hatte mein künstlerisches Selbstwertgefühl vollends zerstört, *Der Blaue Bär* war – ein unwiderruflicher Fehler – womöglich an meine Exgeliebte verkauft worden, ich war kreativ und privat am Ende.

Lisa war nie eifersüchtig auf Anne-Laure gewesen. Sie war egoistisch und flatterhaft, aber nicht rachgierig. Sie hatte keinen Grund, klammheimlich ein Bild zu kaufen, das ich für meine schwangere Frau gemalt hatte, andererseits konnte das alles kein Zufall sein. Ein Käufer aus London. Ein Käufer namens Dave.

Als ich die Gemälde für die Ausstellung im Premier Regard auswählte, waren wir noch zusammen – sie war von der Idee begeistert und maß den Schlüssellöchern größere Bedeutung bei als ich. Im Gegensatz zu Anne, die meinen mittlerweile zwei Jahre andauernden Abstecher in den Kommerz für gewöhnlich ignorierte, ihn tolerierte wie die Schauspielphase eines Kleinkindes, mochte Lisa die Schlüssellochbilder wirklich. Sie vermittelte mir nicht das Gefühl, ich würde mich verkaufen. In ihren

Augen bot ich dem Betrachter eine Reihe von Erfahrungen, die etwas in ihm klingen ließen. Sie brachte mich auf den Gedanken, dass Schlüssel mehr sind als ein Stück Metall, das wir in ein Schloss stecken. Sie verschaffen uns Zugang zu Orten, die wir mithilfe eines Schlossers oder eines frankierten Briefes nie erreichen können. Nimmt uns jemand den Schlüssel weg, verlieren wir auch den Zugang zum wahrhaft Körperlichen: zu Bäuchen, Pobacken, geschlossenen Augenlidern, Zehen. Diese aufmunternden Worte hörte ich von ihr übrigens sechs Wochen bevor sie ihren Wohnungsschlüssel von mir zurückverlangte, weil sie heiraten, weil sie umziehen wollte, einfach so. Als ich auf dem kalten Beton saß, dachte ich noch einmal über ihren Charakter nach. Vielleicht war sie *doch* berechnend genug, um den Kauf des *Blauen Bären* einzufädeln.

Lisa benutzte blütengelbes Briefpapier, auf das in grüner Schrift ihr Name gedruckt war. Das Briefpapier kam mir immer seltsam plutokratisch vor. Selbst meine Frau, die ein verfluchtes *de* in ihrem Mädchennamen trug, besaß kein Briefpapier mit Monogramm.

18. September 2002
Lieber Richard.

Der Brief begann wie die meisten an mich adressierten Briefe.

Ich bin jetzt schon seit sieben Wochen in London. Ist das nicht verrückt? Ich habe noch nicht mal alle Taschen ausgepackt, sondern mich vor allem auf das Schlafzimmer und die Küche konzentriert, die Dave mich renovieren lässt. Ich werde weiße Fliesen nehmen, auch für die Wände, wie in dem Restaurant in Stockholm, von dem ich dir erzählt habe. Weißt du noch?

Ich denke oft an dich und frage mich, ob es dir gutgeht. Als ich Paris verlassen habe, warst du sehr schlecht drauf. So panisch. So drängend. Du bist sicher noch wütend, weil ich gegangen bin, aber eines Tages wirst du begreifen, wie nutzlos Wut ist. Ehrlich, was du festhalten wolltest, wäre durch eben dieses Festhalten zerstört worden. Werde bloß nicht zu einem dieser Exilanten, die meinen, Künstler müssten leiden, um kreativ zu sein! Von denen gibt es in Paris genug. Sie haben alle schütteres Haar und tragen blaue Segelpullover, und wenn ich so darüber nachdenke, heißen sie meistens Greg.

Egal. Auf dem College hatte ich einen Dozenten, der mir sagte, Schreiben solle Spaß machen. Damals habe ich ihm nicht geglaubt (ich las jede Menge Plath). Aber nachdem ich angefangen hatte zu arbeiten, blieb mir nur noch wenig Zeit für mein eigenes Schreiben, und wenn ich mich hinsetzte, dachte ich oft, wie schade, dass es keinen Spaß macht! Bis ich meinen Tonfall ein bisschen änderte. Da fällt mir was ein! Es sieht so aus, als würde der Independent *meine geplante Designkolumne bringen. Kannst du dir vorstellen, dass sie eine Amerikanerin genommen haben? Und es ist kurios gut bezahlt!*

Ich versuche, zweimal in der Woche an meinen eigenen Sachen zu arbeiten, und an den Wochenenden fahre ich in die Stadt und mache Fotos. Oder ich fahre aufs Land und mache Fotos. Dave ist so gut organisiert und motiviert mich, es ebenfalls zu sein. Jeden Morgen wacht er auf, trinkt eine Tasse schwarzen Kaffee, liest ein oder zwei Artikel und schließt sich bis fünf in seinem Arbeitszimmer ein. Dann kommt er nach unten und trinkt Tee. Danach arbeitet er noch weitere ein oder zwei Stunden, bis sein Tagespensum erfüllt ist. Bekommst du eine Gänsehaut? Ich weiß, wie sehr du Routine hasst. Sein kreativer Prozess ist organisiert. Aber bedeutet das auch gleich Langeweile? Ich weiß nicht, darüber ließe sich streiten; aber ich sage dir was, Richard, Stabilität ist besser als du glaubst – falls man die rich-

tige Menge an Liebe, Respekt, Leidenschaft (und ein bisschen Sex!) hinzufügt. Ich hoffe für dich, dass du herausgefunden hast, wie du ein bisschen besser leben kannst. Vielleicht solltest du eine Zeitlang auf Alkohol verzichten. Vielleicht solltest du versuchen, treu zu sein!! :) Ich bin glücklich, Richard. Du auch?

Ich denke immer an dich,
Lisa

Nach der Lektüre fühlte ich mich wie immer ein bisschen seekrank durch das Auf und Ab der widerstreitenden Gefühle in mir. Ich empfand Freude, weil sie mir geschrieben hatte, und Enttäuschung, weil in ihren Briefen nie das stand, was ich mir wünschte: dass sie mich vermisste, dass die Trennung ein Fehler gewesen war, dass sie mich zurückhaben wollte.

Mit einem derartigen Brief in Händen hätte ich eine gewisse Würde und Selbstbeherrschung zurückerlangen können. Ich hätte mit »Nein« antworten können. Ihre tatsächlichen Briefe, diese katalogartigen Aufzeichnungen über ihren Kaffee und Tee trinkenden Verlobten und die weißen Fliesen ihres neuen Lebens, ließen mich eifersüchtig und verstört zurück. Es war wirklich berechnend von ihr: Weil sie mir in den Briefen nicht das gab, wonach ich mich sehnte, sehnte ich mich immer noch nach ihr.

Ich musste Lisa sagen, dass sie mir nicht mehr schreiben sollte, doch dafür war ich nicht mutig genug. Wie sollte meine Zukunft aussehen, wenn sie mir nicht ab und zu bewies, dass es sie gegeben hatte? Dass sie meine Liebe einen konservierten Augenblick lang erwiderte hatte? Ich war es Anne-Laure schuldig, die Verbindung zu Lisa abzubrechen. Ich hatte es ihr versprochen. Aber ich brauchte diese geheime Verbindung zu etwas ganz Privatem – ich brauchte sie wirklich. Schon bald, ganz bald, würde ich zu Lisa Kontakt aufnehmen und sie bitten, mir nicht mehr zu schreiben. Doch zunächst musste ich – neben diversen Reparaturarbeiten an meiner Ehe – genügend Anstand aufbringen, um meiner Frau zu gestehen, dass *Der Blaue Bär* verkauft war.

3

Dem französischen Bildungssystem kann ich gewiss nicht die Schuld an meinen Eheproblemen geben. Ganz im Gegenteil, die Franzosen machen es Eltern beinahe schon zu leicht, noch ein eigenes Leben zu führen. Staatlich subventionierte Kitaplätze sind ein Grundrecht, und das öffentliche Schulsystem ist kostenlos. In der Cafeteria gibt es einen Käsegang, der Unterricht dauert bis 16.30 Uhr (ohne außerschulische Angebote), und die meisten Schulen haben eine Sechs-Tage-Woche. Bis zur Mittelschule findet am Mittwochnachmittag und am Samstag kein Unterricht statt. Also wird meine Tochter in nur vier kurzen Jahren samstags von neun bis mittags in der Schule sein. Theoretisch kann man dann natürlich ohne Babysitter keinen Wochenendtrip mehr unternehmen, dafür kann man sich freitags hin und wieder mit Port besaufen.

Manchmal denke ich, dass ich nur in Frankreich lebe, weil ich eine Einheimische geheiratet habe, aber das ist vermutlich nicht wahr. Ich habe über ein Austauschprogramm zwei Jahre an der École des Beaux-Arts in Paris und weitere zwei Jahre an der RISD in Providence studiert, und obwohl ich in Amerika mehr Spaß hatte, hätte ich mir dort niemals ein gebrochenes Handgelenk leisten können, geschweige denn eine höhere Schulbildung für meine Kinder. Anne und ich streiten schon jetzt darüber, wie viel von ihrem fetten Anwaltsgehalt und meinem weniger fetten Künstlereinkommen für Urlaub und Freizeit draufgeht, dabei besucht unsere Tochter eine kostenlose Schule, in der vor dem Mittagsschläfchen geschmorte Ente und Reblochon serviert werden. Ich kann mir in etwa ausmalen, was passieren würde, wenn ich fünfzig Riesen im Jahr hinblättern müsste, damit sich Cam auf einem mit leeren Plastikbechern übersäten Billardtisch von einem Schwachsinnigen namens Chuck begrapschen lassen kann.

Und dennoch. Manchmal habe ich das Gefühl, dass Anne und ich etwas Wesentliches – vielleicht sogar einen Teil unserer selbst – verloren haben, als wir die Staaten verließen. Wir waren Ausländer, die in einem fremden Land studierten, dessen Sitten und Gebräuche uns immer wieder Zündstoff für private Witze lieferten. Alles machte Spaß. Wir waren sorglos und überheblich. Anne fing mit Hip-Hop-Ballett an und trug Trenchcoats aus Leinen. »Für Notfälle« hortete sie in meiner Vorratskammer eingelegte Weinbergschnecken und in meiner Tiefkühltruhe leere Schalen. An den Wochenenden in Boston zwang sie mich, mich in eine Menschenmenge zu stellen und ihr danach zu berichten, ob die Leute wirklich so unglaublich *sauber* röchen. »Nach Mango«, sagte sie. »Amerikanische Mädchen riechen immer nach Obst.«

Und sie war meine beste Kritikerin. Als Illustratorin war sie mindestens so talentiert wie ich als Maler, und sie besaß einen eingebauten Bullshit-Detektor, der mir als Barometer für meine Abschlussausstellung diente: interaktive Popkultur in Form von Matroschka-Puppen, die den Aufstieg und Fall kultureller Figuren beschrieben. Bei einem Satz war auf der größten Puppe ein Gemälde abgebildet, das Amerikanerinnen in einer Fabrik während des Zweiten Weltkriegs zeigte. In der Puppe fand sich das Bild einer Doppelgarage, gefolgt von einer Milchpackung und einem Maiskolben. Die kleinste Puppe war Martha Stewart. Ein anderer Satz begann mit Zeitungsausschnitten von protestierenden Gewerkschaftern in Großbritannien, die ich mit Schellack überzogen hatte. Darauf folgte die Abbildung eines Gloster-Flugzeugs und anderer Ikonen der britischen Industrie, bis hin zur kleinsten Puppe, die Margaret Thatcher darstellte.

Als wir nach Paris zurückkehrten, beschäftigte ich mich immer noch mit Arbeiten, die Politik und Pop-Kultur miteinander verbanden – besser gesagt, ich versuchte es zwischen Windelwechseln und Einkaufstouren zu Franprix, wo ich überreife Bananen besorgte. Manchmal wird man es allerdings leid, die Fassade aufrechtzuerhalten. Es fühlt sich an wie der Smalltalk mit einem Fremden, der einem bei einer Hochzeit gegenübersitzt. Man plaudert sich problemlos durch die Vorspeise und die erste Getränkerunde, aber sobald das Hähnchen in Marsala aufgetragen wird – lauwarm und gallertartig –, denkt man nur noch, Gott steh mir bei, ich habe nichts mehr zu sagen. Ich hatte, ohne es selbst zu merken, die Stopp-Taste gedrückt. Bei meiner Kunst. Bei meiner Frau.

Anne hat mich nie zu konventionelleren Projekten gedrängt. Ich habe mich selbst unter Druck gesetzt. Besser gesagt, der Druck kam von Annes Familie, und ich zog mir den Schuh an. Damals bereitete Anne sich auf die Prüfungen für ihre europäische Anwaltslizenz vor. Ich verkaufte einige Bilder bei Gruppenausstellungen und arbeitete zu einem lächerlichen Stundenlohn als Übersetzer für Monsieur de Bourigeauds Firma. Darüber hinaus verdienten wir kein Geld. Sicher, das würde sich bald ändern, jedenfalls was Anne betraf, doch in der Anfangsphase unterstützten uns ihre Eltern; sie übernahmen sogar die Anzahlung für unser Haus.

Für einen Jungen aus der unteren Mittelschicht von Hemel Hempstead war dieser silberne Löffel im Mund nicht leicht zu ertragen. Jedenfalls am Anfang nicht. Anne und ich betrachteten uns als gebildete und vernünftige Kampfgefährten, die sich ihren Wagemut bewahrt hatten. Wir wollten es auf *unsere* Weise machen. Wir hatten vorher keine Hilfe gebraucht und sahen nicht ein, weshalb wir sie jetzt brauchen sollten.

Das änderte sich, als wir uns die Wohnungen anschauten, die wir von unserem Ersparten bezahlen konnten: herzlose Einzimmerappartements im sechsten Stock reizloser Gebäude in zwielichtigen Gegenden; und Anne war im siebten Monat schwanger. In einer solchen Wohnung hätte ich meine Arbeitsausrüstung gar nicht unterbringen, geschweige denn malen können, und Anne bekam Albträume, in denen sie nicht nur mit dem Baby, sondern auch mit den Wänden der Wohnung verschweißt war, getrieben von der Angst, ewig und unwiderruflich Hausfrau und Mutter sein zu müssen.

Eines Sonntags aßen wir bei ihren Eltern im bewaldeten Vorort Le Vésinet zu Mittag, Danach zeigten sie uns ein kleines Stadthaus im 14. Pariser Arrondissement: drei Stockwerke auf einem Grundstück, das gerade groß genug für einen Garten war. Der halbfertige Arbeitsraum im zweiten Stock eignete sich als Atelier. Als ich durch den lichtdurchfluteten Raum ging – das größte Atelier, das ich vermutlich je besitzen würde –, hoffte ich, Anne würde ihren Stolz hinunterschlucken und wie eine blaublütige verlorene Tochter heimkehren.

Was sie auch tat. Sie gab nach. Wir beide gaben nach. Wir akzeptierten die finanzielle Unterstützung der Bourigeauds und begannen ein neues Leben. Anne ist praktischer als ich veranlagt und hatte nie ein schlechtes Gewissen, das Geld ihrer Eltern anzunehmen. Sie dankte ihnen die Großzügigkeit, indem sie die erdenklich beste Mutter, Tochter und Rechtsanwältin wurde. In mir staute sich die Scham über das Almosen hingegen so lange an, bis ich mich kaum noch als Mann, kaum noch als Künstler, kaum noch als das fühlte, was ich einmal hatte sein wollen.

Um diese Zeit herum schaute ich mich nach einer Galerie in Paris um. Obwohl ich bereits mit mehreren Objekten aus meiner Abschlussarbeit und mit einigen früheren Installationen in Gruppenausstellungen in Europa vertreten gewesen war, konnte ich keinen Galeristen finden, der mir eine Einzelausstellung anbot. Anscheinend ging ich das Pop-Politik-Thema falsch an. Meine Arbeiten seien nicht laut genug, nicht grell genug und nicht neonpink. Andere erklärten, der Zusammenhang zwischen meinen Objekten sei zu stark oder zu schwach, ich solle wiederkommen, wenn ich »bekannt« sei. Ohne Einzelausstellung war man ein Niemand, und als ein Niemand bekam man keine Einzelausstellung. Ich war niedergeschlagen, zwang mich aber, die drei letzten Galerien auf meiner Liste abzuklappern. Eine davon war Premier Regard, die Galerie von Julien Lagrange.

Als er meine Mappe durchsah, blieb sein Blick weit hinten an einem Foto hängen. Bis hierhin waren die meisten Galeristen gar nicht erst gelangt, weil sie schon längst entschieden hatten, dass ich nicht besaß, wonach sie suchten. Doch Julien interessierte sich für den *Blauen Bären*, das einzige Gemälde, das nichts mit meiner übrigen Arbeit zu tun hatte, das einzige Gemälde, das kitschig war.

»Haben Sie noch mehr davon?«

»Noch mehr Schreckliches?«

Er lachte. »Nein, Anschauliches. Zugängliches. Aus derselben Perspektive.«

Ich sagte, ich hätte mit anderen Schlüsselloch-Szenen herumgespielt, die Idee aber nicht weiterverfolgt, weil sie amateurhaft und rührselig sei.

»Klar.« Er trommelte mit den Fingern auf dem Foto. »Aber das hier könnte ich verkaufen.«

Er erklärte mir, dass er einen erfolgreichen britischen Marinemaler namens Stephen Haslett vertrat und sich unter den in

Paris lebenden Briten und Amerikanern einen soliden Kundenstamm aufgebaut hatte. Diese Leute kauften gern Werke, die in ihrem neuen Heim romantisch wirkten.

»Die stehen nicht auf das moderne Zeug. Die bringen aus dem Urlaub provenzalische Tischdecken und Salz mit. Wie dem auch sei, ich könnte Ihnen eine Ausstellung zusichern, wenn Sie mir weitere Schlüssellochbilder bringen.«

Ich glaubte ihm nicht, doch wir blieben in Kontakt. Besser gesagt, wir freundeten uns rasch an, was gar nicht einfach ist in einem Land, in dem die Leute jeden als Fremden betrachten, mit dem sie nicht in die Grundschule gegangen sind. Julien erwähnte immer wieder die Schlüssellochbilder, und ich sagte ihm immer wieder, sein Vorschlag sei unter meiner Würde. Das Problem war nur, dass ich auch an nichts anderem arbeitete. So großartig und unvergleichlich seltsam das Elternsein auch sein mochte, es hatte mich in ein bodenloses, schlafloses kreatives Loch gestürzt. Mir gelang es kaum, Ölfarbe auf eine Palette zu quetschen – geschweige denn, innovative Kunst zu schaffen. Außerdem war ich ganz wild darauf, der goldenen Fuchtel der Bourigeauds zu entkommen. Ich war bereit – geradezu begierig – herauszufinden, wie sich kommerzieller Erfolg anfühlte. *Der Blaue Bär* war eine nette Erfahrung für mich gewesen, reinigend. Wäre es so falsch, weitere Schlüssellochbilder zu malen?

Die Arbeit an den Gemälden war einfach, fast meditativ. Nachdem ich Juliens Vorschlag einmal akzeptiert hatte, konnte ich gar nicht mehr aufhören zu arbeiten. Ich war so viele Jahre körperlich mit nur einer Frau verbunden gewesen, dass es mir geradezu befreiend erschien, Momente vergangener Beziehungen zu erforschen. Rückblickend betrachtet, war ich wohl auch dank dieses nostalgischen Fluchtreflexes, der meinen kreativen Prozess derart beschleunigte, bereit für die Begegnung mit Lisa.

Die Ausstellung war nicht nur ein sentimentaler Gruß an meine Exfreundinnen, sondern auch an den Mann, der ich in meinen Zwanzigern gewesen war. *Schultage* zeigt beispielsweise eine Reihe kalkverschmierter Pissoirs in einer verlassenen Grundschule, die von Hausbesetzern okkupiert worden war.

Auf *Rs Küche* ist ein übervolles Spülbecken zu sehen, das einer neuseeländischen Fingermalerin gehörte, die gern nachts Rollerblades fuhr und Leuten die Ohrläppchen durchstach. Zu meiner Freude kann ich verkünden, dass ich in dieser Beziehung weder meine Abneigung gegen Inlineskating noch gegen den Geruch von Franzbranntwein verlor.

Tierfreund zeigt einen Abstellraum in Providence, in dem Regenmäntel hängen. Unter ihnen steht eine verlassene Hundehütte. Das eigentliche Thema ist jedoch eine Amerikanerin namens Elliott, die letzte Frau, mit der ich vor Anne zusammen war.

Es gibt noch mehr Bilder, insgesamt sechzehn. Viele erlauben einen flüchtigen Blick auf den Beginn einer Liebe, doch die Gemälde, die ich für die Ausstellung im Premier Regard ausgesucht hatte, sind vor allem Stillleben vom Ende der Liebe. Und der Verkauf vom *Blauen Bären* ist das traurigste Ende von allen.

Als meine Frau an diesem Abend nach Hause kam, blubberten Nudeln und eine Sahnesauce mit gemahlenem Pfeffer auf dem Herd, dazu gab es einen grünen Salat mit Roquefort und roten Birnen. Auf der Arbeitsplatte stand eine offene Flasche Chinon. Mein schlechtes Gewissen wegen Lisas Brief und die Tatsache, dass ich Anne vom *Blauen Bären* erzählen musste, hatten mich dazu bewogen, zwei ihrer Lieblingsgerichte zuzubereiten. Ich hatte sogar Pistazien-Eclairs gekauft.

Ich saß am Esstisch, als Anne hereinkam, und faltete mit Camille Origami-Tiere, für die sie im vergangenen Jahr eine große

Leidenschaft entwickelt hatte. Vielleicht war das bretonische Blut in ihr dafür verantwortlich, dass sie für ihr Leben gern Krebse faltete. Heute Abend waren allerdings für ein Schulprojekt Affen an der Reihe.

Anne beugte sich mit ihrer ledernen Aktentasche in der Hand vor und küsste Camille. Gleichzeitig fuhr sie mit dem Finger über die flache Nase des Papierprimaten, an dem unsere Tochter konzentriert arbeitete.

»Er ist wunderschön, Schatz.« Anne hob ihn hoch. »Ist das ein Pavian?«

»Das ist ein *Lemur*«, antwortete Cam und griff nach dem Glitzerklebestift.

»Offensichtlich.« Ich zwinkerte meiner Frau zu, die meine kumpelhafte Körpersprache ignorierte, in die Küche schlenderte und mit einem Weinglas zurückkam.

»Und was ist mit dem da?« Sie zog einen hochhackigen Schuh aus und massierte ihren Fußballen durch die rosa Strumpfhose hindurch, während sie mein Chaos aus Bastelpapier und Klebeband betrachtete.

»Das ist ein Trutenthuhn. Ein Huhn in einer Ente in einem Truthahn.«

Camille rümpfte die Nase. »Wie eklig.«

»Und?« Ich hob mein Weinglas in Annes Richtung. »Wie läuft es in der Welt von Savda und Dern?«

»Oh«, stöhnte sie und ließ sich hinter Camille auf einen Stuhl fallen. »Sieht aus, als hätte ich einen neuen Fall: die schwangeren Frauen in Lille. Sie haben sich zu einer Sammelklage gegen die Hersteller von Weinetiketten entschlossen.« Sie griff nach dem Chinon. »In Amerika warnt man Frauen davor, während der Schwangerschaft Alkohol zu trinken, weil es das Kind schädigen kann. Bei uns gibt es so etwas nicht. Die Leute wollen nichts von *Schädigungen* hören, wenn sie Wein trinken. Diese

Frauen haben alle Kinder mit fetalem Alkoholsyndrom geboren. Also fordern sie einen Warnhinweis. Und ein Logo. Schau mal.« Sie griff nach Camilles Stift und einem Blatt. Ich sah zu, wie ihre langen Finger den stumpfen Stift über die Seite zogen. »Wie das hier.«

Sie zeigte mir das Bild einer schwangeren Frau, die ein riesiges Weinglas ans Gesicht hob und durch deren dicken Bauch ein strenger roter Schrägstrich verlief.

»Vulgaire, non?«

Ich blinzelte.

»Du verteidigst schwangere Trinkerinnen?«

»Von wegen.« Sie hängte ihr Halstuch über die Stuhllehne. »Ich verteidige den Wein. Wie du dir vorstellen kannst, besitzt das Etikett eine gewisse Tradition. Das Schloss ist darauf abgebildet, der Familienname, der Jahrgang – ein sehr wichtiges Datum. Und unter alldem soll der Bauch einer Schwangeren prangen? Wir werden gewinnen.«

Worauf sie einen Schluck Wein trank.

»Und du, Häschen, hattest du Spaß in der Schule?« Sie fuhr Camille durch die Haare. »Verzeihst du mir, dass ich deinen Lemuren nicht auf Anhieb erkannt habe?«

Camille deutete an, dass sie ihr die Fehlinterpretation in der Tat übelnahm, indem sie weiterhin angestrengt am Zebraschwanz ihres Lemuren arbeitete.

Anne entfernte den Deckel des Klebestifts und schnupperte verträumt daran. »Was ist mit dir, Künstler? Was hast *du* heute in der Schule gemacht?«

»Nun, anscheinend sind meine Landsleute nur fünfundvierzig Minuten von der Auslöschung durch Senfgas entfernt. Ach ja, und ich bin Patrick Madsen über den Weg gelaufen.«

Ihre Laune besserte sich sichtlich. »Ja? Ich erinnere mich an ihn!«

Ich ging in die Küche und rief ihr über die Schulter hinweg die Neuigkeiten von Dänemarks Goldjungen zu. »Er versucht sich jetzt in Plagiaten. Eine Performance, bei der er einfach nur dasitzt und aus dem Roman eines anderen vorliest. Ein ganzes Buch, das nur aus Fragen besteht. Nicht mal sein eigenes.«

Anne folgte mir in die Küche, beugte sich über die Salatschüssel und fingerte darin herum, während ich nach den Nudeln schaute. »*Roman in Fragen*?«

Ich schloss die Augen. Plötzlich verspürte ich den Drang, meine Faust ins kochende Wasser zu tauchen.

»Ich liebe das Buch«, säuselte sie geradezu. »Ich hab es irgendwo. Ich glaube, es ist im ... warum habe ich es dir nie zu lesen gegeben? Besonders diesen einen Abschnitt, er beginnt mit einer Kartoffel –«

»Da ist noch etwas anderes«, sagte ich leise. »*Der Blaue Bär* ist verkauft.«

Im selben Augenblick bereute ich meine Formulierung.

»Es ist verkauft?«

»Es ist verkauft«, wiederholte ich. Ich brachte es nicht über mich, sie anzusehen. Stattdessen drehte ich mich weg und schüttete die Nudeln in ein Sieb. »An einen Mann aus London. Er war bei der Ausstellung, aber keiner hat mit ihm gesprochen. Komisch, oder?«

»Es ist verkauft.«

Endlich wandte ich mich zu ihr um. Und fand meine schlimmsten Befürchtungen bestätigt: Sie fuhr geistesabwesend mit dem Finger über den Rand des Weinglases. Sie war verletzt.

»Es wurde für zehntausend Euro verkauft.«

»Von denen du fünf bekommst.«

Ich biss mir auf die Lippe. »Ja.«

»Nun, das sind ja gute Neuigkeiten«, sagte sie bemüht fröhlich. »Eine erfolgreiche Ausstellung.«

»Anne.« Ich zuckte zusammen. »Tut mir leid. Ich dachte, es würde nicht verkauft.«

»Aber du hast alles dafür getan.« Sie ging mit ihrer Jacke zum Garderobenständer in der Ecke und hängte sie umständlich auf. Ich folgte ihr und wollte sie umarmen, doch sie sträubte sich gegen die Berührung.

»Ich dachte, wir wären uns einig gewesen.«

»Du hast recht. Das waren wir. Aber ich glaube …« Sie schaute zu Camille, suchte nach Worten. »Egal, passiert ist passiert. Es war eine gute Ausstellung, Richard. Ich bin mir sicher, die anderen gehen auch noch weg.«

»Danke.«

»Ist doch selbstverständlich.« Sie schob mich beiseite. »Lass uns essen. Sieht übrigens gut aus.«

Ich bedankte mich, und sie sagte, gern geschehen. Für den restlichen Abend versanken wir in einer bleischweren Enttäuschung, die nichts anderes als Höflichkeit erlaubte.

Anne und ich sind jetzt seit über sieben Jahren verheiratet, und ich habe sie ein Mal betrogen. Je nach Standpunkt ist das entweder eine sehr eindrucksvolle oder eine überaus abstoßende Quote. So oder so bröckelt die Fassade allmählich, hinter der ich meine Indiskretion verborgen habe. Ich sagte, ich hätte sie ein Mal betrogen. Das aber sieben Monate lang.

Mein Vater hat meine Mutter ein Mal betrogen. Damals waren meine Eltern seit vier Jahren verheiratet. Meine Mutter beklagte sich, weil sie seit drei Wochen jeden Abend von einer Person angerufen wurde, die sie als »Auflegerin« bezeichnete. Sie stellte meinen Vater deswegen zur Rede, und als er puterrot anlief, vermutete sie eine Affäre. Mit wem er diese Affäre hatte, fand sie auf der Cocktailparty zu Ehren eines Freundes von meinem Vater heraus, der gerade ins Rektorat einer angesehenen

Universität berufen worden war. Mein Vater war sturzbetrunken und ließ Mum neben der Bowlenschüssel stehen, »um draußen kurz eine zu rauchen«. Als mein lieber Dad nach einer halben Stunde noch immer nicht zurück war, machte sich meine Mutter auf die Suche nach ihrem Georgie. Sie fand ihn in der Garderobe, wild herumknutschend mit Margaret Babcock von der Eltern-Schüler-Vereinigung in Salisbury.

Sie verließ umgehend die Party und fuhr zu ihrer Mutter, bei der sie drei Wochen blieb, ohne seine Anrufe zu beantworten oder die Geschenke zu öffnen, die er im Briefkasten hinterließ. Am 23. Tag ihres Exils kehrte meine Mutter mit einer großen Tüte Lebensmittel heim und kochte das Abendessen. Als mein Vater nach Hause kam, empfingen ihn ein Braten und die eisige Forderung meiner Mutter, die Verbindung zu Miss Babcock umgehend zu beenden und sich bei ihren gemeinsamen Freunden für seinen Mangel an Geschmack und gutem Benehmen zu entschuldigen. Sie machte ihm deutlich, dass er – sollte er jemals wieder in fremden Gärten wildern – den Tag bereuen werde, an dem er ein X- und ein Y-Chromosom entwickelt habe. Außerdem sei sie schwanger.

Meine Mutter liebte meinen Vater, und mein Vater konnte nicht ohne sie leben. Meine Eltern sind ein absonderliches Paar, aber sie passen zueinander. Meine Mum wusste das und vergab ihm. Ich glaube nicht, dass es bei Anne genauso ist. Ich glaube nicht, dass sie mir meine Affäre mit Lisa je verzeihen wird. Die Tatsache, dass sie nicht darüber reden will und ich nicht den Mumm besitze, sie dazu zu zwingen, hat diese Art der Vergebung unmöglich gemacht – sie liegt tief begraben unter einer ständig wachsenden Mauer aus Verbitterung und Misstrauen.

Dann wäre da noch der Sex. Oder seine völlige Abwesenheit. Als wir nach fünf Ehejahren hölzerne Hochzeit feierten, waren wir von dreimal pro Woche auf dreimal im Monat abgerutscht.

Es war immer noch wirklich gut – es war toll. Rückblickend verriet ihr wohl meine körperliche Distanziertheit, dass die natürliche Ordnung der Dinge durcheinandergeraten war. Ich empfand es als unvorstellbar grausam, von einem Körper Befriedigung zu erwarten, der mir so lange zur Seite gestanden und unser Kind in sich getragen hatte. Der Gedankengang ist natürlich absurd, aber mir erschien es respektvoller, Anne nicht zu berühren, bis ich mir die Sucht, eine andere zu berühren, abgewöhnt hatte.

Ich war lange Zeit ein Idiot. Nach meiner ersten Nacht mit Lisa hörten wir auf, miteinander zu schlafen. In den folgenden Wochen empfand ich es als Segen, dass Anne nicht auf mich zuging. Ich fragte mich nie, wieso sie keine Zuneigung wollte, wieso bei ihrer für gewöhnlich stürmischen Libido Funkstille herrschte.

Es wäre anders gekommen, wenn sie mich gleich gebremst hätte. Hätte Anne an dem Abend, an dem ich nach Lisas Orangenblütenöl stank, das sie für ihre Haarspitzen verwendete, von mir verlangt, die Sache auf der Stelle zu beenden, sie zu beenden, bevor sie richtig angefangen hatte, hätte ich es wohl getan. Ich glaube, ich hätte es wirklich getan. Stattdessen schwieg sie, während ich von dem Couscous-Restaurant schwatzte, in dem ich mit Julien gewesen war und in dem sie Orangenblütenseife auf der Toilette hatten. In dieser Nacht kehrten wir einander den Rücken zu und stellten uns schlafend.

Wie viel wusste sie? Oder glaubte sie zu wissen? Als Anwältin vertrat Anne absolute Arschlöcher, und ich wusste, wie sie ihnen gegenübertrat: Erzählen Sie mir nur das Nötigste. So hielt sie es auch mit Lisa und mir. Allein mein Benehmen, meine Distanz, mein Waffenstillstand in Sachen Sex verrieten Anne, dass ich jemand anders kennengelernt hatte.

Aber wir reden von Anne-Laure de Bourigeaud: Tochter aus

gutem Hause, Rechtsanwältin, Zitadelle des Stolzes. Sie weinte und schrie nicht, sie äußerte keinen Verdacht oder peitschte mich mit bissigen Worten. Stattdessen entzog sie mir das, was Anne für mich ausmachte: ihren Humor, ihre Zuneigung, ihre Liebe. Und sie entzog mir ihren Körper, ließ mir nur noch die physischen Interaktionen eines ehelichen Roboters: Ihre Hand berührte meine, wenn sie mir eine Tüte Lebensmittel reichte, meine Finger wischten mit einem Schwamm über die Innenseite eines Weinglases, das sie an die Lippen geführt hatte. In Gesellschaft spielten wir das glückliche Paar, doch zu Hause und in unserem Schlafzimmer war jeder nur ein Körper, dem der Körper des anderen vertraut war und der den Kühlschrank mit den notwendigen Dingen für diese Körper füllte; wir waren Körper, die lediglich den Raum miteinander teilten.

Mein vom Ficken vernebeltes Gehirn wertete Annes schweigenden Krieg gegen mich als Zeichen, dass sie die Situation zögernd akzeptierte. Da sie es nicht wahrhaben wollte und zu stolz für einen offenen Streit war, konnte ich tun, als hätte sich nichts verändert. Immerhin stammte sie aus einer großbürgerlichen Familie – bisweilen erlaubte ich mir sogar den Gedanken, dass ihr die Situation im Grunde recht war, dass es nach sieben Jahren Ehe eben so lief.

Annes Stolz war typisch für sie, doch genauso typisch für sie war es, dass sie irgendwann genug hatte. Als Lisa sich von mir trennte, konnte ich nicht mehr mühelos zwischen heimatlicher Scholle und Lisa-Land hin- und herschalten wie in den sexbesessenen und glücklichen Monaten zuvor. Ich verzehrte mich nach ihr. Ich blies Trübsal. Ich hörte im Radio Selbstmordmusik von Radiohead und Pulp, während ich Farbe auf Leinwand spritzte wie ein drittklassiger Jackson Pollock. Ich trug Jogginghosen zu Anzughemden. Und das in Paris, wo selbst Obdachlose vernünftige Hosen anhaben.

Und so kam es, dass Anne an einem Freitag vor drei Monaten an die Tür meines Ateliers klopfte. Es war früh am Abend. Ich trank Guinness. Aus der Dose. Ich dachte an Lisa. Ich dachte, wieso? Was hat dieser feine Pinkel Dave, das ich nicht habe? Ich stellte mir vor, wie er sie fickte. Ich dachte daran, wie oft Lisa mir erzählt hatte, dass sie die Abende mit Schreiben verbrachte. Wie oft sie wohl gelogen hatte.

Anne stellte sich mitten ins Zimmer und schaltete die selbstmitleidige Musik aus.

»Ich fahre mit Camille zu meinen Eltern. Ich will nicht, dass du mitkommst.«

Ich saß mit einem Pinsel in der Hand auf dem Boden, die dunkelblaue Jogginghose war voll von dem orangefarbenen Zeug, das ich den ganzen Nachmittag lang auf die Leinwand geschleudert hatte. Anne schaute zu dem Bild, zu dem Guinness und dann zu mir, der ich einem jämmerlichen Sitzsack gleich auf dem Boden kauerte. Kein Geräusch lenkte uns ab, keine Musik. Die Nachbarn schwiegen, die Geschäftszeit der Singvögel war längst vorbei. Es fühlte sich seltsam an, so dazusitzen und zu weinen, sie festhalten zu wollen und gleichzeitig zu wissen, dass es nicht ging. Ich wollte mich für alles entschuldigen, was ich getan hatte, ihr aber auch erzählen, was ich mit Lisa durchgemacht hatte. Immerhin war sie meine Frau. Meine beste Freundin.

»Verdammt, Richard, sieh mich an.« Annes Augen funkelten nahezu hasserfüllt. Ihr Blick traf mich bis ins Mark, und ich fing an zu wimmern. Wem wollte ich etwas vormachen? Ich hatte siebenhundert Milliliter Starkbier intus. Ich begann zu schluchzen.

»Wage es nicht, mir einen vorzuheulen! Dazu hast du kein Recht!« Ihr Kinn zitterte, und ich musste die Luft anhalten, um nicht noch stärker zu weinen.

»Wir sind am Sonntag um zehn zurück«, sagte sie langsam. »Wenn wir wieder da sind, ist das hier« – sie beschrieb einen weiten Kreis in der Luft – »vorbei.«

Sie drückte die Faust an die Lippen, um nicht zu weinen. »Ich werde dir nicht verzeihen. Glaub ja nicht, dass ich dir verzeihe. Aber du wirst es vergessen. Du wirst es vergessen und am Sonntagabend Camille ins Bett bringen. Am Montagmorgen werden wir uns alle zusammen an den beschissenen Frühstückstisch setzen, und sie wird dir erzählen, wie das Wochenende war, und ich schwöre bei Gott, Richard, du solltest lieber in Form sein. Du solltest verdammt nochmal *hier* sein, und zwar ganz, und aufhören mit diesem –«

Sie schnappte sich die Bierdose, die neben meinen Füßen stand, und schien sie gegen mein Bild werfen zu wollen. Doch dann zögerte sie und blieb einen Moment lang bewegungslos stehen, während sich ihre Augen mit den Tränen füllten, gegen die sie so angekämpft hatte.

»Als Ehemann hast du versagt.« Sie stellte die Dose wieder neben mich. »Du solltest dich besser bemühen, wenigstens ein guter Vater zu sein.«

Lisa hatte mein Leben erleuchtet; es war durch ihre Gegenwart strahlender geworden. Ich konnte mir nicht vorstellen, sie loszulassen – wirklich loszulassen –, ohne dabei mein neues Selbstgefühl zu verlieren.

Aber ich liebte Anne-Laure. Und ich brauchte sie. Von dem Berg an Übergangsmänteln im Abstellraum bis hin zu den glitzernden Pinguinzeichnungen an der Kühlschranktür erzählte jeder Gegenstand in unserem Haus unsere fortlaufende Geschichte. Ich konnte nicht zulassen, dass diese Geschichte wegen einer Frau endete, die mich nicht wollte. Ich musste es in Ordnung bringen.

Ich verbrachte das ganze Wochenende zu Hause. Ich blieb drinnen, hielt umgeben von den Gerüchen und Andenken meines sicheren Heims das kostbare Nostalgiefeuer in Gang und nahm mir vor, über diese gottverlassene Amerikanerin hinwegzukommen. Und sollte mir das nicht gelingen, würde ich wenigstens dafür sorgen, dass meine Frau und meine Tochter es glaubten.

4

Ich liebe sie nicht länger. Aber oh, wie ich sie liebte.« Der kahle chilenische Barde hatte es treffend ausgedrückt. Ich mag augenblicklich durcheinander sein, gebe aber gern zu, dass Anne-Laure de Bourigeaud bei unserer ersten Begegnung nicht nur die schönste Frau südlich von College Hill war, sondern die schönste, die ich je gesehen hatte, Schluss, aus. Anne-Laure war makellos. Ihre Unterwäsche war so zart, dass man sie nur von Hand waschen durfte, ihre Nägel waren perfekt und ihr onyxfarbenes Haar glänzte. Sie ließ es sich nie aufhellen, weil sie das falsch und vulgär findet. Als ich sie kennenlernte, war sie eines dieser großbürgerlichen Mädchen, die man am liebsten fesseln und mit unanständigen Wörtern überschütten möchte. Und sie war *Französin*. Ich war noch nie mit einer Französin zusammen gewesen und malte mir unwillkürlich aus, wie sie mir Unsinn über Kaninchen und *cochons* und anderes Viehzeug ins Ohr flüsterte, das Franzosen gern im Schlafzimmer heraufbeschwören.

Ich lernte Anne in einer Martini-Bar mit dem wenig überraschenden Namen Olives in Providence kennen. Ich hatte gerade mein Studium an der RISD und dort eine kurzlebige Liebesaffäre mit Blasen- und Klarsichtfolie begonnen, die mir als Metapher für das fehlgeleitete Gewissen moderner Konsumenten dienten. Anne schuftete als Anwaltsgehilfin in einer großen Bostoner Kanzlei und besuchte übers Wochenende ihre Cousine Esther in Providence, die im zweiten Jahr an der Brown University studierte.

Damals vertraute ich viel mehr als heute auf meine Kunst und mein Aussehen. Anders als in Paris scheint in Amerika die Sonne – ich war nicht ganz so bleich. Ich hatte amerikanische Freunde, die so reich waren, dass sie mit mehr als einem Kühlschrank aufgewachsen waren. Mein Studium lief gut: Die Dozenten fanden meine Arbeiten provokativ, und die Frauen (und auch einige Männer) liebten meinen Akzent. Ich besaß eine Reihe Anzughemden mit dem gewissen Etwas – an den Ellbogen verblichen, am Kragen ein wenig abgestoßen. Sie verwiesen auf eine gute Herkunft, aber eben nur bis zu einem gewissen Grad. Außerdem hatte ich eine lange sandbraune Mähne, die Frauen mit Mutterinstinkt geradezu in den Wahnsinn treibt. Sie müssen einfach darin herumwühlen, sie zerzausen. Das also hatte ich zu bieten, als ich Anne im Olives begegnete.

Aber auch ich selbst stamme nicht aus einem Land der Blinden. Ich kann unterscheiden, ob zwei Frauen oberflächlich miteinander plaudern und sowohl körperlich als auch im übertragenen Sinne Spielraum für Unterbrechungen lassen, oder ob sie wirklich ins Gespräch vertieft sind. Mir war klar, dass ich es mit Letzterem zu tun hatte. Aber eine Frau wie Anne trifft man nur ein Mal im Jahrzehnt. Das Wunder war wichtiger als gute Manieren.

Ich betrachtete die beiden eine Weile: ihre Cousine gestikulierte viel und trank einen Appletini nach dem anderen. Irgendwann stand sie auf und vollführte eine »Behältst du die im Auge?«-Geste in Richtung ihrer kolossalen Handtasche (ein typischer Mimenaustausch unter Freundinnen, der mich immer verwirrt hat, weil er den Verdacht impliziert, die Freundin könnte etwas Unlauteres mit der Tasche anstellen – sie zum Verkauf anbieten, während man selbst auf dem Klo ist, oder so). Ich ergriff meine Chance.

Ich baute mich zwischen Anne und der Theke auf und bot ihr an, eine zweite Runde von dem zu bestellen, was sie gerade getrunken hatte.

»Eigentlich wäre das dann schon mein dritter.«

»Aha.« Ich grinste und interpretierte ihre Reaktion als Zustimmung. »Was darf es denn sein?«

Sie bohrte einen Zahnstocher in ihre Olive und blickte – besser gesagt, blinzelte – mich an.

»Ich habe genug, danke.«

»Wirklich?« Die graue Masse in meinem präfrontalen Cortex sagte mir, ich solle lieber nicht ihren Akzent erwähnen, der wie geschmolzene Butter klang. Unterdessen ging mein kleiner Soldat in Habachtstellung: Sie ist Französin, sie ist Französin, sie ist Französin.

»Nun ja, ich bin mit einer Freundin hier, sie kommt gleich zurück, also müsstest du ihr auch einen Drink bestellen. Und dann müssen wir uns mit dir unterhalten, weil du uns einen ausgegeben hast, wir müssen über Belanglosigkeiten reden, bis meine Freundin und ich irgendwann so tun, als hätten wir noch was vor, aber in Wirklichkeit gehen wir nur in eine Kneipe auf der anderen Straßenseite, damit wir nicht weiter mit jemandem reden müssen, den wir gar nicht kennen.«

Eine harte Nuss! Aber ich war schon hin und weg, segelte voll im Wind. Im Geiste sah ich sie schon mit ihren cremeweißen französischen Oberschenkeln auf mir hocken, meine Hand fuhr unter ihren seidenen String, der zwischen ihren Arschbacken verschwand, und ihre lächerliche Tiffany-Bean-Kette klatschte gegen meine Brust. Ich interessierte mich einen Scheiß für ihre Freundin, ich wollte Anne für mich allein.

»À l'aurore, armés d'une ardente patience, nous entrerons aux splendides villes.«

Mir liegt es nicht, Lyrik vorzutragen, außerdem ist mein Erinnerungsvermögen durch ein vorübergehendes Interesse an Pot stark in Mitleidenschaft gezogen worden. Aber zufälligerweise hatte ich kurz vor diesem Abend für ein Mixed-Media-Seminar einen Schaukasten erstellt, auf dessen sandigem Boden amerikanische Plastiksoldaten pyramidenförmige Buchseiten aus Khalil Gibrans *Der Prophet* anblickten – und das vor dem Hintergrund eines Seidenbanners, auf dem ein Vers des französischen Dichters Rimbaud zu lesen war: »*Und in der Morgenröte, bewaffnet mit brennender Geduld, tauchen wir ein in Städte voller Glanz.*«

Das Gefühl war unvergleichlich. Dieser Augenblick, in dem man ohne jeden Zweifel weiß, dass man in einer Frau kommen wird, die man bis jetzt nicht einmal berührt hat. Noch besser als das Gefühl aber war Annes Gesichtsausdruck, während ich meine fünf Jahre Französisch für Fortgeschrittene ganz darauf verwendete, diesen einen Vers zu deklamieren. Er erschien mir sowohl angemessen als auch eindrucksvoll, und sie nahm ihn mit jener unwiderstehlichen Mischung aus Verblüffung und Begehren auf, die manche Frauen überkommt, wenn sie begreifen, dass sie gerade einem Mann verfallen, der weniger attraktiv ist als sie selbst. Die Energie war elektrisierend, und es grenzte an ein Wunder, dass wir blieben, statt das Vertrauen ihrer Cousine Esther auszunutzen und die Tasche herrenlos zurückzulassen.

Als Esther wiederkam, trank Anne einen Martini, den ich ihr stolz bestellt hatte. Wir wurden einander vorgestellt, und Esther drückte ihr Missfallen über meine Anwesenheit aus, indem sie übertrieben laut atmete und in der kolossalen Tasche leise fluchend nach ihrem anscheinend verschwundenen Portemonnaie kramte.

»Schon gut«, sagte Anne und hielt sie am Ellbogen fest. »Ich übernehme das.«

Ein stilvoller Weg, um verpiss dich zu sagen. Esther blickte auf und funkelte mich mit rotem Gesicht an.

»Verstehe. Dann vielen Dank. Kommst du zum Pilates?«

»Natürlich.«

»In Ordnung, also dann …« Esther knöpfte den Mantel zu, wischte sich ein Stäubchen vom Kragen und benahm sich alles in allem wie ein Mädchen, das seinen Abschied hinauszögert.

»Rufst du mich an, wenn du mich brauchst?«

Anne lächelte. »Natürlich.«

Und das Klößchen ließ uns allein mit unserem Eintopf. Anne wollte mich an diesem Abend nicht küssen und machte sehr deutlich, dass sie auch nicht mit mir vögeln würde. Allerdings erwähnte sie, sie wohne in einem Hotel, weil sie die alkoholisierten Idioten nicht ertragen könne, die in Esthers Wohnheim herumliefen. Sie ließ mich also wissen, dass sie einen im Voraus bezahlten, neutralen Raum zur Verfügung hatte, das war besonders grausam. Doch da ich meine »brennende Geduld« erwähnt hatte, musste ich sie auch beweisen.

Ich fügte mich der Tatsache, dass ich an diesem Abend nur noch ein Stück Pizza essen und mir einsam einen runterholen würde, und fragte Anne, was sie am nächsten Tag vorhabe. Darauf sagte sie, sie reise ab. In drei Wochen werde sie wiederkommen, um sich mit Esther ein Theaterstück anzusehen. Für meinen glenfiddichgetränkten Verstand waren drei Wochen unfassbar lang, und so fragte ich, ob sie sich sicher sei, dass sie mich nicht auf ihr Zimmer mitnehmen wolle. Sie war sich sicher. Ich schlug ein gemeinsames Frühstück vor und erfuhr beeindruckt, dass sie den Morgen gern allein verbrachte. Da mir nichts anderes übrigblieb, bot ich an, sie am nächsten Tag zum Bahnhof zu fahren.

Sie erwiderte, ihr Hotel, das Biltmore, sei nur zwei Häuserblocks vom Bahnhof entfernt. Ich wies darauf hin, dass wir dreimal um den Block fahren könnten, was insgesamt sechs Blocks ergäbe, was uns wiederum – berücksichtigte man dabei mögliche Verkehrsstörungen oder schlechtes Wetter – zusätzliche zehn, vielleicht sogar zwölf Minuten verschaffte. Darauf konnte sie nichts mehr erwidern und sagte ja.

Am nächsten Tag küsste mich Anne, als ich sie am Bahnhof absetzte. Sie sagte, es sei eine sehr intime Geste, jemanden am Bahnhof abzusetzen, und sie komme sich altmodisch dabei vor. Ich stimmte ihr zu und fügte an, dass es in der Tat überaus altmodisch sei, jemanden am Bahnhof abzusetzen, mit dem man nicht einmal geschlafen habe. Sie sagte, sie fände mich faszinierend grob, wenn auch nicht unlogisch. Wir vereinbarten, einander bei ihrem nächsten Besuch in Providence wiederzusehen. Ich küsste ihr zum Abschied aus purer Bosheit die Hand. Das war im November. Im August waren wir verheiratet.

Angenommen, man könnte die wahnsinnig ekstatische jugendliche Schwärmerei der ersten Monate die ganze Beziehung hindurch aufrechterhalten – von der Ehe bis in den Tod –, würde diese so gefeierte, so heiß begehrte Liebe angesichts der Dauer ihrer eigenen Existenz ungläubig in sich zusammenfallen?

»Ich liebe sie nicht länger. Aber oh, wie ich sie liebte.« In Amerika waren wir Komplizen. Wir hatten einen Akzent. Maßgeschneiderte Kleidung. Anne trug ein ganzes Jahr lang nur Highheels und ich eine schwarz-goldene amerikanische Flagge als Schal. Wir tranken schweren Rotwein und aßen am Wochenende Yorkshire Pudding. Wir leckten Koks von Mentholzigaretten. Wir schafften es im absoluten Ruhebereich der Rockefeller Library beinahe bis zur Penetration. Um Anne zu ärgern, freundete ich mich mit einigen Lacrossespielerinnen der Brown University an, während sie das Gleiche mit ausgewählten Mitgliedern des Ruderteams tat. Trotz ihres Aussehens fand ich leichter Freunde als Anne, weil ich aufgeschlossener war als sie. Wir waren oft voneinander getrennt, auf unsere Weise aber unzertrennlich.

Fünf Monate, nachdem wir uns kennengelernt hatten, bat ich Anne, mich zu heiraten. Ich tat es wohl eher der dramatischen Geste wegen und nicht, weil mich die Ehe als solche reizte. Ich wollte nicht so lange warten, bis wir uns irgendwann, Seite an Seite auf der Couch, in der Werbepause unserer Lieblingssendung zueinander drehten und »Was hältst du vom Heiraten?« hervorrülpsten. Als Romantiker respektierte ich den altmodischen, ein wenig spontanen (wenngleich nicht unerwarteten) Heiratsantrag, den ich, wenn ich das sagen darf, ziemlich elegant hinlegte.

Ich gab eine Kontaktanzeige im *Providence Phoenix* auf, einer exzentrischen linken Publikation, die im innerstädtischen Lagerhausbezirk gedruckt wurde. Sie lautete: *Anne-Laure: Willst du mich heiraten? Richard H.*

Anne hatte die charmante Angewohnheit, als Erstes die Kontaktanzeigen zu lesen. Ob es nun der *New Yorker*, die *New York Times*, *Cosmo*, *Glamour* oder *Star* war, ungeachtet der Qualität der fraglichen Publikation kamen die Kontaktanzeigen immer als Erstes dran.

Die Anzeige erschien in der Ausgabe vom 5. April 1995. Da Anne es genießt, manche Dinge zu verheimlichen, hat sie mir bis heute nicht verraten, wann sie den Antrag gesehen hat. Doch am 21. Mai entdeckte ich eine Kleinanzeige, die einen von Anne gezeichneten Esel mit einem verschleierten Diadem zeigte. Über dem Diadem stand quer *Ja* zu lesen.

Wir heirateten in Cape Cod – in demselben Haus, in dem wir auch den folgenden Sommer verbringen würden, in dem Anne Schwangerschaftsratgeber lesen und ich den *Blauen Bären* malen würde. Anne trug das Kleid, das sie bei ihrem Debütantinnenball in Paris angehabt hatte, und dazu glitzernde transparente Gummisandalen. Wir betranken uns und grillten. Zum Nachtisch aßen wir unter Decken am Strand selbstgemachten Puffreis mit Schokolade.

Es war eine hübsche kleine Party. Ganz schlicht. Albern. Sie passte zu uns. In der Morgendämmerung legten wir uns in einem Zimmer mit weißen Dielenbrettern hin. Ich drückte Anne an meine Brust, während sie einschlief. Ich fuhr mit dem Finger über den glatten goldenen Streifen, der von ihrem eigenen Finger warm geworden war, beschrieb Kreise um ihre Knöchel und horchte auf ihren Atem. Ich schlief mit einem Lächeln ein, ganz gelassen angesichts der aberwitzigen Vorstellung, den Rest meines Lebens mit diesem einen Menschen zu verbringen. Es stimmt nicht ganz, was allgemein gesagt wird: Liebe macht nicht blind, sondern optimistisch.

Meine Eltern hatte ich nicht zur Hochzeit eingeladen, besser gesagt, ich hatte nicht darauf bestanden, dass sie kamen. Edna und George Haddon hatten, was meine Existenz betraf, immer ein gewisses Laisser-faire an den Tag gelegt. Sie zeigten ihre Liebe, indem sie meinen Lebensentscheidungen vertrauten. Wir vereinbarten, nach unserer Rückkehr zwanglos mit Familie und Freunden in Hemel Hempstead zu feiern. Bis dahin wollten sie Postkarten, Anrufe und Fotos.

Erst als Anne zehn Tage nach der Hochzeit beim Mittagessen in Tränen ausbrach, erfuhr ich, dass sie ihrer Familie unsere Ehe verheimlicht hatte. Ich dachte, sie sei durcheinander, weil wir am Abend zuvor eine Dinnerparty gegeben hatten, bei der jemand im Badezimmer eine Zigarette geraucht hatte – eine Indiskretion, die in ihren Augen gegen die Hygiene verstößt. Außerdem isst sie nicht gern Reste (das findet sie »deprimierend«), und da unsere Mahlzeit aus kaltem Huhn vom

Vorabend bestand, führte ich ihren Ausbruch zunächst darauf zurück. Aber nein, der Grund war, dass sie ihrer Familie – einer Bastion großbürgerlicher Vornehmheit – gegenüber nicht erwähnt hatte, dass sie einen Mann mit bescheidenen Mitteln geheiratet hatte, einen Mann, der nicht als Bankier oder Unternehmensberater arbeiten würde (ja, nicht einmal als *directeur marketing*), der einfach nur glücklich sein, üppig leben, gut trinken und mit ihrem einzigen kostbaren Kind so oft wie möglich Liebe machen wollte.

Ich war außer mir. Anne hatte mich monatelang in dem Glauben gelassen, sie habe mehrfach mit ihrer Familie telefoniert, um sie an unsere bevorstehende Ehe, an ihre immerwährende Verbindung mit einem einfachen britischen Bürger zu gewöhnen. In Wirklichkeit hatte sie bei diesen Gelegenheiten mit Esther telefoniert. Zusammen hatten sie einen aufwendigen Plan geschmiedet, der eine monatelange Orientierungsphase vorsah, bevor ich ihrem Vater als ernsthafter Bewerber mit ehrenwerten Absichten präsentiert werden sollte, gefolgt von dem Einverständnis ihres Vaters und gekrönt von unserer Hochzeit, die im Sommerhaus in der Bretagne mit allen Freunden und der gesamten Familie (erneut) gefeiert werden sollte.

Ich war nicht nur wütend, weil Anne es vor mir geheim gehalten hatte, mich stieß auch der großbürgerliche Mief der ganzen Sache ab. Ich hatte Annes versnobten Charme immer sexy gefunden; der Gedanke an ihre stinkreiche Familie, deren perfekte kleine Prinzessin in Boston ein Doppelleben führte, hatte mich belustigt: tagsüber die tadellose Anwaltsgehilfin, nachts die Whisky trinkende *suceuse*. Aber das hier war anders. Es war geographisch. Es würde unser Leben berühren. Wenn wir wie besprochen nach Paris zurückkehren würden, wären ihre Eltern nicht länger eine unbekannte Größe, über die man sich bei ein paar Mimosas lustig machen konnte. Sie wären meine Schwiegereltern, die man anrufen und sonntags besuchen musste, die laut und hochnäsig wären und Einfluss und Macht auf meine frisch angetraute Frau ausübten.

Mir gefiel die Tatsache, dass wir in einem Getreidespeicher geheiratet hatten, ohne den geringsten Gedanken an ihre Familie, meine Familie, mein Land, ihr Land. Wir waren verliebt und hatten geheiratet, und der Rest der Welt konnte sich ins Knie ficken. Doch während ich zusah, wie Anne schniefend vor ihrem unberührten Teller saß, wurde mir klar, dass unsere Blase zerbrechlicher war als gedacht. Wir konnten die Welt nicht ewig aussperren. Ich begann mich zu fragen, was passieren würde, wenn wir den Ozean überquerten. Welche Seite von Anne-Laure de Bourigeaud würde mich in ihren heimatlichen Gefilden begrüßen?

Nach mehreren tränenreichen Telefonaten mit ihrer Mutter trafen zwei Rückflugtickets nach Paris bei uns ein – ein Geschenk der Bourigeauds. Zeit für die Schwiegereltern.

Wir legten unseren ersten offiziellen Besuch auf ein langes Wochenende im Oktober und fuhren vom Flughafen Charles de Gaulle sofort zum Haus ihrer Eltern in Le Vésinet, das eine halbe Stunde außerhalb von Paris lag. Nach einer Reihe unbeholfener Wangenküsse und »Schön, dass wir uns endlich kennenlernen«-Phrasen begaben wir uns auf die Terrasse, wo Madame den Aperitif servierte. Wir umschifften das heikle Thema, indem wir übereinstimmend erklärten, es sei wirklich warm für Oktober.

Mir wurde rasch klar, dass die Bourigeauds den Monat bis zu unserer Ankunft dafür genutzt hatten, eine Pro- und Kontra-Liste zu erstellen, die in etwa so ausgesehen haben dürfte:

Pro (bezüglich Richard)

- spricht fließend Französisch (ohne allzu starken Akzent, wie Anne sagt)
- schätzt Kunst und Kultur
- ist Europäer
- wird von Anne sehr geliebt
- scheint Anne ebenfalls zu lieben
- ist angemessen weit herumgekommen

Kontra (bezüglich Richard)

- wird vermutlich in seinem gewählten Beruf kein Geld verdienen
- stammt aus einer kleinbürgerlichen Familie (vermutlich mit schlechten Zähnen)
- ist Ausländer (vermutlich mit schlechten Zähnen)
- ist kein Franzose
- ist nicht katholisch
- ist nicht reich

Die erste Fragerunde bestand ich mit Bravour: die Tatsache, dass meine Eltern seit vierzig Jahren verheiratet waren, schien ebenso für mich zu sprechen wie die Tatsache, dass ich ein wenig Spanisch konnte, was die Zahl meiner »gesprochenen Sprachen« auf drei erhöhte. Heikel wurde es, als Alain de Bourigeaud sich erkundigte, was für eine Art Künstler ich sei.

»Er macht Pop-Kultur«, sagte Anne und strich sich das Haar hinters Ohr. »Wie Houellebecq, nur in der darstellenden Kunst.«

Bei dem Wort »Pop-Kultur« spie ich beinahe meinen Weißburgunder aus.

»Pop-*Politik*«, wagte ich mich vor. »Die Sache ist die ... ich versuche, zum Nachdenken anzuregen.«

Alain und seine Frau Inès starrten mich ausdruckslos an; offenkundig erwarteten sie eine nähere Erläuterung. Doch mir fiel kein einziges Werk ein, das mich nicht wie einen Idioten hätte aussehen lassen.

»Er stellt gerade seine Abschlussausstellung zusammen«, fuhr Anne fort. »Über den Aufstieg und Fall populärer Figuren. Wie eine Bewegung zu einer anderen Bewegung führt und Strömungen beeinflusst. Zum Beispiel –« Sie legte ihre Hand auf meine – »hat er eine Reihe Matroschka-Puppen angefertigt, die die Kommerzialisierung der Lebensmittelindustrie bis hin zum Kult um Martha Stewart nachverfolgen.«

Ihre Mutter neigte den Kopf. »Wie interessant. Wer ist das?«

Das Mittagessen verlief ohne weitere Zwischenfälle, besser gesagt, ohne jeglichen Zwischenfall, was im Hause Bourigeaud als Beweis für ein erfolgreiches Mittagessen gilt. Als der letzte Bissen Rotbarsch hinuntergeschluckt und die Gabel auf dem gemusterten Porzellan abgelegt worden war, schlug Annes Mutter ihr vor, vor dem Nachtisch gemeinsam abzuwaschen. Wir hatten erst Suppe, dann den Hauptgang und danach Käse und Salat gehabt, also gab es eine Menge Geschirr zu spülen. Ich vermutete, dass die Zeit für ein kleines Gespräch mit Monsieur B. gekommen war.

Und welch Zufall, sobald die Frauen den Tisch abräumten, erkundigte sich Monsieur, ob ich mir den Garten genauer anschauen wolle. (»Was Inès mit den Pflanzen macht, ist pure Magie!«) Ich stimmte zu und fing Annes Blick auf, als wir zur Tür gingen. Sie reckte den Daumen in die Höhe, eine für sie untypische Geste, die mich an meinen Mitbewohner Toby erinnerte, der mir dieses Signal nach dem morgendlichen Toilettenbesuch zu geben pflegte.

Draußen beschloss ich, nicht um den heißen Brei herumzureden. Ich würde auch nicht darum herumlaufen. Spring einfach rein, Richard. Sei ein braves Hündchen.

»Monsieur Bourigeaud«, begann ich in dem förmlichen Französisch, das ich mir für die älteren Herrschaften aufsparte, »es tut mir leid, wie alles vonstatten gegangen ist. Anne hat ein engeres Verhältnis zu Ihnen als ich zu meiner Familie, daher habe ich gar nicht an jemand anderen gedacht. Ich weiß, wir haben übereilt gehandelt. Es ist nur so … meine Eltern fliegen nicht gern.«

Mr B. warf Unkraut über die Hecke in den Nachbargarten. »Wenn Anne so viel an ihrer Familie läge, hätte sie uns wohl vorher miteinander bekanntgemacht. Oder uns wenigstens zur Hochzeit eingeladen. Das wäre nett gewesen.«

Ich versicherte ihm, dass meine Eltern auch nicht eingeladen worden waren, was er mit einer Handbewegung abtat.

»Hör zu, mein Sohn, ich kenne dich nicht gut genug, um zu entscheiden, ob ich dich mag, doch Anne scheint dich zu mögen, das reicht mir fürs Erste. Eins möchte ich aber gleich klarstellen: Du brauchst einen Job.«

Ich war erschüttert, erklärte aber so ruhig wie möglich, dass ich nicht den ganzen Tag herumsaß und Farbe auf den Boden schleuderte.

»Ich *verkaufe* auch Werke. In einer richtigen Galerie.«

»Sicher doch. Aber ihr beide seid noch jung. Aus Anne wird eine tolle Anwältin, allerdings muss sie noch eine Menge lernen.« Er bückte sich und zupfte weiter Unkraut, wobei er mir einen versöhnlichen Blick auf die kahle Stelle an seinem Hinterkopf bot.

»Wenn ihr wieder nach Paris zieht, können wir euch helfen, etwas zu finden. Ich habe viele nützliche Freunde, und ich möchte, dass Anne glücklich ist. Mehr wollen Inès und ich ja gar nicht.« Er rieb sich das Kinn, als überlegte er, ob er den Gedanken weiterverfolgen sollte. »Richard, ich bin ein Kunstliebhaber und respektiere diesen Beruf. Aber bis du dich etabliert hast, solltest du dir etwas Zuverlässigeres suchen, ein sicheres Einkommen aus einer respektablen Quelle. Das ist doch nicht zu viel verlangt im Gegenzug für ihre Hand?« Er schlug mir mit seiner manikürten Pranke auf die Schulter. »Was sagst du dazu?«

Wohl wissend, dass ein Widerspruch entweder zu einer erzwungenen Scheidung, einer Verbannung nach England oder zu der Enterbung seiner einzigen Tochter geführt hätte, stimmte ich natürlich zu. Monsieur schien aufrichtig erfreut und rief den Spülerinnen im Haus zu, dass wir einen Digestif zum Kaffee nähmen.

Als wir zurückkamen, verriet die Energie zwischen uns, dass ich akzeptiert worden war. Inès umarmte mich sofort, und Anne lächelte müde und dankbar. Inès stürzte sich auf der Stelle in die Planung unserer zweiten Hochzeit, wobei sie andeutete, dass die erste nur eine Generalprobe für den prächtigsten und unvergesslichsten Tag unseres Lebens gewesen sei.

»Schließlich«, fügte Madame hinzu, als sie die Untertassen auf dem Tisch verteilte, »mag jeder einen Nachschlag!«

Bei der Begegnung mit ihren Eltern merkte ich wohl zum ersten Mal, dass ich außer Anne noch andere Menschen nicht enttäuschen durfte. Mittlerweile gibt es noch mehr Menschen in meinem Leben, die ich theoretisch enttäuschen könnte – meine Tochter, meinen Galeristen, den Bäcker in der *boulangerie*, der am Boden zerstört ist, wenn ich nicht passend zahlen kann –, doch bis zu dem Moment damals waren es nur Anne und ich gewesen. Die Erwartungen waren geringer. Man konnte viel weniger falsch machen. Wir mussten einander nur lieben und genug verdienen, um gelegentlich essen gehen zu können. Es war einfach. Einfach! Liebe und sonst nichts.

Aber niemand sagt einem, was man *einander* antut, wenn

man heiratet. Die Menschen reden von Stabilität und Trost, dem Gefühl immerwährenden Rückhalts; sie reden davon, wie praktisch es sei, ein gemeinsames Vermögen und steuerliche Vorteile zu haben, wie schön es sei, Kinder großzuziehen, aber niemand erklärt einem, dass nur sechs Jahre später eine simple Bitte wie »Könntest du auf dem Heimweg ein halbes Pfund Putengehacktes und Bioporree mitbringen?« den freien blauen Himmel über einem einstürzen lässt, während man in der Metzgerei seinen Zettel umklammert hält und sich schämt, nur ein weiterer Trottel zu sein, der weißes Fleisch mit nach Hause bringt.

Und niemand sagt einem, wie es sich anfühlt, wenn das Geheimnis verschwunden ist oder der Abscheu Wurzeln schlägt, weil einem klar wird, dass die Ehepartnerin jeden Namen im Telefonverzeichnis kennt, dass sie genau weiß, wie viel Wein du an jedem beliebigen Abend getrunken und wann du Verstopfungen gehabt hast, dass sie sich gebückt hat, um dein ergrautes Brusthaar aus dem Abfluss zu fischen und dass die Vertrautheit nicht mehr tröstlich, sondern verletzend geworden ist. Du kannst nicht glauben, dass ihr ganze Nachmittage mit der Zunge im Mund des anderen verbracht habt. Du kannst dich nicht daran erinnern, wann es begonnen hat, dieses *Wie du mir, so ich dir*, die Wertungen, die Bonus- und Strafpunkte für gehaltene und gebrochene Versprechen. Niemand erklärt dir, dass man weniger Zeit hat, einander zu enttäuschen, je mehr man mit Karriere und Haus und Kindern beschäftigt ist; man hortet die Demütigungen wie ein Eichhörnchen, wie ein Buchhalter. Rechnet die empfundene Reue gegeneinander auf.

Und nach Jahren emotionalen Hamsterns sagt dir auch niemand, dass du den Weg in den Körper einer anderen Frau so mühelos finden würdest wie ein Baby den Daumen, dass du dadurch den Stall der Gefühle ausmisten würdest, dass du in der

Metzgerei deine Lebensfreude wieder spüren und verständnisvoll auf die alte Frau vor dir reagieren würdest, die sich nicht zwischen Kalb und Huhn entscheiden kann. Warum sollte sie sich auch beeilen? Man hat immer und überall die Wahl, und eine Möglichkeit ist reizvoller als die andere.

Warum heißt es *Betrügen*? Ist es denn so schlimm? Ich habe meine Geliebte geheiratet, und mit der Zeit wurde sie zu meiner Schwester. In Wahrheit wünsche ich mir verzweifelt die Geliebte zurück. Aber wir haben einander mit wachsendem Zorn und schweigendem Versagen verbogen. Fast ein Jahrzehnt später sind wir Zerrbilder unserer selbst. Wir sind verschmutzt. Der Brunnen der Liebe hat sich schwarz gefärbt.

5

Anfang Oktober schien es, als würden die Briten die Vereinigten Staaten bei einer Militäraktion gegen den Irak unterstützen. Ich stand wieder einmal an meinem Lieblingszeitungsstand, betrachtete die vom Wildwest-Vokabular inspirierten Schlagzeilen (*Er hat sie, schnappt ihn euch!*) und suchte nach Ideen für ein Projekt zum Thema Irak, bei dem ich nicht als verzweifelter Opportunist dastehen würde, als Julien anrief und erklärte, wir müssten uns treffen.

Ich fand ihn im Abstellraum der Galerie, wo er gerade einen Kopfstand machte. Der Wasserkühler neben ihm rülpste Blasen hervor.

»Was soll das denn?«

Er winkelte erst ein Bein, dann das andere an und klemmte den Kopf mehrere Sekunden zwischen die Knie, bevor er sich aufrichtete.

»Das ist gut gegen Stress.« Er klopfte sich den Staub von der Kleidung. »Hast du Bérénice schon kennengelernt?«

Ich sagte ihm, dass ich die Empfangsdame aus Toulouse bemerkt hatte, verschwieg aber, dass ihre Empfangskenntnisse etwas zu wünschen übrigließen. Sie hatte mich weder begrüßt noch angeboten, mir den Mantel abzunehmen. »Wie lange ist sie schon hier?«

»Sie hat gerade erst angefangen, ist aber schon … bitte.« Er stieß die Tür auf. »Gehen wir an meinen Schreibtisch.«

Juliens Schreibtisch war aufgeräumter als sonst. Ob er nun Rücksicht nahm auf seine neue Praktikantin oder aber die Praktikantin selbst dafür verantwortlich war, wusste ich nicht, allerdings schien mir Bérénice eher der strenge Typ zu sein. Statt sich nützlich zu machen, saß sie da, während wir uns unterhielten, und schaute mit ihrem seltsamen Blick zu uns herüber.

»Bérénice, Liebes, könntest du mal kurz über die Straße laufen und uns ein paar Sandwiches besorgen? Schinken und Käse? Und bring dir auch eins mit.«

Julien stand auf und legte etwas Geld auf ihren Tisch, das sie anstarrte und schließlich zwanglos in ihre Jackentasche steckte.

»Komisch«, flüsterte er, als sie zur Tür ging. »Sie hat keine Handtasche.«

Als sie weg war, überbrachte er mir die Neuigkeit des Tages.

»Dieser Brite will, dass du ihm den *Blauen Bären* bringst.«

»Wie bitte?«

»Die wollen, dass du das Bild persönlich ablieferst. Bérénice hat heute Morgen mit ihnen gesprochen, daher habe ich natürlich zurückgerufen und gesagt, sie sei neu hier, unsere Künstler würden die Bilder nicht persönlich liefern und so weiter, aber ... sie sind unglaublich überzeugungsstark.«

»Moment, du hast also mit diesem Typen gesprochen. Einem *Typen*.«

»Ja. Dieser Dave. Die übernehmen deine Reisekosten und legen zusätzlich tausend Euro drauf.«

Ich verschränkte die Arme und versuchte, den Sinn des Ganzen zu verstehen. Es gelang mir nicht.

»Aber wieso?«

»Anscheinend praktizieren sie eine New-Age-Form des Kunstsammelns. Er sagte, es sei Teil des Prozesses, dass du das Werk selbst überbringst.«

Ich erhob mich und lief auf und ab. »Das kann doch alles

kein Zufall sein, oder? Wer außer ihr sollte sich wünschen, dass ich bis nach London reise – und wie soll das überhaupt gehen, das Ding ist gigantisch!«

Julien holte etwas zwischen seinen Zähnen hervor. »Ich gebe zu, es ist ungewöhnlich. Definitiv sonderbar.«

»Und wenn sie nun wirklich dahintersteckt? Was würde das bedeuten?«

»Ich nehme an, es würde bedeuten, dass sie dich wiedersehen will. Und dass sie enorm viel Freizeit hat. Ich weiß nicht, was ich dazu sagen soll. Würdest du's machen? Der Typ sagt, dass sie es sonst möglicherweise nicht kaufen.«

Ich atmete langsam aus und blickte an die Decke, die sich von all den Zigaretten, die im Laufe der Zeit hier geraucht worden waren, gelb gefärbt hatte.

»Und wann soll ich das machen?«

»Ich habe gesagt, du hättest demnächst ein bisschen Zeit, über Allerheiligen.«

»Du hast ihnen meinen *Urlaub* vorgeschlagen?«

»Du bist doch in der Bretagne. Nur eine Fährüberfahrt entfernt. Nimm deine Familie mit. Besuch deine Eltern. Mach einen Urlaub draus.«

»Na toll, phantastisch. Ein nettes Beisammensein mit meiner Exgeliebten und meiner Frau.«

»Du solltest es überdenken. Ich habe gesagt, dass wir uns in zwei Tagen wieder melden.«

»Meinst du, es ist Lisa?« Ich setzte mich hin.

»Ich weiß es nicht. Besser gesagt, ich wusste es nicht, aber jetzt … könnte ich es mir vorstellen.«

Wir saßen schweigend da; ich kaute meinen Daumennagel ab, und Julien bohrte seinen Daumen in den Gummitunnel, den er aus dem Telefonkabel gedreht hatte.

Nach einer Weile kam Bérénice mit den Sandwiches zurück.

Surimi für Julien und gegrilltes Gemüse für mich. Es habe keinen Schinken mehr gegeben, eine geradezu absurde Behauptung.

Während wir dasaßen und aßen, gingen mir verschiedene Verschwörungstheorien durch den Kopf. Weshalb unternahm die US-Regierung diese durchsichtigen Anstrengungen, um zu beweisen, dass es Massenvernichtungswaffen gab, wenn ihre eigenen Leute vor Ort dies bestritten? Warum hatte eine *boulangerie*, die etwas auf sich hielt, mittags keine Schinkenbaguettes mehr? Was würde ich tun, wenn Lisa die Käuferin war? Konnte ich wirklich ein Bild an ihrer Haustür abliefern und wieder verschwinden, ohne in einer der horizontalen, vertikalen oder sonstigen Positionen zu landen, die mich überhaupt erst in Schwierigkeiten gebracht hatten?

»Ich wollte dir noch was sagen«, stieß Julien mit vollem Mund hervor, »ich habe einen potentiellen Käufer für das Fahrradbild. Meine Frage: Was kommt jetzt? Hast du was im Kopf?«

»Nun, es wird dir nicht gefallen.« Ich kratzte mich am Hinterkopf. »Aber ich habe mir gedacht – und es ist bisher nur ein Gedanke –, ich könnte etwas über den Irak machen.«

»Politik?« Er runzelte die Stirn. »Ich weiß nicht, Rich. Ich sehe dich wirklich nicht als politischen Menschen.«

»Aber dieser Räuber-und-Gendarm-Mist ist eine Farce. Hast du die Schlagzeilen gelesen?«

»Na und? Willst du George Bush auf einem Steckenpferd malen?«

Ich lachte. »Gar keine schlechte Idee. Aber nein, ich dachte an was anderes.« Ich fuhr mit der Hand über mein Hosenbein, als juckte es mich dort. »Ich dachte, ich könnte mich wieder mit Installationen beschäftigen.«

»Eine Installation.« Er verzog das Gesicht. »Über den Irak?«

Ich verschränkte die Arme vor der Brust. »Ich möchte etwas

Aktuelles machen. Etwas Aussagekräftiges. Etwas, das nichts mit alldem hier zu tun hat.« Ich machte eine ausholende Geste in Richtung der Schlüssellochbilder.

»Aber *Politik*? Das ist nun wirklich nicht dein Ding.«

»Es war aber mal mein Ding –«

»Dann ist es eben nicht das Ding deiner Kunden. Du hast jetzt eine Fangemeinde«, fuhr er fort. »Sammler. Einen bestimmten Typ Sammler. Die Leute mögen deine Arbeiten. Sie sind nostalgisch. Sie passen gut zu den Vorhängen.«

»Vorhänge«, sagte ich düster. »Du meinst das ernst.«

Er war ebenfalls leicht angefressen und holte zwei Tassen Instantkaffee und einige Päckchen Zucker aus dem Abstellraum. Ich fühlte mich missachtet. Also nahm ich zwei Päckchen statt wie üblich nur eines. »Hör mal«, er stellte den Kaffee ab, »du weißt, dass ich an dich glaube. Aber selbst die Damien Hirsts dieser Welt begreifen, dass man sein Geld mit Konsequenz verdient. Seine konservierten Haie, die verwesenden Kuhköpfe, das alles wurzelt in derselben Mischung aus Provokation und Macht. Aber er ist nicht sentimental. Du schon. Und du kannst nicht einfach so von sentimental und unpolitisch zu politisch engagiert wechseln.«

»Du willst also behaupten, ich könnte keine aussagekräftige Kunst hervorbringen?«

»Kunst mit tagesaktuellem Bezug? Nein.« Er trank seinen Kaffee in einem Zug aus. »Besser gesagt, ich kann hier solche Kunst nicht *verkaufen*. Dafür vertrete ich dich nicht. Dafür habe ich dich nicht genommen. Und es ist auch nicht der Grund, aus dem sich die meisten Gemälde in dieser Ausstellung verkauft haben.«

»Aber das bin *ich*, Julien! Die Schlüssellochbilder waren nur eine Laune.«

»Sie sind ein geschenkter Gaul! Du könntest unzählige Variationen davon liefern: Büros, in denen du gearbeitet hast; Orte, an denen du Urlaub gemacht hast; Zimmer in deinem Elternhaus. Du bist da auf eine Marke gestoßen.«

»Ich kann nicht anders«, sagte ich mit gesenkter Stimme. »Ich will irgendwo dazugehören. Ich möchte respektiert werden.«

»Genügt es dir nicht zu wissen, dass du jedes einzelne Gemälde hier verkaufen wirst?«

Mein Blick wanderte in den Flur, wo *Der Blaue Bär* hing, wuchtig und allein. Anne hatte gelogen, als sie gesagt hatte, es sei ihr egal, ob ich es verkaufe. Ich hatte das gewusst und es trotzdem ausgestellt. Und verkauft.

»Keine Ahnung«, murmelte ich. »Ich möchte nur, dass es Anne gefällt.«

Das war es. Trotz des Genres, zu dem *Der Blaue Bär* gehörte, war Anne stolz darauf gewesen, weil es ein echtes Gefühl widerspiegelte. Verletzlichkeit. Eingestandene Angst. Vor der Arbeit an den anderen Schlüssellochbildern hatte ich mich mit realen Themen auseinandergesetzt, vielleicht nicht mit dem Krieg als solchem, aber ich hatte Meinungen zu politischen Fragen gehabt, die über die Alltagsprobleme hinausgingen, die mich in letzter Zeit beschäftigten: Gibt es etwas Entmutigenderes als ein entbeintes, in Plastik eingeschweißtes Huhn? Würde aus Camille eins dieser Kinder, die die Augen verdrehen statt zu sprechen? Würde meine Frau mir je verzeihen? Hinter meinem Getue um den Irakkonflikt und die Suche nach einer klugen Idee steckte nur der Wunsch, dass Anne meine Arbeit wieder respektierte.

An diesem Abend waren Anne und ich bei Freunden zum Essen eingeladen, die kürzlich von Paris nach Versailles gezogen waren. Das kam immer häufiger vor, es war ein wahrer Exodus:

Kreative Menschen in den Dreißigern zogen in Vororte, über die sie vor zehn Jahren noch boshaft gespottet hatten. Als wir das letzte Mal bei Synneve und Thierry gewesen waren, hatte er das Wort »Holzverkleidung« verwendet. Thierry mochte ein treuer Ehemann sein, aber er begann, in seiner Freizeit an dekorative Wandpaneele zu denken. Mit Mitte dreißig sind wir alle im Arsch.

Wir hatten eine Babysitterin für Camille organisiert, was nur alle Jubeljahre vorkommt und unsere Laune deutlich hob. Die Aussicht auf einen ganzen Abend mit Menschen, die über eins zwanzig groß waren, verbunden mit dem ungehindert dahinfließenden Verkehr auf der ansonsten immer verstopften A13, verwandelte die üblicherweise angespannte Atmosphäre im Peugeot in eine herzliche.

Anne hatte ihr Parfüm für besondere Abende aufgelegt, eine üppige Mischung aus Bergamotte und Neroli. Sie trug eine rosa Seidenbluse, eine Wollhose mit Schlag und dazu hohe Absätze. Ich war nervös, weil ich ihr noch beibringen musste, dass ich den *Blauen Bären* nicht nur verkauft hatte, sondern das Bild auch nach London bringen sollte. Daher entschied ich mich für eine unverfängliche, schmeichelhafte Aufwärmrunde. Ich sagte, dass mir ihre Schuhe gefielen.

»Ach, die sind alt«, sagte sie spöttisch und schaltete in den fünften Gang.

Da ungewöhnlich wenig Verkehr herrschte, blieb mir kaum Zeit. Ich betrachtete die Hochhäuser, an denen wir vorbeifuhren, und die Satellitenschüsseln, die sich an die Gitter schmaler Balkone klammerten.

»Ich habe Neuigkeiten«, sagte ich angespannt. »Zum *Blauen Bären.*«

»Oh.« Sie schaltete herunter. Ich glaubte, eine Spur von Hoffnung in ihrer Stimme zu hören.

»Ich war neulich bei Julien, und wie sich herausstellte … es ist wirklich ziemlich merkwürdig.« Ich fummelte an meinem Sicherheitsgurt herum. »Sie wollen, dass ich es persönlich abliefere. Die Käufer. Sie wollen, dass ich es nach London bringe.«

Ich beobachtete, wie sie ihr Gesicht ungläubig verzog; so schaute sie immer, wenn man ihr Beweise vorlegte, die vor Gericht nicht standhalten würden.

»Julien sagt, es habe mit ihrer Art des Kunstsammelns zu tun. Es ist irgendwas Spirituelles oder so.«

Sie seufzte. »Das klingt seltsam. Besser gesagt, es klingt absurd. Hat er jemals zuvor eine solche Anfrage bekommen?«

»Ich glaube nicht.« Ich schaute auf meine Hände. »Danach habe ich ihn nicht gefragt.«

»Was hast du denn gesagt?«

»Na ja, ich habe gesagt … ich habe gesagt … sie bezahlen dafür, da habe ich ja gesagt.«

Sie drehte sich zu mir. »Wie viel?«

Ich zögerte. »Tausend.«

Sie lachte laut. »Das ist ein Witz.«

»Zuzüglich Spesen.«

»Das kann nicht dein Ernst sein, Richard. Sieh es doch mal realistisch. Du kennst diese Leute nicht, Julien auch nicht, du musst dafür den Kanal überqueren –«

»Sie haben bestimmt schon eine Anzahlung geleistet«, sagte ich, obwohl ich mir da ganz und gar nicht sicher war. »Ich fühle mich nur … Ich meine, es ist ziemlich faszinierend, oder? Die Anfrage als solche? Vielleicht könnte ich die Reise dokumentieren oder so.«

Sie verdrehte die Augen. »Und wann soll das bitte stattfinden?«

»Darum geht es ja gerade«, sagte ich hüstelnd. »Über Allerheiligen.«

»Perfekt! Gibt es diese Leute überhaupt? Oder ist das nur ein aufwendiger Plan, um meiner Familie zu entkommen?«

»Julien dachte, von dort aus könnte ich einfach mit der Fähre übersetzen.«

»So, das dachte *Julien*. Verstehe.«

»Ich weiß nicht.« Ich rutschte tiefer in den Sitz. »Es kommt mir vor, als hätte ich keine Wahl. Ich würde auch nicht lange wegbleiben – ich nehme die Fähre, übernachte bei meinen Eltern, liefere das Gemälde ab und komme zurück. Wir könnten zusammen fahren.«

»Gott, nein. Ich will einen richtigen Urlaub, keine sechzehn Stunden auf einem *Schiff*.« Sie schüttelte den Kopf. »Das kommt davon, wenn …«

Sie brauchte den Satz nicht zu beenden. Ich wusste, was sie eigentlich sagen wollte: dass ich es nie hätte verkaufen dürfen.

»Tu, was du tun musst«, sagte sie und wechselte die Spur.

Während der restlichen Fahrt stellte ich mir vor, die Käuferin wäre tatsächlich Lisa. Ich malte mir aus, was das bedeuten, in welche Lage sie mich damit bringen würde – ein Pfand, gefangen zwischen Schmeichelei und Verzweiflung. Doch so gern ich Lisa wiedersehen, so gern ich herausfinden wollte, ob ich für ihre Reize noch empfänglich war, so genau wusste ich auch, dass ich meine Frau erneut auf eine nicht wiedergutzumachende Weise betrügen würde, falls Lisa tatsächlich die Käuferin war.

Als wir Saint-Cloud erreichten, war nur noch so wenig Verkehr, dass wir uns nicht mehr mit der Außenwelt ablenken konnten. Unser Schweigen war zu laut. Ich erkundigte mich nach ihrem neuen Fall, und sie erklärte, die Vorverhandlung werde in einem Monat stattfinden.

»Es sieht aus, als wollten sie es tatsächlich durchziehen«, sagte Anne stirnrunzelnd. »Sie bekommen die Unterschrift jeder Mutter in Nordfrankreich, deren Kind mit einem fetalen Alkoholsyndrom geboren wurde.«

»Wissen schwangere Frauen denn nicht, dass sie nicht trinken dürfen?«

»Bei Wein ist das anders. Wir wachsen damit auf. Meine Ärztin hat mir damals gesagt, ich könne zwei Gläser am Tag trinken. Die meisten Frauen haben nicht einmal Lust darauf, man verspürt einfach nicht den Drang oder es schmeckt einem nicht. Aber diese Frauen argumentieren damit – und das ist das Frustrierende dabei –, dass sie es angeblich nicht wussten. Sie *wussten* nicht, dass Alkohol ihren Babys schadet.«

»Warum geben sie dann nicht den Ärzten die Schuld?«

»Eben.« Sie warf mir einen Blick zu. »Das wird ein wichtiger Bestandteil unserer Verteidigung sein, die in mangelnder Aufklärung liegt. In Amerika haben sie schon immer mehr Aufhebens um die Nebenwirkungen von Alkohol in der Schwangerschaft gemacht als in Frankreich. Aber die Amerikaner machen um alles mehr Aufhebens. Dieser Prozess ist kein gutes Zeichen. Er zeugt von schlechtem Geschmack. Er beweist, dass Franzosen lieber die Schuld bei jemand anderem suchen. Warte ab, bald haben wir auch hier Starbucks.«

»Après moi, le déluge.«

Sie lächelte. »Genau.«

»Aber noch ist Starbucks nicht hier.«

Sie schüttelte den Kopf. »Es wird aber kommen. Genau wie überdimensionale Müslipackungen. Und Buggys.«

»Die Franzosen haben doch Buggys.«

Ihre Augen blitzten. »Wir haben keine Buggys, wir haben *poussettes*.«

Zwischen der Gemeinde Saint-Cloud und der Stadt Versailles liegen tausendfünfhundert Morgen ehemaligen königlichen Waldes, der sogenannte Forêt de Fausses-Reposes, der Wald der falschen Ruhe. Dieser ziemlich düstere Name bezieht sich auf das glücklose Wild, das bei der königlichen Jagd hinter Felsen und unter Bäumen Schutz suchte.

»Darf ich dich was fragen?« Ich schaute durchs Fenster auf den Wald und dachte daran, dass man die armen, zahlenmäßig unterlegenen Tiere immer gefunden hatte. »Findest du meine Arbeit … vorhersehbar?«

Sie schaute mich an. »Wo kommt das denn jetzt her?«

»Sag schon.«

»Ich brauche etwas mehr Kontext.«

»Du hast Angst vor der Antwort.«

Sie fuhr sich durch die Haare. »Worauf beziehst du dich denn? Auf die Schlüssellochbilder? Oder dein gesamtes Werk? Deine Arbeit ist nicht vorhersehbar. Die Ausstellung … war fast schon so etwas wie eine Auftragsarbeit, oder? Sie kam nicht wirklich von Herzen.«

»Danke.« Ich legte versuchsweise die Hand auf ihren Oberschenkel. Ihr Bein spannte sich an. Ich hatte sie so lange nicht berührt.

»Was die Schlüssellochbilder betrifft, ja, die finde ich vorhersehbar.«

Ich nahm die Hand weg.

»Warum fragst du? Weil du was verkauft hast?«

»Nein … schließlich will man doch seine Sachen verkaufen, oder? Aber wenn es dann passiert …« Ich zögerte, suchte nach Worten. »Wie auch immer, nein. Es ist wegen einer Unterhaltung mit Julien. Ich habe daran gedacht, etwas Politisches zu machen. Über den Irak. Eine Installation. Mixed-Media. So wie früher … wie vorher.«

»Okay.« Sie schürzte die Lippen. »Aber der Irak?«

»Ich weiß. Es klingt ein bisschen weithergeholt. Aber irgendetwas droht zu zerbrechen.«

»Das stimmt, allerdings kann der Irak nicht einfach für den Irak stehen. Was ist dein spezieller Blickwinkel?«

Ich sank gegen das Fenster, wohl wissend, dass sie recht hatte.

»Ich behaupte ja nicht, dass es eine schlechte Idee wäre. Ich finde es gut – sogar richtig toll –, wenn du zu solchen Sachen zurückkehrst. Du hast nur so lange an den Schlüssellochbildern gearbeitet. Ich bin einfach überrascht.«

Mein Herz wurde leichter. Immerhin ging es darum, etwas Unerwartetes zu tun.

»Außerdem ist die Ausstellung gut gelaufen. Es ist an der Zeit, etwas zu wagen.«

»Genau das habe ich auch gedacht.« Ich legte wieder die Hand auf ihr Bein. »Aber Julien hat gesagt, ich hätte jetzt ›eine Marke‹. Er hat gesagt … na ja, im Grunde hat er gesagt, dass er nur Sachen von mir verkaufen kann, die scheiße sind.«

»Dann such dir einen anderen Galeristen.«

»Ich würde mir wie ein Verräter vorkommen.«

Ich sah, wie sie zusammenzuckte. Mein Herz verkrampfte sich. Und wie bei so vielen Dingen, die ich in den vergangenen Monaten gesagt hatte, bekam auch dieses Wort aus meinem Mund eine bedrohliche Dimension. Verräter. Betrüger. Aufreißer. Ehebrecher. In jedem Wort schwang eine zweite Bedeutung mit, jeder Satz barg eine Falle. Sobald ich versuchte, die verächtlichen Stimmen in meinem Kopf zu beschwichtigen und ein normales Gespräch zu führen, verhedderte ich mich nur noch mehr in dem klebrigen Netz aus Fehlern. Ich fand nie die richtigen Worte.

Anne drehte das Radio lauter. Ich hatte mich selbst in die Enge getrieben. Das Geräusch fremder Stimmen erfüllte den Wagen.

Als wir das Haus der Raoults erreichten, hatten wir uns wieder gefangen. Anne und ich sind gut auf Partys. Partys sind wirklich unser Ding. Anne ist am schönsten, wenn sie sich amüsiert: Weinglas in der Hand, die Beine übereinandergeschlagen, ein Lächeln auf den kissenweichen französischen Lippen.

Synneve Raoult, eine schwedische Stylistin, war gerade dabei, einen kleinen Sockenversand für Männer mit dem Namen TOOB zu lancieren. Wir verbrachten die Cocktailrunde damit, ihre Muster anzuschauen, während sie sich über die Situation des kreativen Unternehmertums in Frankreich beklagte.

»Ich bekomme kein Darlehen. Von niemandem. Die Leute hier wollen einfach nicht, dass man selbst etwas aufzieht. Sie wollen nur, dass man ihnen folgt.«

»Das ist in Schweden kaum anders«, sagte ihr Mann Thierry und hielt eine gelb-marineblau gestreifte Socke in die Höhe.

»Nein, aber dort haben die Designer meine Kreationen wenigstens auf Kommission in ihr Geschäft gehängt. Hier braucht man gleich eine eigene Firma und ein Patent.«

»Und tausend Fotokopien«, warf meine Lady von der Couch aus ein.

Die Schwedin und ich brachen in Gelächter aus. Die kafkaesken Ausmaße der französischen Bürokratie kann nur jemand erahnen, der einmal versucht hat, sich den Heiligen Gral der Einbürgerung zu verschaffen, den sogenannten *titre de séjour*. Es gibt Selbsthilfegruppen für Einwanderer, die dank der Unfähigkeit der französischen Präfekturen ihren Lebenswillen verloren haben. Ich selbst habe einmal vier Stunden im Flur einer Behörde gewartet, dessen Luftqualität an einen unterirdischen Bunker erinnerte, um mir dann sagen zu lassen, ich hätte den unverzeihlichen Fehler begangen, nur mit vier statt fünf Schwarzweißkopien meines britischen Passes zu erscheinen. Der öffentliche Kopierer der Präfektur nahm lediglich Fünf-

Cent-Stücke an, eine Münze, die in Frankreich niemals verwendet wird, und nein, Madame würde auf gar keinen Fall meinen Fünf-Euro-Schein wechseln oder meiner Bitte nachgeben, gegen einen Aufschlag den Dienstkopierer zu benutzen. Nein, ich müsse die fünfte Kopie woanders anfertigen lassen und zum nächsten verfügbaren Termin in vier Monaten wiederkommen. *Vive la France!*

»Die gefallen mir«, sagte ich und hielt ein weißes Paar Socken mit pastellfarbenen Tupfen in die Höhe.

»Ich weiß«, sagte Synneve lächelnd. »Wenn ich dieses Ding jemals in Gang bekomme, werde ich französischen Geschäftsleuten hoffentlich ein wenig Sinn für Humor beibringen können. Ihr Briten tragt immer tolle Socken.«

Zum Essen gab es gegrillten Lachs, gekochte Rote Bete und einen Chicoréesalat mit Walnüssen und Blauschimmelkäse. Dazu tranken wir Beaujolais, glücklicherweise ein Jahrgang, der nicht wie getrocknete Bananen schmeckte. Thierry, ein Marketingmanager, erheiterte uns mit Erzählungen über seinen neuen Klienten, einen deutschen »Öko«-Limousinenservice, der den französischen Markt mit einer Flotte hybrider, Pflanzenöl tankender Luxusfahrzeuge erobern wollte.

»Das einzige Problem dabei ist, dass man nach der Fahrt wie eine Riesenportion Fritten riecht.«

Anne konterte mit den neuesten Entwicklungen bei ihren schwangeren Alkoholikerinnen. Wir ließen die Weinflasche kreisen und ergingen uns in ästhetischen Überlegungen zu dem geforderten Warnlogo. Als der Käse aufgetragen wurde, kam das Gespräch auf meine eigenen Projekte, und Thierry entschuldigte sich, weil er es nicht zur Vernissage geschafft hatte.

»Großer Zulauf«, sagte Synneve und reichte mir den Comté samt Messer. »Aber Anne, du bist eine bessere Frau als ich!«

Die Temperatur im Raum stieg von mild auf tropisch. Jedenfalls unter meinem Blazer.

»Es geht nur um Exgeliebte!«, fuhr Synneve fort und schenkte uns Wein nach. »Alle Bilder drehen sich um … Schlüssellöcher, oder? Um Orte, an denen du gewohnt hast?«

Ich wich Annes Blick aus und spürte ihn dennoch, so wie man die Augen eines Krokodils spürt, das im Wasser seiner Beute auflauert. »Nicht direkt.« Ich reichte den Käseteller weiter. »Es sind lauter Orte, zu denen ich einmal einen Schlüssel hatte, aber es geht nicht ausschließlich um Exfreundinnen.«

»Aber meistens«, sagte Anne und schnitt einen Keil vom Käse ab.

»Wie gesagt, ich wäre zu eifersüchtig. Ein Gemälde vom Bett einer anderen Frau!«

»Klar, du würdest durchdrehen«, sagte Thierry.

»Es sind alles Frauen aus meiner Vergangenheit«, bekräftigte ich.

Synneve brach in Gelächter aus. »Offensichtlich! Du würdest ja schließlich nicht …« Sie wurde rot.

Anne trank ihren Wein aus und füllte Wasser nach. Sie trank auch das aus und füllte ihr Glas erneut. Niemand rührte sich.

Synneve unternahm einen Rettungsversuch. »Wollt ihr schon mal ins Wohnzimmer gehen? Obst und Cognac?«

Obst und Cognac wärmen hervorragend Kehle und Bauch, aber sie können kein gebrochenes Herz heilen. Auf der Heimfahrt setzte ich mich ans Steuer, und Anne schaute die ganze Zeit über aus dem Fenster in die Dunkelheit.

Der einzige Mensch, dem ich von Lisa erzählt habe, ist Julien. Unseren Freunden gegenüber habe ich sie nie erwähnt. Auf diese Weise wollte ich unsere Beziehung retten und Annes Stolz schützen, setzte uns aber auch den verbalen Ausrutschern von

Leuten aus, die nicht wussten, wie löchrig unsere Beziehung war.

Zu Hause erlösten wir die Babysitterin. Ich wartete im Schlafzimmer, während Anne nach unserer schlafenden Tochter sah und ihr träumendes Gesicht küsste.

Als sie hereinkam, saß ich noch angezogen auf der Bettkante.

Sie schloss die Tür hinter sich und wandte sich ab, um ihre Kette abzulegen und ihre Bluse aufzuknöpfen. Nach solchen Abenden in der Erwachsenenwelt mit Freunden und gutem Essen träumte ich davon, zu ihr zu gehen, mit den Händen unter ihre seidene Bluse zu fahren und ihre Brüste zu umfassen. Ich war auch diesmal kurz davor, bremste mich aber wie immer. Sie würde es mich schon wissen lassen, wenn sie zur körperlichen Versöhnung bereit war. Es erschien mir respektlos, wenn nicht gar gewalttätig, den ersten Schritt zu wagen.

Anne zog die Bluse aus und ein langärmeliges Baumwollshirt an. Sie ging ins Bad. Ich ging ins Bad. Im Bett lasen wir noch ein wenig und stellten uns dann wie üblich schlafend. Doch in dieser Nacht dauerte die Farce noch länger als sonst. Meine Frau lag unmittelbar neben mir, eine lebende, atmende Brücke, und ich spürte die magnetische Energie, die eine einzige Berührung entfacht hätte. Aber ich wagte es nicht, die Hand auszustrecken, und sie blieb vollkommen reglos. Tagsüber konnten wir durch Worte und Gesten kleine Schritte aufeinander zugehen, doch nachts waren wir ganz auf uns gestellt. Außer uns gab es niemanden, auf den wir uns verlassen, den wir enttäuschen oder benutzen konnten, und weil wir – weil ich – zur körperlichen Kommunikation nicht fähig war, erschienen mir alle sonstigen Anstrengungen vergeblich. In solchen Nächten war ich ein Schiffbrüchiger auf einem gewaltigen, stahlblauen Ozean, ohne Land in Sicht und ohne Vögel am Himmel, und das einzige Geräusch war das dicke, kalte Wasser, das gegen mein Boot schwappte.

6

In dieser schlaflosen Nacht schlich ich mich ins Atelier und suchte nach Lisas Briefen, die ich unter meinen ausgetrockneten Aquarellfarben versteckt hatte. Ich holte den zweiten hervor. Sie war seit etlichen Jahren eine große Anhängerin Kierkegaards und schrieb oft über seine große Liebe Regine Olsen, die er verlassen hatte, um sein Leben Gott zu widmen.

> *»Andererseits, durch den Glauben, sagt jener wundersame Ritter, durch den Glauben, kraft des Absurden wirst du sie gewinnen. Doch diese Bewegung kann ich nicht vollziehen. Sobald ich beginnen möchte, kehrt sich alles um, und ich suche Zuflucht im Schmerz der Resignation. Ich bin fähig, im Leben zu schwimmen, doch für dieses mystische Schweben bin ich zu schwer.«*

Dort die Ehefrau im Schlafzimmer, hier der Brief der Geliebten – mystisches Schweben, in der Tat. Dieser Brief war die Aufforderung, wieder in mein Leben mit Anne einzutauchen, *weiterzumachen*. Doch der Bitte, sie zu vergessen, stand die Tatsache entgegen, dass sie sich überhaupt die Zeit genommen hatte, mir zu schreiben.

> *»Wäre nicht meine Schwermut gewesen, hätte mich die Ehe mit ihr glücklicher gemacht, als ich mir je erträumt hatte. Doch da*

ich nun leider der Mensch bin, der ich bin, muss ich sagen, dass ich in meinem Unglück ohne sie glücklicher werden kann als mit ihr.«

So geht es mir auch mit uns. Mit dir. Ich bin glücklicher, wenn ich dich vermisse, glücklicher, als wenn ich dich nicht verlassen hätte. Was wäre aus uns geworden, wenn wir es wirklich getan hätten? Die Verbindungen zu anderen gekappt hätten? Zusammengezogen wären? Geheiratet hätten? Du glaubst, du könntest mit der Schuld leben, doch das sehe ich anders. Ich habe mir nie eine Zukunft vorgestellt, in der dein kleines Mädchen in einem gemieteten zweiten Kinderzimmer spielt. Es hätte uns umgebracht, alles zerstört, was wir hatten. Ich glaube, uns war es vorherbestimmt, genau das zu sein. Ein Liebespaar. Es ist ein albernes Wort, wie aus einem Schnulzenroman, aber es ist wahr. Menschen sind zielorientiert, sie möchten, dass ihre Bemühungen greifbare Ergebnisse bringen: eine Beförderung, einen Heiratsantrag, ein verkauftes Gemälde, das an der Wand eines Sammlers hängt. Mir gefiel unsere Reise. Ich habe sie geliebt und auch die Tatsache, dass sie nicht dorthin geführt hat, wohin die Gewohnheit sie geführt hätte.

Man plant einen Ehebruch nicht. Rückblickend war ich vielleicht in gewisser Weise dazu bereit, als ich Lisa begegnete, aber es war nicht geplant. Zwischen Anne und mir lief es eigentlich gar nicht so schlecht. Ich war nicht unglücklich. Ich hatte es gut getroffen mit meinem häuslichen Leben. Aber ich fühlte mich wie abgetrennt. Betäubt.

An dem Tag, an dem ich Lisa kennenlernte, geschah etwas, das mir erst heute wichtig erscheint. Damals war es nur ein weiteres Beispiel für die körperliche Vernachlässigung, die sich nach fünf Jahren Ehe eingeschlichen hatte. Ich war mit Camille im Badezimmer, trug noch kein Hemd, weil ich gerade aus der

Dusche gekommen war, und hatte sie mit ihrer Arche Noah von Schwimmtieren in die Badewanne gesetzt. Anne wollte einen Mädelstag mit ihr verbringen; ich konnte also wieder ein richtiger Mann sein, sobald ich unser kleines Mädchen gebadet, gepudert und angezogen hatte.

Das ist jetzt nicht so gemeint, wie es sich anhört, aber ich schaute auf Cams Popo. Nur als Körperteil, der gebadet wurde, mehr nicht. Ich dachte daran, wie Anne und ich das letzte Mal zusammen gebadet hatten – natürlich auf einem Wochenendtrip, das eheliche Badezimmer war längst ein entsexualisierter Ort mit meiner und ihrer Zahnpasta und zwei Deorollern. Es war wirklich Jahre her, seit wir im wahrsten Sinne des Wortes das Bad geteilt hatten. Diese mangelnde körperliche Nähe zu meiner Frau stand in einem so krassen Gegensatz zu den vielen Malen, die ich mich hingekniet hatte, um den Körper meiner Tochter zu reinigen, dass mich, als Anne mich erneut an den bevorstehenden Aufbruch erinnerte, der Drang überkam, sie mit meinen seifigen Händen ins Wasser zu stoßen und ihre schicke Kleidung zu ruinieren.

Doch ich tat es nicht. Stattdessen stieß ich einen Plastikseelöwen gegen einen dahintreibenden Eisberg, während Camille eine Meerjungfrau zwang, auf- und abzutauchen, und Anne sich hinter jedes Ohr Parfüm sprühte. Als sie sich frisch duftend umdrehte, sah ich, wie sie uns beide musterte. Einen Moment lang las ich echte Liebe in ihrem Gesicht, Wärme und Zuneigung, und erwartete eine spontane Umarmung, doch dann unternahm Camilles Meerjungfrau einen fatalen Tauchgang, der das schaumige Badewasser auf den Fliesen verteilte und auch einige Spritzer auf Annes Wildlederstiefeln hinterließ, und der Augenblick war ruiniert. Als sie losfuhren, kam ich mir wie ein kleiner Junge in einem zu großen Haus vor, der einfach nur geliebt werden will. Berührt. Geküsst.

Und an eben diesem Nachmittag, dem 12. Januar 2002, begegnete ich ihr bei einer Fotoausstellung mit dem Titel *Luzifers Garten* im Centre Pompidou.

Die Nan-Goldin-Ausstellung war eine von dreien, die ich mir an diesem Wochenende ansehen wollte, um mich von dem nachweihnachtlichen Konsumblues zu erholen. Der Höhepunkt der Retrospektive war eine Diashow von Fotos, die Goldin von Freundinnen und Freunden in intimen Situationen gemacht hatte. Ein nacktes Paar, das mit seinem Kind auf einem Sofa spielte, ein Mann, der seinem Freund im Bad die Haare wusch, ein attraktives Paar, das bei offenen Fenstern auf dem Bett knutschte. Es war genau die Art von Diashow, die ich gerade brauchte; ein Beweis dafür, dass sexuelle Intimität noch existierte.

Lisa kam in den dunklen Vorführraum und setzte sich während eines Dias mit dem Titel *Simon und Jessica küssen sich in meiner Dusche* neben mich. Ich versuchte, an etwas Unschuldiges zu denken, an meine Tochter auf dem Dreirad, an Anne, wie sie auf Cams heißen Kakao pustet. Aber ich war machtlos gegenüber der Reaktion, die die Person in mir auslöste. Ich hatte sie noch nicht einmal *gesehen*, und doch erwachte mein ganzer Körper zum Leben. Ich wusste, dass sie lange Haare, lange Beine, ruhelose Hände und Finger hatte. Und dass sie allein war.

Als die Diashow vorbei war, stand ich nicht gleich auf, und auch Lisa blieb sitzen. Ich spielte auf Zeit, indem ich mich auf den Abspann konzentrierte, als wäre er entscheidend für meine Beurteilung des Films. Wer war für die Beleuchtung zuständig gewesen? Wer war der Key Grip? Was zum Teufel war ein Key Grip?

Ich wollte etwas sagen, hatte aber seit Jahren nicht mehr spontan mit einer fremden Frau gesprochen. Während ich im

Geist eine Liste potentieller Bonmots durchging, rettete sie mich aus meiner Verlegenheit und ergriff selbst das Wort.

»Viel leichter verdaulich als ihr ganzes Zeug über AIDS.«

»Kommt auf die Perspektive an«, platzte ich verzweifelt heraus, und meine Angst wuchs, als sie aufstand. Bevor ich ihre genetischen Vorzüge im Licht des immer noch laufenden Abspanns betrachten konnte, sagte sie: »Wie wär's mit einem Drink?«

Einem Drink. Ein Drink war nur ein Drink. Was wäre so schlimm daran, mit einer anderen Kunstliebhaberin etwas zu trinken? Die Fotos waren provokant gewesen. Es gab einiges dazu zu sagen. Und ich sprach besser mit jemandem darüber, der sie selbst gesehen hatte, als dass ich sie Anne beschrieb.

Wir fuhren ins Museumsrestaurant im sechsten Stock, ein bombastisches Lokal namens Georges, das berühmt war für seine eiförmigen Nischen und die langstieligen Rosen, die aus jedem Tisch emporwuchsen. Um uns herum gab es nichts als Fenster. Von unserem silbernen Tisch aus genossen wir einen spektakulären Blick aufs rechte Seine-Ufer.

Lisa bestellte einen Cosmo und erklärte, Franzosen bekämen den einfach nicht anständig hin.

»Die haben hier was gegen rote Früchte«, verkündete sie und fuhr mit dem Finger über das Glas. »Du hast ja keine Ahnung, was ich durchmachen musste, um für Thanksgiving Cranberrys zu bekommen.«

»Was musstest du denn durchmachen?«, fragte ich strahlend.

»Sagen wir mal, ich habe einen halben Stundenlohn für eine Packung hingeblättert. Das ist einfach lächerlich.« Sie tauchte den Finger in ihren Drink. »Warum mögen die Franzosen keine Cranberrys? Das ist so eine nützliche Frucht. Ich vermute, Französinnen sind einfach zu damenhaft, um eine Pilzinfektion zu bekommen.«

Ich lachte in meinen Manhattan. Mir wurde beinahe schwindlig bei dem Gedanken, dass sich ein ganzer freier Nachmittag vor mir erstreckte. Wenn ich wollte, konnte ich noch einen trinken. Sogar einen *dritten*.

»So, Lisa«, sagte ich und schaute ihr direkt in die Augen, eine Taktik, die ich von französischen Männern in der Metro gelernt hatte. »Erzähl mir deine Lebensgeschichte.«

»Ich weiß nicht, Richard«, sagte sie und beugte sich zu mir. »Erzähl du mir lieber, wie sehr eine Affäre deine Ehe versauen würde.«

Einer Amerikanerin entgeht nicht viel. Andererseits war der Ring an meinem Finger kaum zu übersehen. Ebenso wenig wie die abgestorbenen Zellen von sieben Jahren ehelicher Treue auf meiner Haut. Ich war löchrig. Haltlos. Aber wir schliefen nicht sofort miteinander.

Am Ende unseres Cocktailmarathons gab Lisa mir ihre Adresse und lud mich in ihre Wohnung zum Abendessen ein, eine Einladung, die ich mit dem festen Vorsatz annahm, sie abzusagen, sobald ich sicher zu Hause wäre. Doch dann verging ein banaler Tag nach dem anderen; ich brachte Cam zur Schule und arbeitete danach an diesen dummen, dummen Schlüssellochbildern, ich hatte meiner Frau beim Essen nichts Neues zu erzählen, ebenso wenig wie sie mir, und an dem fraglichen Abend war es keine große Sache mehr. Schließlich war es doch nur ein Abendessen! Ich war ein erwachsener Mann. Ich konnte Freundinnen haben, ohne mit ihnen zu schlafen.

Bis dahin hatte ich Anne nie belogen. Es war nie nötig gewesen. Ich lebte den ganzen verrückten Scheiß in meiner Kunst aus. Aber an diesem Donnerstag hörte ich mich zu ihr sagen, ich würde mir bei Julien ein Fußballspiel ansehen. Und vermutlich mit ihm essen. Etwas starb in mir, als meine vertrauensvolle Partnerin nur nickte und »klingt lustig« sagte.

Ich wusste nicht, was mich erwartete, als ich mit einer Flasche Rotwein ins Étienne-Marcel-Viertel fuhr. Besser gesagt, ich wusste zwar, was passieren *sollte*, paddelte aber noch in einem Whirlpool der Verdrängung herum und konzentrierte mich mehr auf die Aussicht, den Abend mit einer schönen unbekannten Frau zu verbringen, als auf die Tatsache, dass ich mich mit jedem Schritt dem Sex mit einer anderen Frau näherte.

177 Rue Montmartre war ein fünfstöckiges Gebäude mit einer großen blauen Tür. Im Innenhof standen Palmen und zwei Bänke. Es gab keinen Aufzug. Nachdem ich die Wendeltreppe in den vierten Stock erklommen hatte, war ich außer Atem und wartete ein paar Minuten. Ich war nicht gerade scharf darauf, japsend vor Lisas Tür zu stehen.

Als sie öffnete, erwachte mein Jagdinstinkt, doch unsere Begrüßung fiel herzlich aus: Sie küsste mich auf die Wange, bedankte sich für den Wein und hängte meinen Mantel auf.

Lisas Wohnung verfügte über zwei Ebenen – eine offene Küche und ein Wohnzimmer, von dem aus eine Treppe ins Schlafzimmer führte. Daran grenzte ein kleiner Balkon mit zwei Klappstühlen und drei Blumenkästen voller Erde. In der ganzen Zeit, in der ich mit ihr zusammen war, pflanzte sie nie etwas in die Blumenkästen. Als ich sie nach dem Grund fragte, sagte sie, sie wolle sich nicht schuldig fühlen, wenn die Pflanzen eingingen.

Ich setzte mich ins Wohnzimmer, und Lisa kam mit einer Flasche Sauvignon Blanc und einem Teller Austern aus der Küche. Austern, dachte ich. Ein bisschen viel des Guten. Vielleicht war sie eine dieser wunderschönen verstörten Frauen, die mich stalken und mein Familienleben und meine Karriere zerstören würden wie Dolores in Woody Allens *Verbrechen und andere Klei-*

nigkeiten. Doch als sie die Austern abstellte, änderten sich meine Prioritäten und ich machte mir Sorgen wegen einer Lebensmittelvergiftung.

»Ich weiß, die sehen abscheulich aus«, sagte sie, als sie den Blick bemerkte, mit dem ich ihre Schalentiere betrachtete. »Du brauchst sie auch nicht zu essen, wenn du nicht willst, aber das ist ein besonderes Rezept, von meinem Lieblingsjapaner. Du bist kein Jude, oder?«

Bei der fraglichen Kreation handelte es sich um warme Austern, die mit sautierten Schalotten und gebutterten Algen – *Algen* – gefüllt waren und von saurer Sahne gekrönt wurden. Ich war gleichzeitig ängstlich und fasziniert.

»Trink erst einen Schluck Wein«, schlug sie vor. Ich gehorchte.

Ihr kleines Machwerk erwies sich als so köstlich, dass ich vier von den sechs Austern auf dem Teller schlürfte – ein Fehltritt in Sachen Völlerei, den sie hoffentlich eher auf ihre exzellente Kochkunst als auf meine schlechte Erziehung zurückführen würde. Nach den Austern servierte sie auf schwarzen Tellern Rucola mit langen Parmesanstreifen.

»Normalerweise esse ich mit Stäbchen«, gab sie zu und reichte mir Messer und Gabel. »Aber ich weiß nicht, ob du darauf stehst. Ich bin verrückt nach allem, was aus Japan kommt. Es erscheint mir irgendwie ... intimer.«

Da ich nicht sonderlich erpicht darauf war, meinen Salat mit Stäbchen zu essen, nickte ich nur, als hätte sie eine grundlegende Wahrheit geäußert, der man unmöglich widersprechen konnte.

»Du warst also schon in Japan?« Die Frage erschien mir naheliegend.

»Nein ...« Sie zerteilte einen Parmesanstreifen mit der Gabel. »Aber ich möchte gerne mal hin. Nicht nach Tokio, sondern irgendwohin aufs Land. So was wie Kyoto. Warst du mal da?«

Ich schüttelte den Kopf, weil ich gerade kaute. »Also«, sagte ich, nachdem ich heftig geschluckt hatte. »Sollen wir das *Wo kommst du her und wo komm ich her*-Spiel rasch hinter uns bringen?«

»Poughkeepsie«, sagte sie lachend. »Upstate New York. Kennst du das?«

Ich bejahte, was sie zu überraschen schien. Also erklärte ich, dass ich zwar in England geboren war, aber zwei Jahre am RISD studiert hatte – und dass ich mit meiner damaligen Freundin an einem langen Wochenende den Hudson auf- und abgefahren war und dort die Museen und kleinen Galerien besucht hatte. Ich erwähnte nicht, dass diese Freundin jetzt meine Frau war.

»Und das machst du jetzt also? Kunst?« Sie stellte ihren Teller auf den Tisch und schlug die Beine übereinander. Diese Beine. Diese Beine! Sie war wie eine Tänzerin gebaut, sehr langgliedrig und schlank mit hohen, festen Ballerinabrüsten, die nicht in einen BH gezwängt schienen.

»Ja, ich versuche, Kunst zu machen.«

»Na ja, das hier ist ein guter Ort dafür.« Ich kannte das Lächeln. Es war ein unentschlossenes Lächeln, das besagte: Deine Arbeit mag völlig scheiße sein, aber ich kann es ja nicht wissen, also hole ich jetzt mal den Hauptgang. Was sie auch tat.

Während sie sich in der Küche zu schaffen machte, sah ich mich im Zimmer um. Ich begann mit den englischen Zeitschriften, die sich im stillgelegten Kamin stapelten. Die linke Seite des Stapels bestand fast ausschließlich aus *New-Yorker*-Heften. Die rechte war eine reichlich eklektische Mischung aus alten *AD*s, mehreren *Elles*, drei oder vier *Marie Claire Cuisines* und einem dicken Haufen *Herald Tribunes*.

»Ist es teuer, den *New Yorker* zu abonnieren?« Ich kniete vor ihrer Sammlung. Sobald ich die Frage ausgesprochen hatte, kam mir der Gedanke, dass ich vielleicht lieber nicht ihre Lektüre ausspionieren sollte. Frauen können bei so etwas sehr empfindlich sein.

»Ach, nein!«, rief sie lachend aus der Küche. »Das ist ein Bonus bei der *Tribune*. Das Büro abonniert ihn, und ich schmuggle ihn nach Hause.«

O Gott. Eine Journalistin. Sie würde alles an die Presse weitergeben. Morgen würde ich mein Gesicht in der Zeitung erblicken: verheirateter Mann bei kulinarischem Stelldichein mit kleinbrüstiger Amerikanerin erwischt.

Sie tauchte mit einem Kochbuch in der einen und einem Schneebesen in der anderen Hand auf, einem Schneebesen, der in einer ungezügelten Frischkäsemasse ertrank. »Könntest du mal herkommen und den Wein aufmachen, den du mitgebracht hast?«, fragte sie kokett. »Ich habe die Hände … voll.«

Mein Magen zog sich zusammen. Noch konnte ich dem Fluchtimpuls gehorchen. Andererseits hatte eine attraktive Frau mich gebeten, eine Weinflasche zu öffnen. Das war eine simple Bitte. Ich sollte nur einen Korkenzieher in einen Korken stecken. Bisher hatte hier niemand was in jemanden hineingesteckt. Noch nicht.

Ich folgte Lisa in die Küche. Mein schlechtes Gewissen und meine Angst lösten sich auf, als die beiden Halbmonde ihres hinreißend festen Hinterns vor mir auf- und abwippten. Sie trug ein cremefarbenes Wickelkleid mit einem braunen Ledergürtel, das ihre geschmeidige Figur auf verlockende Weise betonte. Darunter lugte ein zartrosa Mieder hervor. An den Füßen hatte sie braune marokkanische Babuschen aus dem gleichen Leder wie ihr Gürtel. Schlicht. Reizend. Mir wurde klar, dass ich beim Hereinkommen gar nicht gefragt hatte, ob ich die Schuhe ausziehen sollte. Scheiß drauf. Wenn ich schon einen Fehler beging, der mein Leben veränderte, würde ich das gewiss nicht auf Socken tun.

Lisa zeigte mir, wo die Gläser standen, lehnte sich an die Arbeitsplatte und sah mir zu. Ich nahm die Gläser heraus und wollte die Flasche öffnen. In diesem Moment fragte ich mich, ob ich sie jetzt, später oder nie küssen sollte. Sie stützte sich auf die Ellbogen; die Gelegenheit wäre perfekt – ich würde sie auf die Arbeitsplatte heben, ihr Höschen beiseiteschieben, und wir würden uns gleich hier in der Küche lieben, bei Lampenlicht und heruntergelassenen Jalousien. Oh, Lisa. Wunderschöne Lisa mit dem langen kastanienbraunen Haar, dem modernen Pony und den Sommersprossen auf den Wangen. Guter Gott, lass das nicht zu.

»Wollen wir?«, fragte sie und deutete auf den Wein. »Bin in einer Sekunde fertig.« Lisa folgte mit dem essbaren Pendant zur Innendekoration – sie hatte das Hauptgericht optisch auf ihre Wohnzimmereinrichtung abgestimmt. Auf viereckigen weißen Tellern lagen zwei Nester schwarze Pasta mit großen Klecksen aus Weißkäse. Der Tellerrand war mit einer Bordüre aus Basilikumblättern und roter Paprika verziert.

»Chiaroscuro«, sagte sie glücklich. »Pasta, gefärbt mit Tintenfisch, und dazu Ricotta.« Allmählich kam mir der Verdacht, dass sie Scherze mit meiner Verdauung treiben wollte. Oder mit meiner Libido. Wir würden doch nicht allen Ernstes Unzucht treiben, nachdem wir Nudeln gegessen hatten, die mit dem flüssigen Fluchtmechanismus eines Tintenfisches getränkt waren.

Beim Essen unterhielten wir uns über sichere Themen: Filme, Bücher, eine neue Weinbar, die in der Gegend eröffnet hatte. Schließlich fragte ich, was sie ursprünglich nach Frankreich verschlagen habe.

»Natürlich ein Mann«, sagte sie achselzuckend. »Ich habe ihn an der Columbia kennengelernt. Er unterrichtete Lyrik. Schon gut«, fügte sie lächelnd hinzu, »du kannst ruhig die Augen verdrehen. Solltest du auch. Er war Dadaist.« Sie schenkt uns beiden Wein nach. »Ich hatte gerade mein Journalismusstudium beendet und noch keinen Job. Yves – so hieß er – bekam eine Stelle an der Sorbonne. Also beschloss ich, ihm hierher zu folgen. Er hat mich nie darum gebeten, ich habe einfach angenommen, dass er es wollte. Falsch gedacht.« Sie verzog die Lippen. »Es stellte sich nämlich heraus, dass er *so richtig* auf Studentinnen stand.«

»Aber du bist geblieben.«

»Ja, eine Zeitlang. Ich habe als Praktikantin bei der *Tribune* angefangen, aber das war ein Scheißjob. Du weißt schon, Tackern und Kaffee kochen. Keine Aufstiegsmöglichkeiten. Alle guten Jobs gingen an die Leute von der *New York Times*, die nach Paris versetzt wurden. Ich kannte niemanden. Es ist schwer, hier Freunde zu finden. Also bin ich nach New York zurückgegangen.« Sie zog eine ihrer Babuschen aus, ließ den Fuß kreisen und zog den Schuh wieder an.

»Ich habe einige Jahre lang frei für verschiedene Zeitschriften gearbeitet, bis ich schließlich denselben elendigen Job bei der *Times* bekam, den ich vorher bei der *Tribune* hatte: Tackern. Aber in New York geht alles schneller. Ich habe eine Comeback-Kolumne für den Modeteil entworfen: das Comeback des Rasierpinsels, das Comeback des flachen Schuhs. Sie wurde ziemlich beliebt. Und ich bin aufgestiegen. Irgendwann gab es dann eine freie Stelle in Paris, und ich dachte, verdammt nochmal, dann versuche ich es eben auf eigene Faust. Und bin zurückgegangen.«

»Musst du immer noch tackern?«

Sie lachte. »Nein, ich mache die Kulturseite und schreibe für die Sonntagsausgabe ab und zu Besprechungen über das Nachtleben – neue Bars, neue Clubs, was in und was out ist … Natürlich richtet sich das alles an reiche Amerikaner, daher ist das, was als in gilt, eigentlich ziemlich out, wenn du verstehst, was ich meine.«

»Und der Professor?«

Sie stöhnte. »Er ist immer noch an der Sorbonne. Der letzte Dadaist von Paris.«

Sie schwieg. Ich auch. Ich schaute in Panik auf meinen Teller. Falls sie noch Käse servieren würde, blieben mir dreißig, vielleicht vierzig Minuten, um zu entscheiden, ob ich mein Eheversprechen auf unverzeihliche Weise zum Gespött machen wollte oder nicht.

»Es gibt keinen Nachtisch«, sagte Lisa und schaute mich eindringlich an. »Kaffee?«

Oh, damit blieb mir noch sehr viel weniger Zeit.

Lisa brachte ein Tablett, auf dem zwei Espressotassen, ein Kännchen mit Milch und eine Tasse mit braunem Zucker standen. Als sie es abstellte, schwappte etwas Milch über. Plötzlich wusste ich, jetzt war es so weit. Hier würde niemand Kaffee trinken.

Noch nie im Leben hatte mich jemand so angemacht wie Lisa Bishop. Sie kam herüber und setzte sich auf mich, ließ sich einfach auf meinem Schoß nieder wie ein ungezogener Koala. Sie schleuderte die langen Haare nach hinten, neigte den Kopf und umschloss mein Gesicht mit den Händen.

»Richard«, sagte sie leise, »ich finde dich sehr attraktiv. Das ist nicht gut.«

»Nein …«, sagte ich, und mein Herz schlug Purzelbäume. »Ist es nicht.«

Scheiß drauf. Allein meine Anwesenheit war schon ein Verbrechen. Also konnte ich auch das Beste daraus machen. Ich blendete alles aus bis auf die Lust, schob die restlichen Strähnen von Lisas Haar über ihre Schulter und legte die Hand um ihren Nacken. Ich zog sie heran, und wir küssten uns langsam. Ihr

Mund schmeckte nach Vanille, ihre Zunge war weich und warm. Sie spreizte die Beine noch weiter und drückte sich gegen meine Erektion. Ich legte die Hände auf ihre Brüste, knetete sie und streichelte mit Zeigefinger und Daumen ihre Brustwarzen. Sie stöhnte sanft und drückte die Wange an meine Stirn. Dann begann sie, meinen Ständer durch meine Kleidung hindurch zu streicheln. Ich fühlte mich wie ein Teenager, was mich nur noch mehr erregte. Ich schob die rechte Hand unter ihr Kleid und arbeitete mich zu ihrem Höschen vor. Es war aus Seide und saß ziemlich locker. Ich schob es beiseite, wie ich es mir schon in der Küche erträumt hatte, und stieß meine Finger in sie hinein. Sie hielt die Luft an und begann, mit hemmungsloser Hingabe mein Ohr und meinen Hals zu küssen. Jetzt war alles vorbei – ich habe einen sehr sensiblen Hals, der geradezu lächerlich intensiv auf ihre heiße, kleine Zunge reagierte.

Sie drückte sich fester an mich. Ich berührte sie und küsste sie, und es kam mir so richtig und phantastisch vor, dass ich von sprachloser Verzückung geradewegs in den *Jetzt kann ich sterben*-Zustand taumelte.

Es lief keine Musik, die CD war zu Ende, und unsere Bewegungen auf der Couch klangen unglaublich intensiv. Ich musste sie haben. Sofort. Ich öffnete meine Hose, doch sie bremste mich. Sie leckte ihre Handfläche ab und fuhr damit über meinen Schwanz. Dann rutschte sie herunter, um mir einen zu blasen, aber ich zog sie wieder hoch und küsste sie.

»Ich kann nicht länger warten«, flüsterte ich an ihrem Ohr. Sie nahm mich in die Hand und ließ sich langsam niedersinken. Im letzten Moment schob sie sich wieder hoch, reizte mich auf eine geradezu brutale Weise, bis ihre wunderbare Nacktheit zu viel für mich wurde. Ich presste die Hand gegen ihre Hüfte und stieß in sie hinein; sie keuchte auf. Wir bewegten uns zusammen, und heilige Scheiße, es war göttlich. Ich fuhr mit der linken Hand über ihren Rücken, packte ihren frechen Hintern und drückte sie zu mir herunter. Sie hielt die Luft an und steckte mir als Antwort ihre Zunge in den Mund. Mit meiner rechten Hand schob ich ihr Höschen beiseite und berührte ihre Klitoris, und als ich hinunterschaute, konnte ich sehen, wie ich mich in sie hinein- und wieder herausbewegte.

»Ich komme jetzt, ich kann nicht …« Ich hielt sie noch fester.

»Ich will mit dir kommen.« Sie nahm mich ganz in sich auf, rieb sich mit kreisförmigen Bewegungen an mir. Sie berührte sich mit der rechten Hand. Ich konnte spüren, wie sie sich berührte, und bei jedem Stoß fühlte es sich an, als berührte sie auch mich. Es war zu viel. Viel zu viel.

»Lisa …«, seufzte ich.

Sie stöhnte und umklammerte mich noch fester, zog meinen Kopf an ihre Brust, während sie in einem beneidenswert langen Orgasmus erbebte. Sie legte den Kopf auf meine Schulter und küsste sanft meinen Hals, während ich noch immer in ihr begraben war.

»Hey«, flüsterte sie.

»Ja?«, fragte ich im Schwebezustand.

Ihre sündhafte Zunge blitzte auf und sie küsste meine Brustwarze.

»Komm, England, wir machen es noch mal«, flüsterte sie und streifte ihre Unterwäsche ab.

Lisa machte mich glücklich. Durch sie fühlte ich mich leistungsfähig und begehrt und stark und lebendig. Sie holte mich in meinen Körper zurück: Ich lernte meine Beine, meine arbeitenden Hände, meinen starken Rücken, meinen Schwanz neu zu schätzen. Durch sie wurde Sex wieder zu einem Spiel statt der verwirrenden, dunklen Angelegenheit, in die er sich mit meiner

Frau verwandelt hatte. Zu einem Zeitvertreib. Einem Geständnis. Einer Handlung, die für etwas anderes stand.

Ich hatte nicht erwartet, dass es weitergehen, dass es sich nicht auf den symbiotischen Sex an diesem einen Abend beschränken würde. Nein, eigentlich ist das gelogen. Als wir fertig waren, wusste ich, dass es wieder und wieder passieren und dass ich mir mit dieser neuen Beziehung ebenso viel Mühe geben würde wie mit dem Versuch, sie vor meiner Frau zu verheimlichen.

Und Gott steh mir bei, das konnte ich gut. Ich hatte vorher nie darüber nachgedacht, aber wie sich herausstellte, brillierte ich geradezu als gescheiterter Monogamist. Statt mich schuldig zu fühlen, war ich dankbar für meine Frau. Für meine Tochter. Dankbar dafür, dass das Einzige, was unserer perfekten Familie fehlte, von jemand anderem beigesteuert wurde.

Auch jetzt, nach unserer Trennung, liegt die Leichtigkeit unseres Zusammenseins noch warm in der Luft, wie der Geruch von Schießpulver nach einem Feuerwerk. Will ich wirklich sie zurück oder nur das, was wir hatten? Eine Liebe ohne Gelöbnis. Ohne tief eingeprägte Muster und aufgestellte Regeln. Ein müheloses Strahlen des Neuen.

Ich legte Lisas Briefe wieder in den Schrank. Ich wusste zwar noch immer nicht, ob sie hinter dem Kauf des Bildes steckte, wohl aber, dass sie mich, was immer sie plante oder nicht plante, endlich auch vermisste. Vielleicht hatte sie genügend Zeit in dem schicken Haus mit dem piekfeinen Löffeldesigner verbracht, um zu begreifen, dass die vorhersehbare Liebe mit den festen Spielregeln doch nicht so amüsant war.

Seit Anne mich im Atelier zur Rede gestellt hat, habe ich mich hundertmal gefragt, ob ich mich heute anders entscheiden würde, ob ich auf den ersten Drink mit Lisa verzichten, ihre Einladung zum Essen nicht annehmen und nichts mit ihr anfangen würde. Ich weiß nicht, was es für meine Zukunft bedeutet, aber ich bedauere die Affäre nicht. Ich bedauere, dass Anne es herausgefunden hat, und ich bedauere, dass ich ihr wehgetan habe, aber wenn ich die ganze Beziehung bedauerte, würde ich meine aufrichtigen Gefühle für Lisa leugnen. Und das kann ich nicht.

Ich schulde meiner Frau viel mehr als eine Entschuldigung: Ich schulde ihr das Kunststück, mich wieder in sie zu verlieben. Aber kann man überhaupt zu einer Liebe zurückkehren, oder stirbt sie durch die lange Nichtbeachtung?

Denn sie kann wirklich sterben. Sie verwelkt. Man kann nicht einmal eine Mahlzeit auf dem Tisch stehen lassen, ohne dass sie abkühlt und sich verändert, ganz zu schweigen von einer Pflanze, einem Tier, einer Ehe. Ich Idiot hatte geglaubt, ich könnte mich weiterhin mit Lisa treffen, ohne meine Beziehung zu Anne zu gefährden. Ist der Schaden unwiderruflich? Oder gibt es einen Weg zurück in die Vergangenheit, können wir die dunklen Orte zubauen, bis unsere Fehler tief unter uns begraben liegen, gestorben durch Mangel an Sonnenlicht?

Anne gibt mir eine Chance, und mir fehlt der Mut, sie zu ergreifen. Ich kann das, was ich getan habe, nicht ungeschehen machen.

7

Nachdem Anne am nächsten Tag zur Arbeit gegangen war und ich Camille zur Schule gebracht hatte, griff ich mir Lisas Briefe und fuhr zur Galerie, wo Julien Bérénice gerade wegen etwas zurechtwies, das sie sich fürs Mittagessen mitgebracht hatte.

»Sie hat eingelegten Kohl im Abstellraum«, flüsterte er, als wir außer Hörweite ihres Schreibtischs waren. »Sie sagt, er sei gut gegen *Erkältungen.*«

»Das stimmt sogar.«

»Wunderbar, aber unser Druckerpapier riecht jetzt nach Eiern. Und damit meine ich keine Hühnereier.«

Ich verkündete, dass ich den *Blauen Bären* nach London bringen würde. Nächste Woche, während meines Urlaubs.

»Super! Dann müssen wir nur noch einen Tag vereinbaren.« Er blätterte in seinem Terminkalender.

»Da wäre noch was.« Ich holte Lisas Briefe heraus und ließ sie auf seinen Schreibtisch fallen. »Ich habe die ganze Nacht darin gelesen. Du hast vermutlich recht, sie steckt nicht dahinter. Doch selbst wenn, will ich es erst erfahren, wenn ich dort bin.«

»Aber das lässt sich doch ganz leicht herausfinden.« Er griff nach einem der Umschläge. »Hier haben wir die Absenderadresse, und ich kann dir sagen, wohin das Bild geliefert werden soll –«

Ich legte die Hand auf den Umschlag.

Er zuckte zurück. »Na schön, wie du willst.«

»Könntest du die für mich aufbewahren?« Ich deutete auf die Briefe. »Ich will sie nicht im Haus haben.«

»Sicher. Du hast übrigens noch mehr Post bekommen.«

Er holte einige Kaufverträge für meine Bilder, ein neues Rezept von meiner Mutter und eine Halloweenkarte von einer in Paris lebenden Amerikanerin namens Shelly Hampl, die seine Kundin und mein Fan war.

»Sie hat zwei Schlüssellochbilder gekauft.« Er deutete auf die überdimensionale Karte, die gackernd lachte, als ich sie aufklappte.

Es gibt einen bestimmten Typ Amerikanerin – etwas teigig, weiß, geschieden –, der sich in Paris neu erfinden will, ein Prozess, bei dem die Person für gewöhnlich extrovertierter wird. Shelly Hampl bildet da keine Ausnahme. Sie mag Saris, zu denen sie weite Jeans und knöchelhohe Reeboks trägt, weil man in Paris »einfach nur läuft und läuft und läuft«. An sich ist sie in Ordnung. Aber wenn man eine Mäzenin hat, die knöchelhohe Reeboks trägt, sollte sie wenigstens in einem Cadillac Escalade vorfahren, samt Talentmanager und Begleitung.

Nachdem ich das Maßband aus dem Trümmerfeld, das sich Juliens Schreibtisch nannte, ausgegraben hatte, vermaßen wir das Bild und überlegten, wie ich das verdammte Ding nach England transportieren sollte. Er versprach mir, dass seine Leute es frühmorgens anliefern würden, und versuchte vergeblich, mich zum Kauf eines Dachgepäckträgers zu überreden. Ich sammelte meine Post samt der gackernden Halloweenkarte ein und küsste Julien zum Abschied. Auf dem Heimweg bemerkte ich, dass ich Lisas Briefe wieder eingepackt hatte.

Wenn ich jetzt in die Galerie zurückfuhr, wäre ich erst kurz vor Mittag auf dem Markt, um den Riesenberg an Besorgungen zu erledigen, die Anne mir aufgetragen hatte, weil wir am nächsten Tag in den Urlaub fuhren. Ich würde in den großen Ansturm um die Mittagszeit geraten und wahrscheinlich nicht alle Sachen bekommen, weswegen Anne mir den Kopf abreißen würde. Ich steckte in einem ziemlichen Dilemma: schriftliche Bestätigung meiner Untreue oder ein Haufen ungesunder Snacks im Auto. Ich beschloss, weiterzufahren.

Ich hatte ein gutes Gefühl bei unserem Urlaub. Am Meer lief es immer besser mit uns. Es würde nicht mehr warm genug zum Schwimmen sein, aber mild genug, um mit nackten Füßen am Strand spazieren zu gehen und zuzuschauen, wie der uralte Neufundländer meiner Schwiegereltern nach Stöcken suchte. Mild genug, um mit Camille Muscheln zu sammeln. Um wieder eine Familie zu sein.

Cam liebte die Bretagne und das Haus ihrer Großeltern. Den scharfen Wind vom Meer, der unsere Wangen rosig färbte, den tiefen Schlaf, für den die Seeluft sorgte. Sie liebte das weitläufige Steinhaus mit den knarrenden Treppen. Sie liebte den rheumatischen Hund. Uns würde es dort gutgehen. Wir würden heilen. Wir mussten es einfach nur dorthin schaffen.

Den Rest des Tages wirbelte ich umher, schleppte und packte und notierte auf jeden Zettel, der mir zwischen die Finger kam, was wir auf keinen Fall vergessen durften. Dann rief Anne an. Sie würde in der ersten Hälfte unserer zweiwöchigen Ferien vom Haus ihrer Eltern aus an der Vorverhandlung arbeiten müssen. Auch heute Abend werde es spät und jetzt sei sie in Panik, dass ihr keine Zeit zum Packen bliebe. Sie diktierte mir eine vorläufige Liste unverzichtbarer Dinge, die ich schon mal für sie einpacken sollte.

»Seife. Meine Eltern haben nur dieses Lavendelzeug. Und die schwarze Hose, die neben meinen … oh, und vielleicht einen Badeanzug? Meinst du, wir gehen schwimmen?«

In Wirklichkeit war dieses Gespräch unnötig. Während ich durch unser Schlafzimmer trottete, ergriffen meine Hände automatisch all die Dinge, die zu ihr gehörten: eine Gedichtsammlung von C. D. Wright, die sie immer auf dem Nachttisch liegen hatte. Einen Briefbeschwerer von Chanel in Form einer weißen Rose. Ihr Parfüm, Rouge Hermès, das sie nur abends auflegte, weil sie es vulgär fand, tagsüber Parfüm zu tragen. Ein gerahmtes Foto von Camille mit einer Languste in der Hand, das sie auch dann mitnahm, wenn Camille bei uns war. Die schwarze Hose, die sie verlangt hatte. Ihre Lieblingsblusen. Die Gummistiefel, die sie für Strandspaziergänge brauchte. Das schreckliche Stirnband aus Fleece, das sie schon in Providence besessen hatte, um ihre Ohren zu schützen. (Franzosen haben zwei große Ängste im Leben: Zugluft und Wind. Zugluft erwischt einen im Haus und der Wind draußen. Beides muss um jeden Preis vermieden werden.)

Ich legte Annes Sachen aufs Bett, damit sie überprüfen konnte, was ich zusammengepackt hatte, und stopfte die Anzughemden, Kordhosen und femininen Socken, in denen mich Annes Eltern so gern sehen, in meine Reisetasche.

Der nächste Tag wurde noch stressiger. Meine Frauen hatten beide einen halben Arbeitstag vor sich – Anne stürzte um acht Uhr in einem Wirbelwind von Ermahnungen aus dem Haus, und ich brachte Camille zur Schule, damit sie irgendwo anders als zu Hause ruhelos, aufgeregt und gänzlich unproduktiv sein konnte.

Um zehn tauchten Juliens Leute auf, um das Gemälde abzuliefern, danach schleppte ich unsere Taschen zum Auto. Frauen können nicht mit leichtem Gepäck reisen. Ich habe Jahre mit dieser Spezies unter einem Dach verbracht, und es ist einfach unmöglich. Irgendwann am Abend war Anne in die Küche geschlichen und hatte noch mehr »Notfallausrüstung« in die Tragetasche der Familie Haddon gepackt: Yahtzee, Sonnenhüte, Schokoladenkekse, ein Kopfmassagegerät. Normalerweise war Anne ein Ausbund an Schlichtheit und gutem Geschmack, doch eine Reise zu ihren Eltern entfesselte die besorgte Stadtbewohnerin in ihr, die sich von materiellen Dingen trösten ließ.

Ein letzter Kontrollgang durchs Haus, dann war ich endlich fertig. Es war erst kurz nach elf. Ich würde Camille von der Schule abholen, es pünktlich zu Annes Kanzlei schaffen und dadurch Pluspunkte bei ihr bekommen. Einer angenehmen Fahrt in die Bretagne stand nichts mehr im Weg.

Die hatten wir dann auch. Wie durch ein Wunder staute sich der Verkehr nur in Richtung Süden. Camille und ich mussten sogar vor Annes Büro *warten*, was bei unseren Urlaubsreisen nur alle Jubeljahre einmal vorkam. Für gewöhnlich stand Anne schon auf dem Gehweg, die Arme vor der Brust verschränkt, nervös mit einem Schuh auf den Boden tippend und mit einer Miene, die uns förmlich entgegenschrie, dass wir zu spät kämen.

Um kurz vor fünf waren wir bei ihren Eltern. Wie üblich warteten die Bourigeauds schon draußen. Sie ließen uns aussteigen und küssten uns, bevor sie sich auf das eigentliche Ziel ihrer Wünsche stürzten: Camille.

Wann immer ich das stattliche Strandhaus besuchte, vergaß ich völlig, dass Mr Bourigeaud mich quasi dazu gezwungen hatte, mir im Keller der Anwaltskanzlei, in der er und Anne schufteten, mit einem Übersetzerjob meinen »Lebensunterhalt zu verdienen«, oder dass Anne geweint hatte, als er aus beruflichen Gründen das Essen absagte, mit dem er ihr europäisches Staatsexamen feiern wollte. Verdammt nochmal, ich wollte, dass er mich mochte. Ich wollte dazugehören.

»Anne, ma chérie! T'as l'air fatiguée!« Annes Mutter Inès überfiel ihre Tochter mit dem üblichen französischen Willkommensgruß, bei dem man zweimal auf die Wange geküsst und dann

darüber informiert wird, was mit einem körperlich nicht stimmt. Heute sah Anne »müde« aus.

»Und du, Richard!« Sie zog mich in ihre stark parfümierte Umarmung. »Du siehst dünn aus. Er sieht dünn aus, *non*?«

Alain bot an, uns mit dem Gepäck zu helfen, und beschwerte sich dann, dass es so viel war.

»Ihr hättet das auch bei uns aufhängen können«, sagte er und versuchte, das Gewirr aus elastischen Schnüren zu lösen, das den *Blauen Bären* festhielt. »Wir haben jede Menge Platz.«

»Er wird es am Dienstag abliefern«, sagte Anne und ignorierte geflissentlich, dass ihr Vater plötzlich Besitzansprüche auf ein Bild anmeldete, das ihm nie gefallen hatte.

»Es ist eine Schande, dass du in deinem Urlaub eine so weite Fahrt unternehmen musst«, fügte Inès hinzu.

»Die ganze Angelegenheit kommt mir seltsam vor«, sagte Alain, der immer noch mit den Schnüren beschäftigt war. »Du lässt dir von den Kunstleuten ganz schön auf der Nase rumtanzen!«

Nicht nur von den Kunstleuten, dachte ich, als ich Camilles Hand nahm und mit ihr zum Haus ging.

Ein paar kurze Bemerkungen über die französische Oberschicht: Sie weiß, wie man Geld ausgibt. Nach meinen Erfahrungen dient der Reichtum in Amerika vor allem der individuellen Zurschaustellung. Als Kind wohlhabender Eltern bekommt man ein Auto oder ein Haus. Man besucht Sommerlager, die so viel kosten wie ein Studium. Und alles ist mit Monogrammen versehen, personalisiert und gestempelt, damit es anderen Leuten leichter fällt, den Nettowert zu erkennen.

In Frankreich wird großer Reichtum innerhalb der Familie, für die Familie verwendet. Er wird nicht zur Schau gestellt, sondern verteilt, damit sich die Glücklichen angenehm und sicher fühlen. Allein die Haltung zum Erben in den beiden Ländern: In Amerika kann man sein Geld jedem beliebigen Menschen hinterlassen. Man kann – und das ist schon vorgekommen – seinem Bichon Frisé Millionen vermachen.

In Frankreich muss das Vermögen zu gleichen Teilen an blutsverwandte Kinder vererbt werden, man darf niemanden übergehen – nicht einmal die schwarzen Schafe. Hat man zwei Kinder, von denen eines drogenabhängig ist und alle drei Jahre auftaucht, weil es sich angeblich geändert hat, und kocht dieses Arschloch dann mit dem Sterlingsilber Heroin auf und klaut einem das ganze Bargeld, bekommt es genauso viel wie die Bilderbuchtochter, die einen jahrelang gepflegt hat. Dieses System weist einige Mängel auf, aber die Reichen leben danach.

Die französischen Großbürger sehnen sich nicht nach Yachten oder Garagen mit diversen Autos. Sie bauen sich keine Häuser mit Bowlingbahnen oder verpulvern an den Wochenenden ihr vierteljährliches Budget im Country Club; sie stecken ihre Ersparnisse in ein Ferienhaus, an dem die ganze Familie Freude hat, und meist befindet es sich in Frankreich. Sie kaufen gutes Essen, servieren guten Wein und tragen jahrelang dieselben Kaschmirpullis. Ich glaube, die reichen Franzosen fühlen sich wohl mit ihrem Geld, weil sie es nicht fürchten. Nur die Furchtsamen stecken ihr Geld in Häuser mit sieben Schlafzimmern und fünfzehn Bädern. Nur die Furchtsamen fahren in gelben Hummern herum, wenn das Benzin gerade besonders teuer ist, denn sollten sie morgen ihr Geld verlieren, sehen die anderen immerhin, dass sie heute reich sind. Die Franzosen schätzen Privatsphäre und Feinsinn; sie sind Exzessen grundsätzlich abgeneigt. Darum lautet ihre liebste Ermahnung auch *tu t'es laissé aller*, du hast die Beherrschung verloren. Du hast dich gehenlassen. Und dennoch ist mir ein ungezähmter britischer Garten lieber als ein gezirkelter französischer. Ich lasse mich *gern* gehen.

Das Haus der Bourigeauds lag am Ende einer unbefestigten Straße, die an der Westseite eines öffentlichen Golfplatzes verlief. An der Straße standen fünf Häuser, gesäumt von mediterranen Nadelbäumen. Auf der anderen Seite erstreckte sich das türkisblaue Meer. Das steinerne Haus befand sich auf einer Klippe und wirkte trotz der dramatischen Aussicht anheimelnd. Es war von zwei Morgen Wald mit Eichen und Buchen umgeben, der Garten bestand aus einer weiten Grasfläche, die zum Meer hin steil abfiel. In Amerika wäre die Grundstücksgrenze umzäunt worden, damit Kinder, Schlafwandler und Betrunkene nicht in den Tod stürzten, aber hier gab es keine Trennung zwischen Sicherheit und Dummheit: Diese Grenzen musste man selbst ziehen.

Ein weiteres Ritual bei den Bourigeauds war der Ankunftsspaziergang. Sie waren überzeugt davon, dass man sich nach einer längeren Fahrt die Beine vertreten musste – dass die salzhaltige Luft den Appetit anregte und für einen guten Schlaf sorgte. Heute jedoch sagte Anne, sie wolle dableiben und auspacken. Ich wusste natürlich, was das bedeutete. Sie wollte sich im Gästezimmer verkriechen und übers Handy, das sie wie eine Nabelschnur mit der Außenwelt verband, im Büro nach dem Rechten sehen.

Also ging ich mit Alain, Inès, Camille und dem Riesenhund Balfus den Weg am Rand der Klippen entlang. Nach fünf Schritten überkam mich neuer Schwung. Durch die Baumwollhandschuhe spürte ich die Wärme meiner Tochter, die ich samt ihrem aufgeregten Geplapper über Seepferdchen und Drachen in mich aufnahm. Vor uns gingen ihre Großeltern selbstsicher über den sandigen Weg, den sie schon Hunderte, wenn nicht Tausende Male gegangen waren. Gelegentlich bückte sich Alain, um eine Distel von seiner Hose zu zupfen und seinen glücklichen Hund zu streicheln. Das Meer war gewaltig und schimmerte in den verschiedensten Farbschattierungen. Ich wurde seiner Schönheit niemals müde. Das auflaufende Wasser rollte in einer fein abgestimmten Kaskade schaumiger Wellen heran. Ich schwang Camille auf meine Schultern, damit sie den steinernen Leuchtturm von Cap Fréhel sehen konnte.

Die große Runde führte dreieinhalb Kilometer weit über die Klippen bis zu einem Wald am Stadtrand von Saint-Briac, doch diesmal machten wir auf halbem Weg kehrt. Wir waren uns einig, dass wir jetzt gern einen Cocktail hätten, den langen Spaziergang würden wir am nächsten Morgen mit Anne unternehmen.

Wir zogen gerade im Abstellraum die Jacken aus, als Anne hereinstürzte, mit zerzaustem Haar, roten Augen und verkniffenem Mund.

»Jesus«, sagte ich und nahm Camille den Mantel ab. »Was ist los?«

Anne kniete sich ruckartig hin und legte Camille die Hände auf die Schultern. »War es schön, Liebling? Geh mal in dein Zimmer. Ich habe schon alles ausgepackt.«

Dann stand sie auf, riss mich zu sich heran und flüsterte schrill: »Verdammte Scheiße, ich muss mit dir reden.«

»Könntest du dich mal kurz um Camille kümmern, *maman*?«, fragte sie lauter und lockerte den Griff um mein Handgelenk. »Es gibt ein Problem im Büro.«

Mit diesen Worten stampfte sie aus dem Raum und die Treppe hinauf.

Ich sah ihre Eltern achselzuckend an. »Sie hat den Urlaub wirklich nötig.«

Alain nickte bedächtig. »Sieht so aus.«

Ich verabschiedete mich und folgte ihr. Was konnte an dem Anruf oder der Mail so alarmierend gewesen sein? Ein Notfall in der Kanzlei, den niemand, wirklich niemand außer ihr regeln konnte? Wollten sie, dass Anne so rasch wie möglich wieder nach Paris kam?

Doch als sie die Tür zu unserem Schlafzimmer aufstieß, fiel mein Leben in sich zusammen. Das Bett war mit Briefen übersät. Mit blütengelben Umschlägen. Ich hatte Lisas Briefe in meiner Tasche gelassen.

»Verflucht, was ist das?« Sie riss einen Stapel Papier von der Tagesdecke hoch. »Du hast mir versprochen, dass es vorbei ist! Du hast gesagt, es wäre –« Sie begann zu weinen und setzte sich aufs Bett.

»Wie konntest du das tun?« Sie hatte das Gesicht in den Händen vergraben. »Du kannst nicht mal … Und sie ist in London! Die ganze Zeit … Ich war so dumm. ›Ich muss es selbst abliefern.‹ Du bist ein widerliches Monster.«

Ich starrte auf die Zeitschriften, die Verträge, ihre juristischen Dokumente, die geöffneten Briefe, die ganzen Beweise auf dem Bett. Sie hatte nur aufgeräumt, ihren Urlaub vorbereitet, meine Tasche für mich ausgepackt, wie sie es immer tat, und jetzt hatte ich alles zerstört.

»Anne«, sagte ich und stand wie ein Idiot mitten im Zimmer. »Es ist nicht so, wie es aussieht. Ich habe ihr nie geantwortet.«

»Und das soll ich dir glauben?«

Dann fing sie an, mich mit der Post zu bewerfen: ein Brief, dann noch einer. Schließlich schleuderte sie den ganzen Stapel auf den Boden.

»Hör einfach auf! Ich hab sie gelesen. Alle! Du hast sie *geliebt*! Und ich habe gedacht, es wäre nicht … es wäre nicht … ich weiß nicht. Ich dachte, dass du in Versuchung geraten bist, aber …« Sie schluckte. »Und ich hatte … die Leute sagen, nach sieben Jahren kommt so was vor. Warte ab. Es geht vorbei.« Sie begann zu schluchzen. Jeder Muskel in meinem Körper erstarrte. Ich konnte nicht atmen.

»Du hast es getan.« Sie schaute zu Boden. »Und so lange.«

Ich war absolut sprachlos. Ich konnte mich nicht entschuldigen. Ich konnte nichts abstreiten. Ich konnte nur dastehen, während das Gewicht ihres Schmerzes meinen Körper durchströmte und meine Organe zu Boden zog.

»Du musst weg«, sagte sie und wischte sich über die Augen. »Du musst …« Beinahe hätte sie gelacht. Das Geräusch klang krank und traurig. »Verdammt, wir sind doch *gerade erst* angekommen.«

»Anne.« Ich machte einen Schritt auf sie zu.

»Anne? Anne, was? Was hast du mir zu sagen, Richard? Es liegt doch alles offen da!« Sie trat gegen die Briefe, die auf dem Boden lagen. »›Du hast mich zu sehr geliebt, Richard. Du warst in sehr schlechter Verfassung, als ich gegangen bin!‹ Sie kennt dich ziemlich gut, was? Sie kennt dich besser als wir!«

»Das ist nicht wahr«, sagte ich und stützte mich auf dem schmiedeeisernen Fußende des Bettes ab. »Sie war nicht … es war nicht …« Ich brachte die Worte nicht heraus. Ich konnte nicht sprechen.

»Oh, ich weiß jetzt, was es war. Ich dachte, es sei nur ein dummer Fick. Aber nein, du hattest … ihr hattet …« Sie biss sich auf die Lippe, während eine Träne über ihre Wange lief. »Du wolltest uns verlassen.«

»Das stimmt nicht«, flüsterte ich.

»Blödsinn«, sagte sie und vergrub wieder den Kopf in den Händen. »Und es ist nicht vorbei.«

»Doch, ist es. Das schwöre ich.«

Sie stand abrupt auf und schlug mir gegen die Brust. Sie schlug noch einmal zu, diesmal fester, dann trommelte sie mit beiden Fäusten auf mich ein und stieß mich nach hinten.

»Hör auf«, brüllte sie. »Hör verdammt nochmal auf! Ich glaube dir nicht, und ich vertraue dir nicht, und ich will, dass du gehst!«

Mir kamen die Tränen, als ich eine ihrer Fäuste ergriff.

»Ich habe ihr nie zurückgeschrieben!«

»Fahr einfach nur nach London. Los! Ich weiß nicht, wie wir das regeln, ich habe nicht die leiseste Ahnung, aber ich will, dass du aus diesem Haus verschwindest. Ich will dich nie wiedersehen!«

Ich hielt ihr Handgelenk von mir weg und schrie: »Ich habe ihr nie zurückgeschrieben! Ich habe sie nicht einmal gebeten, mir zu schreiben! Und es geht nicht um sie in London!«

»So ein Quatsch!« Sie schlug mit der freien Hand nach mir. »Ich *glaube* dir nicht mehr!«

Es klopfte.

»Alles in Ordnung?«, fragte Inès schüchtern.

Annes Gesicht erstarrte zu einer Maske.

»Alles bestens, Mutter, es war nur … ein Anruf. Könntest du mit Camille nach draußen gehen?«

»Ist wirklich alles in Ordnung?«

»Es geht uns gut! Geh einfach mit ihr raus!«

Wir kochten vor Wut, verströmten förmlich Hitze und warteten, bis Inès' Schritte im Flur verklungen waren.

»Ich kann das nicht … nicht hier bei meinen Eltern.«

»Ich fahre nicht nach London.«

»Schön, aber du bleibst auch nicht hier.« Sie trat beiseite, um das papierene Schrapnell vom Boden aufzusammeln. »Geh zu ihr. Fick dich blöd. Du weißt doch noch, wie das geht?!«

»Ich fahre nicht«, wiederholte ich.

»Und ob du fährst.«

»Sie ist es nicht, Anne. Julien hat es überprüft.«

»Natürlich, dein treuer Beschützer! Mir gefällt es übrigens, wie du deine Affären über die Galerie organisiert hast. Du hast wirklich ein Händchen für Multitasking, wenn es um deine Eier geht.«

Sie stopfte einen Brief nach dem anderen in meine Tasche, dazu meine Zeitschriften und das idiotische Rezept von meiner Mutter, trat ans Fenster und schaute aufs Meer.

»Anne«, flehte ich.

»Du hast einen Anruf bekommen.« Sie drehte sich um. »Von deiner Galerie. Du musst sofort nach London fahren. Die Käufer haben es so verlangt. Wir haben uns gestritten, weil wir gerade erst angekommen sind.«

»Jetzt geht aber keine Fähre.«

Sie lachte laut. »Ich gebe einen königlichen Scheißdreck auf die Fähre. Du setzt dich ins Auto und verschwindest.«

»Anne, das dürfen wir nicht tun. Wir müssen miteinander reden. Es gibt Dinge, die ich erklären kann.«

»Du brauchst mir gar nichts mehr zu erklären. Es ist völlig offensichtlich.«

»Aber wir können nicht einfach so aufhören. Wir sind verheiratet.«

»Du hast wirklich Nerven.« Sie schluckte schwer. »Ich gehe jetzt nach unten und sage es ihnen. Und du packst deine Tasche.«

Die Bourigeauds waren bestürzt, als sie hörten, dass ich so viel früher als geplant abreisen musste. Außerdem glaubten sie uns nicht. Camille jammerte und fragte, weshalb ich sie nicht mitnehmen könne und wann ich wieder da sei. Ich sagte, ich würde ein paar Tage bei meinen Eltern verbringen, Opa fühle sich nicht wohl. Irgendwann in der nächsten Woche käme ich zurück. Anne war in Hörweite, als ich das sagte, und ihre Finger umklammerten die Salatschüssel, die sie gerade zum Tisch trug.

»Du solltest dich von deinen Kunden wirklich nicht so behandeln lassen«, sagte Alain und nahm am Tisch Platz. »Du musst ihnen Grenzen setzen.«

»Du musst deinem Galeristen Grenzen setzen. Wie kann er an deinem ersten Urlaubstag so etwas von dir verlangen?«, wollte Inès wissen.

»Es ist ein sehr wichtiges Gemälde, und wir brauchen es zu Hause nicht mehr«, verkündete Anne und knallte die Schüssel auf den Tisch.

»Ich dachte, es hätte in der Galerie gehangen«, sagte ihre Mutter.

»Das ist doch das Gleiche. Camille? Sitz nicht so da. Leg die Serviette auf deinen Schoß. Mama, gibst du mir bitte den Wein?«

»Und du kannst wirklich nicht zum Essen bleiben? Das ist doch absurd.«

»Ich muss leider los. Du weißt schon, der Verkehr.«

»Natürlich«, sagte Annes Vater und schaute mich neugierig an. Zweifellos fragte er sich, wie viel Verkehr auf dem Ärmelkanal schon herrschen mochte. »Natürlich.«

Ich küsste alle zum Abschied und entschuldigte mich überschwänglich, bevor ich brav wiederholte, dass ich in wenigen Tagen zurück sein würde. Anne hakte mich in einer oscarverdächtigen Solidaritätsbekundung unter und sagte, sie wolle mich zur Tür bringen. Doch als wir den Abstellraum betraten, beendete sie die Maskerade.

»Ich möchte nicht darüber reden oder etwas darüber hören oder auch nur darüber nachdenken.«

»Aber ich kann nicht …«, sagte ich. »Wir müssen.«

»Ich brauche eine Pause! Ich sorge dafür, dass Camille dich anruft. Und dann …« Sie schüttelte den Kopf. »Und dann, nichts.«

Mit »nichts« konnte ich nichts anfangen. »Nichts« verriet mir nicht, ob Anne an Trennung oder sogar an Scheidung dachte. »Nichts« war schlimmer, als wenn sie überhaupt nichts gesagt hätte.

Und danach sagte sie auch nichts mehr; sie drehte sich weg und ließ mich allein mit meinen Fehlern und mit einem ganzen Meer, das ich überqueren musste.

Es ging keine Fähre mehr, und die Küstenorte waren wegen des anstehenden Feiertags alle überfüllt. Also verbrachte ich die Nacht in einem billigen Motel an der Landstraße nach Saint-Malo.

Als Erstes wollte ich mir die Zähne putzen. Zähneputzen hat für mich seit jeher etwas von einer rituellen Waschung, einem oralen Sühneopfer für die Götter. Doch als ich meine Kulturtasche öffnete, stellte ich fest, dass ich die Zahnpasta vergessen hatte. Besser gesagt, sie befand sich in Annes Tasche.

Dieses Versehen ließ mich schier verzweifeln. Es kam mir vor, als könnte ich mit ungeputzten Zähnen keinen Weg aus diesem selbstverschuldeten Chaos finden. Ich war derart außer mir, dass ich in die Lobby ging und den verwunderten Empfangschef dazu überredete, etwas von seiner eigenen Zahnpasta auf meine Bürste zu quetschen.

Wenn die schlimmsten Befürchtungen wahr werden und man in höchstem Grade verzweifelt ist, wird man eine Zeitlang von einem Kraftfeld der Ungläubigkeit geschützt, bevor die Realität zu einem durchdringt. Ich saß auf der dünnen Matratze, betrachtete die Flotte an Werbekarten, die mir – nur eine Kartenzahlung weit entfernt – ein wahres Eldorado an Hollywood-Blockbustern versprachen, und konnte nicht glauben, dass das, was geschehen war, wirklich geschehen war. Hätte ich die Briefe doch nur wie geplant bei Julien gelassen und nicht in meiner

Tasche. Es war unmöglich, es konnte nicht sein, Anne konnte sie einfach nicht gelesen haben. Es würde ihr das Herz brechen. Es würde sie umbringen. Es würde wirklich alles zerstören, was wir hatten.

Doch hier war der Beweis – meine Reisetasche, in die ich die Briefe achtlos hineingestopft hatte. Und hier saß ich, allein in einem 55-Euro-Zimmer, am ersten Abend meines Urlaubs, den Geschmack von fremder Zahnpasta im Mund. Und dennoch. Dennoch wollte ich immer noch nicht akzeptieren, dass es möglicherweise kein Uns mehr gab.

Unfassbar, aber ich konnte tatsächlich schlafen. Ich träumte, dass Anne und ich uns im Fernsehen einen Eiskunstlaufwettbewerb ansahen. Wir waren in einem Hotelzimmer, aber nicht in dem, in dem ich gerade war. Es war ein Ort, den ich nicht kannte, und sehr spät am Abend. Wir wollten eigentlich irgendwohin gehen, doch die Eiskunstläufer faszinierten uns so sehr, dass wir blieben. Anne lehnte sich an mich und sagte, sie hätte schon immer gern eines dieser Kostüme mit Federn auf dem Po tragen wollen, die sich bei den Pirouetten so schön aufplusterten. Ich sagte, ich hätte als Kind Unterricht im Eiskunstlaufen erhalten, was in Wirklichkeit zwar nicht stimmte, in meinem Traum aber sehr wohl. Als Anne die Finger über meine Brust tanzen ließ und vorschlug, Essen zu bestellen, klingelte mein Handywecker. Ich wachte auf und war immer noch allein, und all die schlimmen Dinge waren wahr.

8

Wäre ich von Paris aus nach London gefahren, hätte ich mit dem Eurostar nur etwas über zwei Stunden gebraucht. Von Saint-Malo aus musste ich eine Fähre nehmen, die geschlagene sechs Stunden später in Poole anlegen würde. Von dort aus brauchte ich mit dem Auto noch einmal zwei Stunden bis zu meinem Elternhaus in Hemel Hempstead. Immerhin würde ich auf der langen Fahrt genügend Zeit zum Nachdenken haben, ob das nun gut oder schlecht war.

Als der Peugeot samt dem *Blauen Bären* sicher in den Eingeweiden des Schiffes verstaut war, begab ich mich in den Aufenthaltsraum mit den pflaumenblauen und marinefarbenen Sesseln. Nebenan befand sich der Duty-Free-Shop, durch dessen Glaswände ich beobachten konnte, wie Engländer ihr Geld für Dosen mit Gänseleberpastete und Makronen verprassten.

Ich suchte mir eine etwas schäbige Ecke unter einem Belüftungsgitter und hoffte, dass sich niemand auf die beiden freien Plätze neben mir setzen würde. Doch meine Hoffnungen wurden zunichtegemacht, als ein rundlicher Mann mit Filzhut und rosigem Gesicht auftauchte.

Er trug einen orangefarbenen Regenmantel und eine Cargohose, deren Taschen sich knapp über den Knöcheln befanden. Das erschien mir nicht sonderlich praktisch. Er verströmte die aufgeregte Energie eines Expeditionsmitglieds, und sobald er die universelle *Ist hier noch frei?*-Geste vollzogen hatte, wurde mir klar, dass er sich unterhalten wollte.

»Und, wohin fahren Sie?« Er holte einen gewaltigen Stapel Zeitungen aus seiner Tasche.

»Nun ja, offensichtlich nach Poole.«

»Offensichtlich nach Poole!«, brüllte er und stieß mir gegen den Arm. »Und dann?«

»Hemel Hempstead«, sagte ich. »Da komme ich her.«

»Du liebe Güte!« Beinahe hätte er mich noch einmal geschlagen. »Ich bin aus Great Gaddesden.«

»Tatsächlich?«, erwiderte ich ehrlich überrascht. »Waren Sie im Urlaub?«

»Oh, nein. Ich arbeite für Xerox. Hatte eine große Präsentation in Rennes.«

»Ach so. Wie kommt's?«

»Na ja, die haben gerade den Color DocuTech 60 gekauft. Den schnellsten Farblaserdrucker der Welt.«

»Was Sie nicht sagen.«

»Und ob.« Er schlug eine Zeitung auf. »Die Leute sind ziemlich eingeschüchtert von diesen Geräten. Also halte ich ihnen das Händchen. Harold Gadfrey.« Er streckte mir die Hand hin.

Ich schüttelte sie. »Richard Haddon.«

»Haddon. Haben Sie etwas dagegen, wenn ich das hier kurz lese? Möchten Sie auch eine? Im Hotel hatten sie eine ganze Tonne Zeitungen. Englisch oder Französisch?« Er hielt mir eine Auswahl hin.

Ich deutete auf die rosafarbene, den Finanzteil des *Figaro*.

»Gut. Ich selbst kann kein Französisch lesen. Haben Sie das hier gesehen?«

Er zeigte mir die *Sun*. Die Schlagzeile über einem Foto von Saddam Hussein lautete: *Hat er oder hat er nicht? Erste Zweifel.*

Ich zuckte zusammen.

»Ich weiß«, sagte er kopfschüttelnd. »Es hat keinen Sinn. Was glauben Sie denn? Hat er oder hat er nicht?«

»Ich glaube … er hat nicht.«

»Ich auch.«

Erleichtert blickten wir auf unsere Zeitungen.

»Aber es stimmt einen nachdenklich, oder?« Er knisterte mit der Titelseite. »Was können wir schon machen? Ich bin zweiundvierzig, ich werde nicht kämpfen.« Er seufzte. »Bin wohl kein großer Aktivist. Sind Sie einer?«

»Ich weiß nicht. Ich bin Künstler, also …«

Er lehnte sich zurück und betrachtete mich, dann sagte er, er habe mich für einen Schriftsteller gehalten. »Nun«, endlich schlug er die Zeitung auf, »Sie sollten etwas über den Irak machen.«

»Ich denke tatsächlich darüber nach.«

»Ich würde schnell denken.«

Die nächste Stunde verbrachten wir lesend und aßen dann ein leichtes Mittagessen im Pub. Wir unterhielten uns über unsere Arbeit, die Freuden und Verpflichtungen, die unser Leben bestimmten. Harold war ein Familienmensch, zwei Töchter, siebzehn Jahre verheiratet, Doppelgarage – »das ganze Paket«, wie er sagte. Er war fast zehn Jahre älter als ich, besaß aber die jugendliche Ausstrahlung jener Menschen, die von Natur aus gutgelaunt sind.

Als wir auf meine Familie zu sprechen kamen, veränderte sich die Stimmung. Ich erzählte, dass meine Frau Rechtsanwältin sei und wir in Paris lebten, die grundlegenden Dinge eben. Dann holte ich ein Foto von Camille aus der Brieftasche. Es war in der Bretagne aufgenommen worden und zeigte sie auf einem Dreirad mit einem Marienkäferhelm.

»Oh«, gurrte Harold, »Was für ein Schätzchen. Kommt sie nach ihrer Mum?«

»Oh, ja.« Ich schämte mich, dass ich kein Foto von Anne dabeihatte. »Meine hübschere bessere Hälfte.«

»Wir haben uns in Great Gaddesden leider ein bisschen gehenlassen«, sagte Harold und kniff sich in die Taille. »Dick und glücklich! Sie sollten mal vorbeikommen, wenn Sie in der Stadt sind. Meine Frau kann super kochen!«

»Das ist sehr freundlich«, sagte ich und schluckte. »Aber ich bleibe nur ein paar Tage, besuche meine Eltern und fahre nach London.«

»Natürlich.« Er nickte. »Vielleicht zum Mittagessen. Oder zum Frühstück? Ich kenne nicht viele Künstler«, sagte er achselzuckend. »Für jemanden aus meiner Branche sind Sie ein echter Exot.«

Nach dem Mittagessen legte sich Harold auf die leere Sitzreihe hinter mir, um ein Nickerchen zu halten. Ich las noch ein paar Zeitungen, bevor ich selbst eindöste. Alles in allem verlief die Überfahrt angenehmer als gedacht, und als wir in Poole ankamen, gab ich Harold tatsächlich die Festnetznummer meiner Eltern.

»Verrückt«, sagte ich und riss einen Zettel aus meinem Terminkalender. »Sie haben immer noch dieselbe Telefonnummer wie zu meiner Schulzeit.«

»Es ist schön, dass sie noch dort wohnen«, sagte er und gab mir einen Zettel mit seiner Handynummer. »Es gibt nur wenig Verlässliches im Leben.«

Ich nickte. Ich war froh, dass ich ihn getroffen hatte, diesen großen Pelikan von einem Mann. Ich war glücklich, weil er sich auf seine Frau und seine Töchter freute. Seine Frau hatte ihn während der Überfahrt angerufen und gesagt, sie habe sein Lieblingsessen gekocht: Steak-und-Nieren-Pastete.

Als wir anlegten, holte ich mir noch einen Kaffee, bevor ich meine Eltern anrief und mich bei ihnen entschuldigte, dass ich unangekündigt früher käme; der Londoner Käufer habe plötzlich seine Meinung geändert. Meine Mutter war am Boden zerstört, weil Anne und Camille nicht mitgekommen waren. Ich sagte, mir ginge es genauso.

Ich habe ein seltsames Verhältnis zu meinen Eltern. Nachdem sie mir das Leben geschenkt hatten, zeigten sie kein sonderlich großes Interesse mehr an mir. Man hätte das Maß an Unabhängigkeit, das mir als Kind zugestanden wurde, sogar durchaus mit Vernachlässigung verwechseln können. Nicht dass meine Eltern mir keine Zuneigung geschenkt hätten – das taten sie durchaus –, nur waren sie die meiste Zeit ganz und gar abgelenkt.

Mein Vater, ein Geschichtslehrer, aß nach der Schule oft eine Schüssel Müsli und steckte währenddessen die Nase in den *Scientific Observer*. Er lehnte die Zeitschrift gegen eine Vase auf dem Küchentisch, die meine Mutter einmal im Monat mit einer Auswahl an Plastikblumen bestückte. Meinem Vater kam anscheinend nie in den Sinn, dass die meisten Väter etwas anderes als Weetabix zu Abend aßen.

Meine Mutter arbeitete in der örtlichen Bibliothek, zu der sie mit einem uralten grünen Fahrrad samt selbstgebasteltem Lenkradkorb fuhr. Samstags, wenn linksalternative Frauen ihres Alters zu Hause ihre Kinder stillten oder Johannisbrotmuffins backten, gab sie im örtlichen Gemeindezentrum einer Gruppe Frauen mittleren Alters Kunstunterricht. Zwischen Aquarellen und Filzcollagen tauschten sie begeistert Kochrezepte aus und lüfteten das Geheimnis, wie sie aus den Hemden ihrer Männer die Schweißflecken herausbekamen. Meine Mutter suchte in aktuellen Selbsthilfebüchern nach Themen, um den Werken ihrer Schülerinnen eine gewisse »Würze« zu verleihen. Auf ihrem

Notizblock, den sie eines Tages im Wohnzimmer liegen ließ, standen Dinge wie *Du kannst deinen Mann erst lieben, wenn du dich selbst liebst* oder *Oralsex: warum nicht drüber reden?* Das waren nur einige der kreativen Katalysatoren für die Hempstead Women's Art League der siebziger Jahre.

Ich saß wie die anderen Kanalpendler im Auto und wartete, dass die Rampe heruntergelassen wurde. Ich hatte meine Eltern seit Weihnachten nicht gesehen, und das war zehn Monate her. Eigentlich unverzeihlich. Ich war ein beklagenswerter Sohn und Vater. Wieso hatte Camille ihre Großeltern seit zehn Monaten nicht gesehen? Wo waren Anne und ich in dieser Zeit gewesen, als Paar? Ich wusste die Antwort. Am Ende.

Es war schockierend, durch Hemel Hempstead zu fahren. Alle umliegenden Dörfer waren mit schicken Einkaufscentern und Spazierwegen am Fluss verschönert worden, nur Bennett's End sah immer noch so beschissen aus wie früher. Der Ort war nach dem Zweiten Weltkrieg als eine »neue Stadt« geplant worden und bestand fast ausschließlich aus trostlosem öffentlichen Wohnungsbau: zweistöckige Einfamilienhäuser mit freistehenden Garagen. Straße um Straße die gleichen roten Ziegel und weißen Fensterläden. Häuser mit originellen Briefkästen und mehrjährigen neonfarbenen Pflanzen im Vorgarten, mit ausgefallenen Skulpturen und hingeschmissenen Fahrrädern auf dem Rasen. Es war weder malerisch noch charmant, aber es war mein Zuhause, und ich spürte, wie die Anspannung in meinen Schultern allmählich nachließ. Ich war glücklich, wieder hier zu sein.

Ich parkte in der Einfahrt und suchte den Himmel nach Regenwolken ab. Ich musste meinen Vater bitten, seinen geliebten Vauxhall Chevette nach draußen zu stellen, damit *Der Blaue Bär* nicht nass wurde.

Vor der Haustür roch ich die Eintopfkünste meiner Mutter

und blieb unvermittelt stehen. Rotwein, Sherry, Dosentomaten, Fleisch, der seltsam tröstliche Geruch von angebrannten Karotten und versengtem Knoblauch. Meine Mutter war schon immer eine furchtbare Köchin gewesen. Sie gehört zu den Menschen, denen der Geschmack von Essen egal ist; sie isst, weil sie muss. Das war bei früheren Besuchen mit meiner eigenen Familie ein Problem gewesen, bis Anne schließlich eine besuchsrettende Tradition namens »Ente in der Dose« erfand. Wann immer wir kamen, brachten wir eine große (und damit meine ich gewaltig große) Dose Entenconfit mit, die für zwei Abendessen reichte. Diesmal hatte ich sie vergessen. Egal. Mieses Essen passte zu meiner miesen Stimmung.

Ich klingelte und hörte sofort eilige Schritte im Haus. Die Klappe am Spion öffnete und schloss sich wieder.

»Richy!« Die Tür ging auf, und da stand meine Mum, die dunklen Locken zerzaust, die Hände in Ofenhandschuhen. Sie schlang die Arme um mich, und ich drückte sie an mich und fuhr über ihre Vogelknochen. Schon als Teenager war ich einen Kopf größer gewesen als sie.

»Oh, Liebling, es ist so schön, dass du da bist!«

»Hi, Mum«, sagte ich und hielt sie ein Stück von mir weg. Sie lächelte mich an. »Ich habe euch was mitgebracht.«

»Liebling, das wäre doch nicht nötig gewesen.« Sie nahm die Plastiktüte mit Wein und einer Dose Karamellbonbons, die ich im Duty-Free-Shop gekauft hatte, und deutete dann auf meinen winzigen Koffer. »Ist das alles, was du dabeihast?«

»Das und das Gemälde.« Ich schaute zum Auto. »Ich muss ihn in die Garage fahren.«

»Du musst den Vauxy umparken, Georgie«, rief meine Mutter ins Haus. »Er hat ein Bild auf dem Dach!«

Mein Vater tauchte in einem flauschigen gelben Pullover und einer uralten braunen Hose auf.

»Mein Junge!« Er zog mich an sich.

»Oh, wie schön«, sagte meine Mutter, als wir uns umarmten. »Wie schade, dass Anne und Camille nicht mitkommen konnten.«

»Ich weiß«, sagte ich stirnrunzelnd. »Eigentlich sollte ich auch nicht hier sein. Es ist ein ungewöhnliches Anliegen. Ein ganz besonderer Kunde.«

Ich brachte meine Sachen ins Kinderzimmer, ein petrolblauer Schuhkarton mit einem Schreibtisch vor dem Fenster, durch das man in den kleinen Garten blickte. An der Wand über dem schmalen Bett hingen noch ein verblichenes Poster von Clint Eastwood in *Dirty Harry* und ein Arsenal-Fußballkalender von 1979.

»Ich bin begeistert, was du aus dem Zimmer gemacht hast«, sagte ich zu meiner Mutter, die hinter mir im Schatten stand. Sie schlug mir spielerisch mit den Handschuhen auf den Rücken.

»Möchtest du Nudeln oder Reis zum Eintopf?« Beides schmeckte furchtbar. Sie verwendete Instantreis und ließ die Instantnudeln zu lange im Wasser.

»Nudeln wären toll.«

»Komm, wir rufen erst mal an!« Meine Mutter zupfte mich am Pullover. »Du musst ihnen Bescheid sagen, dass du gut angekommen bist! Außerdem möchte ich meiner Enkelin hallo sagen!«

»Na schön.« Ich versuchte, munter zu klingen. »Ich packe nur kurz meine Sachen aus, dann rufe ich an.«

Nachdem sie das Zimmer verlassen hatte, schloss ich die Tür und setzte mich aufs Bett. Ich schaute auf mein Handy: keine Anrufe, keine SMS. Da ich ein durchtriebener Mensch bin, rief ich die Festnetznummer der Bourigeauds an.

»Allô?«, meldete sich eine Stimme, die zweifellos meiner Ehefrau gehörte.

»Anne? Ich bin's.«

»Oh, du bist angekommen.«

»Ja.«

Schweigen.

»Hör mal, meine Mum möchte gern mit Camille sprechen. Darum –«

»Geht in Ordnung.«

Ich hörte, wie sie Camille rief und das Telefon weglegte, das dann von viel kleineren Händen aufgenommen wurde.

»*Grand-maman?*«, fragte Camille.

»Nein, Süße, ich bin's.«

»Oh, hi, Daddy. Ich habe Sandaale gefangen.«

»Gut gemacht! Isst du sie auch?«

»Klar. Mummy brät sie gerade. Bist du mit der Fähre ganz bis zu Oma gefahren?«

»Nein«, erwiderte ich lachend. »So weit reicht das Meer nicht. Ich musste noch mit dem Auto fahren.«

»Oh. Okay.«

Ich nutzte die Pause, um die Hintergrundgeräusche zu deuten, mir Annes steife Körperhaltung vorzustellen und mich zu fragen, ob sie zusammen mit Inès oder allein kochte.

»Wie geht es Mami?«

»Sie hat auch ein paar Fische gefangen. Kann ich jetzt mit Oma reden?«

Mein Herz zog sich zusammen. »Natürlich, Liebes. Augenblick.«

Ich öffnete die Schlafzimmertür und fand meine Mutter händeringend im Flur.

»Ist das meine kleine Cam-Cam?«, fragte sie strahlend und griff nach dem Handy.

Ich verkroch mich im Schlafzimmer und horchte auf den Klang ihrer Worte. Meine Tochter war glücklich. Offenbar hatte

Anne nichts von unserem Streit erzählt. Streit? Es war mehr als das. Es war eine Naturkatastrophe.

Nach dem Essen spülte meine Mutter das Geschirr, und ich saß mit meinem Vater im Wohnzimmer auf dem Sofa, das so alt war, dass es einen eigenen Eintrag in der Familienenzyklopädie verdiente:

> *Sofa mit orangefarbenem Blumenmuster, ca. 1953: Obwohl zu dünn gepolstert und durchgesessen, ist dieses antike in Limettengrün und Orange gehaltene Sofa ein beständiger Quell der Freude und des Trostes für die Familie Haddon, vor allem für George Haddon, der nach siegreichen Spielen von Arsenal darauf Zigarren raucht. Belege für diese Tradition finden sich in Form von Brandlöchern auf der nordwestlichen Armlehne des Sofas, in der Nähe des Beistelltisches, wo Edna Haddon jederzeit eine Schale mit gesalzenen Cashewnüssen bereithält.*

»Sherry?«, fragte mein Vater, als er neben dem leeren Bücherregal stand, das als Bar diente.

»Sicher.«

»Möchtest du Käse oder so was, Frenchie?«

Ich musste lachen. »Nein, Dad.« Er reichte mir ein kleines Glas. »Sherry reicht vollkommen.«

»So!«, sagte er und setzte sich in den Fernsehsessel. »Was gibt's Neues? Anne hat erzählt, deine letzte Ausstellung sei sehr erfolgreich gewesen.«

Die liebenswürdige Anne hatte sich gewissenhaft um die sonntäglichen Pflichtanrufe gekümmert. Wenn ihre Eltern nicht in der Bretagne waren, hielten wir uns an die französische Tradition und fuhren jeden Sonntag zu einem ausgedehnten

Mittagessen zu ihren Eltern. Anne nutzte die Zeit zwischen Hauptgericht und Nachtisch, um meine Familie anzurufen und nach einer Weile das Telefon an Camille und mich weiterzureichen. Für gewöhnlich lieferte Anne meinen Eltern eine Zusammenfassung der vergangenen Woche und einen Ausblick auf die nächste. Sie war schon erstaunlich umsichtig, meine Frau.

»Ja, einige wurden verkauft, sogar zu recht guten Preisen. Und dann gab es plötzlich dieses Chaos«, sagte ich und deutete auf die Garage, in der jetzt mein Auto stand.

»Verstehe«, sagte mein Vater, als erklärte das alles. »Wie lange bleibst du hier?«

Ich griff nach meinem Glas. »Nun, das kommt drauf an. Eigentlich soll ich das Gemälde am Dienstag abliefern, aber ich hoffe, dass ich den Termin vorverlegen kann.«

»Ich dachte, du seist jetzt schon gekommen, weil sie es früher brauchen.«

»Stimmt.« Ich kippte den Drink hinunter. »Aber dann haben sie, ähm, den Termin nach hinten verschoben.«

Mein Vater runzelte die Stirn. »Aha. Nun, da komme ich nicht mehr mit. Und wie geht es Anne?«

Ich kratzte mich am Nacken. »Der geht's gut. Müde, überarbeitet, du kennst das ja. Sie hat einen neuen Fall. Junge Mütter in Lille wussten angeblich nicht, dass sie während der Schwangerschaft keinen Wein runterschütten sollten. Jetzt rotten sie sich zusammen und verlangen ein fettes Logo für alle Weinflaschen.«

»Sind sie psychisch gestört?«

Ich hätte beinahe meinen Sherry ausgespuckt. »Was?! Nein, Dad, sie sind nicht ›psychisch gestört‹, sie sind nur … Eigentlich weiß ich nicht, was sie sind. Schlecht informiert.«

Wir tranken unseren Sherry und horchten auf das Klappern

und Scheppern aus der Küche, wo meine Mutter das Geschirr wegräumte.

»Also keine Kinder mehr?«

»Jesus.« Ich stand auf, um uns Sherry nachzuschenken.

»Ich meine ja nur, wir hätten auch noch eins bekommen können«, sagte mein Vater. »Aber als wir uns dafür bereit fühlten, warst du schon sieben. Camille ist fast sechs, oder?«

»Ja.«

»Dann heißt es wohl: jetzt oder nie. Meine Geschwister und ich sind alle zwei Jahre auseinander, das ist so gut wie gar nichts. Aber schau dir deine Mutter an. Fünf Jahre liegen zwischen ihr und Abigail – und sie reden kaum miteinander.«

»Demnach wäre es für uns ja schon zu spät, oder?«

Mein Vater runzelte die Stirn. »Möglicherweise.«

Ich lehnte mich seufzend zurück. Der Sherry hatte mich gewärmt, genau wie der Eintopf, den ich erst noch verdauen musste. In diesem Augenblick wollte ich ehrlich mit meinem Vater sein und ihn um Rat bitten. Immerhin hatte er meine Mutter damals betrogen, und obwohl ich nie erfahren hatte, wie weit die Sache gegangen war, konnte er sich vermutlich in meine Lage hineinversetzen. Dann aber tauchte meine Mutter in der Tür auf. Sie trocknete einen Teller ab.

»Wenn du morgen Zeit hast, Liebling, könnten wir dir zeigen, was sie in Gadebridge gebaut haben. Der Park ist wirklich hübsch geworden.«

Ich schützte Müdigkeit nach der langen Reise vor, gab meinen Eltern einen Gutenachtkuss und sagte, ein Ausflug nach Gadebridge wäre nett. Dann hockte ich mich unter das *Dirty-Harry*-Poster in meinem Zimmer, stützte den Kopf in die Hände und ertrug die zugeschnürte Kehle und die tropfende Nase, die Vorboten der Tränen.

Es war seltsam – zumindest in unserem Bekanntenkreis –,

dass ich als Einzelkind ein anderes Einzelkind geheiratet hatte. Für Anne war es noch seltsamer, Französin und Einzelkind zu sein. Anständige bürgerliche Familien, zumal gläubige, bekamen normalerweise mindestens fünf Barbour-Jacken tragende Nachkommen. Doch bei Annes Mutter war eine sekundäre Unfruchtbarkeit diagnostiziert worden, als sie und Alain versuchten, ein zweites Kind zu bekommen. Das Thema war tabu, offenkundig eine Quelle tiefer Schuldgefühle und Scham, da die beiden immer eine große Familie gewollt hatten. Ich hatte Anne gefragt, ob ihre Eltern je an Adoption gedacht hätten, und sie sagte, ihre Mutter sei dafür gewesen, doch ihr Vater habe es peinlich gefunden – als würde man ein Banner vor sich hertragen, das verkündete, was im Bett geschah und eben nicht geschah.

Anne und ich hatten vor drei Jahren tatsächlich über ein zweites Kind gesprochen, aber erst hatte sich Annes Karriere und dann meine entwickelt. Uns lief die Zeit davon, während wir uns in dem Bewusstsein sonnten, vielbeschäftigt und erfolgreich zu sein und ein Kind zu haben, das uns auf Trab hielt. Trotz der vorbildlichen Mutterschutzregelungen in Frankreich konnte Anne sich nicht einmal ansatzweise vorstellen, kürzerzutreten. So verging die Zeit. Und ich lernte Lisa kennen. Und es verging noch mehr Zeit. Und mein Vater hatte recht, sechs Jahre sind ein enormer Altersunterschied. Zudem erscheint eine Schwängerung zurzeit unwahrscheinlich. Dafür müsste man Sex haben.

Ich konnte nicht einschlafen und ging irgendwann ins Wohnzimmer, wo ich wider besseres Wissen unser Hochzeitsalbum aus dem Regal holte. Die zweite Hochzeit, auf der die Bourigeauds bestanden hatten, wurde etwa ein Jahr nach der ersten in ihrem Haus in Saint-Briac gefeiert. Beide Hochzeiten fanden am Meer statt, aber das war auch schon die einzige Gemeinsamkeit.

Da wir zur ersten Auflage in Cape Cod keine Verwandten eingeladen hatten, lernte Anne meine Eltern erst bei unserer französischen Hochzeit kennen. Mein Vater mochte sie sofort, doch meine Mutter schien sich in ihrer Gegenwart unwohl zu fühlen, befangen. Das kommt bei Anne häufig vor – wegen ihrer dunklen Haare, der knabenhaften Hüften, die ihre endlosen Beine noch länger erscheinen lassen, und der tänzerischen Haltung nehmen viele Menschen sie als unterkühlt wahr, bevor sie ihr überhaupt eine Chance gegeben haben. Es stimmt, sie ist wählerisch in ihrem Umgang und sparsam mit Worten. Ich verstehe, dass das auf andere hochmütig wirkt, aber in Wahrheit ist sie schüchtern. Und obwohl sie sich auf gutbürgerlichen Smalltalk versteht, kann sie mit Menschen wie meiner Mutter, die sich in ihrer Nähe unbehaglich fühlen, nicht umgehen. Ich weiß noch, wie ich sie nach der Hochzeit fragte, worüber sie mit meiner Mutter gesprochen habe, und sie die Hände vors Gesicht schlug wie ein kleines Mädchen. »O mein Gott. Das Wetter.«

Anne war enttäuscht von der ersten Begegnung mit meiner Mutter und wusste nicht, wie sie damit umgehen sollte. Als traditioneller Mensch hatte sie gehofft, sich mit meiner Mutter hervorragend zu verstehen, weil das bei Schwiegertöchtern eben so war. Sie hatte Visionen von Wochenendbesuchen bei meinen Eltern und langen Spaziergängen mit Edna, auf denen meine Mutter ihr eine aufschlussreiche Geschichte aus meiner Kindheit erzählte, woraufhin Anne lächelte und sagte, ich hätte mich gar nicht verändert. Sie malte sich aus, dass sie Arm in Arm zum Haus zurückgingen, Königinnen verschiedener Länder, die ihre Männer neckten. Die wiederum plauderten zwanglos am Kamin. Das Mittagessen wäre bereit. Wir alle würden ein Lied anstimmen.

Annes Debüt mit meinem Vater verlief deutlich besser. Die

beiden hatten mehrfach miteinander telefoniert, als ich noch an der RISD studierte, und nach unserer ersten Hochzeit hatte Anne sogar Postkarten aus Cape Cod geschrieben, die von Wendungen wie *Ich kann es gar nicht erwarten, euch kennenzulernen* und *eure Fast-Tochter Anne* wimmelten. Nach dem Hochzeitsempfang in Frankreich nahm mich mein Vater beiseite und flüsterte: »Guter Gott, Richard, sie ist hinreißend.« Er stieß einen leisen Pfiff aus, während meine Braut mit seiner Frau auf der Terrasse parlierte. »Und weißt du was, sie bleibt auch so. Das ist die französische Konstitution. Nicht wie bei den Engländerinnen, Gott steh uns bei.« Anne trat zwischen uns, und mein Vater streckte die Arme aus. Er umarmte sie auf die französische Art und küsste sie eifrig zweimal auf jede Wange.

»Ich freue mich so für euch«, verkündete er und drückte sie etwas ungestümer an sich.

»Ich weiß«, sagte Anne ein wenig verknautscht. »Ich auch!«

Es war ein reizendes Abendessen, bei dem wir meist Englisch sprachen und der Akzent von Alain und Inès durch die gewaltigen Mengen an Wein noch attraktiver wurde. Meine Eltern waren natürlich hingerissen von dem Haus und auch von Annes Familie, die sie als unglaublich warmherzig und gastfreundlich empfanden. Ich kann mich gut an das Essen erinnern, viel besser als an den Empfang, der nur ein Wirbel von Händeschütteln und Umarmungen und zu viel Weißwein war. Ich weiß noch, wie glücklich Anne darüber war, dass wir alle zusammen waren. Ich weiß noch, wie ich dachte, irgendwann werden wir auch so sein. Wir bekommen ein Kind, und das Kind wird heiraten, vielleicht in eben diesem Haus. Und ich weiß noch, dass ich echte Liebe für meine Eltern empfand, für meine Mutter in ihrer lächerlichen türkisfarbenen Tunika und meinen Vater mit seiner liebsten Seidenfliege, die auf der Rückseite ein kleines Loch hatte, gleich neben dem Etikett. Das wusste ich noch aus meiner Kindheit, ich hatte ihm oft beim Binden zugesehen.

Gegen vier Uhr morgens dünnte die Gesellschaft aus, doch mein Vater war wie durch ein Wunder noch auf und gestikulierte bei einem letzten Glas Portwein mit Alain Bourigeaud. Ich ging zu den beiden, stieß mit Alain an und dankte ihm für den perfekten Abend. Mein Vater schlug vor, ein bisschen spazieren zu gehen, um das üble Zeugs in seinem Körper zu verteilen, bevor er sich schlafen legte.

»Geht nur, ihr beiden«, sagte Alain lächelnd. »Ich drehe eine Runde durch den Garten und sehe nach, ob keiner über die Klippe gefallen ist.«

Mein Vater legte den Arm um mich, und wir gingen durch die Hintertür Richtung Straße. Er ging schwerfällig, sein Arm lastete bleiern auf meiner Schulter. Es war lange her, vielleicht ein ganzes Jahrzehnt, dass ich ihn so betrunken gesehen hatte. Aber es war eine angenehme Trunkenheit, eine fröhliche Trunkenheit, und ich freute mich, dass ich mit ihm zusammen war und er meine Frau mochte. Ich freute mich, dass ich in eine Familie eingeheiratet hatte, auf die er stolz sein konnte.

»Ah, Richard!«, rief er. »Was für ein Abend. Was für eine Party! Ich sag dir was, ich finde Anne einfach toll.« Er schüttelte mich mit der freien Hand leicht am Kinn. »Anfangs ein bisschen frostig, aber so sind die Französinnen! Und bei Gott, sie ist clever! Aber hör mal, Sohn«, er zog mich zu sich heran, als wir auf die Straße stolperten. »Sie ist wahnsinnig in dich verliebt. Das merkt man, wenn man mit ihr redet, einfach süß. Hör mir zu, ich muss dir was sagen.« Er umklammerte meine Schulter. »Hör zu. Vergiss sie nicht.«

Sein Kommentar weckte etwas in mir, fernab der Fackeln, die immer noch brannten, und des Nebels aus Alkohol und Musik und wunderbaren Gästen. Er weckte mich wie aus einem beunruhigenden Traum, in dem irgendetwas nicht stimmte.

»Wie meinst du das, ›sie vergessen‹?« Ich hörte, wie hinter uns Autoreifen auf dem Kies knirschten und Annes Eltern *»merci«* und *»à bientôt«* in die Dunkelheit riefen.

»Ich weiß nicht, Rich. Ich habe bei deiner Mutter so manchen Fehler gemacht. Und es gab Zeiten, in denen ich einfach nur weggehen und mir was Besseres suchen wollte. Aber weißt du was? Es wird nicht besser. Wenn du sie wirklich liebst, wirklich, wirklich liebst, dann kann es nicht besser werden. Aber du musst dich daran erinnern, dass du sie liebst, denn man vergisst es so leicht. Ich würde dir gern sagen, dass alles nur ein Spaß im Heu ist und dass du nie ein anderes Mädchen wollen wirst, aber ich kenne dich, natürlich wirst du das wollen. Bitte, bitte denk einfach daran … okay?«

»An *was* soll ich denken, Dad? Warum erzählst du mir das?«

Er stolperte über die Düse eines Rasensprengers und hielt sich an meinem Arm fest. »Richy, denk bitte daran: Was du hast, ist *gut*. Du glaubst vielleicht, es sei nicht wichtig, aber das ist es sehr wohl. Alles andere ist zweitrangig. Und wie ich sagte, sie ist Französin.«

»Danke, Dad.« Ich wusste nicht, ob ich ihm danken oder Aspirin holen sollte. Innerlich schickte ich seine Kommentare zur Steuerbordseite meiner Großhirnrinde, wo sie gespeichert und vergessen wurden und mir nicht die Nacht verdarben.

Auf halbem Weg wurde meinem Vater schlecht. Ich rieb ihm den Rücken, als er würgend über den Büschen der Nachbarn hing.

»Guter Gott«, sagte er und zog ein Taschentuch hervor. »Das ist mir seit Jahren nicht passiert!« Er drehte sich mit einem breiten Grinsen um. »Müssen wir das wegmachen?«

Ich zuckte beim Anblick des feierlichen Häufchens zusammen. Dann schob ich in der Dunkelheit mit meinen eleganten Schuhen Kiefernadeln darüber, bis nichts mehr zu sehen war.

9

Ich erinnere mich an den Augenblick, in dem ich beschloss, Anne-Laure zu bitten, meine Frau zu werden. Bei manchen Leuten kommt die Erkenntnis allmählich, aber ich war mir in einem einzigen Moment so sicher, wie ich es nur sein konnte.

Es begann mit einem Überraschungsei. Es war an einem Wochenende, einem warmen Wochenende in Providence, und wir hatten unser viertes Date – wobei der Begriff nicht ganz passt, weil Anne in Boston studierte und immer für ein ganzes Wochenende herkam. Anfangs übernachtete sie bei ihrer Cousine Esther, aber nachdem ich mich ein bisschen geschickter mit Mopp und Besen anstellte, blieb sie bei mir.

An diesen ersten Wochenenden konnten wir uns stundenlang damit beschäftigen, einfach nur zusammen zu sein; jede einzelne ihrer Gesten wirkte ansteckend und neu. Ihr Lächeln war unendlich. Ihr Haar umfasste ganze Sternenbilder. Selbst wenn sie einfach nur auf etwas zeigte, das sie lustig fand, besaß die Geste für mich immense Bedeutung und große Anmut.

Ich holte sie am Bahnhof ab, und sie trug wie immer eines ihrer *Outfits*. Seidenjäckchen, Seidenblusen, Hosen mit weitem Bein. Ich glaube, ich habe sie monatelang nicht mit einer über der Hose hängenden Bluse gesehen, außer beim Sex natürlich. Wenn wir uns liebten, fiel die Fassade des braven Mädchens in sich zusammen.

An jenem Sonntag schlug sie eine Radtour zum Strand in Barrington vor und versprach mir ein Picknick. Wir trafen uns am India Point Park und radelten fast zwanzig Kilometer bis zu unserem Ziel, ein eleganter schmaler Kiesstrand. Anne hatte wie üblich alles eingepackt: eine Decke, Handtücher, einen kleinen Schirm für Notfälle und eine Kühlbox voller Delikatessen.

In winzigen Gläsern und Tupperdosen waren Köstlichkeiten wie Pfefferhering, russische Eier mit Paprikamayonnaise, Wasabi-Erbsen, Hühnersalat mit Curry und gekühlte Trauben – lauter Sachen, die sie in den drei kurzen Stunden zwischen dem Verlassen meines Bettes und unserem Rendezvous am Park vorbereitet hatte.

Zuletzt holte sie einen Behälter mit einer gallertartigen gelben Masse heraus und stellte ihn grinsend ab.

»Ananas-Wackelpudding«, sagte sie leicht verlegen.

Ich fing an zu lachen.

»Da sind echte Ananasstücke drin!«, protestierte sie und deutete auf die wabbelnden Bröckchen. »Na schön, aus der Dose. Trotzdem. Warte ab, wie gut das zu dem Hühnersalat passt.«

Wir saßen an dem herrlichen Strand, pappsatt und glücklich, während die Möwen um uns herum kackten und wir uns allmählich einen Sonnenbrand holten. Die beiden Flaschen Rosé, die ich mitgebracht hatte, machten uns schläfrig. Wir fütterten einander mit Trauben und spekulierten, was passiert wäre, wenn auf Manets berühmtem Gemälde *Das Frühstück im Grünen* ein nackter Mann statt einer nackten Frau zu sehen gewesen wäre. Und dann sagte sie, nun sei es Zeit für den eigentlichen Nachtisch.

Sie holte etwas aus der Kühlbox, das in eine Stoffserviette gewickelt und mit einer Kordel verschnürt war.

»Hier«, sagte sie und reichte es mir. »Überraschung.«

Ich faltete die Serviette auseinander und fand darin zwei *Kinder*-Überraschungseier, die in meiner Kindheit sowohl eine Belohnung als auch ein Auslöser für vieles gewesen waren.

Anne lachte und nahm sich eins. »Wenn du ein schöneres Spielzeug hast als ich, müssen wir tauschen.«

»Wie um alles in der Welt bist du an die gekommen?« Ich drehte das Ei in den Händen. In Amerika waren die Überraschungseier vom cremegefüllten Cadbury-Ei verdrängt worden, das jedoch kein Spielzeug zum Zusammenbauen enthielt.

Sie quietschte, als sie in ihres hineinschaute und einen winzigen, als Banditen verkleideten Waschbären darin fand. Ich hingegen bekam einen Ritter mit einem altmodischen Goldgräber-Schnurrbart.

»So ein Mist aber auch. Ich habe die glücklose Version von Yosemite Sam, und du bekommst einen Waschbär-Zorro.«

Sie drückte den Waschbären an die Brust. »Er ist perfekt.« Dabei lächelte sie so breit, dass mich allein ihr Anblick noch betrunkener machte. Schwindlig vor Freude zog ich sie in den Sand.

»Ich liebe dich«, sagte ich. Ich hatte es zum ersten Mal ausgesprochen. Sie umklammerte noch immer den Waschbär-Banditen. »Du bist lächerlich. Du bist perfekt.« Ich schob ihr die Haare aus dem Gesicht und sah ihr in die Augen. Mit ihrer Freude über das einfache Plastikspielzeug hatte sie mich überwältigt. Sie hatte mich mit dem sorgfältig geplanten Picknick überwältigt, mit den Dingen, die sie getan hatte, um einen Sonntagnachmittag in einen Augenblick zu verwandeln, der mich mein Leben betrachten und erkennen ließ, dass ich sie bei mir haben wollte. Für immer.

Wie hatte ich mich nach diesem allumfassenden und vollkommenen Gefühl von ihr entfernen, sie gar als selbstverständlich erachten können? Man liebt diese eine Frau, liebt Dinge an ihr, die sie von allen anderen unterscheiden. Doch im Laufe der Zeit verwandelt sie sich in andere Personen, in eine Ordnungshüterin, Mutter, Geschäftspartnerin, Freundin. Und man verliert die Gründe aus den Augen, aus denen man einander anfangs geliebt hat, als Liebespaar und nicht als Freunde. Irgendwann verliert man diesen außerordentlichen Zufall aus den Augen, der einen zusammengeführt hat, und sammelt die negativen Dinge wie eine Armee von Plastiksoldaten, bereit, sich gegen den nächsten Angriff zu verteidigen. Doch die guten Dinge? Die schönen Dinge? Die gottverdammten magischen Augenblicke? Die beginnen zu flackern. Diese Dinge vergisst man.

Am Morgen rief ich Julien in der Galerie an und zerstörte damit die Hoffnungen meiner Mutter auf einen Ausflug nach Gadebridge, denn ich bekam grünes Licht: Die Käufer stimmten einer vorzeitigen Lieferung zu. Ich würde also nach London fahren.

Beim Aufwachen hatte ich mir versichert, dass ich auf gar keinen Fall vor Lisas Haustür landen würde. Trotzdem zog ich mich mit großer Sorgfalt an. Ich rasierte mich nicht, weil sie mich lieber unrasiert mochte. Als Strafe für diesen Gedanken rasierte ich mich dann doch, was mir in der Eile ziemlich misslang.

Die Absenderanschrift auf ihren Briefen stimmte nicht mit der Lieferadresse überein, nur die Postleitzahl war dieselbe. Im dichten Verkehr auf der M1 überlegte ich lange, aus welchen Gründen sie trotzdem die Käuferin sein konnte – sie hatte ein Büro gemietet, die Adresse einer Nachbarin benutzt –, doch dann zwang ich mich in die Realität zurück. Es spielte keine Rolle. Es durfte keine Rolle spielen. Sie. War. Es. Nicht.

Ich parkte in zweiter Reihe vor dem Haus Nummer 5, Wells Rise, und widerstand dem Drang zu hupen. Ich betrachtete mich im Rückspiegel, zog die Socken hoch und schob sie dann wieder hinunter. Ich zupfte eine winzige Fluse vom Hosenbein und dachte immer noch, was wenn? Kein was wenn, Richard. Reiß dich zusammen, sei ein Mann.

Ich stieg aus und ging zu dem weißen Stadthaus. Es war schmal und schlicht, ein Haus, in dem sich Lisa nicht wohlfühlen würde. Sie mochte schäbige, moosbewachsene, alte Gebäude.

Ich klingelte und konzentrierte mich auf meinen Atem. Entweder war sie es oder sie war es nicht.

»Da-ave!«, hörte ich eine Männerstimme rufen. »Dave!«

Ich schloss die Augen. Mein Herz raste. Mehrere Schlösser wurden geöffnet, dann schwang die Tür halb auf.

»Hi«, sagte ein kleiner Mann. »Ja?«

»Ich bin Richard Haddon, der Künstler.« Ich deutete zum Wagen hinter mir. »Ich habe Ihren Bären.«

»Sie haben es geschafft!«, rief er und klatschte in die Hände. »Oh, wir sollten einen besseren Parkplatz finden. Haben Sie die Warnblinker an?«

Hinter ihm tauchte ein großer Mann auf und streckte mir die Hand entgegen.

»Ich bin übrigens Dave«, sagte der Kleine. »Und das ist Dan!«

Dan und Dave. Dave und Dan. Falls sie nicht in einer sexuell unbefriedigenden Dreierbeziehung steckte, würde ich Lisa Bishop heute nicht sehen. Ich nutzte die zehn Minuten, in denen wir das Gemälde vom Peugeot herunterholten, um meinen Körper davon zu überzeugen, dass diese Information kein schwerer Schlag war.

Nachdem das verdammte Ding vom Dach und sicher im Haus war, baten mich Dan und Dave, die Schuhe auszuziehen und mit ihnen Tee zu trinken.

Ihr Haus war antiseptisch, sowohl vom Geruch als auch von der Ästhetik her. Es duftete nach Zitronengras, und die Möbel waren allesamt weiß.

Dennoch wirkte das Haus überladen. Alle verfügbaren Oberflächen waren mit Kunstgegenständen gefüllt – wobei natürlich jeder unter Kunst etwas anderes versteht. Vermutlich sollte ich behaupten, dass ich ihren persönlichen Geschmack mochte. Allein, um meine eigenen Projekte nicht zu schmälern. Aber das kann ich nicht. Es war das reinste Chaos.

Es gibt die unterschiedlichsten Sammlertypen. Da wären zum einen die Innenarchitekten; ihnen ist es egal, was für ein Bild es ist oder wer es gemalt hat, solange es nur die richtige Größe hat und das Farbschema zum Teppich passt. Den Angebern geht es um das genaue Gegenteil: Wer hat es gemalt und wie viel hat es gekostet. Diese Finanztypen glauben, dass sie mit teurer Kunst im Haus jemanden ins Bett bekommen. Wahrscheinlich liegt es jedoch eher am Haus selbst, an seiner Größe, seiner Lage in Notting Hill oder in Tribeca oder wo auch immer. Aber wenn sie der Gedanke tröstet, dass ihnen jemand wegen eines Rothko den Schwanz lutscht, auch gut.

Dann gibt es die Besessenen. Diese Leute stehen auf etwas ganz Bestimmtes, auf mexikanische Volkskunst, afrikanische Skulpturen oder Steampunk-Uhren – ethnische, aus einer Subkultur stammende Kunst.

Meine Gastgeber Dan und Dave gehörten zu keiner dieser Gruppen. Sie waren die Schlimmsten überhaupt: Eklektiker, die Kunst kauften, weil sie ihnen gefiel. Sie dachten nicht darüber nach, ob die verschiedenen Stücke miteinander harmonierten, ob sich zum Beispiel ein Aquarell von vier grasenden Schafen auf einer schlammigen Wiese gut machen würde neben einer Mixed-Media-Skulptur mit einer elektrischen Gitarre und einem meterlangen Penis.

Ich stand gerade vor einer samtenen Bowlingkugel, die sich unter einer riesigen Glasglocke befand, als Dan ein Tablett mit etwas brachte, das – und ich formuliere es höflich – wie verschleimtes Mineralwasser aussah. Daneben stand ein großer Teller mit getrockneten Algen.

»Sollen wir?«, fragte Dave und trat mitten ins Zimmer, wo ein Glastisch auf einem Eisbärenfell thronte.

»Ist das echt?« Ich stieß mit der Socke dagegen.

»Guter Gott«, sagte Dan feierlich. »Wir sind Veganer.«

»Es besteht aus einer synthetischen Faser namens Aramid«, erklärte Dave. »Es ist hitzeresistent. Es ist die Faser der Zukunft, wenn die Atmosphäre kocht und wir keine Haut mehr haben. Das in Verbindung mit dem Eisbären ...«

Sie boten mir an, Platz zu nehmen.

Dave und Dan begaben sich barfuß in den Lotussitz. Es gibt nur wenige Dinge, die mich mehr beunruhigen als die nackten Füße von Fremden in meiner unmittelbaren Nähe. Vor allem, wenn eben jene Fremden mich dann auch noch bitten, ihre Hände zu halten.

»Heiliger Danh«, intonierte Dave, seine trockene Handfläche in meiner, »Symbol der Einheit und Ganzheit, wir danken dir, dass du Richard Haddon hierhergeführt hast, um den Kreis des schöpferischen Lebens zu vollenden. Für dich, ewiger Schlangengott, stecken wir die Schwänze in den Mund, wir danken dir dafür, dass wir die Dinge vom Anfang bis zum Ende miterleben und dass du diese wunderbare Welt der Kunst und der Gesundheit zusammenhältst.«

Ich schaute ungläubig zu, als Dan und Dave die rechte Hand in den Mund stopften und darauf bissen. So verharrten sie eine Zeitlang.

»Gggon«, murmelte Dave mit der Hand im Mund. Er bedeutete mir, es ihnen gleich zu tun. »Eine Schlange symbolisiert

Einheit, Ewigkeit, vor allem, wenn sie ihren eigenen Schwanz verschlingt!«

Was hatte ich schon zu verlieren? Ich befand mich in einem internationalen Schwebezustand mit meiner Frau, und die Welt würde sich bald derart erhitzen, dass meine ganze Haut wegbrannte. Ich biss in mein Handgelenk.

Danach streckte mir Dave seinen vor Speichel glänzenden Unterarm entgegen und reichte mir ein Glas fermentierten Tees.

»Dan und ich sind heidnische Kontinuisten«, erklärte er. »Wir vollenden den Kreis. Wie unser Schlangengott versuchen auch wir, der Gürtel zu sein, der die Welt zusammenhält. Wenn wir Kunst sammeln –«

»Müssen wir den Künstler kennenlernen«, ergänzte Dan. »In unserem Glaubenssystem ist es sehr wichtig, dass der Künstler selbst das Werk abliefert.«

»Manchmal ist es natürlich unmöglich«, sagte Dave. »Manchmal lebt der Künstler nicht mehr.«

Dan seufzte. »In diesem Fall ziehen wir ein Medium hinzu, um ihn über sein Grab hinweg zu kontaktieren. Wir fühlen uns diesem kreisförmigen Denken zutiefst verpflichtet.«

»Bei unserer Ernährung ist es ähnlich«, sagte Dave und nickte in Richtung Tablett. »Wir essen nur Vielzelliges und Photosynthetisches. Vielzellige Nahrung enthält Zellen, die ihren Selbstidentifikationsprozess nur erfüllen können, indem sie sich anderen Zellen anhaften. So ist es bei Algen. Und auch bei Kombucha.«

»Waren Sie schon immer … Kontinuisten?«, fragte ich und spähte in mein Glas.

»Oh, nein«, sagte Dave kopfschüttelnd. »Ich wurde als Katholik geboren. Genau wie Dan.«

»Ja«, sagte Dan und ergriff die Hand seines Partners. »Wir

haben einen ziemlichen Weg zurückgelegt. Sind Sie ein zorniger Mensch, Richard?«

Ich trank den ersten Schluck. Es schmeckte in der Tat wie frisches Mineralwasser, über das jemand seine tropfende Nase gehalten hatte. »Ich weiß nicht«, sagte ich achselzuckend. »Manchmal?«

»Ihr wunderbarer *Blauer Bär* lässt Sie nicht sehr zornig erscheinen.«

»Den habe ich gemalt, als meine Frau schwanger war. Es war … eine andere Zeit.«

»Sehr freundlich von Ihnen, das mit uns zu teilen«, sagte Dan. »Es ist sehr intim.«

Ich lächelte. Sie lächelten. Ich trank noch einmal von dem Popeltee. Nach einer Weile ließen sie ihre Hände los.

»Dan und ich möchten Sie etwas fragen, Richard. Wir möchten Sie um Erlaubnis bitten, mit Ihnen in Kontakt zu bleiben.«

»In Kontakt bleiben?« Ich stellte das Glas ab. »Und, ähm, wie?«

»Energetisch«, sagten sie wie aus einem Mund. »Wir arbeiten mit einer Energiekommunikatorin zusammen, um sicherzustellen, dass die Menschen, mit denen wir Umgang pflegen, das Essen, das wir zu uns nehmen, und die Gegenstände, mit denen wir uns umgeben, positiv zu unserem Lebenszyklus beitragen.«

»Wir benötigen nur Ihre Erlaubnis, dass die Energiekommunikatorin gelegentlich nach dem Rechten sehen darf«, fuhr Dave fort. »Sie wird Sie nie telefonisch oder brieflich behelligen, sondern lediglich in einem monatlichen Rhythmus Ihre Aura anzapfen.«

»Von hier aus?«

»Genau, von London aus. Es ist egal, wo Sie sich befinden; die sichtbare Strahlung hat eine unglaubliche Reichweite.«

»Obwohl Sie uns vielleicht Bescheid sagen könnten, wenn Sie *sehr* weit verreisen«, fügte Dave hinzu. »Oder in eine stark bevölkerte Gegend wie China.«

»Ich muss Ihnen also sagen, wann ich in Urlaub fahre?«

»Sie *müssen* gar nichts«, erwiderte Dave und schüttelte den Kopf. »Wir müssen nur wissen, ob Sie der Möglichkeit, angezapft zu werden, offen gegenüberstehen. Nur von Zeit zu Zeit.«

»Merke ich, wenn das passiert?«

»Manche Leute bekommen Kopfschmerzen«, meinte Dan achselzuckend. »Aber das ist im Grunde ein gutes Zeichen. Ein Symptom höherer Ordnung.«

Ich fühlte mich erschöpft, ausgelaugt und völlig weggetreten. Da ich Anne nicht anrufen konnte, um mit ihr darüber zu lachen, dass dieses emotionsgeladene Bild bei zwei Veganern dritter Ordnung gelandet war, fühlte ich mich beinahe unfähig, der Außenwelt gegenüberzutreten.

»Möchten Sie ein Baby als Abschiedsgeschenk?«

Ich starrte Dave mit offenem Mund an. Er hielt sein Glas in die Höhe. »Um eine Kultur zu beginnen. Damit Sie Ihren eigenen Kombucha brauen können.«

»Das ist sehr freundlich von Ihnen«, stieß ich hervor, »aber ich muss die Fähre nehmen. Dabei könnte es, ähm, verschüttet werden.«

Sie stimmten mir murmelnd zu, dass eine Schiffsüberfahrt nicht gut sei. Wir umarmten uns, und ich suchte nach meinen Schuhen. Bevor ich sie anzog, warf ich einen letzten Blick auf den *Blauen Bären*, der in der Ecke stand.

»Verzeihung«, sagte Dan, der meinem Blick gefolgt war. »Sie wollen sich verabschieden.«

Zu meiner Überraschung hatte er recht. Ich stand auf der Schwelle zwischen Noch-Besitzen und Nie-Wiedersehen und wurde plötzlich von Verlust und Trauer überwältigt.

Ich trat vor das sentimentale Zusammenspiel von Licht und Schatten und Farbe, das ein Gefühl eingefangen hatte, von dem ich nicht wusste, wie ich es zurückholen sollte. Ich schaute das Gemälde lange an und hoffte auf eine Antwort. Aber ich spürte nur betäubende Enttäuschung, weil nichts geschah.

»Danke, dass Sie mich eingeladen haben.« Ich drehte mich zu ihnen um. »Ich hoffe, Sie haben Freude daran.«

Mit diesen Worten zog ich die Schuhe an, schlüpfte in meinen Mantel und ging hinaus in eine Welt, die von keinem Schlangengott zusammengehalten wurde und in der sich alles, was ich benötigt hatte, um einen Platz in ihr zu finden, plötzlich aufgelöst hatte.

10

Als ich nach Hause kam, waren meine Eltern unterwegs. In der Küche stand ein Topf mit gelbem Curry, dessen Gestank sich im ganzen Haus verbreitete. Ich sah auf mein Handy: nichts. Jedenfalls nichts, das ich mir gewünscht hätte. Ich hatte eine SMS von Julien erhalten, der wissen wollte, wie die Bildübergabe gelaufen sei. Für die Antwort würde ich eine Weile brauchen.

Es war weg. Es fühlte sich an, als wäre alles weg. Nun, da *Der Blaue Bär* abgeliefert und Hunderte Kilometer von der bedrohten Spezies entfernt war, die sich meine Familie nannte, musste ich dagegen ankämpfen, nicht in einem Sumpf der Verzweiflung zu versinken. Falls ich nie wieder nach Hause käme – falls Anne mich nicht dorthin zurückließe –, würde ihr dann letztlich etwas fehlen? Sicher, sie würde meine zweckmäßige Anwesenheit vermissen. Sie würde ein Kindermädchen anstellen und einige andere logistische Probleme lösen müssen. Meine Geborgenheit würde sie nicht vermissen, denn ich hatte ihr schon lange keine Geborgenheit mehr geschenkt. Es war ewig her, dass ich sie zum Lachen gebracht hatte.

Den Sex würde sie gewiss nicht vermissen. Wir hatten ein tolles Sexleben gehabt, auch noch nach Camilles Geburt. Doch irgendwann fühlte ich mich dabei befangen. Brachte Anne dazu, sich für ihr Verlangen zu schämen, das folglich abnahm. Mir kam es falsch vor, dass sich der Mund, der mich erst eine Stunde zuvor gefragt hatte, ob ich die Hähnchenschenkel aufgetaut hätte, um meinen Schwanz öffnete und schloss.

Häufig verkehrte ich erotische Situationen in ihr Gegenteil. Wie damals an der Autobahntankstelle, als wir zu zweit auf dem Weg nach Cinque Terre waren – wir hatten uns gestritten, weil ich Annes Andrea-Bocelli-CD ausgeworfen hatte, während sie schlief. Der Streit verwandelte sich in ein witziges Geplänkel, aus dem etwas anderes wurde. Ich weiß noch, wie sich ihre Hände um mein Gesicht legten, wie ich nach dem Verschluss meines Sicherheitsgurtes tastete, damit wir einander näher kommen konnten. Die Wärme ihrer Handflächen, die sich zu meiner Hose hinunterbewegten, ihr Atem an meinem Hals, wie sie sich auf ihrem Sitz drehte und das rechte Bein über mich schieben wollte. Und ich erinnere mich noch an ihren Gesichtsausdruck, als ich ihre Hand an meine Lippen führte und fragte, ob sie irgendwas von drinnen brauchte.

Anne hätte mit mir auf diesem italienischen Parkplatz Sex gehabt, aber ich ließ es nicht so weit kommen, weil ich annahm, dass sie es ganz sicher nicht in der Öffentlichkeit tun wollte. Ich betrat mit einer halben Erektion den Laden und dachte, wie schade, dass sie nicht abenteuerlustiger ist. Das habe ich immer wieder gemacht. Jahrelang habe ich in ähnlichen Momenten meine Vermutungen angestellt, habe Trägheit der Spontaneität vorgezogen und meiner Frau die Schuld gegeben, wenn ich enttäuscht wurde. Ich habe vermutet und beschuldigt und mich selbst in die Arme anderer Frauen gedrängt.

Während der Currygeruch das Haus zu überwältigen drohte, saß ich da und trauerte um die rohe Körperlichkeit, die wir früher geteilt hatten. Ich meine, o Mann, das Küssen. Mit Zunge. Ich kann mich gar nicht erinnern, wann ich meine wunderschöne, verlorene Frau zuletzt richtig geküsst habe. Ich hasse es, dass zwischen uns alles so vertraut geworden ist. Und doch wünsche ich mir, achthundert Kilometer von ihr entfernt, eben diese Vertrautheit zurück.

Meine Eltern kamen gegen sechs nach Hause, mit lauter Entschuldigungen und roten Wangen, weil sie ohne mich nach Gadebridge gefahren waren.

»Deine Mutter war so aufgeregt, weil es nicht geregnet hat. Wie war denn die Bildübergabe?«

»Total verrückt«, sagte ich und stand vom Sofa auf. »Die sind einfach verrückt. Es sind ›Kontinuisten‹. Sie vervollständigen Kreisläufe. Wenn sie etwas für ihr Haus kaufen, müssen sie die Leute treffen, die es hergestellt haben.«

»Das ist aber mal eine nette Idee«, sagte meine Mutter und küsste mich auf dem Weg in die Küche auf die Wange. »Hast du das Curry umgerührt, während wir weg waren?«

»Nein.«

»Schon gut. Es braucht auch nicht umgerührt zu werden.«

Ich schüttelte den Kopf. Mein Vater setzte sich mir gegenüber in den Fernsehsessel.

»Geht es dir gut?«

»Ich weiß es nicht.«

Sein Gesicht verfinsterte sich. »Willst du ins Pub?«

»Oh, Jesus. Ins Green Acres? Das ist der schlimmste Ort auf Erden.«

»Klar, aber es ist nah.«

»Nicht nötig. Ich bin müde. Es war viel Verkehr, und diese Leute … waren anstrengend.«

»Sicher.« Er schnippte etwas von seiner Hose. »Weißt du schon, wann du zurückfährst?«

Ich schüttelte den Kopf. »Nein … ich dachte, ich bleibe noch ein bisschen. Ich bin ja so selten hier. Allein, meine ich.«

Mein Vater schaute mich mit zusammengekniffenen Augen an.

»Richy«, er beugte sich zu mir, »ist wirklich alles in Ordnung mit dir?«

»Klar.« Mir kamen die Tränen. »Nein, Dad. Ich habe es versaut.«

Er lehnte sich im Sessel zurück, ohne mich aus den Augen zu lassen.

»Verdammt.« Er seufzte, verschränkte die Arme und blieb schweigend sitzen. »Wird sie dir verzeihen?«

Ich schüttelte den Kopf.

»War es eine Freundin von ihr?«

»Nein«, sagte ich und wurde rot. »Niemand, den wir kennen, es war nicht –«

»Jungs, wollt ihr ein paar Kräcker?«, rief meine Mutter aus der Küche.

»Nein, Liebes«, rief mein Vater zurück. »Alles bestens!«

»Ich bin ziemlich hungrig«, murmelte ich.

»Vergiss, was ich gesagt habe«, brüllte er. »Käse und Kräcker wären toll.«

Er beugte sich wieder vor. »Willst du drüber reden?«

»Keine Ahnung. Ich kann nicht.«

»Wir können ruhig drüber reden. Ich mache dir keine Vorwürfe.«

Ich runzelte die Stirn. »Damit hatte ich auch nicht gerechnet.«

»Nun, die Sache ist die, wir haben sie wirklich gern. Ihr müsst einen Weg finden, damit es irgendwie funktioniert.«

»Wir haben die ganze Zeit irgendwie funktioniert.«

Er zog ein Kissen hinter dem Rücken hervor und spielte mit den Bommeln an den Ecken. »Du begreifst es noch immer nicht, oder? Weißt du was? Ich glaube, ich möchte auch nicht drüber reden. Ich helfe lieber deiner Mutter mit den Snacks.« Bevor er in die Küche ging, drehte er sich noch einmal um. »Wenn du es schon versaut hast, dann mach es nicht noch schlimmer, indem du dich enttäuschend verhältst. Das hat sie nicht verdient.«

Ich sah ihm vom Sofa aus nach, als er in die Küche ging und die Frau, die er nur drei Minuten aus den Augen gelassen hatte, mit einem Kuss begrüßte.

Vor dem Abendessen rief ich noch einmal die Festnetznummer meiner Schwiegereltern an. Inès meldete sich und sagte, Anne sei mit einem Freund einen Cocktail trinken.

»Einem Freund? In der Nebensaison?«

»Hm«, erwiderte sie geistesabwesend. »Pierre.«

»Oh«, sagte ich und ging die Liste unserer bretonischen Bekannten durch. »Hattest du einen schönen Tag?«

»Ja, einen sehr schönen, Richard. Wann kommst du zurück? Die Martis besuchen uns am Dienstag. Wir machen Paella.« Sie lachte. »Ich weiß, es dauert den ganzen Tag. Aber sie sind gerade erst aus Spanien zurück, da dachte ich, es sei eine nette Geste. Jetzt muss ich aber Schluss machen, mein Soufflé fällt gleich in sich zusammen.«

»Moment, kann ich mit Camille sprechen?«

»Sie ist mit Alain am Strand.«

»Okay. Vielleicht kann sie mich nach dem Essen anrufen?«

»Natürlich.« Damit hängte sie ein.

Ich hatte keine Ahnung, was in Saint-Briac vor sich ging, ob Anne offen über die Situation gesprochen oder Inès einfach gerade keine Zeit für mich hatte und sich dachte, ich käme ja ohnehin bald zurück.

Ich wusste also nicht, wie es um meine neue Familie stand, als ich zu der Familie, in die ich hineingeboren war, zurückkehrte, in das Esszimmer, in dem meine Eltern geduldig vor ihrem Abendessen warteten, das sie seit Jahrzehnten miteinander teilten.

Am Tisch griff ich nach der Gabel und stach sie in eine Kartoffel.

»Liebling, lass uns erst was sagen«, meinte meine Mutter. »Es ist schön, dass du da bist.«

Ich legte die Gabel weg. Je mehr Zeit ich bei meinen Eltern verbrachte, desto selbstsüchtiger wurde ich.

»Ist es nicht wunderbar, dass wir alle zusammen sind?«, begann meine Mutter und ergriff meine Hand.

Ich wartete, was noch kommen wurde. Es kam nichts mehr.

»Das war sehr nett.« Mein Vater lächelte. »Sollen wir?«

Er zwinkerte in meine Richtung und gab mir damit die Erlaubnis, mich wieder den Kartoffeln zu widmen.

Während wir aßen, beobachtete ich ungläubig ihre sanfte Fürsorge. Ich hatte die Freundlichkeit, mit der sie einander behandelten, immer darauf zurückgeführt, dass sie nicht oft oder weit genug gereist waren, dass sie ein unkompliziertes Hirn besaßen. Doch als ich jetzt zusah, wie meine Mutter ein bestimmtes Stück Fett von einem Brocken Lammfleisch für meinen Vater abschnitt, während er ihr von seinen Kartoffeln abgab und dann ungefragt aufstand, um uns Wasser nachzufüllen, sah ich nichts als Liebe.

»Wie lange seid ihr doch gleich verheiratet?«, fragte ich, den Mund voller Lammcurry.

»Richard«, sagte meine Mutter lachend. »Rechne doch mal zurück!« Sie tupfte sich die Lippen mit der Serviette ab. »Du bist 1968 geboren, und ich war damals dreiundzwanzig, nein, vierundzwanzig –«

»Fast vierzig Jahre«, sagte mein Vater und legte seine Hand auf ihre. »Das ist doch mal was!«

Meine Mutter drehte sich strahlend zu ihm.

»Die ganze Zeit in diesem Haus«, sagte ich.

»Die ganze Zeit in diesem Haus!«

»Erstaunlich.« Ich hob mein Glas in ihre Richtung.

»Sei nicht gemein«, sagte mein Vater.

»Ich bin nicht gemein. Ich bin verblüfft. Eifersüchtig. Oder auch nicht. Keine Ahnung.«

»Du klingst ein bisschen betrunken«, sagte meine Mutter. »Geht es dir gut?«

Im Wohnzimmer klingelte das Telefon.

Ich sprang auf. »Ich gehe ran. Das dürften die Mädchen sein.«

Ich schlitterte ins Wohnzimmer und hob beim dritten Klingeln ab.

»Hallo?«, keuchte ich.

»Oui«, sagte Anne. *»C'est moi.«*

»Ich bin so froh, dass zu zurückrufst. Alles in Ordnung?«

»Natürlich. Wieso nicht?«

Ich versuchte, mein Herz zu beruhigen. »Anne, ich habe das Bild abgeliefert.«

»Ich will nichts davon hören.«

»Nein, Moment. Es war völlig surreal. Ich musste die Schuhe ausziehen und … wir haben uns an der Hand gehalten, Schatz. Und sie haben mir fermentierten Tee zu trinken gegeben.«

Schweigen am anderen Ende.

»Sie sind *Kontinuisten*. Hast du das schon mal gehört? Sie glauben an Kreisläufe. Deshalb das Ganze, sie müssen die Leute kennenlernen, deren Kunst sie kaufen.«

Erneute Pause. »Ich rufe nur an, um dir zu sagen, dass ich mit Camille morgen auf Mont Saint-Michel übernachte. Pierre und Marie haben dort ein Haus.«

»Wer ist Pierre?«

Sie seufzte. »Du bist ihnen schon begegnet. Sie sind gerade in der Stadt. Wir bleiben vielleicht ein oder zwei Tage.«

»Kenne ich sie wirklich?«

»Richard, ich erzähle dir das nur, damit du nicht hier anrufst.«

Ich ließ mich auf den Klappstuhl in der Küche sinken.

»Anne, bitte. Hast du … es deinen Eltern erzählt?«

»Nein, nichts.«

»Wir müssen miteinander reden. Persönlich. Ich will wieder in die Bretagne kommen.«

»Das ist im Augenblick nicht möglich.«

»Ich kann im Hotel wohnen.«

»Wir reden, wenn wir von der Insel zurück sind. Camille?!«, rief sie. »Moment, hier ist Cam.«

Bevor ich wieder sprechen konnte, drückte sie meiner Tochter das Telefon in die Hand.

»Hi, Dad!« Ich hörte die gesunde Schläfrigkeit nach einem Tag am Meer in ihrer Stimme.

»Hallo, meine Hübsche. Habt ihr Spaß?«

»Ja, wir haben heute Drachen steigen lassen. Meiner sah aus wie eine Schildkröte.«

»Eine fliegende Schildkröte! Und was gibt es zum Abendessen?«

Ich konnte ihr Achselzucken beinahe hören. »Hühnchen?« Jemand rief etwas im Hintergrund. »Hühnchen und Soufflé. Oh, und Oma sagt, sie hat Apfelkuchen gebacken.«

Mir lief das Wasser im Mund zusammen. Meine Familie. Unsere Normalität. Das Essen meiner Schwiegermutter.

»Ich habe gehört, ihr fahrt morgen nach Mont Saint-Michel, Liebes. Erzählst du mir von Pierre und Marie? Ob sie nett sind und so?«

»Wann kommst du nach Hause?«

»Das musst du deine Mama fragen.« Da, ich hatte es getan. Es war grausam. Ich ließ zu, dass mein kleines Mädchen glaubte, die Entscheidung läge bei seiner Mutter. Aber ich wollte nicht unter schamvollen Hausarrest gestellt werden, während meine Frau mit einem Vollidioten namens Pierre auf einer Gezeiteninsel flirtete.

Nach dem Essen beschlossen wir, gemeinsam fernzusehen. Ich setzte mich aufs Sofa, während meine Mutter Kamillentee kochte und einen Teller Kekse auf ein geblümtes Küchentuch stellte. Mein Vater setzte sich in den Fernsehsessel. Er schaute mich die ganze Zeit über an.

»Sag Bescheid, wenn du für Camille Kekse mitnehmen möchtest. Es ist wieder Zeit für den Kuchenbasar«, verkündete meine Mum.

Kurz darauf kam sie mit drei Teetassen zurück. Sie reichte meinem Vater eine Untertasse. »Ich habe dir ein bisschen Honig draufgetan, Schatz.«

»Perfekt.« Er hauchte ihr einen Luftkuss zu.

»Regt ihr euch eigentlich nie übereinander auf?«

Meine Mutter setzte sich neben mich aufs Sofa.

»Du hast vielleicht eine Laune!«

»Mal ehrlich, wirklich *nie*?«

Meine Mutter zuckte mit den Schultern und griff nach ihrer Teetasse. »Na ja, früher habe ich es gehasst, wie er seine Eier aß. Weißt du noch, Schatz, du hattest so eine ganz besondere Art, das Messer über den Teller zu ziehen. Und von Zähneputzen hält er auch nicht viel.«

Danach herrschte Stille.

»Das ist alles?«

»Richard«, sagte mein Vater, »lass es.«

»Nun«, fuhr meine Mutter fort, »irgendwann bemerkt man es nicht mehr, oder? Sonst würde man ja bekloppt.«

»Lasst uns fernsehen«, sagte mein Vater und griff nach der Fernbedienung.

»Komm schon, Dad. Betrachte es als wissenschaftliche Studie. Es muss doch irgendetwas geben, das dich auf die Palme bringt.«

Er seufzte. Schaute zu seiner Frau. »Manchmal trägt Edna zu viele Schals.«

Meine Mutter brach in Gelächter aus.

»Sie trägt einen Schal über dem anderen. Das sieht ein bisschen ... obdachlos aus.«

»Er kennt den Unterschied zwischen einem Schal und einem Halstuch nicht«, sagte meine Mutter kichernd. »Ich stelle mir gerne vor, dass ich eine dieser Inderinnen bin, die –«

»Mum.«

»Was ist? Stimmt doch. Die sehen immer aus, als wollten sie jeden Augenblick mit einem Taktstock durch den Raum tanzen. Ich finde das sehr romantisch.«

»Diese Unterhaltung sollte man filmen«, sagte ich und nahm mir noch einen Keks. »Sie ist wirklich gut.«

»Würdest du uns jetzt ein bisschen Frieden gönnen?«, fragte mein Vater. »Gleich kommen die Nachrichten.«

Wir machten es uns bequem und schauten auf den leuchtenden Bildschirm. Meine Eltern verwandelten die Dinge, die sie am anderen ärgerten, also in liebenswerte Macken. Das hatten Anne und ich anfangs auch gemacht. Da ich ständig meine Sachen verlegte, kaufte sie in einem chinesischen Supermarkt ein riesiges goldenes Sparschwein und ließ mich jedes Mal zehn Centimes hineinwerfen, wenn ich sie fragte, wo mein Handy sei oder ob sie ein bestimmtes Paar Socken gesehen habe. Und als Annes langjähriges Interesse an dem Schauspieler Vincent

Cassel zu einer Besessenheit wurde, wegen der wir uns all seine selbstherrlichen Actionfilme ansehen mussten, in denen er in neunzig Minuten die Welt umrundete, tröstete ich mich mit der Vorstellung, dass sie mich auch im Alter, mit gelblicher Haut und schlechtem Zahnfleisch, noch immer lieben würde, vorausgesetzt, ich konnte ein Speedboat steuern und beherrschte brasilianische Kampfkunst.

Was war aus unserer Fähigkeit geworden, einander einfach sein zu lassen? Die Zeit spielte sicher eine Rolle. Aber es gab auch Menschen wie meine Eltern – *vierzig* Jahre. Vielleicht war es in der Ehe ähnlich wie beim Laufen: Wenn man nur lange genug weitermachte, würde Endorphin freigesetzt. Anne und ich hatten erst sieben Jahre geschafft; unser eheliches Läuferhoch war noch mindestens zehn Jahre entfernt. Doch wie schafften verheiratete Menschen das, ohne einander zu betrügen? Nacht für Nacht lagen sie nebeneinander, schwitzend und grunzend und sabbernd, und dann sollten sie irgendwann hinüberlangen, den Menschen streicheln, der so vertraut und uninteressant geworden war wie eine Verlängerung des eigenen Armes, und mit ihm ficken?

Lisa hatte behauptet, ich würde sie hassen, wenn wir verheiratet wären. Wenn wir zusammenzögen und uns an einem richtigen Leben versuchten, würde ich an ihr genau das kritisieren, was ich jetzt an ihr vergötterte – ihre Spontaneität, ihre Flatterhaftigkeit, ihre Neigung, in der Öffentlichkeit zu jeglicher Musik oder auch ganz ohne Musik zu tanzen.

»Warum heiratest du Dave, wenn du so wenig von der Ehe hältst?«, hatte ich gefragt.

»Weil er es durchzieht. Weil er nicht alles hinterfragt, so wie du. Er will einfach was aufbauen. Von Anfang bis Ende. Damit wir ein schönes Leben haben.«

Ich sagte, das wolle ich auch.

»Nein, nicht wirklich. Du wirst nervös, wenn du glücklich bist. Für dich sind alle guten Dinge endlich. Du wartest nur darauf, dass sie vergehen.«

»Sie sind ja auch endlich.« Wir saßen auf einer Bank und aßen ein Sandwich. Ich weiß noch, dass mich eine Taube nervte. »Sieh dich an. Du gehst weg.«

»Was wir haben, ist doch nicht gut. Es ist angenehm. Es ist hedonistisch. Du betrügst deine Frau.«

»Du wusstest von Anfang an, dass ich verheiratet bin.«

»Das stimmt.« Sie warf der Taube ein Stück mehlige Tomate hin. »Aber ich werde es nicht wieder tun. Die Höhepunkte sind mir zu hoch. Es ist nicht ... es stresst mich.«

»Also langweilst du dich lieber.«

»Ich habe es gerne bequem. Fühle mich gerne sicher. Ja, vielleicht ist das ein bisschen langweilig. Ich will mich nicht verausgaben. Ich will mir bei manchem einfach sicher sein. Ich will ein Kind.«

»Du willst, was ich habe. Du willst, was ich *hatte*.«

»Du hast es noch immer«, sagte sie und hakte mich unter.

»Nein, habe ich nicht. Du hast alles versaut.«

Ich schnappte mir ein orangefarbenes Kissen von der Couch und drückte es an die Brust. Mir half es nicht, an Lisa zu denken.

»Samira muss es ganz schön schwerfallen, diese Berichte zu lesen«, sagte meine Mutter und nickte zum Bildschirm.

Ich richtete meine Aufmerksamkeit auf Samira Ahmed, die für *More4 News* die augenblickliche Situation im Irak zusammenfasste.

»Ich sag euch was.« Mein Dad beugte sich im Sessel vor. »Ich habe gehört, dass sie in eine dieser Atomfabriken eingedrungen sind. Und wisst ihr, was das in Wirklichkeit war?«

Ich schüttelte den Kopf.

»Eine Fabrik, in der heiße Luft verkauft wurde. Die haben Ballons gefüllt! Lauter Soldaten und Inspektoren mit Durchsuchungsbefehlen sind da reinmarschiert und fanden nur Ballons. Also ehrlich!«

»Heiße Luft. Das ist gut.«

»Ja, was?« Er lehnte sich wieder zurück.

»Vielleicht kann ich das klauen. Ich, hm, ich habe daran gedacht, wieder politischere Sachen zu machen. Eine Zeitlang nicht zu malen.«

»Eine intellektuelle Herausforderung würde dir guttun«, meinte mein Vater vielsagend. »Vor allem jetzt.«

Ich zuckte zusammen. »Schon, aber ich habe noch nicht mal eine richtige Idee. Ich muss das erst sortieren.«

»Ich fände es sehr hübsch, mir eine Ausstellung mit heißer Luft anzusehen«, warf meine Mum ein.

»Ja«, knurrte ich. »Ganz offensichtlich. Ich gehe ins Bett.«

»Aber es ist noch nicht einmal neun!«

Mein Dad streckte die Hand aus. »Lass ihn.«

Ich gab beiden einen Gutenachtkuss und ging in mein Zimmer. Dabei hörte ich, wie meine Mutter meinen Vater laut flüsternd fragte, ob mit mir alles in Ordnung sei.

In dieser Nacht träumte ich, Lisa werde bei *More4 News* interviewt.

»*Der Blaue Bär* gehört jetzt also Ihnen?«, fragte Samira.

»Ähm, ich habe versucht, ihn zu bekommen. Aber er macht jetzt andere Sachen. Er hat sich auf den Irak verlegt.«

»Verstehe«, sagte Samira und schob ihre Fragekarten zu einem festen Stapel zusammen. »Fühlen Sie sich deswegen einsam?«

»Einsam?«, erwiderte Lisa verächtlich »Nein, verdammt nochmal! Er will doch nur seine Frau beeindrucken.«

Samira warf die Haare mit der Hand über die Schulter.

Um drei Uhr morgens erwachte ich in einem Nebel der Verwirrung. Mein Zorn über Lisas und Samiras Gleichgültigkeit gegenüber meinem Werk wurde vom Anblick des Sabberflecks auf meinem Kopfkissen gedämpft. Beide, die Phantom-Nachrichtensprecherin und meine Geliebte, irrten sich in mir. Denn ich wollte nicht nur politisch arbeiten, um meine Frau zu beeindrucken; ich wollte es wert sein, dass sie mich zurücknahm. Ich wollte, dass Anne wieder stolz auf mich war, ich wollte Kunst machen, über die zu sprechen es sich lohnte. Ich wollte einen Grabspruch, falls es zum Schlimmsten käme: *Hier ruht Richard Haddon, der viel mehr war als heiße Luft*. Und sollte das zu opportunistisch oder grell klingen für meine erträumte Lisa, ganz ehrlich, dann pfeif ich drauf.

Am nächsten Morgen erwachte ich, als jemand an meine Tür klopfte.

»Liebling«, sagte meine Mum sanft, »ein Anruf für dich.«

Ich warf die Decke beiseite und stolperte zur Tür. Verschlafen und in Boxershorts spähte ich aus meinem Zimmer.

»Wer ist dran?«, fragte ich blinzelnd.

»Ein Harold Gadfrey. Vom Schiff«, sagte sie.

Ich rieb mir mit der Faust übers Gesicht. »Wie spät ist es?«

»Keine Ahnung. Acht?«

Ich zog eine Strickjacke über und stieg in meine Hose. Mum wartete im Flur auf mich und begleitete mich zum Telefon. Aufgeregt deutete sie an, dass sie schon Teewasser aufgesetzt habe.

Ich räusperte mich, bevor ich nach dem Hörer griff. »Hallo?«

»Richard? Hallo! Hier ist Harold. Harold Gadfrey. Vom Schiff. Ich habe mich gefragt, ob Sie die Einladung zum Essen annehmen möchten. Ich dachte an Frühstück.«

»Frühstück?«, wiederholte ich.

»Oder haben Sie schon gegessen? Mein Termin wurde abgesagt. Und jetzt habe ich etwas freie Zeit! Und da dachte ich, na ja, Sie wissen schon!«

»Frühstück.«

»Ja! Ohne kann ich nicht arbeiten. Das Essen geht auf mich!«

Ich sah mich in der Küche um. »Wo sollen wir uns denn treffen?«

»Vielleicht in einem der Straßencafés beim Einkaufszentrum, das Wetter ist so schön. Schaffen Sie es bis neun?«

Mein schmerzender Kopf sehnte sich nach Koffein. War das jetzt mein Leben? Frühstücksverabredungen mit Männern?

»Klar doch«, sagte ich schwach. »Wieso nicht?«

Ich fand Harold vor einem schrecklichen Laden namens Muffin Break, der für seine Selbstbedienungstheke berüchtigt war. Ich blinzelte, weil sich das gänzlich unenglische Sonnenlicht in den Schaufenstern brach. Keiner von uns wusste, wie er den anderen begrüßen sollte. Also gaben wir uns die Hand.

Ich wählte einen recht alt aussehenden Apfel-Zimt-Muffin, während Harold sich für ein getoastetes Sandwich mit Thunfisch und Käse entschied. Er bezahlte für uns beide, als wollte er betonen, dass dies ein echtes Date unter Männern war.

»Sie fahren also nach London?«, fragte Harold, als wir draußen saßen. »Wann war das doch gleich?«

Sein gutes Gedächtnis überraschte mich. Das Einzige, woran ich mich erinnern konnte, war die Verbindung zu Xerox und die Liebe zu seiner Frau und seinen Kindern.

»Meine Ablieferung wurde vorverlegt. Ich war schon da.«

Ich gab ihm eine Kurzfassung meines Besuchs bei den Kontinuisten und erzählte ihm, dass sie mit mir in Verbindung bleiben wollten und sozusagen telepathische Spione waren.

»Das klingt doch nach einem neuen Kunstprojekt. Telepathie und so.«

»Leider gibt es bei mir gerade nicht sehr viel zu spionieren. Ich bin noch bei meinen Eltern.«

»Ich dachte, Sie fahren wieder in die Bretagne. Zurück zum Familientreffen.«

»Nein, nicht direkt.« Ich untersuchte ein verdächtig aussehendes Apfelstück in meinem Muffin. »Ich bin ein bisschen neben der Spur.«

Harold war taktvoll genug, um zu schweigen.

»Ich bin ... wissen Sie ...« Ich sezierte weiter mein Frühstück. »Ich habe Probleme mit meiner Frau. Tut mir leid. Das hört sich an, als wäre sie ein Garantiefall.«

»Möchten Sie darüber reden?«

Ich begegnete seinem Blick und war erstaunt, wie offen und aufrichtig er war. »Hm, ich weiß nicht recht. Es würde Ihnen nicht gefallen. Das wäre definitiv unser letztes gemeinsames Sandwich.«

»Und was für ein Sandwich!« Er stieß mit seinem Sandwich spielerisch gegen meinen Muffin. »Natürlich können Sie mich korrigieren, wenn ich falschliege, aber ich nehme mal an, Sie haben ein bisschen herumgetändelt.«

»Getändelt. Ähm, ja.«

»Und diese andere Frau«, fuhr er fort und zog sein Jackett zurecht. »Läuft die noch immer nebenher?«

Ich fühlte mich an einen Hund erinnert, der eine Kutsche begleitet. »Nein. Es ist vorbei.«

»Das ist doch schon mal was«, bemerkte er anerkennend. »Das ist gut. Glauben Sie, dass Ihre Frau bei Ihnen bleiben will? Dass sie sich zurückgewinnen lassen möchte?«

»Zurückgewinnen?« Ich musste ein Lachen unterdrücken. »Wie genau soll das aussehen?«

»Na ja, ich könnte Ihnen zum Beispiel Flugzeugbanner zu einem sehr guten Preis besorgen.«

Mein Gesichtsausdruck ließ ihn seine romantischen Empfehlungen in eine andere Richtung lenken. »Ist sie mehr der Wein-und-Blumen-Typ?«

»Na ja, vor allem ist sie der *Ich wünschte, es wäre gar nicht erst passiert*-Typ. Sie braucht angeblich Zeit.«

»Ich bezweifle, dass sie das ernst meint. Das ist bei Frauen selten der Fall. Sie sind ein Künstler! Gehen Sie aufs Ganze, Richard! Lassen Sie etwas durch den Himmel fliegen!«

Harold zuckte mit den Schultern und schaute sich um. Ich stellte mir vor, wie sich die Luft mit Spatzen füllte. Sein eigener Harem glücklicher Vögel. Und dann malte ich mir einen batteriebetriebenen Spielzeughubschrauber aus, der durchs Himmelsblau schwebte und ein laminiertes Banner hinter sich herzog: *Anne-Laure de Bourigeaud! Ich will dich zurückgewinnen!*

Plötzlich spürte ich Harolds Hand auf meiner Schulter. Schwer. Ein bisschen feucht. »Tut mir leid, ich habe um zehn einen Termin für den DocuTech 60. Aber ich möchte Ihnen sagen – ich weiß, das ist nicht üblich –, dass ich Sie gern habe. Und dass ich Ihnen von ganzem Herzen das Beste wünsche.«

»Nein, ich danke *Ihnen*«, sagte ich und versuchte, die aufsteigende Panik in meinem Inneren zu verdrängen. Sobald er ging, hätte ich den ganzen Tag nichts mehr zu tun. »Es hat gutgetan, jemandem davon zu erzählen, den ich eigentlich nicht kenne.«

»Ich habe ein schlechtes Gewissen, Sie so zurückzulassen.«

»Immerhin haben Sie mich um neun aus dem Haus gelockt, zu einem Frühstück mit einem beinahe Fremden.« Ich lächelte. »Das ist doch schon ein Anfang.«

Seine Hand schloss sich fester um meine Schulter. »Was weiß

ich denn schon? Aber ich glaube, Sie müssen kämpfen. Ich wäre ohne meine Frau ein ganz armes Schwein.«

Während ich zusah, wie Harold pfeifend zu den Läden hinüberging, dachte ich, was für ein Glückspilz er doch war, dass er diesen Satz im Konjunktiv aussprechen konnte.

11

Ich kehrte in ein leeres Haus zurück und verspürte instinktiv das Bedürfnis, alles zu reinigen. Zu säubern. Ich fing mit meinem Schrank aus Kinderzeiten an. Da meine Mum aus sentimentalen Gründen nicht in der Lage ist, Prioritäten zu setzen, enthielt der Schrank lauter Überbleibsel eines Menschen, der ich nicht mehr war: vergilbte Schulaufsätze, Fotos vom Tanzunterricht in der sechsten Klasse, auf denen ich unbeholfen herumstehe, Medaillen im Querfeldeinlauf, einen kaputten Fußball.

Tief unten in einer alten Kleiderkiste fand ich einen Stapel Videokassetten, auf denen *Fußball* und *Schultheater* stand. Darunter lag die Videokamera, die mir meine Mutter zum Abitur geschenkt hatte. Ich hatte mit meinen Freunden gern Parodien von Werbespots gedreht, doch allein in meinem Zimmer war ich ernsthafter gewesen und hatte brüllend atmosphärische Nahaufnahmen von Gegenständen kommentiert. Dazwischen hatte ich ruckartige, von Godard inspirierte Schnitte auf meine Katze montiert.

Zu meiner Überraschung befand sich auch das Ladegerät in der Kiste. Ich stöpselte es ein und fragte mich, wie lange es wohl dauern mochte, ein Gerät aufzuladen, das seit zwanzig Jahren nicht benutzt worden war. Ungläubig schaute ich zu, wie die Ladeanzeige rot aufleuchtete. Meine Stimmung besserte sich sofort. Wenn meine Sony Betamovie BMC-100P wie ein Phönix aus der Asche auferstehen konnte, dann konnte ich das verdammt nochmal auch.

Während die Batterie der Kamera sich auflud, legte ich eines der *Schultheater*-Videos ein. Es dauerte einige Sekunden, bis das Band zum Leben erwachte, doch als es so weit war, erkannte ich meinen alten Freund Matthew, mit tuntenhafter Pumphose, Strumpfhose und Samtumhang.

Das Musical hieß *Es war einmal auf einer Matratze*. Matthew spielte darin Prinz Furchtlos, einen Hohlkopf, dessen Mutter ihn daran hindern will, eine Frau zu finden, indem sie die Bewerberinnen unmöglichen Charakterprüfungen unterzieht. In der Szene, auf die ich zufällig gestoßen war, sauste er über die Bühne und hoffte auf gute Neuigkeiten von Sir Harry, der gerade aus dem Sumpfland zurückgekehrt war.

»Ihr habt eine lange und beschwerliche Reise hinter Euch, Sir!«, sagte Matthew. »Aber sagt es bitte, sagt es mir! Habt Ihr mir die Braut gebracht?«

Ich spulte vor, bis ich mich selbst als König Sextimus den Schweigsamen entdeckte. Da ich einen Stummen spielte, lautete meine einzige Regieanweisung, Mädchen durch die Gänge zu jagen. Anscheinend hatte die Theaterlehrerin Mrs Greenblum meinen Charakter schon damals richtig eingeschätzt.

Ich schaltete das Video aus, damit der Ladevorgang sich beschleunigte, und legte mich wieder ins Bett. Eine lange und beschwerliche Reise, wohl wahr. Ich war vom Weg abgekommen. Was Anne und ich gehabt hatten, war *gut* gewesen. Meine eigenen Eltern waren noch verheiratet und Annes Eltern wie durch ein Wunder auch. Ich spulte das Band zurück und beschloss, es zu löschen. Ich wollte alles löschen. Noch einmal neu anfangen. Zurückkehren.

Es regnete, als meine Eltern nach Hause kamen. Das Wetter war wie geschaffen für das Projekt, das ich mir überlegt hatte.

»Ich möchte euch filmen«, sagte ich, während ich meiner Mum half, Bohnenkonserven in den Vorratsschrank zu räumen.

»Wobei willst du uns filmen?«

»Auf beschwerlichen Reisen«, sagte ich und schwenkte die alte Videokamera. »Ihr erzählt, wir ihr euch kennengelernt habt.«

Nachdem ich ihnen versichert hatte, dass ich lediglich üben wollte, falls mein nächstes Kunstprojekt etwas mit Film zu tun hätte, setzten sie sich nebeneinander auf das orange Sofa. Doch die Beleuchtung wirkte irgendwie gekünstelt. Ich schickte sie in die Küche und stellte zwei Stühle mit den Lehnen aneinander, so dass meine Mum zum Kühlschrank blickte und mein Vater zum Herd.

»Sind wir jetzt Geiseln?«, fragte meine Mutter.

»Ich möchte nur, dass ihr miteinander redet.«

»Aber ich kann ihn ja nicht einmal sehen.«

Ich schaltete die Kamera ein.

»Und warum solltest du ihn sehen wollen?«

»Na ja, ich will nicht in der Küche sitzen und reden, wenn ich ihn nicht sehen kann. Bist du da, George?«

Mein Dad streckte den Arm nach ihrem Oberschenkel aus, traf sie aber stattdessen am Ellbogen.

»Okay«, sagte ich von meiner Position im Flur aus, die rote Aufnahmelampe blinkte. »Willkommen bei meinen Eltern. Edna. George. Wann habt ihr beide euch kennengelernt?«

Meine Mum brach in Gelächter aus.

»Wir haben uns beim Schwimmen kennengelernt«, sagte mein Dad und zog die Hand zurück. »Sie trug einen roten Badeanzug.«

»Einen Einteiler.«

»Ich habe ihr ein Eis angeboten.«

»Ein Mr Whippy!«, sagte Mum. »Du weißt schon, aus dem kleinen Lieferwagen, der immer draußen vor der Tür hielt.«

Ich bewegte mich vorwärts für eine Nahaufnahme. Meine Mutter drehte sich zur Seite, damit sie meinen Dad besser sehen konnte.

»Zurück auf den Stuhl, Mum«, befahl ich und zoomte weg. »Okay. Und dann? Was dachtet ihr über die Familie des anderen?«

Mein Vater schürzte die Lippen.

Meine Mutter lachte. »Richy, verdreht er jetzt die Augen? Er konnte meinen Vater nämlich nicht leiden!«

»Ich konnte deine *Brüder* nicht leiden.«

»Oh, die wollten dich bloß einschüchtern. Ich habe seine Mum gemocht. Sie war sehr schön. Und jung. Und sie trug immer Gelb. Eine Farbe, die den meisten nicht steht.«

»Sie waren also einverstanden mit euch als Paar?«

Das Lächeln meiner Mutter wurde breiter.

»Machst du Witze?«, fragte mein Dad. »Natürlich waren sie einverstanden.«

Ich drückte auf Pause und setzte mich auf einen Stuhl. Ich hatte keine Ahnung, was ich hier eigentlich tat. Aber mit den beiden in der Küche zu sein, diesen Ort zu filmen, an dem ich zahllose Schalen mit Frühstücksflocken gegessen und nicht oft genug abgewaschen hatte, an dem ich verbunden worden war und Kekse bekommen und meine schmutzigen Nägel mit einer Bürste geschrubbt hatte, erdete mich irgendwie. Dass sie einander nicht ansahen, betonte den Kontrast zwischen Bild und Wort – zwei Menschen saßen Rücken an Rücken auf Stühlen, zwei Menschen, die einander noch immer liebten und mit ihrem Leben glücklich waren.

»Wann habt ihr euch zum ersten Mal geküsst?«

»Richy.« Meine Mum wurde rot. »Also ehrlich!«

»Sie hat *mich* geküsst«, sagte mein Dad und bewegte wieder die Hand, um sie zu tätscheln. »Wir waren … es war vor Larsens Haustür, oder? Wir kamen von einer Party zurück, ich wollte sie nach Hause bringen.«

»Ein Kuss vor der eigenen Haustür ist so vorhersehbar«, sagte meine Mum. »Ich wollte nicht abwarten.«

»Dad? Kennst du ihre Lieblingsfarbe?«

»Violett.«

Meine Mum gluckste leise. »Veilchenblau.«

»Und kennst du auch Dads Lieblingsfarbe?«

»Das ist leicht. Gelb. Und seine Lieblingszahnpasta ist Gleem.«

Ich ignorierte den Kommentar und fuhr mit meiner Befragung fort.

»Dad: Über welches Geschenk von dir hat Mum sich am meisten gefreut?«

»Oh, das ist schwer. Edna?«

»Ziemlich schwer.« Sie lächelte. »Oder doch nicht … mein fünfzigster Geburtstag. Italien.« Sie seufzte. »Diese Reise werde ich mein Leben lang nicht vergessen.«

Ich schwieg lange und filmte nur ihre Gesichter, während sie ihren Erinnerungen nachhingen und meine Mum sehnsüchtig auf die Kühlschranktür schaute, als spiegelte sich dort die sanfte toskanische Landschaft. Sie zog ein Taschentuch aus dem Ärmel und wischte sich die Augen.

»Und was liebst du am meisten an ihr?« Mein Vater blickte in die Kamera, als ich die Frage stellte.

»Sie ist freundlich. Sie ist albern. Sie regt sich nicht auf.«

»Und was gefällt dir nicht?«

»Was?«

»Was gefällt dir nicht an ihr?«

»Ach, komm schon, Richard«, sagte er stirnrunzelnd.

»Ihr wolltet ehrlich sein. Ihr sitzt mit dem Rücken zueinander.«

»Ja, mach weiter, Liebling«, sagte meine Mutter und faltete die Hände im Schoß. »Das ist sicher interessant.«

»Nun.« Er rutschte auf dem Stuhl herum. »Sie ist keine, wie soll ich sagen, sie ist keine gute Autofahrerin.«

Meine Mutter saugte an ihrer Unterlippe. »Das ist leider wahr.«

»Okay, Dad. Was noch?«

»Nein, das reicht.«

Meine Mutter drehte sich auf dem Stuhl herum. »Das kann noch nicht alles sein, George. Ich habe eine ganze Menge Dinge! Er summt vor sich hin, aber immer dieselbe Melodie. Und er schraubt die Whiskyflasche nie richtig zu. Und du spritzt das Spülmittel aufs Besteck statt auf den Schwamm.«

»Du brauchst dich wirklich nicht zurückzuhalten.«

»Aber er ist ein guter Tänzer. Du bist ein toller Tänzer, Georgie. Und er macht morgens das Bett, welche Frau kann das schon von ihrem Mann behaupten? Und er enttäuscht mich nicht.«

Sie verstummte.

»Er enttäuscht mich selten.«

Mein Dad schaute zu Boden.

»Können wir jetzt aufhören?«, fragte meine Mutter und blickte in die Kamera. »Ich muss das Rindfleisch fürs Abendessen vorbereiten.«

»Klar doch«, sagte ich, ließ die Kamera aber laufen. »Danke, dass ihr mitgespielt habt. Dad, du darfst die Braut jetzt küssen.«

»Das filmst du aber nicht!«, sagte er und drehte sich zu ihr um.

Ich tat es trotzdem.

Lisas Lieblingszahnpasta? Tom's of Maine. Ihre Lieblingsfarbe? Korallenrot. Wenn sie sich nach einem bemerkenswerten Orgasmus im Bad wusch, summte sie vor sich hin. Sie war voller Leichtigkeit und Seifenblasen und Rosa.

Annes Lieblingsfarbe ist Creme, nicht Weiß. Was ich am meisten an ihr liebe? Sie lächelt im Schlaf. Früher jedenfalls. Ich sehe gern zu, wie sie im Sommer mit hochgekrempelten Ärmeln Eiskamillentee zubereitet. Ich mag es, wenn sie ein Picknick vorbereitet. Ich liebe den Klang ihrer Stimme, wenn sie Camille vorliest. Ich liebe es, wie sie förmlich strahlt, wenn sie in Saint-Briac aufs Meer schaut, die Hand am Kopf, damit der Wind ihre Haare nicht zerzaust. Ich liebe es, wie sie mich früher nach Partys im Auto küsste, bevor wir losfuhren, und mich dabei leicht in die Unterlippe biss. Ich liebe es, dass sie zu Hause bei voller Lautstärke klassische Musik hört und unsere Tochter so aufgezogen hat, dass sie jede Musik genießt und bei jedem Stück mit den Armen schwingt und im Kreis tanzt. Ich liebe Anne, wenn sie glücklich ist. Ich liebte es, wenn sie es war.

Und Lisa? Wer ist schon Lisa? Ich habe sie seit vier Monaten nicht gesehen, und allmählich kommt es mir so vor, als hätte ich sie erfunden. Könnte ich nicht noch immer das Gefühl und die Dringlichkeit unseres Liebesspiels heraufbeschwören, würde ich glauben, sie existiere gar nicht.

Unter anderen Umständen wäre es vielleicht verlockend gewesen, nur eine Stunde von meiner Exgeliebten entfernt zu sein. Vor sechs Monaten hätte ich nicht stillsitzen können, geschweige denn mit meinen Eltern Canasta spielen. Doch das hier war das Haus meiner Kindheit, und die einzige Frau, die hier geschlafen und sich an Schränken und Kommoden zu schaffen gemacht hatte, die wusste, wo meine Mutter den selten benutzten Kaffee aufbewahrte, war meine Frau. Mit meinen früheren Freundinnen ging ich immer zu ihnen nach Hause. Anne hingegen hatte bei zahllosen Besuchen unter dem *Dirty-Harry*-Poster geschlafen und nicht ein einziges Mal vorgeschlagen, es abzunehmen, während wir glücklich ineinander verschlungen in meinem viel zu kleinen Bett lagen.

Lisa wusste nicht, welche meine Lieblingszahnpasta war oder dass ich eine Schwäche für Erdbeermilch hatte oder dass ich, hätte ich die Zeit gehabt, am liebsten alle Bettlaken gebügelt hätte, wie es bei den Bourigeauds üblich war. Sie hatte nie gesehen, wie meine Mutter eine Pillendose auf die Arbeitsplatte stellte und barfuß im geblümten Morgenmantel Vitamintabletten abzählte. Sie hatte nie ein Pflaster auf Camilles aufgeschürfte Knie geklebt. Aber sie wusste, dass ich, unmittelbar bevor ich kam, gern einen Finger im Hintern hatte und dass ich einer forschenden Zunge im Ohr nicht abgeneigt war. Sie wusste, dass ich gern ihre Hand um meine Eier spürte, während sie mir einen blies, und dass es mir gefiel, wenn sie beim Sex erzählte, was ich gerade mit ihr machte. Und dennoch, was bedeutete das schon? Anne wusste das auch. Wenn ich mit ihr vögelte, hatte ich andere Lieblingsorte, weil sie ein anderer Mensch, weil sie Anne war. Aber meine Frau kannte auch meine Macken. Lisa hatte meinem sexuellen Glossar lediglich neue Begriffe hinzufügen dürfen, während Anne und ich diese Forschungen eingestellt hatten. Das war der einzige Unterschied.

Ich möchte ein größerer Mann sein, ein weniger vorhersehbarer Mann, keiner von denen, die Liebe mit Sex verwechseln. Das macht man, wenn man Anfang zwanzig ist. Es ist verwirrend. Es ist schwach. Nun, da Lisa nicht mehr zu meinem Leben gehört, kann ich nicht genau sagen, ob ich sie geliebt habe oder nicht. Der Gedanke, ich könnte sie nicht geliebt haben, macht mir Angst. Obwohl ich mir Vergebung wünsche, hält etwas in mir noch immer an ihr fest.

Nach dem Abendessen kamen auf *More4 News* neue Berichte über den Irak. Samira Ahmed setzte an:

»Erneute Verwirrung um die Auslegung des Begriffes ›Regimewechsel‹, der von den Amerikanern verwendet wird. Wir sind live mit dem UNO-Waffeninspekteur Scott Ritter in Michigan verbunden. Können Sie uns hören, Scott?«

»Ja, hallo, Samira. Danke für die Einladung.«

»Es ist jetzt sechs Wochen her, dass Präsident Bush fünf Bedingungen für die friedliche Lösung des Konflikts zwischen den Vereinigten Staaten und dem Irak genannt hat. Ist das korrekt?«

»Ja, das ist korrekt.«

»Und wenn ich mich nicht irre, wurde dabei zum ersten Mal der Begriff ›Regimewechsel‹ verwendet?«

»Nicht direkt. Der Begriff wird etwas willkürlich verwendet und kann alles Mögliche bedeuten. Im April sagte Bush noch, Saddam müsse weg. Seit der Kongress die Irakresolution verabschiedet hat, gilt das nicht mehr. Inzwischen sagt Bush, Saddam könne an der Macht bleiben, sofern er die fünf Bedingungen der Resolution akzeptiere.«

»Das ist aber ein bisschen vage, oder?«, hakte Samira nach.

»Die Sprache lässt viel Spielraum für Interpretationen. Und Erweiterungen. Die Sprache lässt sogar Spielraum für künftige Strategiewechsel der Regierung. Ich persönlich halte es für naiv und fehlgeleitet, zu glauben, dass Hussein irgendeine dieser Bedingungen einhalten wird.«

»Und was bedeutet ›Regimewechsel‹ für Sie?«

Der Inspekteur auf dem geteilten Bildschirm verstummte. Dann sagte er: »Nun, ich halte mich an die ursprüngliche Definition. Hussein muss weg.«

In meinem Zimmer klingelte das Handy.

»Falls das Camille ist, würden wir gerne hallo sagen«, sagte meine Mum mit Blick auf den Fernseher.

Als ich in mein altes Zimmer kam, sah ich, dass ich einen Anruf von Julien verpasst hatte. Ich schloss die Tür und rief zurück.

»Haddon, wo steckst du?«, brüllte er. »Ich habe schon gedacht, die hätten dich ermordet! Ich habe sogar deine Frau angerufen.«

»Das hättest du besser nicht tun sollen.« Ich setze mich aufs Bett.

»Nein?«

»Sie hat die Briefe gefunden.«

»O Gott. Du Idiot.«

»Ja.«

»Und?«

»Und jetzt redet sie nicht mehr mit mir. Ich bin im Exil. Aber ich kann nicht ... hör mal, das mit dem Bild war gar kein Problem. Bis auf die Tatsache, dass die völlig bekloppt sind.«

»Es war also doch nicht Lisa? Siehst du.«

»Nein«, murmelte ich und zupfte etwas vom Bett, das wie ein Kräckerkrümel aussah.

»Aber du hast sie getroffen?«

»Nein, Julien, ich habe sie nicht getroffen, als ich in London war. Es scheint zwar niemanden außer mir zu kümmern, aber ich versuche gerade, wieder ein anständiger Mensch zu werden.«

»Wie kommt es dann, dass Anne die Briefe gefunden hat?«

»Weißt du was? Darüber möchte ich jetzt wirklich nicht reden.«

»Okay. Tut mir leid. Ich wollte mich nur vergewissern, dass die Käufer dich nicht gefangen halten.«

»Das machen sie durchaus.« Ich lehnte mich an die Wand. »Telepathisch. Sie haben irgendwas in meinen Kopf implantiert.«

Julien lachte, aber nicht aufrichtig. Es war ein unbehagliches Lachen. Ein Platzhalter. Ein Grunzen.

»Hör zu, Richard. Es mag nicht der richtige Augenblick sein, um es dir zu sagen, aber du hast wieder einen Brief bekommen.«

»Ist das dein Ernst? Von ihr?«

»Sieht so aus. Ja.«

Ich vergrub den Kopf in den Händen. Das war jetzt schon der fünfte. Amerikaner hatten wirklich eine seltsame Art, einem zu zeigen, dass das alte Regime ausgedient hatte.

»Weißt du was? Lies ihn einfach. Es ist mir egal. Lies ihn mir vor.«

»Im Ernst?«

»Ja. Nur zu.«

Ich hörte, wie er den Umschlag aufriss.

»Okay.« Dann fing er an zu lesen.

Lieber Richard,
gestern bin ich an einer Galerie vorbeigekommen und habe darin ein Foto gesehen, das mich auf eine Idee für dich gebracht hat. Oder das mich an dich denken ließ. Das ist wohl das Gleiche. Ich weiß, dass du dich nicht sehr für Fotografie interessierst, aber auf dem Bild war ein ramponiertes Segelboot in einem Maisfeld zu sehen. Im Boot saß eine Vogelscheuche. Es sah gar nicht montiert aus; es sah aus, als wäre die Welt um dieses Boot herum gewachsen. Es war schwarz-weiß. Schön. Ich wünschte, wir hätten es zusammen gesehen, ich hätte gern deine Meinung dazu gehört. Wir hätten darüber reden können.

Ich nehme an, es ist unvermeidlich. Also gut: Ich vermisse dich. Dave und ich haben den Termin für die Hochzeit festgelegt: 21. Juli. Jetzt fühlt es sich endgültig an. Und darum vermisse ich dich. Ich bin mir sicher, dass du das besser verstehst als ich selbst, da ich nie verheiratet war. Es fühlt sich wie ein Abschied an. Es ist ja auch offensichtlich ein Abschied, das war es immer, nur wie gehe ich mit dem Vermissen um? Was mache ich mit dem Teil von mir, der dich vermisst, der abends einschläft und manchmal von einem parallelen Leben träumt?

»Das reicht«, sagte ich mit geschlossenen Augen. »Hör auf.«

»Sicher?« Julien raschelte mit dem Papier. »Auf der Rückseite steht noch mehr.«

»Nein.« Ich erhob mich. »So kann es nicht weitergehen. Es ist nicht richtig.«

»Sie klingt unentschlossen.«

»Darum geht es nicht. Sie ist selbstsüchtig. Wirf ihn bitte einfach weg. Behalte ihn nicht.«

»Ehrlich?«

»Ja. Ich habe genug davon. Sie bringt mich ständig in Schwierigkeiten, dabei sind wir nicht mal mehr zusammen.« Ich fingerte an meiner Brusttasche herum und wünschte mir, ich würde noch rauchen. »Ich habe etwas zu erledigen. Ich muss … etwas Großes tun.«

»Und das wäre?«

»Ich kann mich nicht einfach entschuldigen. Ich brauche einen Regimewechsel.«

»Ich weiß ja nicht, was das in deiner Welt bedeutet, aber als ich mit Alejandro zusammen war, habe ich angefangen, Koriander zu essen.«

»Schön. Das ist sehr hilfreich. Ich schaue vorbei, wenn ich zurück bin.«

Sobald ich das Gespräch beendet hatte, bedauerte ich die Formulierung. Ich hätte »falls« sagen sollen.

Im Wohnzimmer saßen meine Eltern noch immer vor dem Fernseher. Ich setzte mich mit finsterer Miene aufs Sofa und schaltete die Videokamera wieder ein.

»Aber ich wollte doch mit Camille sprechen, Liebling«, sagte meine Mutter und drehte sich zu mir. »Meine Güte, hast du das Ding schon wieder eingeschaltet?«

»Es war nicht Camille«, sagte ich und zoomte sie heran. »Und, ja, das habe ich.«

»Das wird kein sonderlich interessantes Video«, sagte Dad. »Wir beide vor der Glotze.«

»Entschuldigung.« Ich richtete die Kamera auf meinen Vater. »Aber wie schafft man es, dass die Liebe hält?«

»Geht es dir wirklich gut, Schatz?« Meine Mutter stellte den Ton ab.

Ich schaute von meiner Mutter zu meinem Vater und wieder zurück.

»Nein.«

»Liebling?« Meine Mum stand auf und setzte sich neben mich. Ich filmte ihr Gesicht, ihre Hand. Ich filmte, wie sie ein Kissen beiseiteschob, damit sie den Arm um mich legen konnte.

»Würdest du das Ding bitte ausschalten?«

Meine Eltern starrten mich an. Der Fernseher flackerte im Dunkeln.

»Was soll ich tun?«, fragte ich mit erstickter Stimme. »Was habe ich getan?«

Meine Mutter lehnte den Kopf an meine Schulter. Sie fragte nicht nach.

»Du solltest etwas tun, bevor es zu spät ist«, sagte mein Vater. »Nicht nur hier rumsitzen.«

Meine Mutter rieb kreisend über meinen Pullover. Immer und immer und immer wieder. Von tröstlich zu zerbrochen und wieder zurück.

Ich schaltete die Kamera aus.

Auch in dieser Nacht konnte ich nicht einschlafen. Ich dachte daran, wie Anne und ich einander früher Unrecht zugefügt und es überwunden hatten. Am Anfang waren es nur kleine Fehltritte. Eine Verspätung am Flughafen, ein verkürzter Urlaub, weil Anne wieder arbeiten musste. Ein falsches Wort, ein Handy, das man im Taxi vergaß, ein Hemd, das im Trockner eingelaufen war. Aber nichts aus dem ehelichen Waffenarsenal konnte mir jetzt weiterhelfen, weder Pralinen noch Tulpen noch ein Wochenende in einem reizvollen Hotel. Ich konnte mir nicht annähernd vorstellen, wie lange es dauern würde, Annes Vertrauen zurückzugewinnen. Diese Zeit hatte ich einfach nicht.

Die ganze Nacht dachte ich über verschiedene Möglichkeiten nach. Eine Playlist mit ausgewählter Musik, ein gefilmtes Geständnis, etwas, das sie nicht unterbrechen konnte. Ich spielte sogar mit dem Gedanken, ein Gedicht zu schreiben, Gott steh mir bei. Gegen drei Uhr morgens fragte ich mich, ob ich Lisa dazu bringen könnte, mir schriftlich zu bestätigen, dass ich keinen ihrer Briefe beantwortet hatte. An diesem Punkt wurde mir klar, dass ich nicht weiterkam, dass ich schlafen musste.

Meine Träume waren hektisch und diffus – nur hier und da gab es einen lichten Augenblick. Annes Gesichtsausdruck, als wir zum ersten Mal in die Windel unseres Neugeborenen spähten und entsetzt über die teerähnlichen Exkremente lachten. Wie sie auf der Bettkante saß und einen Strumpf über ihr Bein rollte. Wie sie sich im Spiegel betrachtete, bevor sie zur Arbeit ging. Anne, die nachts die Nase an meine Brust drückte und mir sagte, ich würde riechen.

Ich erwachte früh am nächsten Morgen und setzte mich kerzengerade im Bett auf. Niemand außer mir war wach. Ich schaute auf die Wand gegenüber und erkannte trotz des Schlafmangels sehr deutlich, was ich zu tun hatte.

Regimewechsel. Regimewechsel! Endlich hatte ich einen Plan. Um Anne zurückzugewinnen, musste ich nicht nur in vielerlei Hinsicht mein Verhalten ändern, ich konnte auch auf eine ganz bestimmte Art und Weise zeigen, dass ich die Fehler der Vergangenheit ungeschehen machen wollte. Anne hatte mich nicht zurückgehalten, als ich den *Blauen Bären* zum Verkauf angeboten hatte, statt das Bild nur auszustellen. Und ich hatte mich bei Lisa nicht zurückgehalten. Lisa hatte *mich* zurückgehalten. Doch den anderen Fehler, den Verlust des ganz besonderen Gemäldes, konnte ich rückgängig machen. Es gehörte nirgendwo anders hin als in unser Haus.

Mit dem Verkauf des Bildes hatte ich Anne-Laure gleich zweimal vergessen. Einmal in den Armen einer anderen Frau und einmal in meinem eigenen Kopf. Ich würde das Bild zurückholen. Ich würde es ihr bringen und beweisen, dass ich es konnte: zum Gefühl der ersten Liebe zurückkehren, zu Bemerkungen ohne Hintergedanken, zu Jugend und Gelächter. Ich konnte es. Ich würde es. Fern von Anne verliebte ich mich. Verliebte mich wieder in sie.

12

Es war halb sechs morgens, ich hatte nur zwei Stunden geschlafen. Nach dem Duschen beurteilte ich meine geistige Gesundheit und schickte Julien eine SMS:

Ich hole den Blauen Bären *zurück. Tut mir leid. Hätte es nie verkaufen dürfen. Ich erstatte dir/ihnen alles. Sorry, aber vertrau mir. Ich muss das in Ordnung bringen.*

Dann schaltete ich das Handy aus, damit mich keine Lawine wütender Antworten von meiner Mission abhalten konnte.

Ich schrieb meinen schlafenden Eltern eine Nachricht, machte mir einen starken Irish Breakfast Tea und fuhr um sechs aus der Einfahrt. Ich brauchte nur eine Stunde bis zu dem Haus Nr. 5, Wells Rise. Ich spielte mit dem Gedanken, Dave und Dan telefonisch vorzuwarnen, aber standen sie nicht ohnehin auf kosmische Weise mit mir in Verbindung? Außerdem ging es hier um mich. Um Anne. Um uns.

Ich klingelte und versuchte, mich auf etwas anderes als auf die giftige Mischung aus Koffein und Ungewissheit in meinen Eingeweiden zu konzentrieren. Es würde schon gutgehen. Wenn überhaupt jemand den Kreislauf aus Fehlern und Vergebung verstehen konnte, dann homosexuelle Kontinuisten.

Dave tauchte in der Tür auf, hellwach und nur mit einer weißen thailändischen Fischerhose und einem Wickelpulli bekleidet.

»Ach du meine Güte«, sagte er. »Richard. Das ist aber eine Überraschung.« Er runzelte die Stirn. »Dan! Hier ist eine Überraschung!«

Dave lächelte mit geschlossenem Mund und sagte nichts mehr, bis Dan hinter ihm auftauchte.

»Das ist ja wirklich eine Überraschung«, meinte Dan.

»Es ist ein bisschen ungünstig«, fügte Dave hinzu. »Wir haben noch kein Ashtanga gemacht.«

»Es dauert nicht lange.« Ich trat von einem Fuß auf den anderen. »Und ich bitte um Entschuldigung, es ist nur –«

»Nein, nein«, sagte Dave. »Alles bestens. Spontaneität ist der Grundstein der Kreativität. Wir sind den kreativen Kräften gegenüber bloß offener, wenn wir die stehenden Positionen absolviert haben, aber egal, kommen Sie herein.«

Ich zog die Schuhe aus und folgte ihnen ins Wohnzimmer. Und da hing er, an der linken Wand über einer Chaiselongue, *Der Blaue Bär*.

»Das Bild macht sich gut, nicht wahr?«, fragte Dan, der meinen Blick bemerkt hatte.

»Hm, ja, genau darum geht es.« Ich schob die Hände in die Taschen. »Ich muss es zurückkaufen.«

Dave schaute seinen Partner mit offenem Mund an.

»Ich kann das natürlich erklären. Eigentlich hätte ich es nie verkaufen sollen.«

Dave schüttelte nervös den Kopf. »Warten Sie, ich gehe nur rasch ins *chaturanga*, um der Spannung entgegenzuwirken.«

Ich sah, wie er sich zu Boden fallen ließ und irgendwelchen Unsinn auf dem Bauch trieb, bevor er wieder aufstand, die Hände zum Gebet aneinandergelegt.

»Ich muss das Gemälde zurückkaufen«, fuhr ich fort, ohne recht zu wissen, was ich mit Armen und Füßen anfangen sollte. »Ich weiß, es ist unprofessionell, ich werde Ihnen auch die Reisekosten erstatten, aber ich hätte es nie verkaufen dürfen. Es besitzt sentimentalen Wert, ich brauche es wirklich zurück.«

»Das ist so beunruhigend«, sagte Dave und schloss die Augen. »Ich fühle mich nicht sicher.«

»Leute. Gentlemen. Könnten wir einfach ... ich weiß, ich bin mit dem Gemälde extra hierhergereist, und ich weiß auch, dass Sie unorthodoxe Methoden anwenden. Das finde ich ganz wunderbar. Gerade deshalb habe ich das Gefühl, dass Sie ... dass Sie es respektieren, dass ich ... es mit nach Hause nehmen muss.« Ich bemühte mich um eine ganzheitlich klingende Sprache. »Das hier ist nicht sein richtiger Ort.«

»Nun, das würde ich nicht sagen.« Dave senkte die Hände. »Amiras erste Energiemessung ist sehr positiv ausgefallen.«

»Ich habe noch eine Menge anderer Gemälde. Einige davon habe ich gar nicht in der Ausstellung gezeigt! Ich schicke Ihnen einen Katalog und Fotos, sobald ich wieder zu Hause bin. Ich schenke Ihnen eins. Egal welches.«

Dan und Dave wechselten einen Blick. »Es tut mir leid, Richard, aber Sie müssen uns eine Weile allein lassen.«

»Na schön.« Ich schaute zur Tür. »Aber weit gehe ich nicht.«

Sie platzierten mich mit einer Schale warmem Wasser und Zitronensaft auf der Couch. Angeblich sollte diese Mischung Menschen beruhigen, in denen zu viel Feuer brannte.

Die Zitronentinktur war gar nicht so übel. Jedenfalls wirkte sie seltsam beruhigend auf meine Gedanken. Vielleicht lag es auch daran, dass mir nach so vielen Monaten endlich etwas *richtig* vorkam. Es war ein Fehler gewesen, das Gemälde zu verkaufen, und diesen Fehler wollte ich wiedergutmachen. Ich war ein Mann, der schlechte Dinge zum Besseren hin verwandeln konnte. Ich trank die lauwarme Mischung, betrachtete meinen *Blauen Bären* und spürte es im Bauch. Wir würden gemeinsam nach Hause fahren.

Nach einer Viertelstunde kamen Dan und Dave zurück. Dave hatte ein Hemd unter seinen Wickelpulli gezogen, und Dan schleppte etwas, das mit einer verschlissenen mexikanischen Decke bedeckt war und wie eine schwere Skulptur aussah.

»Wir haben darüber gesprochen.« Er zerrte den Gegenstand zur Couch. »Und wir respektieren Ihre Gefühle und die Ehrlichkeit, die Sie hergeführt hat. Aber Sie können das Bild nicht zurückkaufen. Das widerspricht allen Grundsätzen des Kontinuismus.«

»Wir können uns nicht rückwärts bewegen.« Dan setzte sich hin.

»Nein, das können wir nicht«, bekräftigte Dave.

Sie schwiegen. Ich versuchte, nicht auf den Gegenstand zu starren.

»Würden Sie es denn als Geschenk zurückgeben? Als Spende?« Ich konnte einfach nicht glauben, dass sie so stur waren. »Ich könnte auch selbst an eine Organisation Ihrer Wahl spenden.«

»Nun, das ist sehr rücksichtsvoll von Ihnen. Aber *Der Blaue Bär* muss hierbleiben, Richard. Das ist der Weg dieses Gemäldes. Dave war nur zufällig in Paris bei Ihrer Vernissage. Es war ein Zeichen. Wenn der *Bär* uns verlässt, nachdem er gerade erst angekommen ist, wäre das ...« Er schaute auf seine Hände.

»Pessimistisch«, sagte Dave kopfschüttelnd.

»Falsch«, fügte Dan hinzu.

Ich schloss die Augen und war mir sicher, dass ich diesen Hippiemüll nur durchdringen und auf einem Zweibeiner-Level mit ihnen sprechen musste, um meinen Willen zu bekommen.

»Wie wäre es denn mit einem Kunstdruck? Einem Foto? Ich könnte sogar eine Kopie malen.«

»O nein. Kopien funktionieren nicht. Die Kunst muss *wahr* sein. Sich selbst treu bleiben.«

»Da wir gerade von Wahrheit sprechen«, sagte Dan und zog die bunte Drogendecke beiseite. »Als Geste unseres guten Willens würden wir sie hier gern mit Ihnen nach Hause schicken.«

Entsetzt starrte ich auf die Monstrosität. Sie sah aus wie eine Kreuzung zwischen einer afrikanischen Fruchtbarkeitsskulptur, Nummernschildkunst und einem Totempfahl. Das hölzerne Gebilde zeigte eine Frau mit zwölf gigantischen blauen Brüsten, aus deren Brustwarzen leuchtend blaue Strohbüschel ragten. Ihr verlängerter Hals endete in einem Kopf mit Augen, die aus dem Boden grüner Bierflaschen zu bestehen schienen. Auf ihrem Haupt trug sie eine Krone aus Nummernschildern, die aus dem amerikanischen Mittelwesten stammten.

»Das ist Ngendo«, erklärte Dan. »Eine Muttergottheit.«

Dave nickte. »Sie führt Sie nach Hause.«

»Nein.« Ich stellte mein Zitronenwasser ab. »Sie führt mich nirgendwohin. Damit fahre ich nicht nach Hause. Ich brauche das Gemälde.« Ich zeigte darauf. »*Genau das.* Ich zahle den doppelten Preis. Na ja, nicht den doppelten, aber ich würde alles tun, um es zurückzubekommen. Ich habe es für meine Frau gemalt und idiotischerweise verkauft. Ich brauche es zurück.«

Die Männer starrten mich an, die feuchten Lippen geschürzt, die Hände auf den Knien.

»Ähm«, sagte Dan, um Worte verlegen. »Ich glaube, Sie verstehen den Symbolwert dieser Geste nicht. Ngendo ist eine Beschützerin. Eine starke Lebenskraft, die im Haus sehr nützlich sein kann.«

»Ich bringe meiner Frau keine beschissene Fruchtbarkeitsskulptur mit«, brüllte ich. Dann sagte ich leiser: »Tut mir leid.« Ich schaute auf meine Füße und versuchte, gegen die überwältigende Müdigkeit, die Hilflosigkeit und die Angst vor dem Scheitern in mir anzukämpfen.

»Ich habe es gemalt, als meine Frau mit unserem ersten Kind

schwanger war. Unserem einzigen Kind. Das ist einer der Gründe, weshalb eine Fruchtbarkeitsskulptur …« Ich atmete aus. »Bitte. Ich flehe Sie an. Ich muss es zurückhaben.«

Sie saßen weiter schweigend da. Dan griff nach Daves Hand. Sie schauten einander an und schienen ein geheimes Gefühl zu teilen.

»Es ist so großzügig, dass Sie uns das erzählen«, begann Dave. »So verletzlich und ehrlich. Aber wir haben sehr hart daran gearbeitet, unsere eigenen Dämonen zu besiegen. Das ist uns nur gelungen, indem wir unser wahres Selbst so transparent wie möglich gestaltet haben. Wenn wir eine derartige Rückwärtsbewegung bei etwas vollziehen, an dem uns viel liegt, bloß weil Sie einen Fehler begangen haben …« Er schüttelte den Kopf und strich Ngendo übers Gesicht.

Mein Kinn begann zu zittern.

»Leute, bitte.«

Ich schaute müde zu der monströsen hölzernen Skulptur. Guter Gott, wenn Anne doch nur bei mir wäre. Dann würde uns allein die Absurdität des Ganzen heilen. Doch ohne das Gemälde hatte ich gar nichts in der Hand: keinen Beweis für meine Absichten, keinen Beweis für meine Bemühungen, meine Entschlossenheit, meine Entscheidung, zurückzukehren.

»Oh!« Dan sprang auf. Er rannte in die Küche und kam mit einer winzigen Plastiktüte voller leuchtend rosa Pulver zurück. »Kumkum. Sie zerbröseln einfach etwas davon über ihrem Kopf.«

»Es besteht aus Kurkuma. Haben Sie irgendwelche Lebensmittelallergien?«

»Ich kann das nicht. Ich kann dieses Ding nicht mit nach Hause nehmen.«

»Das müssen Sie aber.«

»Bitte.« Ich hörte, wie das Echo meiner Stimme schrill und

jammernd in meinem Kopf widerhallte. Sie rührten sich nicht von der Stelle.

Nachdem dreißig Sekunden lang niemand ein Wort gesagt hatte, wurde mir klar, dass ich mich ergeben musste. Wenn ich das Bild von der Wand riss, würden sie mich überwältigen, noch bevor ich die Tür erreichte. Sie hatten einen klaren Kopf, einen niedrigen Cholesterinspiegel und schienen hellwach zu sein.

Ich stand auf. Schaute zu meinem Bild. Und dann zu dem Ding.

»Und sie hat wirklich Heilkräfte?« Ich schnippte mit dem Finger gegen ein Nummernschild.

»Und was für welche!«, sagte Dave und stand auf. »Wir helfen Ihnen, sie zum Auto zu tragen.«

Während ich mir die Schuhe anzog, schleppten sie Ngendo in den Vorraum. Dan öffnete die Tür, und ich bemerkte den leuchtend gelben Strafzettel an meinem Auto.

»Keine Sorge, Richard.« Dave legte den Arm um mich. »Nun, da Sie Ngendo haben, wird alles viel besser.«

Verdammung. Zersetzung. Scheitern. Hölle. Was waren das für Menschen, die einfach meinen Plan durchkreuzten? Ihnen schien das Bild gar nichts zu bedeuten, während es mir als Beweis diente, dass ich einmal ein guter Mensch gewesen war. Es zeugte von dem Jahr, in dem ich den *Blauen Bären* gemalt hatte.

Meine Mission war noch nicht beendet. Und diesmal würde ich nicht scheitern. Nachdem die über ein Meter hohe Ngendo mit drei Gurten auf dem Rücksitz gesichert worden war, fuhr ich zum Haus 17, Chalcot Road, der Absenderadresse auf Lisas Briefen.

Es war nicht weit, ich musste nur am Park an der Prince Albert Road vorbei. Mein Herz raste, meine Hände klebten verschwitzt am Lenkrad. Es war nicht vorbei. Wenn ich das hier überstand, ohne völlig zusammenzubrechen, würde ich aus diesem Chaos herausfinden. Meine Vernunft wiedererlangen. Dan und Dave einen Brief schreiben. Es musste doch einen Weg geben, das Bild zurückzubekommen.

Vor dem Haus holte ich Lisas Briefe aus dem Handschuhfach. Meine Hand zitterte. Auch bei ihr hatte ich mich nicht angekündigt. Allerdings wäre das gar nicht möglich gewesen, ich hatte ihre Nummer aus Selbstschutzgründen längst gelöscht.

Ich schaute durch die Windschutzscheibe zum Haus hinüber. *Seinem* Haus. Es war ein Stadthaus, dessen Erdgeschoss blaugrün gestrichen war. Die anderen Stockwerke waren aus Backstein. Vor dem untersten Fenster prangte ein beschissener Blumenkasten. Mit richtigen Blumen drin. Hör auf, so zu denken, sagte ich mir und griff nach den Briefen. Dann pflanzt sie jetzt eben Sachen in die Erde.

Ich warf einen Blick auf die Uhr, bevor ich den Motor abstellte. Kurz nach acht. Vermutlich war sie noch nicht einmal auf, die alte Hedonistin. Egal. Ich hatte einen Plan und würde ihn durchziehen. Wie ein Kontinuist, Herrgott nochmal.

Ich schluckte. Mir war übel. Ich zwang mich, auszusteigen. Du tust das für Anne, Holzkopf. Du tust das für dich selbst. Ich machte die Autotür zu und strich meinen Blazer und das verknitterte Hemd glatt. Zwang mich zu gehen. Zwang mich, nicht an meine verschwitzten Hände und das Hemd zu denken.

Ich klingelte. Starrte auf die Tür, versuchte, den Topf mit den violetten Stiefmütterchen neben dem Eingang zu ignorieren. Ich hasste violette Stiefmütterchen. Schon immer. Wer ist denn bitte jemals in der Stimmung für Neonviolett? Wie konnte sie das jeden Tag beim Heimkommen ertragen?

Ich wartete einen Moment und klingelte dann noch einmal. Endlich erklangen Schritte. Leichte Schritte. Mädchenhafte. Ihre.

Ich schloss die Augen und machte mich bereit. Hätte ich im Boden versinken können, ich hätte es getan.

Ich sah zu, wie sich die Klappe des Spions öffnete. Offen blieb. Endlich wieder zuging. Mein Herz hämmerte gegen die Rippen. Sie war genau hinter der Tür. Aber die Tür ging nicht auf. Ich klingelte noch einmal. Wieder öffnete sich der Spion. Wieder schloss er sich.

Und dann ging die Tür auf, und da stand sie: Lisa, hinreißend schön, obwohl sie offensichtlich gerade erst aufgestanden war. Sie trug einen weißen Bademantel mit Waffelmuster und darunter etwas in Zartrosa, ihre Haare waren lang und zerzaust, noch immer hatte sie diese Sommersprossen. Sie sah unfassbar reizend aus. Ihre Füße steckten in Pantoffeln mit Leopardenmuster und Bommeln.

Sie presste die Hand vor den Mund. Ihre Wangen färbten sich rot.

»Richard«, flüsterte sie kopfschüttelnd, »was machst du denn hier?«

Ich stand nur mit den Briefen in der Hand da. »Du kannst nicht ...« Sie drehte sich um. »Warum hast du nicht angerufen?«

»Ach, ich sollte nicht hier sein?« Ich stellte mich auf die Zehenspitzen. »Darum geht es also? Aber du kannst mir diese ganzen beschissenen Briefe nach Hause schicken?«

Sie schaute auf meine Hand. »Ich habe sie nicht zu dir nach Hause geschickt.«

»Du *heiratest*«, sagte ich und schwenkte die Briefe in der Luft. »Warum schreibst du mir?«

»Ich weiß es nicht.« Sie trat einen Schritt auf mich zu. »Ich habe mir Sorgen um dich gemacht. Ich wollte in Verbindung mit dir bleiben.«

»Aber ich habe nie zurückgeschrieben!« Ich hatte wohl zu laut gesprochen, denn sie drehte sich wieder um.

»Lass uns irgendwo hingehen.« Sie zog den Gürtel enger.

»Klar. Nein.« Ich stopfte die Briefe in die Tasche ihres Bademantels. Sie war nicht so tief, wie ich gedacht hatte. Ich musste sie förmlich hineinrammen. Ich spürte ihre Wärme, die Nähe ihrer Brüste.

»Richard.« Sie berührte meine Hand.

»Das lässt du schön bleiben.« Ich wich zurück. »Weiß er eigentlich, dass du mir geschrieben hast?« Ich schaute zu ihr hoch. »Dave? Hält er mich für irgendeinen guten Freund?«

»Gib mir zwei Minuten, dann gehen wir in den Laden an der Ecke. Oder in den Park.«

»Um Erinnerungen auszutauschen? Um verklemmt herumzulaufen, bis du schließlich sagst, oh, ich würde dich so gerne küssen, aber es geht einfach nicht?« Ich funkelte sie an. »Ich habe versucht, über dich hinwegzukommen. So wie du es angeblich wolltest. Und als ich es fast geschafft hatte, hast du dich wieder in mein Leben gestohlen.«

»Es sind doch nur Briefe«, sagte sie sanft. »Ich hätte nicht gedacht, dass du –«

»Dass ich was? Du willst nicht, dass ich dich vergesse! Du willst in diesem beschissenen Stadthaus mit diesen grässlichen Stiefmütterchen wohnen und von Zeit zu Zeit eine Bombe auf mein Leben werfen! Ich sage dir was, ich *will* dich vergessen. Ich mag dich nämlich nicht mehr.«

»Aber ich habe doch gar nichts getan!«

»Du hast geschrieben, dass du mich vermisst!«

Sie hielt den Bademantel am Hals zusammen. »Ich dachte, du würdest dich darüber freuen.«

»Ich habe meine Ehe für dich aufs Spiel gesetzt, und du hast mich verlassen, und jetzt kommen dir Zweifel?«

»Ich habe nicht gesagt, dass ich zweifle.« Ihre Stimme wurde lauter. »Ich habe gesagt, dass ich dich vermisse. Was mein gutes

Recht ist. Und du kannst mir nicht weismachen, dass du mich nicht auch vermisst hast.«

»Oh, ich habe dich durchaus vermisst. Ich habe dich so lange vermisst, bis du mein Leben zerstört hast. Meine Frau spricht nicht mehr mit mir. Ich habe mich bei meinen Eltern verkrochen. Wir haben *Karten* gespielt. Als ich dich verlor, habe ich noch sehr viel mehr verloren. Also nimm sie gefälligst.« Ich deutete auf die Briefe. »Und hör damit auf. Diesmal wirklich. Wir waren nie Freunde und werden auch jetzt keine sein. Ich will nie wieder von dir hören. Ich will nicht die geringste Ahnung davon haben, was in deinem Leben passiert. Und ich will auch nicht, dass du weißt, was in meinem passiert.«

Sie trat von einem Fuß auf den anderen. Umklammerte ihren Bademantel. Sie sah traurig aus, aber auch ... sie machte wieder diese Sache mit den Lippen. Neigte den Kopf. »Hat deine Frau es herausgefunden?«

Ich schaute sie ungläubig an. »Fick dich. Du wirst schon sehen, wie lange du diesem feinen Pinkel treu bleiben kannst, und dann werde ich dich fragen, ob dein kostbarer Dave es herausgefunden hat.«

»Ich habe nie vorgegeben, jemand zu sein, der ich nicht bin!« Ihre Augen blitzten. »Ich habe nie verlangt, dass du deine Frau verlässt. Es ist nicht meine Schuld! Du kannst nicht einfach herkommen und mir die Schuld an deinen Problemen geben!«

Ich schüttelte den Kopf. »Erstaunlich. Zum ersten Mal bereue ich es tatsächlich. Jetzt, wo ich hier bin ... es war ein Fehler, nicht wahr? Das mit uns.«

Ihr kamen die Tränen. »Nein, das denke ich nicht. Und du meinst es auch nicht ernst.«

»Du bist wie ein Karussell. Eine nette Fahrt. Ohne Verantwortung. Auf und ab, auf und ab.«

Ihr Kinn begann zu zittern. »Du hast keinen Grund, dich so

zu benehmen. Wir hätten miteinander reden können. Du hättest mir sagen können, was los ist. Ich war immer freundlich zu dir, ich habe dich nie angelogen.«

»Ach, jetzt willst du mir auch noch einen guten Rat wegen meiner Frau geben?«

Sie schürzte die Lippen. Ich hörte, wie jemand hinter ihr die Treppe herunterkam. Lisa wurde rot.

»Ist er das? Sollen wir?«

Sie legte die Hand an die Tür.

»Nervös? Bist du etwa nervös? Warte es nur ab. Vielleicht fange ich an, *dir* zu schreiben. *Dein* Leben zu versauen.«

»Es macht mich so traurig, dass du das getan hast.« Sie wich hinter die Tür zurück. »Aber es ist erledigt. Du wirst nichts mehr von mir hören.« Sie drehte sich um. »Pass bitte auf dich auf, Richard.« Sie schüttelte den Kopf. »Du machst mich traurig.«

Und dann schloss sie einfach die Tür. Ich sah zu, wie sie ins Wohnzimmer ging und die Jalousien herunterließ. Ich versuchte, etwas von dem Gespräch drinnen zu verstehen, hörte aber nur den Klang ihrer Stimmen. Ich trat gegen den Topf mit den Stiefmütterchen. Ein bisschen Erde fiel heraus. Ich bückte mich, hob den ganzen verdammten Topf an und schüttelte ihn, bis ein Haufen Erde, Dünger und entwurzelte Blumen auf dem Boden lag. Ich hatte sie traurig gemacht! Ha! Doch eigentlich hatte ich sie wütend machen wollen. Es gab nichts Verachtenswerteres, als jemanden traurig zu machen.

Ich stand da, mein Bauch zitterte, meine Hände bebten. Falls sie nicht wild entschlossen war, weiterhin die internationalen Postwege zu benutzen, hatte ich bekommen, was ich wollte: Ich würde nichts mehr von ihr hören.

Doch das reichte mir nicht. Ich wollte die Erlaubnis, genauer gesagt die Versicherung, dass alles gut würde. Ich wollte wieder den Schmerz in den Knien spüren, wenn ich mich neben die Badewanne hockte und den Plastikpinguin für Camille schwimmen ließ. Ich wollte Anne auf einer Party durchs Zimmer gehen sehen, den Kopf zu ihrem Gesprächspartner geneigt. Ich wollte sehen, wie sie sich vor dem Kleiderschrank auszog, wollte die kleinen Einbuchtungen an ihrem Rücken sehen, die an die geschwungenen Kurven eines Cellos erinnerten. Ich wollte sie nackt an meine Brust drücken, sie spüren, ihr Haar riechen, ihren Atem an meinem Hals fühlen. Ich hatte zwar kein Gemälde und keinen Plan, als ich vor der Tür meiner Exgeliebten stand, doch dafür hatte ich etwas anderes: Ich wusste mit absoluter Gewissheit, dass ich Anne-Laure zurückgewinnen wollte.

13

Als ich nach Hemel Hempstead zurückfuhr, war ich froh, dass meine zitternden Hände das Lenkrad umklammern konnten. Nichts war nach Plan gelaufen, gar nichts. Sicher, ich hatte die Begegnung mit Lisa so schnell hinter mich gebracht, dass sich ihr Bild fast wie eine Halluzination anfühlte, doch mein Nerven lagen trotzdem blank. Immerhin hatte ich mich so verhalten, dass sie mich nie mehr wiedersehen oder mit mir reden wollte.

Aber ich hatte kein Bild. In meiner Vorstellung war ich mit dem *Blauen Bären* über den Kanal geschippert und hatte Anne nicht nur mit meiner Chuzpe, sondern auch mit der Geste selbst überrascht.

Jetzt war ich wieder bei null. Aber ich konnte doch nicht ewig bei meinen Eltern bleiben. Anne-Laure war eine Intellektuelle. Eine Anwältin. Ich durfte ihr nicht zu viel Zeit zum Nachdenken lassen.

Ich hielt vor dem Haus und sprang aus dem Auto. Rannte ins Wohnzimmer, wo meine Mum im Morgenmantel den Couchtisch polierte.

»Du lieber Himmel, wo brennt's?« Sie nahm meinen flüchtigen Kuss entgegen.

Mein Dad saß in der Küche vor seinen Weetabix. Ich schnappte mir einen Vollkornbatzen und steckte ihn in den

Mund. Meine Mutter kam herein und lehnte sich an den Türrahmen.

»Ich fahre nach Hause«, sagte ich und kaute mit offenem Mund.

Mein Vater legte den Löffel beiseite. »Ihr habt also miteinander geredet?«

Ich nahm eine Packung Orangensaft aus dem Kühlschrank, ohne seine Frage zu beantworten. Meine Mutter spürte die Anspannung und machte sich wieder ans Polieren.

»Du fährst ... einfach so?«

»Sie ist meine Frau.«

Mein Vater verdrehte die Augen. »Ich hoffe, du hast einen Plan.« Er stützte die Arme auf den Tisch und musterte mich. »O Gott. Du hast keinen. Nun, Richy. Ich hoffe, sie kann dir verzeihen.«

Auf dem Weg nach draußen blieb ich vor dem »Bastelschrank« meiner Mutter stehen, in dem sich Geschenkpapier, Girlanden, Pailletten und anderes Partyzubehör befanden. Ich schnappte mir mehrere Blätter blaues Bastelpapier, Klebstoff und eine Kinderschere und stopfte alles in meinen Beutel. Auch die Kamera und die Videos, die ich von meinen Eltern gedreht hatte, packte ich ein. Es war, als würde ich ein Porträt von ihnen mitnehmen: ein altes Foto mit gewelltem Rand. Als würde ich mich selbst mitnehmen, den Mann, der versuchte, nach etwas zu greifen, woran er glauben konnte.

Meine Mum brachte mich zum Auto. In der Hand trug sie einen zerknitterten Frischhaltebeutel mit Keksen und einem Truthahnsandwich.

»Ich habe extra viel Mayonnaise draufgetan. Und ich habe die hier gefunden.« Sie nahm eine Kameratasche von der Schulter. »Sie gehört nicht zu dem Modell, aber die Videokamera müsste reinpassen. Möchtest du sie haben?«

Ich zog sie an mich. »Danke.«

Mein Dad kam heraus und schaute mich wissend an.

»Hol sie dir«, sagte er und legte den Arm um meine Mutter. Es war 10.17 Uhr. Für mich sah es ziemlich düster aus. Ich stieg rasch ins Auto, sie sollten nicht mitbekommen, dass ich weinte.

Die Überfahrt dauerte ewig. Es war mitten in der Woche und das Schiff leerer als auf dem Hinweg. Ich kaufte mir ein grelles Boulevardblatt und eine richtige Zeitung und las in beidem zwischen den Zeilen nur: Krieg, Krieg, Krieg.

Drei Stunden später war ich über den neuesten Blödsinn informiert, der unter Bushs Regie geschah, und holte meine geklauten Bastelutensilien heraus. Ich fing an, meine Ersatzentschuldigung anzufertigen: einen blauen Origami-Bären.

Eigentlich wollte ich einen Bären basteln, der aussah wie ein Teddy, aber ich hatte zusammen mit Cam nur den Grizzly gelernt, und falls nicht zufällig ein Origami-Künstler an Bord war, würde es dabei bleiben müssen.

Natürlich verwenden Origami-Puristen keinen Klebstoff, Camille und ich hingegen schon. Die rundlichen rosa Elefanten, die als Mobile in ihrem Zimmer hängen, der überrascht blickende Panda, den sie mir zum Vatertag geschenkt hat, die kegelförmigen Schildkröten, die sie in die Topfpflanzen gelegt hat, sie alle wurden mit Glitzerkleber zusammengehalten, und ich konnte weiß Gott jede Hilfe gebrauchen, um Dinge zusammenzuhalten.

Sechs Stunden, zwei Becher Tee und einen Dreißig-Zentimeter-Hotdog später näherten wir uns dem Hafen von Saint-Malo. Im grauen Dunst des späten Nachmittags wirkte die Festungsstadt bedrohlich, zornig und voreingenommen mit ihren dichtgedrängten steinernen Häusern. Ich stellte mir Männer mit Pfeilen auf den steilen Dächern vor. Männer mit Säcken voller Kuhmist, die auf meine Ankunft warteten, auf meinen zum Scheitern verurteilten Versuch, wieder nach Hause zu finden.

Nachdem ich meinen Wagen in die gewundene Autospur manövriert hatte, erreichte meine Nervosität Durchfallniveau. Ich lief Gefahr, vor meinen Schwiegereltern bloßgestellt zu werden. Wenn Anne durchdrehte, wenn wir uns im Beisein der anderen stritten, gäbe es kein Zurück.

Obwohl Anne es nicht offen aussprach, hatte ich stets vermutet, dass ihr Vater die beliebte französische Tradition des *cinq à sept* aufrechterhielt. Man arbeitete bis fünf, vergnügte sich dann ein bisschen mit der Geliebten und stahl sich um sieben rechtzeitig zum Kalbskotelett mit Frau und Kindern nach Hause. An diese Regel hielten sich nicht nur die Franzosen; auch die Französinnen, vor allem exquisit duftende und tadellos gepflegte Frauen wie Inès, genossen ihre außerehelichen Aktivitäten.

Trotzdem konnten wir uns nicht vor den Augen der Bourigeauds streiten. Das hätte es noch schlimmer gemacht. Ich beschloss, Anne vom Golfplatz aus anzurufen und ihr die Wahl zu lassen, ob sie herauskommen wollte. Falls nicht, würde ich husten und prusten und ihr verdammtes Haus zusammenpusten.

Ich hielt erst einmal kurz am Haus, bevor ich anrief. Der alte Landrover ihrer Eltern stand in der Einfahrt.

Ich setzte zurück und parkte neben einigen Lorbeerbüschen, die zum Nachbargrundstück gehörten. Ich berührte meine Schläfe, mein Brustbein, die linke und die rechte Schulter und versuchte, mich an die richtige Reihenfolge des Kreuzzeichens zu erinnern.

Dann griff ich zum Handy. Ich bekreuzigte mich noch einmal. *Anne*, tippte ich. *Ich muss mit dir reden. Ich bin draußen.*

Ich legte das Handy auf den Beifahrersitz und wartete. Es begann sofort zu piepsen.

Was!?

Ich bin draußen. Ich parke vor dem Nachbarhaus. Wir müssen miteinander reden.

Digitales Schweigen. Vor zehn Jahren hätte ich dieses Gespräch vor ihrem Schlafzimmerfenster mit einer Handvoll Kieselsteine eröffnet.

Du bist wirklich hier?

Ich beschränkte mich auf das Wesentliche, tippte: *Ja.* Ich spürte förmlich, wie sie vor Wut schäumte.

Das ist nicht in Ordnung. Gib mir fünf Minuten.

Ich atmete tief durch und verschloss ein Nasenloch mit dem Finger, wie wir es bei der Geburtsvorbereitung nach Lamaze gelernt hatten. Das Atmen half nicht. Der Hotdog von der Fähre auch nicht. Mein Kopf, mein Herz, meine Eingeweide – alles spielte verrückt.

Minuten später hörte ich, wie der Kies knirschte, und stieg ängstlich aus. Da kam sie, in einer geblümten Tunika mit Schlaghose und braunen Pumps, die sie für gewöhnlich bei der Arbeit trug. Sie war wunderschön, elegant und ausgesprochen wütend.

»Was machst du hier? Konntest du nicht anrufen?«

Ich schwieg, bis sie fast vor mir stand. »Dann hättest du gesagt, ich solle nicht herkommen.«

»Da hast du verdammt recht, Richard! Wir wollten gerade essen! Was soll ich jetzt tun, ›Überraschung‹ rufen?«

»Ich musste einfach kommen. Ich muss dir etwas sagen. Ich habe versucht, den *Blauen Bären* zurückzuholen.«

»Du hast was?«

»Ich bin nach London gefahren und habe versucht, es zurückzukaufen. Ich wollte, dass du das weißt … das Bild gehört eigentlich uns. Ich hätte es nie –«

»Du hast versucht, es zurückzukaufen?«

»Ja«, sagte ich und stieß die Hand in die Manteltasche, um nach dem Ersatzbären zu suchen. »Ich bin den ganzen Weg noch einmal gefahren, aber diese Leute … so was hast du noch nie erlebt. Die haben diese, wie soll ich sagen, diese Religion –«

»Und, hast du's zurückbekommen?«

Ich hob die Schultern. »Nein, aber ich, ähm, ich habe dir das hier gemacht.«

Ich zog mein papierenes Geschenk heraus und hielt es ihr hin. Mit seiner nach unten gerichteten Nase und dem Stummelschwänzchen sah der Bär aus, als suchte er in den Linien meiner Handfläche nach Vergebung.

Anne starrte wortlos auf meine Kreation, bevor sie den Bären in die Hand nahm. Sie betrachtete die sorgfältig zusammengeklebte Schnauze und die runden Öhrchen. Sie stellte ihn auf den Kopf. Und dann steckte sie ihn tief in ihre Tasche.

»Was machst du hier? Ich meine, wirklich? Hast du mal darüber nachgedacht, wie ich das alles erklären soll?«

»Ja.«

»Und?«

»Ich weiß es nicht. Ich habe gedacht … vielleicht könnten wir zusammen wegfahren, ein oder zwei Tage, um in Ruhe zu reden.«

»Also bitte.« Sie trat einen Stein beiseite. »Das ist typisch für dich. Du bist so selbstsüchtig. Sogar jetzt bist du noch selbstsüchtig! Wir müssen uns was ausdenken. Du bist auf der Durchreise. Dein Handy war kaputt. Du musst dringend nach Paris zurück, irgendwas. Aber du fährst wieder.«

»Anne, du fehlst mir. Ich schwöre bei Gott, ich habe alles getan, um dieses Bild zurückzuholen.«

»Hast du tatsächlich geglaubt, damit könntest du alles wiedergutmachen? Hast du geglaubt, ich würde dir deswegen verzeihen?«

Aus ihrem Mund klang es lächerlich. Aber, Scheiße, genau das hatte ich gedacht.

»O Gott, ich bin so wütend.« So sah sie auch aus. »Jetzt müssen wir reingehen, und nur wegen dir muss ich so tun, als … ich fasse es einfach nicht! Du bist wie ein Kind. Was zum Teufel ist das denn?!«

Ihr Blick war auf den Rücksitz gefallen.

»Die haben mir die Käufer als Ersatz mitgegeben.«

»Was soll das sein?«

»Eine afrikanische Fruchtbarkeitsskulptur.«

Ihr Gesicht färbte sich purpurrot.

»Hör mal gut zu«, sagte sie mit verschränkten Armen. »Ich gebe dir drei Stunden. Was immer ich da drinnen sage, du spielst mit. Aber nach dem Mittagessen fährst du zurück nach Paris. Nein, sag nichts – du fährst. Du machst dich frisch, wir spielen meinen Eltern was vor und dann verschwindest du von hier. Und komm bloß nicht auf die Idee …« Sie schüttelte den Kopf. »Das war das letzte Mal. Das geht einfach zu weit. Es ist nicht fair.«

»Tut mir leid.« Meine Körpertemperatur stürzte in die Tiefe. »Ich dachte nur –«

»Nein, tust du nicht. Du denkst nämlich gar nicht.«

Sie machte auf dem Absatz kehrt und ging zurück zum Haus. Ich ließ den Wagen mit Ngendo stehen und folgte ihr.

Anne stieß die Haustür auf und schrie: »Überraschung!« Ihre Stimme war ganz Sonnenschein. Sonnenschein, der die Ozonschicht verbrennt.

Camille kam angerannt, ihren liebsten Holzlöffel in der Hand.

»Daddy!« Sie stürzte sich in meine Arme. Ich mied Annes Blick und umarmte meine Tochter, atmete den fruchtigen Duft ihrer Haare ein und rieb mein Kinn an den Sommersprossen, die sie bekommen hatte. »Du bist wieder da!«

»Es ist nur ein kurzer Überraschungsbesuch, Cam«, sagte Anne und strich ihr über den Rücken. »Er bleibt nur zum Mittagessen. Er hat noch zu tun, mit den Bildern. Ich weiß«, sagte sie stirnrunzelnd, »ich weiß, Liebes. Ist schon gut. Wir essen jetzt erst mal schön zu Mittag.«

»Mais, dis donc!«, rief Inès, die gerade aus der Küche kam, und wischte sich die Hände an einem Geschirrtuch ab. »*Quelle surprise!* Anne, du hast uns gar nichts davon erzählt!«

»Es war sogar für mich eine Überraschung, *maman.*«

Ich küsste Inès auf beide Wangen und reichte ihr eine Metalldose mit Hagebuttentee, die ich auf der Fähre gekauft hatte.

»Oh«, flötete sie, »meine Lieblingssorte! Du bist also wieder da! So ein Glück.« Sie drohte mir mit dem Finger, »ich habe nämlich ein gewaltiges Essen gekocht. Eigentlich sollte Alains Golfpartner kommen, aber er hat ein Problem mit seinem Hund.«

»Das tut mir leid zu hören.«

»Na ja, der Hund ist schrecklich. Okay!« Sie klatschte in die Hände. »Alain müsste jeden Augenblick hier sein. Er trinkt nur im Golfclub einen Kaffee. Musst du deine Tasche holen? Oder duschen?«

»Die Sache ist die, *maman*, er ist nur zum Mittagessen hier«, sagte Anne mit gespieltem Bedauern. »Er muss wieder nach Paris. Wegen der Galerie. Es gab ein … ein Problem mit einem der Bilder. Mit dem, das er abliefern musste. Die Leute … haben nicht bezahlt.«

»Und mir wurde auch noch mein Handy gestohlen«, fügte ich hinzu.

Anne drehte sich mit einem Ruck zu mir um, ihre Augen verengten sich zu Schlitzen. Sie holte tief Luft. »Das stimmt. Darum konnte er auch nicht anrufen.«

»Diese Leute haben dein Handy gestohlen? Mein Gott! Dir geht es aber gut?«

»Alles bestens. Es ist in der U-Bahn passiert.«

»Das ist nicht wahr!«, keuchte Inès. »Wie schrecklich! Sicherlich kümmert sich deine Galerie darum, oder? Warum solltest du dir deinen Urlaub ruinieren lassen, wenn –«

»Lass uns den Tisch decken«, schlug Anne vor. Ihre Hand lag auf Camilles Rücken. »Wir können später darüber reden. Ich mache den Salat, *maman*.«

»Das übernehme ich«, sagte ich.

Annes Augen blitzen auf. »Das wäre *super*.«

Camille half mit ihrem Holzlöffel, die Salatsauce anzurühren. Inès erkundigte sich nach meinen Eltern, während sie das gebratene Huhn zerlegte und anrichtete. Als Anne sich neben mich drängte, um den Wasserkrug zu füllen und eine Flasche Weißwein zu öffnen, war mir, als müssten wir uns nur diesen ganz normalen Handlungen ergeben, das Essen und den Wein genießen, damit sie es sich überlegen und mich bleiben lassen würde. Nicht für immer, aber lange genug, um mit ihr am Strand spazieren zu gehen. Lange genug, um alles zu erklären.

Alain kam mit krebsroten Wangen herein und schwärmte von seinem Tag auf dem Golfplatz.

»Wie schön, dich zu sehen, mein Sohn.« Er klopfte mir auf den Rücken. »Ich wusste gar nicht, dass du zurück bist! Ich mache mich nur schnell frisch, dann komme ich wieder herunter.«

Anne machte sich selbst unter diesen Umständen noch nützlich. Sie ging in den Garten und schnitt Flieder für den Esstisch ab, den sie zusammen mit wildem Lorbeer in einer Kristallvase arrangierte. Camille zeigte mir die Bilder, die sie im Wintergarten ausgebreitet hatte: Seepferdchen, Delphine, riesige Gotteslachse. Jedes Motiv war von sandigen Muscheln umrahmt. Ich griff mir eine und hielt sie ins Licht. Mir brach beinahe das Herz. Ich ergriff die Hand meiner Tochter und legte die Muschel wieder hin. »Ich bin so froh, dass du Spaß hast«, flüsterte ich.

Camille hielt ihr Lieblingsbild hoch, einen violetten Seestern. »Ja, den habe ich!«

Das Essen begann mit höflichem Geplauder. Meine Schwiegereltern erkundigten sich nach der Gesundheit meiner Eltern, berichteten von den Stränden, an denen sie spazieren gegangen waren, reichten mir Brot, Wein, Wasser.

Doch als das Gespräch auf die Gründe für meine Reise nach Paris kam, ging es bergab.

»Ich verstehe das nicht so ganz«, sagte Alain und wischte sich den Mund mit einer Stoffserviette ab. »Du fährst den ganzen Weg nach London, um das Bild persönlich abzugeben. Und die hatten noch nicht einmal bezahlt?«

»Es war eine telegrafische Überweisung, Papa«, sagte Anne und reichte ihm das Huhn.

»Verstehe, aber wenn es sich nur um eine simple Überweisung handelt, sollte man doch meinen, dass –«

»Helles oder dunkles Fleisch, *papa*?« Sie hielt ihm mit beiden Händen den Teller hin.

Er wählte das dunkle.

Einen Augenblick später lenkte Anne das Gespräch auf ihre eigene Arbeit und berichtete von den offiziellen Anklagepunkten der schwangeren Trinkerinnen: Gefährdung des Lebens Dritter, versuchte Irreführung von Konsumenten, Manipulation von Geschäftsbedingungen. Wir plauderten über die möglichen Auswirkungen des fetalen Alkoholsyndroms – was für ein fröhliches Thema fürs Mittagessen –, bevor Inès sich nach meinen aktuellen Projekten erkundigte und erwähnte, dass Anne ihnen vom großen Erfolg meiner letzten Ausstellung erzählt habe.

»Der Erfolg war etwas überraschend«, sagte ich und nahm mir vor lauter Nervosität ein Stück Brot. »Ich habe das Genre immer für ein wenig prosaisch gehalten, aber anscheinend verkauft sich dieses narrative Zeug.«

»Nun, es ist doch keine Schande, nach außen hin kommerziell zu arbeiten und hinter den Kulissen zu experimentieren«, sagte Alain.

»Das stimmt.« Ich räusperte mich. »Nur …« Dann murmelte ich etwas über den Irak.

Anne legte Camilles Messer weg und griff nach der Schüssel, die neben ihr stand. »Kartoffeln? Richard? Sie sind köstlich, Mutter. Die Sauce ist wunderbar.«

»Das liegt an den Kapern. Die Kapern sind der Trick. Und mit der Zitrone sollte man –«

»Was ist mit dem Irak?«, fragte Alain und schnitt in sein Huhn.

»Können wir bitte das Thema wechseln?«, flehte Anne.

»Was ist mit dem Irak?«

Als Geste der Versöhnung nahm ich mir einige Kartoffeln und legte sie zu dem Vorrat auf meinem Teller. »Für mich als Engländer ist es interessant, dass wir historisch betrachtet so rational handeln und jetzt Blair – mit Bush – auf einen derart unbegründeten Verdacht hin einfach losstürzt.«

»Nun, die ethnische Säuberung an Hunderten und Tausenden Menschen durch einen Diktator ist nicht gerade –«

»Gewiss«, unterbrach ich ihn und schaute kurz meine Frau an, bevor ich fortfuhr: »Aber die Anklage lautet Besitz von Atomwaffen. Und es wurden keine gefunden.«

»Ich glaube, wir sollten später darüber reden«, sagte Anne und schaute zu Camille, die sie mit weit aufgerissenen Augen ansah.

»Ich würde gern hören, was Richard vorhat«, sagte Alain.

»Noch nichts Konkretes. Aber es ist absurd, nach etwas zu suchen, das vermutlich nicht existiert. Und natürlich spielt Öl in dem Ganzen eine entscheidende Rolle.«

»Öl ist eine Notwendigkeit. Das ist nicht absurd.«

»Noch Wein?« Inès hielt die leere Flasche in die Höhe.

»Ich hole ihn«, sagte ich, dankbar für die Unterbrechung. »Weiß?«

»Lasst uns dabei bleiben«, sagte Alain, der Weißwein hasste.

In der Küche lehnte ich mich an die Arbeitsplatte und schloss die Augen. Als ich sie wieder aufmachte, sah ich, wie ein kleines graues Kaninchen über die Wiese hoppelte. Sein Schwanz war unglaublich niedlich: ein richtiger Puschel. Mir fiel der Haiku eines japanischen Dichters ein, der mir auf dem College gefallen hatte. Er handelte davon, dass man über das Dach der Hölle schreitet, während man die Blumen betrachtet.

Ich nahm eine Flasche Weißwein aus dem Kühlschrank und genoss den bunten Schnappschuss der Zeit, die ich hier verpasst hatte. Eine riesige Tupperdose mit Obstsalat im eigenen Saft; eine halbe, eng in Frischhaltefolie gewickelte Avocado; drei Flaschen Apfelcidre und alle Zutaten für herzhafte Crêpes: Buchweizenmehl, Emmentaler, Eier, Tomaten, Schinken, Crème fraîche. In der Bretagne aß ich für mein Leben gern Crêpes. Das Messer tauchte in die weiche buttrige Mitte, dazu trank man traditionellerweise ein kaltes Glas Cidre.

Als ich vor dem vertrauten Kühlschrank stand, erschien es mir plötzlich undenkbar, dass es zum Schlimmsten kommen könnte. Wie oft hatte ich Einkaufstüten in diese Küche geschleppt? Den Sand von den Fliesen gekehrt? Das Katzenklo von Inès' soziopathischer, mittlerweile dahingeschiedener Britisch Kurzhaar saubergemacht? Man wirft ein Jahrzehnt Gemeinsamkeit nicht einfach so weg. Wir hatten verdammt nochmal ein *Leben*. Inmitten der vertrauten Dinge, die Anne, ich und

Camille in all den Jahren genossen hatten, wuchs meine Zuversicht. Es war gut, dass ich hier war. Es war gut, dass ich gesehen wurde.

Als ich ins Zimmer zurückkehrte, hatte sich die Atmosphäre verändert, und meine Hoffnung zerplatzte. Camille baute auf dem Teppich ein Bataillon aus Kerzenleuchtern auf, Anne hatte ihren Stuhl vom Tisch gerückt und den Teller beiseitegeschoben. Inès wirkte verkniffen. Alains Wangen röteten sich, als wäre er bei meinem Eintreten verstummt.

»Alles in Ordnung?« Ich ging um den Tisch herum und füllte mit gespielter Munterkeit die Weingläser nach.

Als ich mir selbst einschenken wollte, sah Anne mich mit zusammengezogenen Augenbrauen an. »Vor der langen Fahrt solltest du besser nichts mehr trinken.«

»Es ist Donnerstag«, sagte Alain. »Es ist doch lächerlich, so kurz vor dem Wochenende zurückzufahren. Und was du gesagt hast, Anne –«

»Lass es, Alain«, warf Inès ein.

»Wie ihr wollt.« Er trank sein Glas aus. »Wenn ihr euch unmöglich benehmt, gehe ich eben zurück auf den Golfplatz.«

Ich schaute von ihm zu seiner Frau, deren Gesicht gequält wirkte. Plötzlich begriff ich. Ich folgte ihrem Blick zu Anne, der zwei Tränen über die Wangen liefen.

»*Chérie*«, sagte ihre Mutter und griff nach ihrem Arm.

»Anne«, sagte ich leise. Es klang flehentlich.

»Liebling, könntest du …« Sie wischte sich über die Augen und schaute Camille an. »Schatz, könntest du ein bisschen oben spielen? Die Großen müssen reden.«

Jede Synapse in meinem Gehirn signalisierte Flucht. Jede Pore meines Körpers bettelte, sie möge es nicht tun.

Camille schaute ihre Mutter an, und ihr Gesichtsausdruck wurde besorgt, als sie die Tränen bemerkte.

»Schon gut, Liebes. Sei ein großes Mädchen, in Ordnung? Ich komme gleich hoch, dann lesen wir das neue Buch, das *grand-maman* dir gekauft hat. Du darfst dir auf dem Weg nach oben einen Keks nehmen. *D'accord?*«

Sie küsste Camille auf die Schläfe. Meine Tochter sah mich an. Anne küsste sie noch einmal.

»Geh jetzt, *mon cœur.*«

Wir sahen ihr nach, bis sie das Zimmer verlassen hatte. Es dauerte eine Weile, da sie sich ständig umdrehte und schaute, ob nicht doch jemand mitkäme.

Als Camille verschwunden war, wurde es still. Niemand wagte es, weiterzuessen oder Wein zu trinken. Ich suchte Annes Blick, wollte sie anflehen, mich nicht zu verraten, *uns* nicht zu verraten, aber sie hielt die Augen auf den Tisch gerichtet. Mit der rechten Hand fuhr sie die Maserung des Holzes nach.

»Er hat mich betrogen«, sagte sie kaum hörbar.

Mein Inneres zerschmolz, als sie es aussprach. Mein ganzer Körper war wie gelähmt. Meine Beine schienen in Astronautenstiefeln zu stecken und zogen mich zu Boden.

Alain und Inès sahen mich an und warteten auf eine Erklärung, eine Verteidigung, aber ich stand einfach nur wie vom Donner gerührt da. Während das Schweigen im Raum hing, lief Alain rot an.

Er verschränkte die Arme. »*Was* ist hier eigentlich los?«

Anne sah mich mit blitzenden Augen an. »Willst du es erklären, oder soll ich das übernehmen?«

Das hier war fremdes Terrain. Ich wusste nicht, ob ich lieber ehrlich sein oder meinen Ruf retten sollte. Aber die Energie, die von den dreien ausging, sagte mir, dass ohnehin nichts mehr zu retten war.

»Richard hatte eine Affäre. Mit einer *Amerikanerin.*«

Ein kaum hörbares Einatmen vom anderen Ende des Tisches.

Inès stand auf und ging zu Anne. Sie wollte den Arm um sie legen, doch ihre Tochter stieß sie weg.

»Na schön«, sagte Inès ruhig und faltete Annes Serviette zu einem perfekten Quadrat. »Na schön.« Sie sah mich hilfesuchend an, doch mein Gesichtsausdruck schien sie zu enttäuschen.

»Herrgott nochmal, Richard«, Alain erhob sich. *»Qu'est-ce que tu peux être maladroit!«* Er ging im Zimmer auf und ab, und jeder Schritt schnürte mir die Kehle mehr zu. Ich bekam kaum noch Luft. Meine Nebenhöhlen schienen zu brennen.

Er hatte mich »ungeschickt« genannt. *Maladroit* bedeutet eigentlich noch etwas Schlimmeres, es bedeutet unfähig, stümperhaft, nicht der Mühe wert. Als hätte ich seine ganzen früheren Vorbehalte bestätigt.

»Verdammte Scheiße. Ich hole mir was Stärkeres.« Er ließ uns im Esszimmer allein. Anne wischte sich mit der Serviette, die ihre Mutter gefaltet hatte, energisch die Wangen ab, während Inès ihr den Rücken massierte. Ich versuchte, das Gefühl der Demütigung niederzukämpfen, das mir den Verstand vernebelte. Ich wollte etwas sagen, damit mich diese Menschen nicht verachteten, aber in meinem Kopf herrschte finstere Leere.

Alain kam mit einer Whiskyflasche und vier Gläsern zurück. Er füllte sie und reichte sie herum.

»Würdest du bitte mal was sagen, du Arschloch!« Er kippte seinen Whisky runter.

»Alain«, tadelte ihn seine Frau.

»Ich wüsste gern, wie der Plan aussieht!« Er begann wieder auf- und abzulaufen. »Warum erzählt ihr uns das? Warum zieht ihr uns da rein? Das sind Dinge, die ihr unter euch regeln müsst!«

»Va te faire foutre«, murmelte Anne.

»Was?!«, brüllte ihr Vater.

»Ihr seid meine Eltern!«

»*Ich* habe meine Familie nie so blamiert. Das ist privat!«

»Rede keinen Unsinn«, sagte Inès. »Und setz dich verdammt nochmal hin.« Sie funkelte ihn an, bevor sie sich wieder Anne zuwandte. »Jetzt hört mir mal gut zu. Es ist schwierig. Das habe ich nie bestritten. Ihr könnt mir glauben, dass Alain und ich in fünfunddreißig Jahren auch unsere Probleme hatten.«

»Inès«, sagte er, »lass es.«

Sie schüttelte den Kopf. »Auch dein Vater hat seine Tändeleien gehabt –«

»Ich gehe.« Alain griff nach seinem Glas.

»Nur zu«, murmelte Anne.

»Nein, das tust du nicht.« Inès schlug mit der Faust auf den Tisch. »Du setzt dich jetzt wieder hin, Alain de Bourigeaud, oder ich werde dir zeigen, wie ein Problem aussieht. Noch einmal: Die Sache ist unglücklich, aber so etwas kommt vor. Das Wichtigste ist, nach vorn zu schauen. Man muss verzeihen können.« Sie blickte mich an. »Ganz ehrlich, am besten vergrößert ihr eure kleine Familie.«

Plötzlich zirkulierte das Blut in meinen Beinen wieder. Ich nutzte die neue Richtung des Gesprächs, um mich zum Fenster am Ende des Zimmers zu begeben.

»Ich weiß, ihr beide hört das nicht gern, aber ihr seid noch jung. Es wäre wirklich das Beste.«

»Er hat eine Affäre, also bekommen wir noch ein Baby? Das ist ein absolut beschissener Vorschlag.«

»Welch gepflegte Ausdrucksweise«, bemerkte ihr Vater und funkelte sie an. Dann nickte er zu mir herüber. »Und der da? Sagt der auch mal was?«

Ich schoss herum. »Was soll ich denn dazu sagen?« Ich zitterte am ganzen Körper. »Ich habe nicht damit gerechnet! Was wollt ihr von mir hören?«

»Einverstanden. Sag besser nichts.«

Ich presste den Kopf ans Fenster. Die Kälte tat beinahe weh.

»Alain, du solltest doch gehen«, sagte seine Frau. »Du bist keine große Hilfe.«

»Von mir aus gern.« Er stand erneut auf. »Ich bin gespannt, wie die Lage morgen früh aussieht. Was für ein Urlaub!«

»Geh einfach. Geh golfen. Geh raus.«

Alain wünschte uns mit beißender Herzlichkeit einen angenehmen Nachmittag und verließ samt Whiskyglas und Flasche das Zimmer.

»Setz dich wieder«, befahl Inès. »Das wird schon.«

Als ich mich hingesetzt hatte, legte sie ihre Hand auf meine. Meine Frau und ich hatten noch immer keinen Blick gewechselt.

»Ich werde euch eine Frage stellen.« Sie legte ihre andere Hand auf Annes. »Und seid bitte ehrlich! Ich bin seit fast vierzig Jahren verheiratet und habe das auch durchgemacht. Wann habt ihr das letzte Mal miteinander geschlafen?«

»Maman!« Anne lief rot an.

»Nun?«

»Mein Gott. Das geht dich wirklich nichts an!«

»In gewisser Weise schon. Ihr habt damit angefangen.«

Anne zog die Hand weg und legte sie an ihre Stirn. Inzwischen war mein letztes bisschen Stolz in den Teppich und in die Ritzen der uralten Dielen gesickert, wo es nun zusammen mit den jahrzehntealten Krümeln lag.

»Mit wem wollt ihr darüber reden?«, fuhr Inès fort. »Vermutlich nicht miteinander! Aber das ist das Wichtigste dabei. Es ist wie beim Reiten. Wenn man runterfällt, muss man wieder aufsteigen.«

»Ich kann das einfach nicht.«

»Ja, Inès«, warf ich ein, »obwohl wir es durchaus zu schätzen –«

»Jetzt fang du nicht auch noch an. Wir sind hier nur zu dritt, der Holzkopf ist weg. Ihr hört jetzt gut zu.« Sie nahm wieder die Hand ihrer Tochter. »Euer Vater war sehr diskret, aber er hat sich auch anderswo umgeschaut. Die ersten beiden Male durfte er mich nicht berühren, aber –«

»Er hat dich *zweimal* betrogen?«, fragte Anne entsetzt.

»Mindestens. Es könnten auch – egal. Es geht darum, dass ich ebenfalls gelitten habe. Es bringt dir gar nichts, wenn du dich ihm verweigerst.«

»Das ist nicht dein Ernst.« Annes Augen funkelten. Eine Sekunde lang begegneten sich unsere Blicke. Sie war außer sich, empört. Ich wollte sie unterstützen.

»Ich will damit nur sagen, dass diese anderen Menschen an Bedeutung gewinnen, wenn ihr euch von ihnen in eurer Intimität stören lasst. Sie bekommen eine Dimension, die sie sonst vielleicht gar nicht gehabt hätten –«

»Hör bitte auf, *maman*. Hör einfach auf.« Anne erhob sich und ging ans Fenster, wo sie langsam mit dem Finger über die Fensterbank strich.

Ich schluckte mühsam. Einerseits verspürte ich den Wunsch, mich zu Anne zu stellen, andererseits hatte ich das Gefühl, am Tisch bleiben und die reaktionären Reden ihrer Mutter erdulden zu müssen.

»Ich will dir nicht wehtun«, fuhr Inès fort. »Aber ich spreche aus Erfahrung. Ich möchte dir helfen.«

»Womit denn? Indem du andeutest, ich würde meinem Mann nicht genug geben, ich hätte ihn im Bett nur glücklicher –«

»Anne«, sagte ich mit schwacher Stimme.

»Nein, das meine ich nicht. Ich denke, dass du diesen Weg gehen solltest, auch wenn es unglaubliche Überwindung kostet. Tust du das nicht, seid ihr nur Freunde.«

»Ohne Scheiß?«

Inès schloss die Augen und legte die Hände auf den Tisch.

»Ihr zwei müsst es schaffen. Ihr habt eine Tochter. Ihr wart doch immer glücklich miteinander! Und allein die Tatsache, dass ihr euch uns anvertraut habt, lässt mich glauben –«

»Das bereue ich inzwischen«, fauchte Anne. »Er sollte überhaupt nicht hier sein! Er ist … er ist einfach so aufgetaucht! Ich weiß nicht.« Sie schaute aus dem Fenster. »Ich bin betrunken.«

»Du bist nicht betrunken«, sagte ich leise. Ich kannte Anne-Laure, das kleine Mädchen in ihr musste es den Eltern einfach sagen.

»Es geht mich nichts an«, sagte Inès und stellte Annes halbvollen Teller auf ihren. »Aber ich finde, du solltest bleiben, Richard. Ihr beide solltet ein oder zwei Tage wegfahren. Ich nehme an, die Geschichte mit der Galerie war Unsinn.« Ich nickte.

»Wir passen auf Camille auf, dann habt ihr alle Zeit, die ihr braucht.« Sie sah mich freundlich an. Ihr Blick schien zu sagen, geh zu ihr, tröste sie, hol dir das Mädchen zurück. Aber ich hatte Angst. Fühlte mich unfähig. Völlig verzweifelt.

»Ich gehe jetzt zu Camille«, sagte sie sanft. »Vielleicht kann ich ihr vorlesen und sie zum Einschlafen bringen. Und ich schicke den Idioten auf den Golfplatz. Nehmt euch Zeit. Liebling, was immer du brauchst, wir sind für dich da.«

Anne schlang die Arme um den Körper. Sie schaute noch immer aus dem Fenster, aber auf ihren Wangen sah ich neue Tränen.

»Danke«, hauchte ich zu ihrer Mutter hinüber. Ich verspürte den starken Drang, die Hand aufs Herz zu legen.

Inès neigte den Kopf und sah mich mit einer Mischung aus Sanftheit und Mitleid an.

»Bitte, Richard«, flüsterte sie beinahe. »Bitte bringt es in Ordnung.«

Als sie gegangen war, stand ich auf und ging zu meiner Frau hinüber. Ich betrachtete ihre schmalen Schultern, die sich unter der geblümten Tunika abzeichneten, ihre Finger, die die Ellbogen umklammerten. Ich legte ihr die Hand auf die Schulter. Sie begann zu weinen.

»*Chérie.*«

»Tut mir leid.« Sie wischte sich mit dem Ärmel heftig übers Gesicht. »Es ist mir einfach rausgerutscht. Auch wenn sie das nicht im Geringsten kümmert.«

»Jetzt ist es raus. Es ist in Ordnung.«

Sie schaute mich ungläubig an.

»Na schön. Es ist nicht in Ordnung, aber ich begreife, warum du es ihnen gesagt hast. Es …« Ich konnte nicht in Worte fassen, was es für mich bedeutete, dass meine Schwiegereltern von meinem Betrug wussten.

»Mein Vater kotzt mich an.« Sie schluckte. »Ich schwöre dir, der ist sogar stolz auf dich.«

»Er würde mich am liebsten tot sehen.«

»*Non!* Er sitzt jetzt oben in seinem blöden Clubsessel und denkt sich, der Kerl ist ein echter Mann! Und meine Mutter! Wer redet denn so? Die beiden sind doch nur noch Roboter. Sie sind nur … meine Mutter geht das wie eine Rechenaufgabe an!«

»Wusstest du das von deinem Vater?«

Sie löste sich von mir, und meine Hand fiel herunter. »Keine Ahnung. Vielleicht. Aber dass sie darüber spricht, als wäre nichts dabei … ich …« Ihr kamen wieder die Tränen. Sie wandte sich zum Fenster.

»Schon gut, alles ist gut.« Ich wünschte, ich hätte sie in den Arm nehmen können.

»Das ist es *nicht*, das weißt du ganz genau. Als wenn ich nicht schon genug …« Sie schwieg. »Ich weiß nicht, warum ich das gemacht habe. Scheiße.«

Ich schaute aus dem Fenster auf das türkisblaue Meer und wünschte mir, sie hätte es nicht gesagt. Doch es war nicht ihre Schuld. Was immer sie gesagt oder getan hatte, ich hatte es zu verantworten.

Sie drehte sich wieder um. »Du musst trotzdem nach Paris fahren, Richard. Du musst. Jetzt ist es noch schlimmer als vorher. Allein komme ich mit ihnen klar. Aber wenn du hier bist, zusammen mit meinem Vater ...« Sie schüttelte den Kopf.

Ich musste allen Mut zusammennehmen, um ihr den folgenden Vorschlag zu machen: »Und wenn wir beide zurückfahren?«

»Du willst das Problem doch nur verlagern.« Sie schüttelte traurig den Kopf. »Hör auf damit. Vielleicht lasse ich Camille bei ihnen und fahre allein irgendwohin.«

»Wenn wir zusammen irgendwo hinfahren würden, wenn wir die Zeit hätten, um –«

»Du meinst, wir sollten wieder ›aufs Pferd steigen‹, wie meine Mutter es ausdrückt? In ein romantisches Gasthaus fahren? Frühstück inbegriffen?« Sie ging zurück zum Tisch.

»Das meine ich nicht. Ich will über alles reden. Einfach nur reden.«

»Ich will jetzt aber mit niemandem reden.« Sie räumte die Teller zusammen. »Ich will verschwinden.«

»Wir schaffen das nur zusammen.«

Sie sah mich ungläubig an. »Zusammen. Gut. Du warst in London. Ich habe noch nicht mal das verarbeitet. London. Es ist einfach zu viel.«

»Wir müssten mal raus hier. Und wenn auch nur für einen Spaziergang.«

»Ein Spaziergang? Und danach? Ein koffeinfreier Kaffee? Das soll es besser machen? Entschuldige bitte, dass ich Gefühle habe, dass ich mir nicht einfach sagen kann: Augen zu und durch.

Entschuldige bitte, dass ich verdammt nochmal ein gebrochenes Herz habe. Das macht es sicher kompliziert.«

»Ich will dich nicht verlassen.« Ich trat näher an sie heran.

Ihre Pupillen wurden dunkel. Ich kannte ihre Antwort bereits.

»Das hast du schon.«

14

Und so fuhr ich nach Hause. Mein einziger Begleiter war ein mehr als ein Meter hohes Exemplar unterdurchschnittlicher Volkskunst. Ich hatte ihr weder meine Liebe gestanden, noch ihr erklärt, was es mit meinem Rückeroberungsversuch des *Blauen Bären* genau auf sich hatte.

Ein glückliches Ende schien unmöglich. Da Annes Eltern über meine Affäre Bescheid wussten, gipfelten alle Worst-Case-Szenarien, die ich im Kopf durchspielte, in der Scheidung. Was immer Anne im Grunde ihres Herzens wollte, allein das Wissen, dass ihre geliebten Eltern ihre Meinung über mich geändert hatten, würde sie dazu bringen, unsere Ehe zu beenden.

Wäre es anders gelaufen, wenn ich das Gemälde zurückbekommen hätte? Tief in ihrem Inneren war sie sentimental – hätte sie das Bild auf dem Dach des Peugeot entdeckt, wäre sie vielleicht auf mich zugelaufen, hätte mich als Schurken bezeichnet und mich auf die schmerzenden Lippen geküsst. Hätte ich sie dann hochgehoben und in der Mittagssonne herumgewirbelt, wäre einer ihrer Highheels auf den Boden gefallen, worüber wir gelacht hätten, glücklich und zufrieden, ganz wie im Film?

Vermutlich nicht. Andererseits vielleicht doch. Während der vierstündigen Fahrt nach Paris brauchte ich einen Sündenbock, und da kamen mir Dave und Dan gerade recht. Hätten sie mir mein blödes Bild zurückgegeben, befände ich mich vielleicht nicht auf der A13 Richtung Paris, sondern immer noch im Haus meiner Schwiegereltern.

Ich hatte ein weiteres Problem, und zwar auf meinem Handy. Seit dem Augenblick, in dem ich Julien geschrieben hatte, dass ich das Bild zurückholen wollte, hatte ich acht Anrufe und eine ganze Lawine von SMS verpasst. Der anfangs besorgte Ton war rasch zu einer Tirade in Großbuchstaben eskaliert: *SCHEISSE, DU SOLLTEST MICH LIEBER ANRUFEN!*

Als ich schließlich nach Paris kam, ragte unser Haus dunkel vor mir auf, als wäre es ebenfalls ein Mensch, dem ich unrecht getan hatte. Drinnen schaltete ich das Licht ein und warf einen Blick unter das Spülbecken. Obwohl ich wusste, dass ich den Müll nach draußen gebracht hatte, bevor wir in die Bretagne gefahren waren, stank es widerlich nach altem Abfall.

Als ich Ngendo von einer Ecke des Wohnzimmers in die andere schob, um herauszufinden, wo sie sich am *besten* machte, klingelte mein Handy. Vermutlich war es Julien, es konnte aber auch Anne sein. Anne, die es sich anders überlegt hatte. Die mir sagen wollte, auch sie werde zurückkommen.

Aber es war mein Vater. Da ich an diesem Tag genügend Menschen Sorgen bereitet hatte, ging ich ran.

»Richard, hier ist Dad.«

Er hatte keinerlei Erfahrung mit den hellseherischen Fähigkeiten moderner Telekommunikationsgeräte. »Ich weiß.«

»Wir haben uns nur gefragt … wo du bist.«

»Ich bin zu Hause.« Ich ließ mich aufs Sofa fallen. »In Paris.«

»Oh.« Enttäuschung stahl sich in seine Stimme. »Verstehe.«

»Es ist nicht wie geplant gelaufen. Wir haben Mittag gegessen, und dann hat sie es ihren Eltern erzählt. Bei Tisch. Du weißt schon, von …«

»Du liebe Güte.«

»Du sagst es. Jedenfalls bin ich in Paris, und sie ist noch dort.« Ich öffnete meine Reisetasche und holte die Kamera heraus.

»Ich kann vermutlich nichts für dich tun, oder?«

»Nein, aber danke.«

»Na ja, das Wichtigste ist … falls ich das sagen darf … Du musst sie davon überzeugen, dass die andere Frau, wer immer sie sein mag, ein Fehler war, nur eine … aber vielleicht funktioniert das auch nicht. Ist wohl bei jeder anders.«

»Ich bin ganz schön am Arsch.«

»Du rufst uns doch an, wenn wir irgendwas tun können, Rich? Deine Mutter ist ziemlich durcheinander.«

»Du hast es ihr erzählt?«

Stille. »Ja?«

Ich lehnte mich zurück und schaute zur Decke. Das verlieh dem Wort *Familienangelegenheit* eine völlig neue Bedeutung.

»Danke, Dad. Ich sollte jetzt Schluss machen. War ein langer Tag.«

»Ruf uns an, egal wann. Wir denken an euch beide.«

Irgendwo im Hintergrund erklang eine Sirene. Ich hängte ein und schaute wieder zur Decke. Rechts von der Lampe war ein kaum sichtbarer Riss. Er war mir noch nie aufgefallen. Aber er war da.

Nachdem ich ein paar matschige Kräcker aus dem Vorratsschrank gegessen hatte, schaute ich mir das Interview mit meinen Eltern an, doch es machte mich zu traurig. Ihr zwangloser Umgang miteinander war wie ein Schlag in den Magen. Das fiel mir erst hier in Paris auf. Ihr Sinn für Humor. Das war wohl der Wendepunkt bei Anne und mir gewesen, dachte ich, die dunkle Stelle auf der Zeitachse: der Augenblick, ab dem wir einander nicht mehr zum Lachen gebracht hatten.

An jenem Abend schlief ich mit Erinnerungen an den Sommer ein, den Anne-Laure und ich in Cape Cod verbracht hatten, den Sommer, in dem sie schwanger gewesen war, in dem wir nicht gewusst hatten, wohin es uns verschlagen würde, und uns auch nicht darum scherten. Den Sommer, in dem es ein Luxus gewesen war, zusammen aufzuwachen und den Toast zu verbrennen und die Zehen in den Sand zu bohren. Über die vielen Vielleichts zu reden. All diese Millionen und Abermillionen Tupfen Sand. Und jetzt? Unter all diesen Möglichkeiten lauerten augenlose, haarlose Kreaturen mit pulsierenden rosa Eingeweiden. Alles war verrottet und stieg unter unseren Füßen nach oben. Zu ertrinken, zu ertrinken schien das Beste zu sein.

Am nächsten Morgen weckte mich das klingelnde Telefon. Ich rollte mich herum und griff danach, ohne die Augen zu öffnen.

»Hallo?«

»Richard! Endlich! Wo steckst du?«

»Was?« Mein Gehirn arbeitete in ganz kleinen Schritten. Julien. Rief mich. Hier. An.

»Warum hast du so lange gebraucht? Ich habe dich ununterbrochen angerufen!«

Ich rieb mir das Gesicht. »Ach ja?«

»*Ach ja?* Du Arschloch! Du kannst nicht einfach in anderer Leute Häuser eindringen, nur weil du es dir anders überlegt hast! Die können mich verklagen, Richard. Was hast du dir nur dabei gedacht?«

»Zunächst einmal«, ich setzte mich aufrecht hin, »musst du begreifen, dass diese beiden Typen ganz anders sind als wir. Ich habe gedacht, die würden das verstehen.«

Julien gab einen ungeduldigen Laut von sich. »Könntest du mir bitte einfach erzählen, was passiert ist?«

»Sie haben es mir nicht zurückgegeben.«

»Sag mir, dass du nichts Dummes getan hast. Zum Beispiel einen Streit angefangen oder etwas zerbrochen.«

»Herrgott, nein.«

»Also ist alles in Ordnung?«

»Könnte nicht besser sein. Sie haben mir stattdessen eine afrikanische Fruchtbarkeitsskulptur mitgegeben. Ach ja, und meine Ehe ist im Arsch.«

»Eine was? Wie bitte?«

»Sie heißt Ngendo und hat blaue Brüste.«

»Das begreife ich nicht. Hast du sie gekauft? Tut mir leid, dass du dein –«

»Nein, streng genommen war sie ein Geschenk.«

»Also hat kein Geld den Besitzer gewechselt.«

»Leider nicht.«

»Und du hast diese Leute nicht bedroht.«

»Nein, ich habe doch gesagt, es war umgekehrt. Sie haben mir Tee mit einem kleinen Baby drin gegeben.«

»Was? Nein, sag lieber nichts. Du musst vorbeikommen, damit wir das alles in Ruhe klären können. Ich muss ihnen eine notariell beglaubigte Entschuldigung schicken. Ich kann nicht … ich begreife einfach nicht, was du dir dabei gedacht hast.«

»Ich brauchte es zurück. Ich brauchte es für Anne. Ich dachte, es würde uns helfen.«

Er stieß eine Reihe ungläubiger Gluckser aus. »Für einen Mann, der wenig bis gar keine Erfahrung mit Frauen hat, verstehe ich sehr viel mehr von ihnen als du.«

»Es tut mir wirklich leid.« Ich zog die Decke enger um mich. »Ehrlich.«

»Mach so etwas nie wieder, ohne es mir vorher zu sagen, Richard.«

»Ich glaube, ich muss jetzt mal meinen Morgenschiss erledigen. Ist das in Ordnung?«

Statt einer Antwort legte er auf.

Ich stieg aus dem Bett und streckte mich. Mein Rücken war

vollkommen verkrampft von der ganzen Fahrerei. Ich ging ins Bad, spritzte mir Wasser ins Gesicht und kippte Winterfresh-Mundspülung hinterher, als erneut das Telefon klingelte.

»Ich putze mir gerade die Zähne, wolltest du das auch noch wissen?«

Stille.

»Julien?«

»Nein, hier ist Anne.«

Mein Magen zog sich zusammen. »Oh, ach so! Hi! Ich hatte gerade aufgelegt, darum dachte ich ... Julien war sehr ... er ist momentan nicht gut auf mich zu sprechen, weil ich das Bild zurückholen wollte, ohne ihm vorher Bescheid zu geben.«

»Richard, ich habe ein Problem. Ich komme zurück.«

Winterfresh, wie trägst du mich auf deinen minzigen Flügeln der Liebe! Âne, mein kleiner Esel, kommt zu mir zurück!

»Das ist toll!«

»Ich sagte, ich habe ein Problem«, schnaubte sie. »Es geht um meinen Fall. Die Sache fliegt uns um die Ohren.«

Ich zwang mich, gründlich zu überlegen, bevor ich antwortete. Ich musste derjenige sein, zu dem sie zurückkam. Dem sie sich anvertraute.

»Was ist passiert? Was ist los?«

Sie schwieg einen Moment lang. »Na ja, zunächst einmal ist die Korrespondenz des Präsidenten von der Auchan-Supermarktkette an die Öffentlichkeit gelangt. Darin schreibt er, die Frauen aus Lille seien schwachsinnig. Und er bezeichnet sie als Schlampen.«

»O Scheiße.«

»Schriftlich. In einem Fax! In der Firmenkorrespondenz, die an die Weinabteilungen aller Supermärkte ging. Es ist ...« Sie fasste sich wieder. »Und wie es aussieht, hat sich Guigou auf ihre Seite geschlagen.«

»Moment mal? Die Gesundheitsministerin?«

»Anscheinend hat sie ein Kommuniqué vorbereitet, in dem sie erklärt, dass man den Kunden einen schlechten Dienst erweise, wenn man Informationen zurückhalte. Außerdem wolle sie alles Nötige unternehmen, um in Zukunft die Gesundheit der Frauen zu sichern, weil Frauen die Zukunft seien, bla, bla, bla.«

»Scheiße«, wiederholte ich.

»Richtig. Und zwar Riesenscheiße. Also hat man mich nach Paris zurückbeordert. Wir müssen die Verteidigung grundlegend überarbeiten.«

Ganz ruhig, Richard, sagte ich mir. Sie ist durcheinander.

»Das tut mir sehr leid. Ich weiß ja, wie dringend du den Urlaub brauchst.«

»Nein. Du freust dich. Das merke ich genau.«

Ich schluckte. »Kann ich irgendwas für dich tun?«

»Ja. Das kannst du wirklich. Meine Eltern kümmern sich um Camille und bringen sie am Ende der Ferien nach Paris. Sie wird eine schöne Zeit bei ihnen haben. Aber die Kanzlei wird gerade renoviert. Daher muss ich von zu Hause aus arbeiten.«

»Ich gehe dir aus dem Weg. Was immer du willst.«

»Nein, hör zu, ich werde nicht allein arbeiten. Wir müssen … wir werden rund um die Uhr beschäftigt sein. Daher brauche ich …« Sie zögerte. »Wir haben eine Menge zu bereden, Richard, aber in dieser Woche muss ich mich ganz auf die Arbeit konzentrieren. Ich brauche meinen Frieden.«

Ich griff in die Bettdecke und verdrehte sie. »Willst du damit sagen, dass ich ins Hotel gehen soll?«

»Keine Ahnung. Ich meine, ja, offensichtlich schon. Aber meine Kollegen sollen nicht glauben, dass mit uns etwas nicht stimmt, verstehst du? Ich will nur …« Sie verstummte. »Ich fahre gleich nach dem Frühstück los. Wenn ich zu Hause bin, sehen wir weiter.«

Ich ließ die Decke los. »Na schön. Soll ich Mittagessen kochen?«

Erneut Stille.

»Ich weiß nicht. Nein. Ich besorge mir ein Sandwich. Richard … ich muss so tun, als wärst du gar nicht da. Sonst stehe ich das nicht durch.«

Ich sagte, sie solle vorsichtig fahren, und sie sagte, bis bald. Mit »bald« konnte ich leben. Dieses »bald« trieb mich aus dem Bett.

15

In Providence war ich mit einer Gruppe Graffitikünstler befreundet, die sich die Danger Five nannten. Sie waren eher esoterisch als gefährlich und hatten sich darauf spezialisiert, Szenen aus Kinderbüchern abzubilden, in denen ein gewisser Horror mitschwang. Eine ihrer Lieblingsszenen stammte aus *Unten am Fluss* von Richard Adams: Das schmächtige Kaninchen Fiver steht auf den Hinterbeinen vor einem Stacheldrahtzaun und schickt sich an, über das Feld zu rennen, um seine Familie vor den Menschen zu warnen, die ihr Gehege bedrohen.

Da ich mehr oder weniger großen Respekt vor Menschen mit Dienstmarken habe, hatte ich mich selbst nie mit Graffiti beschäftigt, doch das sollte sich an diesem Morgen ändern. Ich wollte Anne bei ihrer Rückkehr mit einer eindeutigen Botschaft begrüßen.

Die meisten Menschen waren noch im Urlaub, darunter auch viele Polizisten, deshalb war ich ziemlich zuversichtlich, dass ich bei der Umsetzung meines Plans nicht verhaftet werden würde. Auf dem Rückweg vom Baumarkt kaufte ich alle erforderlichen Zutaten für ein phänomenales Entenconfit, außerdem eine Auswahl von Annes Lieblingskäse und den obszön teuren Birnensaft, den sie so gern mochte. Und Blumen: drei Sträuße Rittersporn und zwei Sträuße Freesien. Unser Haus würde nach Neuanfang aussehen und duften. Unser Haus würde nach Frühling duften.

Ich wollte die Sache selbstbewusst angehen. Wenn ich einfach anfing, den Gehweg vor unserem Haus mit Graffiti zu bemalen, würden die Passanten denken, ich hätte das Recht dazu. So läuft das eben. Wenn man Dinge in aller Öffentlichkeit tut, mischt sich niemand ein. Schwierig wird es erst, wenn man sie klammheimlich macht.

Da ich unter Druck besonders vorsichtig arbeite, zeichnete ich das Bild mit Kreide vor. Es war nicht sonderlich kompliziert: das Wort *Ich* und ein Herz und die Zeichnung eines Esels: Ich liebe Âne. Ich beschloss, das ganze Ding in grellem Rosa zu gestalten. Wenn schon, denn schon.

Ich fügte gerade die Schleife hinzu, die der Esel in Annes Zeichnungen immer um den Schwanz trug, als ich jemanden hinter mir bemerkte. Doch statt einer gutbürgerlichen alten Dame mit frechem Hündchen sah ich mich der dunkelblauen Uniform eines französischen Polizisten gegenüber.

»Guten Tag.«

Ich schluckte. *»Bonjour.«*

»Dürfte ich fragen, was Sie da tun?«

»Ja.« Ich verschloss die Spraydose. »Das ist mein Haus.«

»Das ist Ihr Haus?« Er deutete darauf. »Können Sie sich ausweisen?«

Ich wühlte in meiner Brieftasche.

Er warf einen Blick auf meine *carte de résident*. »Verstehe. Und der Gehweg gehört Ihnen auch?«

Ich schaute auf das fragliche Objekt.

»Ähm, nein.«

»Dürfte ich fragen, weshalb Sie ihn dann verunstalten?«

»Ach so … das ist für meine Frau. Hochzeitstag. Sie heißt Anne. Daher der Esel, *âne*.«

»Malen Sie oft Esel?«

»Wie bitte?«

»Ob Sie dieses Tier oft malen.«

»Eigentlich nicht. Ich meine, manchmal schon, zusammen mit meiner Frau. Ich bin Künstler.«

»Aha.« Er notierte sich etwas. »Und Ihre Frau ist ebenfalls Künstlerin?«

»Nein.« Da ich sie nicht herabsetzen wollte, fügte ich hinzu: »Nun, sie zeichnet Karikaturen.«

Er notierte sich wieder etwas. »Wenn Sie jetzt bitte so freundlich wären, mitzukommen.«

»Mitkommen? Wohin?«

»Aufs Revier. Ich möchte Ihnen ein paar Fragen stellen.«

»Könnten Sie nicht ... könnten Sie nicht einfach ein Bußgeld verhängen?«

»Oh, keine Sorge«, sagte er lächelnd. »Das kommt noch. Aber ich möchte Ihnen ein paar Fragen über Ihre letzten Aktivitäten hier in der Gegend stellen.«

»Aktivitäten?«

»Ja. Über Ihre sonstige Arbeit.«

»Es tut mir leid, aber Sie können mich nicht einfach zwingen, mitzukommen.«

»Da Sie öffentliches Eigentum beschädigen, kann ich das durchaus.«

»Dauert es lange?« Ich warf einen Blick zum Haus.

»Ob es lange dauert?« Er lachte. »Darüber hätten Sie nachdenken sollen, bevor Sie sich am Gehweg zu schaffen gemacht haben.«

Und so fand ich mich kurze Zeit später auf dem örtlichen Polizeirevier wieder, in einem staubigen Büro, vor dessen Tür tatsächlich ein Polizist auf einem Klappstuhl Wache hielt.

Wie sich herausstellte, wollten sie meine Verbindung zu einer neuen Gruppe Graffitikünstler namens Jackasses überprüfen, die an gut sichtbaren Stellen in Paris verletzte Esel gesprayt hatte.

»Unserer Ansicht nach sind es englische Muttersprachler«, sagte Paul, der Polizist, der mich hergebracht hatte. »Aber warum Esel? Wegen der Demokraten? Sie haben Schusswunden, aus denen Öl tropft. Wissen Sie etwas darüber?«

Ich wusste jedenfalls, dass ich ganz schön eifersüchtig auf diese Emporkömmlinge war und mich geradezu schämte für meinen grellrosa Esel, der halbfertig vor meinem Haus auf dem Gehweg prangte. Jemand war mir bei der Irakkunst zuvorgekommen.

»Die Jackasses haben eine Menge öffentliches Eigentum beschädigt. Wir wären geneigt, uns in Nachsicht zu üben, wenn uns jemand mehr Informationen über sie liefern kann.«

»Ich wünschte, ich könnte Ihnen helfen, aber das hier ist ein Missverständnis. Ein lächerlicher Zufall. Meine Frau, die Anne heißt, hat während des Studiums Esel gezeichnet. Sie verstehen?«

»Das erwähnten Sie bereits.«

»Also … wir hatten Streit. Ich wollte die Sache nur in Ordnung bringen. Sie kommt heute von einer Reise zurück, und ich wollte sie damit überraschen.«

»Und wohin ging diese Reise?«

»In die Bretagne. Zu ihren Eltern.«

Er nickte und schrieb sich etwas auf.

»Tut mir leid.« Ich rutschte auf dem Stuhl hin und her. »Bekomme ich wirklich Schwierigkeiten?«

Er betrachtete den Papierstapel auf seinem Schreibtisch. Er hatte meinen Ausweis fotokopiert; er hatte die Homepage von Juliens Galerie ausgedruckt, auf der zurzeit das Hochglanzfoto einer in Latex gekleideten Catwoman mit einem Lichtschwert im Hintern zu sehen war.

»Haben Sie einen Anwalt?« Er faltete die Hände auf der Tischplatte.

»O Mann. Ja.«

Er schob mir ein klobiges schwarzes Telefon hin. Dann pulte er etwas aus seinen Zähnen. Und dann sagte er: »Sie sollten lieber anrufen.«

Anne kam zwei Stunden später in einem Businesskostüm herein, das sie ganz sicher nicht auf der Fahrt nach Paris getragen hatte. Ich nannte es ihren »Killerlook«: eine ziemlich weit ausgeschnittene cremefarbene Bluse mit angenähter Krawatte, ein marineblauer Blazer samt passendem Bleistiftrock und dazu zehn Zentimeter hohe Peeptoe-Schlangenlederpumps. Ich sah, wie der Beamte rot wurde, als sie auf uns zukam.

»Hallo.« Sie streckte die Hand aus. *»Chéri.«* Sie lächelte mich liebreizend an. *»Ça va?«* Sie küsste mich neben den Mund.

Ich versuchte, den freudigen Schock aus meinem Gesicht zu vertreiben. »Mir geht's gut.«

»Ist das etwa Ihre Anwältin?«, erkundigte sich der Polizist.

»Ja. Und meine Frau.«

»Anne-Laure de Bourigeaud, Rechtsanwältin«, verkündete sie und reichte ihm ihre Karte. »Und das hier habe ich auch mitgebracht.« Sie holte einen Stapel Zeitschriften aus ihrer Aktentasche: die Comics, die sie damals auf dem College selbstveröffentlicht hatte. »Wie Sie sehen, ist der Esel schon seit geraumer Zeit ein privater Scherz zwischen uns.«

Der Mann blätterte durch die erste Ausgabe.

»Wow. Sie zeichnen wirklich toll.«

»Mit allem Respekt, aber was genau wird meinem Mann vorgeworfen?«

Er klappte das Heft zu und griff nach dem nächsten.

»Beschädigung öffentlichen Eigentums, organisiertes Fehlverhalten. Den zweiten Punkt würden wir jedoch fallenlassen, sollte sich herausstellen, dass Sie nicht zu dieser Gruppe gehören.«

»Nun, ich kann Ihnen versichern, dass wir nicht zu dieser Gruppe gehören.« Sie deutete auf die Hefte. »Es war nur ein kleiner Fehltritt meines Mannes. Und wie ich hörte, hat er wasserlösliche Farbe benutzt. Sobald wir nach Hause kommen, werden wir das Bild wegwischen. Es kommt nicht wieder vor.«

Der Polizeibeamte biss sich auf die Lippe. »Sie können sicher nachvollziehen«, Anne warf einen Blick auf das gerahmte Foto von Frau und Kind auf dem Schreibtisch, »was Männer so alles tun, wenn sie bei ihrer Frau in Ungnade gefallen sind.«

»Gott, ja«, murmelte er.

»Ich würde der Gesundheitsministerin auf jeden Fall mitteilen, wie sehr Sie sich für die Sauberkeit unserer Stadt einsetzen.«

Seine Augen leuchteten auf.

»Haben Sie eine Visitenkarte?«

»Na sicher. Hier!«

Anne schob sie in ihre Aktentasche und bedachte ihn mit einem strahlenden Lächeln. Wie von Zauberhand wurde er weicher, seine Körperhaltung entspannte sich, er verschränkte sogar kurz die Hände hinter dem Kopf, bis ihm klar wurde, wie unangemessen diese Position war.

»Nun, Madame de Bourigeaud, wenn Sie uns versichern, dass es nicht wieder vorkommt –«

»Ich gebe Ihnen mein Wort.«

»Dann könnten wir ihn mit einem Bußgeld davonkommen lassen. Aber Sie müssen es entfernen, sobald Sie zu Hause sind.«

»Betrachten Sie es als erledigt.« Sie streckte die Hand aus. »Und danke noch einmal für Ihren Einsatz.«

»Gleichfalls.«

Anne schenkte mir ein gewinnendes Lächeln. Wie aufs Stichwort erhob ich mich. Wir verließen das Büro, als marschierten wir in den Sonnenuntergang, doch sobald wir draußen auf dem Gehweg standen, ließ sie meinen Arm los.

»Ich muss den Mietwagen zurückgeben.« Ihre Stimme klang völlig emotionslos.

Ich biss mir auf die Lippe. »Du bist also zuerst nach Hause gefahren? Um die Hefte zu holen?«

»Offensichtlich.« Sie strich ihren Rock glatt. »Ich brauchte doch Beweismaterial.«

»Du hast es also gesehen?«

Sie blieb abrupt stehen. »Das habe ich nun wirklich nicht gemeint, als ich sagte, ich müsse mich konzentrieren. Dass ich dich aus dem *Gefängnis* raushole.«

Ich nickte. »Aber du hast es gesehen?«

Sie schaute mir in die Augen. Sie sah eher müde als zornig aus.

»Eins nach dem anderen, Richard. Eins nach dem anderen.«

Als wir zu Hause ankamen, musste ich den Esel töten. Anne sagte, ich solle in der Küche warten, dann holte sie eine Bürste, ein kleines Handtuch, einen Eimer und ein ultragiftiges französisches Allzweckelixier namens Weißer Geist aus der Waschküche.

»Ich weiß die Geste zu schätzen. Ehrlich.«

Sie reichte mir den Eimer.

Als die grellrosa Farbe blutend in die Gehwegfugen sickerte, erlaubte ich mir den Gedanken, dass Anne der Anblick gefallen hatte. Ein Esel als Zeichen, als augenzwinkerndes Graffiti. Origineller als eine Schachtel Pralinen, selbst wenn ich deswegen fast hinter Gittern gelandet wäre.

Doch als ich mit der Bürste am halbfertigen Schwanz des Esels angelangt war, wanderten meine Gedanken zu den Jackasses, den anonymen Missetätern, die vor mir auf den Zug der politischen Kunst aufgesprungen waren. Wochenlang hatte ich nach einem persönlichen Ansatz für ein Irakprojekt gesucht, aber alle Einfälle waren entweder krebserregend (in Benzin brennende britische und amerikanische Lebensmittel) oder Matthew-Barney-mäßig ambitioniert (die Nachstellung der olympischen Schwimmwettbewerbe in einem Becken voller Blut). Und ich war nicht Matthew Barney. Ich war ein jämmerlicher, bemitleidenswerter Wichser, der einen rosa Esel von der Straße schrubbte und weder einem überzeugenden Kunstprojekt noch der Rückeroberung seiner Frau auch nur einen Schritt näher gekommen war.

Nachdem ich meinen unvollendeten Liebesgruß entfernt hatte, kehrte ich ins Haus zurück, wo Anne mir die Ente zum Aufwärmen in den Ofen und einen frischen Salat auf den Tisch gestellt hatte. Ich räumte die Putzsachen weg und blieb unten an der Treppe stehen. Dort hing ein Zettel:

R – muss im Arbeitszimmer essen. Zu viel Arbeit. Hab Bettwäsche ins Gästezimmer gelegt. Können Freitag reden.

»Abendessen?«, rief ich in Richtung ihres Büros. »Freitag? Egal wo?«

Eine Minute später bekam ich eine SMS: *Nein, Richard. Nur reden.*

Das Gästezimmer in unserem Haus wird wie die meisten Gästezimmer selten von Gästen benutzt. An Regentagen spielt Camille gern mit dem Krimskrams, den wir in einer Kiste vor dem Bett aufbewahren, doch ansonsten ist der Raum eine neutrale Zone, die Anne oder ich nutzen, wenn wir aus irgendwelchen Gründen – Schlaflosigkeit, Ärger, Krankheit – das Ehebett meiden.

Gegenüber vom Bett stand ein alter Fernseher, der nur VHS-Kassetten abspielen konnte. Sie befanden sich in der Anrichte, eine wahre Fundgrube des schlechten Geschmacks: *Crocodile Dundee, Mannequin, Die Nacht der Abenteuer* und natürlich die Mutter aller romantischen französischen Komödien, untermalt mit einem Gitarrensynthesizer, der große Durchbruch für Sophie Marceau: *La Boum – die Fete*.

Als Camille noch ein Baby war, kamen wir in Nächten, in denen wir wegen der x-ten aufgewärmten Flasche, dem ständigen Umhertragen und den unablässigen Gutenachtliedern aus dem Bauch ihres Aufziehteddys nicht wieder einschlafen konnten, in dieses Zimmer, kuschelten uns unter eine Daunendecke und schauten den Anfang eines alten Films. Anne findet Schrottfilme beruhigend. Wenn Andrew McCarthy – der sensible Bildhauer, dessen Arbeit die Welt nicht versteht – und Kim Cattrall – die Reinkarnation einer alten Ägypterin – fünfzehn Minuten durch ein Einkaufszentrum laufen, spüre ich Anne förmlich schnurren und ihren Körper schwer gegen meinen sinken.

Als ich die Filme betrachtete, die wir uns so oft angesehen hatten, kapitulierte ich beinahe vor der starken Anziehungskraft, die Annes Büro auf mich ausübte. Dort saß sie noch immer und arbeitete. Ich wollte aufstehen und zu ihr gehen und verlangen, dass wir das Schwerste hinter uns brachten. Doch ich kannte ihre Arbeitsweise. Ich hatte erlebt, wie sie sich von ihrem eigenen Vater und anderen emotionalen Ablenkungen abschottete, damit die Arbeit nicht darunter litt. Wenn ich sie jetzt unterbrach und ihr eine Diskussion aufzwang, die sie nur weiter verletzte, würde sie heute Nacht nicht schlafen können und in den kommenden Tagen noch wütender auf mich sein.

Ich schlief länger als geplant, weil mich Annes Wecker nicht störte und Camille nicht zu Hause war. Als ich aufwachte, hörte ich Leute im Haus. Nachdem ich das Bett gemacht und alle Beweise für meine Übernachtung im Gästezimmer beseitigt hatte, ging ich unter die Dusche und kleidete mich bewusst wie ein Mann, der völlig unfähig zu ehelicher Untreue ist. In meinem Fall erforderte dies eine Khakihose.

Ich ging langsam die Treppe hinunter und analysierte die Gerüche und Geräusche im Haus. Jemand hatte Kaffee gemacht, aus dem Wohnzimmer drangen fröhliche Frauenstimmen. So munter klang man nur mit Koffein intus, und ich war zuversichtlich, dass ich in die Küche gelangen und mit einer Tasse Kaffee wieder nach oben verschwinden konnte, ohne auf irgendwelche Staranwälte zu treffen.

Doch als ich den Fuß auf die unterste Stufe setzte, bemerkte ich einen hochgewachsenen Mann an meinem Spülbecken. Hochgewachsen ist noch untertrieben; er war ein beschissener Mammutbaum. Er hielt eine Kaffeetasse in der Hand und schaute aus meinem Fenster.

Da er anscheinend nicht nur übermenschlich groß war, sondern auch über ein übermenschliches Gehör verfügte, drehte er sich um, noch bevor mein Fuß die Küchenfliesen berührte.

»Oh!« Er stellte die Tasse ab. *»Bonjour!«*

In Frankreich gibt es keine naturblonden Menschen – der Typ musste Belgier sein. Er kam mit einem gänzlich unfranzösischen Enthusiasmus auf mich zu und schüttelte mir die Hand.

»Ich bin Thomas. Freut mich sehr, Sie endlich kennenzulernen.«

Ich kratzte mich am Kopf. Die Synapsen und Neuronen in meinem Gehirn schickten mir Nachrichten, mit denen ich noch nicht klarkam. Grüne Augen, volle Lippen, jungenhafter Haarschopf. Dieser Kerl war nicht nur größer und jünger als ich, sondern auch unverschämt attraktiv.

»Die Freude ist ganz meinerseits.« Ich warf einen Blick auf die Tasse, aus der er getrunken hatte. Es war eine meiner Lieblingstassen, rot mit der weißen Aufschrift *Jacobsen macht, was Sie sich von Ihrem Rasenmäher wünschen.* »Sind Sie neu hier?«

»Relativ. Man hat mich vor einigen Monaten aus der Luxemburger Kanzlei hierherversetzt.«

»Hm«, sagte ich und versuchte mir zusammenzureimen, weshalb meine Frau, die Veränderungen innerhalb der Kanzlei für gewöhnlich mit einem Megaphon bekanntgab, die Ankunft von Thomas bei Savda & Dern nicht erwähnt hatte. »Sie sind also Luxemburger?«

Er nickte und deutete auf meine Kaffeemaschine. »Möchten Sie auch welchen?« Er griff nach einer Tasse. Ich nickte und sah zu, wie Barbie-Ken mir Kaffee servierte.

»Ich komme aus Antwerpen. Milch?«

»Nein, danke.« In diesem Augenblick erschien es mir strategisch wichtig, meinen Kaffee schwarz zu trinken.

»Oh!« Anne war mit zwei leeren Gläsern und einer Tasse im Türrahmen aufgetaucht. »Wir wollten gerade noch welchen kochen. Thomas, Richard, habt ihr euch schon bekanntgemacht? Thomas wurde vor kurzem nach Paris versetzt …«

Sie sagte mit Sicherheit noch mehr, aber ich konzentrierte mich sowohl auf ihr Outfit, ein enganliegendes rosenblütenfarbenes Kaschmirkleid, das ich noch nie an ihr gesehen hatte, wie auch auf die Tatsache, dass sie entgegen ihrer üblichen Kleiderordnung keinen Blazer trug. Sie hatte Highheels an, die, wie ich erleichtert bemerkte, zwar nicht neu waren, für neun Uhr morgens allerdings recht hohe Absätze aufwiesen.

Anne küsste mich auf die Wange und wünschte mir einen

guten Morgen, womit sie den ersten Akt des Stücks *Glücklich verheiratet* eröffnete. Ich reagierte, indem ich anbot, das Kaffeekochen zu übernehmen (»du brauchst nicht zu warten, ich bringe euch die ganze Kanne«). Nachdem ich das erledigt hatte und einer ähnlich attraktiven Anwaltsgehilfin namens Selena vorgestellt worden war, zog ich mich in die Küche zurück und aß eins der Croissants, die der »liebe Thomas« mitgebracht hatte.

Die Begegnung mit dem Belgier ließ mich schockiert erkennen, wie selten wir im grauen Paris neue Leute trafen. In London und den Staaten erweiterte sich der Freundeskreis ständig; dort war er ein pulsierendes Etwas, das sich ausdehnen und Menschen jeder Größe und jeden Geschlechts aufnehmen konnte. Dort galt es als aufregend, neue Menschen kennenzulernen und die alten Freunde zu ersetzen, falls sie einem langweilig geworden waren.

In Paris hingegen waren wir immer mit denselben Leuten zusammen. Und keiner von ihnen war alleinstehend. Falls sie nicht direkt mit uns verwandt waren, dann durch ihren Lebensstil: verheiratet, ein oder zwei Kinder, beide berufstätig, Möbel von Ikea bis auf den Zweisitzer, den sie auf einem Wochenendtrip nach Soundso entdeckt hatten, bla, bla, bla.

Wenn ich allein im ersten Stock herumlungerte, würde sich meine Angst nur verstärken, also fragte ich Anne, ob ich ihnen etwas fürs Mittagessen mitbringen sollte. Ich bekam zur Antwort, dass sie auswärts essen würden, woraufhin ich mich – erschöpft, besorgt, unruhig – aus der verfluchten Khakihose schälte, Jeans und neonfarbene Turnschuhe anzog und überstürzt aus meinem eigenen Haus floh.

16

Ich legte den Weg ins 6. Arrondissement halb gehend, halb laufend zurück und sah Julien zu meiner Überraschung schon im Premier Regard, obwohl die Galerie erst in einer Stunde öffnete.

Er schloss mir die Tür auf. »Du hältst nicht viel von Telefonieren, was?«

»Haben sie sich gemeldet?«, fragte ich atemlos.

»Wer, die Leute, die du berauben wolltest?« Ich folgte ihm zum Schreibtisch. »Nein. Darum habe ich auch eine offizielle Entschuldigung aufgesetzt. Allerdings hatte ich gehofft, dass du einen persönlichen Begleitbrief dazu schreiben könntest, einen, der von Herzen kommt. Wenn diese Leute tatsächlich solch große Sammler sind, würde ich sie nämlich gern als Kunden behalten.«

Er schob mir seinen Laptop herüber, damit ich sehen konnte, was er geschrieben hatte.

Sehr geehrte Herren,
im Namen des Teams der Galerie Premier Regard möchten wir unser tief empfundenes Bedauern über das Missverständnis in der vergangenen Woche ausdrücken.

Wir sind seit über einem Jahrzehnt im Geschäft und stolz darauf, mit einigen der renommiertesten zeitgenössischen Ma-

ler wie auch einer spannenden Auswahl an Nachwuchstalenten aus allen Kontinenten zusammenzuarbeiten. Als Kunstliebhaber können Sie sich gewiss vorstellen, dass einige unserer Künstler über ein schöpferisches Talent verfügen, das sich auf vielfältige Weise äußert. Gelegentlich erscheint es gar unangemessen oder ungewöhnlich. Wir hoffen, dass Sie Richard Haddon seinen ungeplanten Besuch in Ihrem Heim als Zeichen seiner ungezügelten Kreativität verzeihen. Auch möchten wir uns für die vielen Unannehmlichkeiten entschuldigen, die Ihnen dadurch entstanden sind, und hoffen, dass Sie unsere Galerie bei Ihren nächsten Besuchen in Paris weiterhin als Ihr kreatives Heim betrachten.

»Was bitte soll ich dem noch hinzufügen? Soll ich fünfzigmal ›Es tut mir leid‹ schreiben?«

»Keine Ahnung«, erwiderte er entnervt. »Schreib einfach irgendwas. Ich will eine persönliche Note.«

Ich gab ihm den Computer zurück, schnappte mir ein Blatt Papier und schrieb meine Lieblingspassage aus Kerouacs *On The Road* ab, die ich bei Geburtstags- und Hochzeitskarten gern statt eigener Worte verwendete.

»Denn die einzigen Menschen, die mich interessieren, sind die, die nie gähnen oder Phrasen dreschen, sondern wie römische Lichter die ganze Nacht lang brennen, brennen, brennen.«

Es tut mir leid. Danke für Ihre Gastfreundschaft, für Ngendo und den Tee.

Herzlich,
Richard Haddon

»Was ist Ngendo?«, fragte Julien, während er meine Zeilen durchlas.

»Das habe ich dir doch erzählt, die Skulptur! Egal. Ich habe ein Problem. Ich habe einen Belgier im Haus.«

Er sah mich prüfend an. »Ach ja?«

»Anne ist nach Paris zurückgekommen. Ein Notfall in der Kanzlei. Und jetzt hat sie ein Team lächerlich gutaussehender Juristen in unserer Küche versammelt.«

»Ihr seid also wieder zusammen?«

»Ja. Und nein. Sie ist zu sehr mit dem Fall beschäftigt, um über andere Dinge zu reden.«

»Deine Frau will nicht mit dir über die Tatsache reden, dass du sie betrogen hast, aber du bestehst darauf? Sorry, habe ich da irgendwas nicht mitbekommen? Du bist doch Brite, oder? Solltest du nicht einfach weitermachen, die andere Wange hinhalten und alles unter den Teppich kehren?«

»Ich versuche, meine Ehe zu retten.«

»Indem du deine Affäre zum Thema machst?«

»Aber die Wunde wird nie heilen, wenn wir nicht ehrlich darüber sprechen.«

»*Heilen?*« Er zuckte zusammen. »Mein Gott, geht es dir wirklich gut?«

»Nein«, entgegnete ich verärgert. »Ich brauche etwas, um … Ich will, dass du dir die Sache mit dem Irak noch mal überlegst.«

Ich sah, wie er die Augen schloss. »Du hast die richtige Klientel dafür. Briten, Amerikaner, Franzosen …«

»Wir haben doch darüber gesprochen. Ich dachte, ich hätte mich klar ausgedrückt.«

»Du hast gesagt, du traust mir politische Arbeiten nicht zu.«

»Nein, ich habe gesagt, dass du es *hier* nicht verkaufen kannst. Ich habe dich wegen der Ölgemälde genommen, Richard! Sie sind fast alle weg! Mach deinen politischen Kram ruhig in der Öffentlichkeit. In einem besetzten Haus. Vertreten kann ich dich dabei nicht.«

»Im Grunde sagst du also, ich soll mir eine andere Galerie suchen?«

»Für deine Installationen? Ja. Aber deine Ölgemälde lässt du bitte hier. Verarsch mich nicht.«

»Du verarschst *mich*.«

»Jetzt komm mir nicht auf die Tour, nur weil ich pragmatisch denke. Du bist nicht bekannt genug, um herumzurennen und jedes Projekt zu machen, das dir in den Sinn kommt. Die Leute werden dich für verrückt erklären.«

»Danke für dein Vertrauen.« Ich stand auf. »Ich dachte, du wärst mein Freund.«

»Richard –«

»Ich werde es dir zeigen. Dann gehe ich eben zu Sabounjian.«

»Zu Azar?« Er lachte. »Nur zu. Er hasst mich. Du glaubst, ich wäre hart? Viel Glück mit ihm!«

»Ich kann das tun. Ich muss es tun.«

»Dann mach es doch! Genau das ist dein Problem, Richard: Die ganze Zeit jammerst und analysiert du alles, dabei steht dir gar keiner im Weg! Geh doch zu Sabounjian! Geh zu Saatchi! Geh meinetwegen zu Gagosian! Ich habe dich unterstützt, und jetzt willst du mich verarschen. Du bist hier der beschissene Freund, nicht ich.«

Ich hatte die Zähne so fest aufeinandergebissen, dass ich meine bebenden Schultern spürte. Mir gingen tausend Dinge gleichzeitig durch den Kopf, aber je länger sie unausgesprochen blieben, desto klarer wurde mir, dass mein bester Freund und ich uns gerade anschrien.

Also ließ ich Julien mit seinem säuerlichen Kaffee, mit seinem neuen Haarschnitt, den ich noch gar nicht kommentiert hatte, und mit seinem Glauben an Markentreue und Vorhersehbarkeit an seinem unaufgeräumten Schreibtisch zurück.

Eigentlich war ich so wütend, weil ich fürchtete, er könnte recht haben. Vielleicht war ich tatsächlich nicht in der Lage dazu, etwas Gewagtes zu erschaffen, vielleicht hatte ich es einfach nicht drauf. Vielleicht würde man sich wirklich über mich lustig machen und mir das Gefühl geben, überflüssig zu sein, wenn ich es versuchte. Vielleicht würden meine Frau und meine Kritiker allesamt recht behalten.

Damit Anne-Laure in Ruhe arbeiten und ich den Streit mit Julien verdrängen konnte, lief ich den Rest des Tages durch Paris und versuchte nachzudenken. Ich schaute mir eine romantische *Komödie* an, die von der aufkeimenden Liebesaffäre zwischen dem jungen Romain Duris und einer älteren verheirateten Frau handelte. Er brach seiner Liebsten zu Hause das Herz und die ältere Frau beschloss, ihren Mann nicht zu verlassen. Die ganze sinnlos vergeudete Energie stimmte mich düster.

Nach dem Film trottete ich zum Befehlsstand der alternden Schickeria, einem vergoldeten Fisch- und Cocktailpalast namens Dôme. Ich bestellte ein stark überteuertes Gericht mit Krabben und eine halbe Karaffe Rosé, eine ungewöhnliche Wahl für diese Jahreszeit, was mein geschulter Kellner taktvoll ignorierte. Ich hob mein Glas auf die schäbigen Baronessen mit den auberginefarbenen Haaren und prostete grauenhaften Rechtskonservativen zu, die akkurat gebügelte rosa Hemden trugen. Jedem Topf sein Deckel.

Gegen fünf kehrte ich nach Hause zurück, leicht beschwipst, aber insgesamt optimistischer gestimmt. Falls Annes Kollegen ihr Arbeitsethos teilten, waren sie vermutlich noch da, und da Anne und ich um eben dieser Kollegen willen nett zueinander sein mussten, hoffte ich, dass es so wäre.

Womit ich nicht gerechnet hatte, war ein schuhloser Thomas, der sich auf meinem Sofa ausruhte. Neben ihm standen ein Teller mit Käsestreifen und ein Glas Chablis. Der Couchtisch war zwar mit Papier und Akten übersät, und Thomas hatte es sich mit dem scheinbar größten, am perfektesten gebundenen Manuskript der Welt auf dem Sofa gemütlich gemacht, aber er hätte dennoch den Anstand besitzen können, die Schuhe anzulassen.

Während ich im Türrahmen stand und den Leviathan von einem Mann anglotzte, kam Anne aus der Küche. Ich könnte auch sagen, sie *stolzierte* heraus. Ihr Gesicht strahlte, ihre Augen waren heller als sonst, doch als sie mich erblickte, verwandelte sich ihre Miene in einen Hurrikan der Kategorie zwei.

»Oh.« Sie umklammerte die Packung mit Kräckern und Lachs-Tarama in ihrer Hand. »Du bist wieder da.«

»Ich bin so lange wie möglich weggeblieben.« Thomas hatte endlich meine Ankunft zur Kenntnis genommen und machte sich – o Wunder! – daran, seine Slipper anzuziehen. »Irgendwann wurde mir kalt.«

»Natürlich. Wir wollten nur – wir haben noch gearbeitet, aber, du weißt schon, es war ein langer Tag.«

»Kommt ihr voran?« Ich ging ins Wohnzimmer und ergriff die ausgestreckte Hand von Thomas, der inzwischen aufgestanden war.

»Wir kommen definitiv voran.« Er war sehr rot geworden. »Man sollte meinen, es wäre einfach, aber …« Er schüttelte den Kopf.

»Ich weiß.« Anne griff nach ihrem Weinglas. »Es ist doch nur Wein!« Sie setzte es an die Lippen und trank es aus. »Möchtest du auch welchen?«

»Sicher.«

Anne ging hinaus, um mir ein Glas zu holen. Ich schaute

zum Tisch und bemerkte, dass dort definitiv nur zwei Teller und zwei Gläser standen.

»Wo ist denn Selena?«

»Sie musste ihre Tochter aus der Kita abholen.«

»Oh. Sie haben keine Kinder?«

Er setzte sich wieder hin und griff nach seinem Glas, was ich unhöflich fand, da ich selbst keines hatte. »Noch nicht.«

»Haben Sie eine Frau?«

Wieder dieses Lächeln. »Noch nicht.«

Ich sah zu, wie er trank. Diese Lippen! Ich biss mir auf den Lappen Fettgewebe, der bei mir als Unterlippe durchging und der geschrumpft war von zu vielen Zigaretten, falschen Entscheidungen und schlaflosen Nächten.

»Eine Freundin?«

»Nun, ich hatte eine … Aber sie wollte nicht umziehen.«

»Da wären wir.« Anne hatte neuen Wein mitgebracht.

»Das ist aber schade«, sagte ich und griff nach der Flasche.

»Was ist schade?«, wollte sie wissen.

»Das mit Thomas' Freundin.«

»Ach so. Ja, das ist hart. Wenn man nicht umziehen will.«

»Sie steht ihrer Familie sehr nahe.«

Anne und ich drucksten wie zwei Roboter mitfühlend herum, ja, gewiss, das sei schwer. Umzug. Ja.

Wir plauderten angestrengt weiter, und ich konnte nicht abschätzen, ob die wachsende Spannung daher rührte, dass Anne und ich diesem Typen um jeden Preis eine perfekte Ehe vorspielen wollten, oder daher, dass sie tatsächlich noch arbeiten mussten und ich sie daran hinderte.

»Nun.« Ich stand auf. »Ich muss noch was im Atelier erledigen. Wie sieht es mit den Plänen fürs Abendessen aus?«

Meine Frau schaute Thomas an, und es traf mich wie ein Messerstich.

»Wir wollten vielleicht was bestellen, Pizza oder so.« Sie deutete auf den Papierkram auf dem Tisch. »Wir sind noch nicht ganz durch.«

Ich sah, wie Thomas schluckte. Mut, Richard, Klasse.

»Sollen wir was für dich mitbestellen?«, fragte Anne.

»Schon gut«, sagte ich mit gezwungener Fröhlichkeit. »Vermutlich gehe ich noch mal weg.«

Was ich eine halbe Stunde später auch tat. Unter dem Vorwand einer Verabredung.

Dann trank meine Frau eben bei einer Arbeitssitzung, die so gar nicht nach Arbeit aussah, mit einem Doppelgänger von Robert Redford Chablis. Dann wollte mich mein bester Freund in Paris eben lieber als Auftragspinsler haben, anstatt an mich zu glauben. Dann hatte ich eben keine Ahnung, wie ich mit meiner Frau über das, was zwischen Lisa und mir vorgefallen war, sprechen sollte. Ich war Künstler. Ich konnte frei aus meinem Leiden schöpfen. Wenn ich nicht über Dinge reden konnte, konnte ich sie immerhin zeichnen.

In einer nahegelegenen Kneipe quälte ich mich durch zwei unnötige Gläser Stella Artois und zeichnete einige Entwürfe für ein Irakprojekt. Begleitet wurden meine Versuche von existentiellem Gekritzel wie *Was bedeutet das alles?* Zwei Stunden später schleppte ich mich heim und fand das Haus verlassen vor. Die Lampen waren ausgeschaltet, die Gläser weggeräumt, die Papiere vom Couchtisch verschwunden. Ich suchte im Wohnzimmer und in der Küche nach einer Nachricht, fand aber keine. Dass Anne keinen Hinweis hinterlassen hatte, schmerzte mich mehr als ihre Abwesenheit. Man hinterließ doch verdammt nochmal eine *Nachricht*. Selbst wenn man wütend war. Ich hatte keine Ahnung, was ich mit mir anfangen sollte. Ich wollte nicht, dass sie mich, falls sie zusammen zurückkamen, unten vor dem

Fernseher antrafen. Ich hatte gegessen und war dehydriert und leicht benebelt vom Alkohol. Nachdem ich mich über die Packung Pekannuss-Eis in der Kühltruhe hergemacht hatte, gab es für mich nicht mehr viel zu tun. Also ging ich ins Gästezimmer, um außer Sichtweite zu trauern.

Ich hatte die Tür erst einen Spaltbreit geöffnet, als mir ihre grelle Neonpracht entgegenleuchtete: Ngendo, die Fruchtbarkeitsgöttin, überfiel mich förmlich mit ihren zwölf blauen Titten. An ihrem Kopf klebte ein Zettel.

Ich hatte vergessen, dass das Ding im Wohnzimmer steht, Selena hat sich zu Tode erschreckt.

Könntest du dafür sorgen, dass es irgendwo hinkommt? Ich will es nicht im Haus haben! Wir gehen essen.

Danke. Anne

Das »Danke« haute mich um. Danke wofür? Dass ich mich rargemacht hatte? Doch ich wusste, dass es nur ein Platzhalter für Wörter und Sätze war, die sie normalerweise geschrieben hätte: Ich hoffe, du hattest einen schönen Abend. Ich hoffe, du hast gut gegessen. Tut mir leid, dass so viele Leute im Haus sind. Tut mir leid, dass wir nicht miteinander reden. Tut mir leid, dass es so läuft. Es tut mir leid, was du getan hast.

Ich schluckte, meine Kehle war plötzlich wie zugeschnürt. Ich klebte den Zettel wieder an und tätschelte der guten alten Ngendo den scheußlichen Kopf. Dann ging ich zur Anrichte und holte die abgenutzte Videokassette mit *Crocodile Dundee* heraus. Ich zog mich bis auf die Boxershorts aus und schlüpfte unter die Decke, während Paul Hogan in seiner Macholederweste durchs Outback strich. Ich schaute zu, wie die reizende Linda Kozlowski in ihrem klassischen schwarzen Einteiler mit dem Stringtanga die Wasserflasche füllte. Ich horchte auf die

Haustür. Ich horchte auf Schritte. Ich horchte auf das Klappern von Annes Schlüsselbund.

Doch es kam nichts. Niemand kam. Die Minuten vergingen. Und als die amerikanische Journalistin und ihr Krokodiljäger ins Flugzeug stiegen, das ihn zum ersten Mal nach New York City bringen würde, schlief ich bereits tief und fest.

17

Am nächsten Tag gingen Anne und ich uns so gut wie möglich aus dem Weg. Das juristische Sondereinsatzkommando war wieder da: Thomas, Selena und ein älterer Herr namens Jacques, den ich von den Weihnachtsfeiern der Kanzlei kannte. Sie machten weiter, wo sie am Vortag aufgehört hatten, nahmen das Wohnzimmer in Beschlag und errichteten eine Barackenstadt aus Büchern und Dokumenten. Auf meinen Ausflügen in die Küche schnappte ich Gesprächsfetzen auf. Juristischer Fachjargon, der mir keine Hinweise darauf lieferte, ob sie Fortschritte in Sachen schwangerer Weintrinkerinnen machten: »zulässiges Beweismaterial«, »Wegfall der Gegenleistung«, »Feststellungsurteil«.

Ich verkroch mich den ganzen Tag in meinem Atelier und zeichnete. Irgendwann in der vergangenen Nacht war mir eine brauchbare Idee für ein Irakprojekt gekommen – ein persönlicher Ansatz. Ich war aus einem Albtraum aufgeschreckt, hatte vielleicht sogar noch darin festgesteckt, und angefangen, über die Graffitikünstler mit den Eseln nachzugrübeln. Die wiederum brachten mich auf einen alten Freund, einen bulligen Typen mit dem Spitznamen Didactic, der in England mit seinem Konzept der Reverse Graffiti eine gewisse Berühmtheit erlangt hatte. Ich erinnerte mich, wie ich mit ihm durch den Greenwich-Fußgängertunnel gegangen war, der unter der Themse hindurch in eine Gegend namens Isle of Dogs führt, ein Name, der gut zur schmuddeligen Tunnelatmosphäre passt. Er hatte seinen Hochdruckreiniger, eine Flasche Spülmittel und eine Schuhbürste dabei. Nachdem wir seine Plexiglasschablone an die Wand geklebt hatten, schickten wir uns an, den Bereich drum herum zu reinigen, so dass später einer der psychedelischen Augäpfel in Reverse Graffiti zurückbleiben würde, für die Didactic damals bekannt war.

Obwohl es fünf Uhr morgens war, gingen wir zu ihm nach Hause, um zu frühstücken, und ich erinnerte mich, wie er seine schmutzigen Sachen auszog und sie zusammen mit der Schuhbürste in die Waschmaschine warf. Ich fragte ihn, ob die Bürste nicht schmelzen und der ganze Dreck in seine Kleidung dringen würde. Er stand am Herd, briet uns Eier und Speck und verkündete achselzuckend, das ganze eklige Zeug würde zusammen mit dem Wasser rausgespült.

Das brachte mich auf die Idee, symbolische Gegenstände in Benzin zu waschen. Benzin war krebserregender und ganz gewiss giftiger als Straßenschmutz, aber das galt auch für den Krieg. Als es dämmerte, machte ich mir bereits Notizen. Den ganzen Tag verbrachte ich mit diesen aufregenden Gedanken im Atelier, während sich meine Frau ein Stockwerk unter mir mit ihrem hochkarätigen Juristenteam herumplagte.

Der Trick bestand darin, Gegenstände in Benzin zu waschen, keine Kleidung. Die Absurdität eines solchen Unterfangens würde die wachsende Irrationalität der Suche nach nichtexistenten Massenvernichtungswaffen im Irak widerspiegeln; es wäre Reinigung und Läuterung zugleich, und die gewaschenen Gegenstände wären mit meiner britischen und meiner amerikanischen Vergangenheit verknüpft.

Ich würde zwei Maschinen aufstellen: eine amerikanische und eine britische – falls ich überhaupt noch eine britische auftreiben konnte, Thatcher hatte die britische Industrieproduktion ja mehr oder weniger abgeschafft. Die Gegenstände in den beiden Maschinen würden mit dem jeweiligen Land verknüpft sein. Und das Benzin? Das Benzin käme aus dem Ausland.

Für die Öffentlichkeit wäre es ein Kommentar zu fruchtlosen Bemühungen und Energieverschwendung – sowohl der körperlichen als auch der chemischen Energie durch Verbrennung – zu Plünderung von Ressourcen und teurer Zeitvergeudung. Und für mich wäre es eine sentimentale Bestandsaufnahme vergangener Fehler.

Ich könnte es *WarWash* nennen. Sardonisch und polemisch und mit einem Hauch von Nostalgie. Gewiss, ich musste noch vieles ausarbeiten, und es würde schwer werden, eine Galerie zu finden, die eine Installation mit Gefahrenstoffen zeigte, doch nachdem ich endlich auf etwas gestoßen war, dem ich mich mit Leidenschaft widmen konnte, spürte ich neues Leben in mir. Ich war auf dem richtigen Weg. Ganz sicher. Es lohnte einen Versuch.

Mit gestärktem Selbstbewusstsein plante ich den nächsten Abend, den Abend, den ich mit Anne verbringen würde. Und obwohl sie nicht mit mir essen gehen wollte, gestattete ich mir hier, allein in meinem Atelier, die Verabredung als Rendezvous zu betrachten.

Die Planung eines gemeinsamen Abends, bei dem die eigene außereheliche Affäre besprochen werden soll, ist nicht ganz einfach. Ich ging im Kopf unsere Lieblingsrestaurants durch: Aux Lyonnais, ein Wunderland aus Eiche und geschliffenem Glas, in dem sie alles in Aspik einlegten und in dem es mich nicht überrascht hätte, selbst mein Besteck *en gelée* vorzufinden; Naniwaya, eine japanische Kantine, in der man die Tische miteinander teilte, was ein vertrauliches Gespräch unmöglich machte; La Régalade, in dem ich vor zwei Monaten einen Tisch hätte reservieren müssen.

Nachdem ich meine Erinnerungen, Zeitschriften und überholten Restaurantführer durchgegangen war, beschloss ich, dass wir keine gestelzte Förmlichkeit brauchten. Ich musste Anne einfach nur zum Lachen bringen. Ich wählte drei Restaurants aus – Vorspeise, Hauptgericht, Dessert – und rief dann meinen Vater an.

»Soll ich mit dem Thema anfangen oder sollte ich das besser ihr überlassen?«, fragte ich, nachdem ich ihm meinen Plan dargelegt hatte.

»Na ja, sie hat es ja schon angesprochen, indem sie es herausgefunden hat. Also fängst du an.«

Wir schwiegen lange.

»Viel Glück. Mach's gut.«

Bevor das Juristenteam am Freitag zum Mittagessen ging, passte ich Anne in der Küche ab.

»Das mit heute Abend steht noch, oder?« Ich berührte sie leicht am Arm. »Ich habe etwas ... arrangiert.«

Sie schluckte und stützte sich auf der Arbeitsplatte ab. Ich befürchtete schon, sie hätte es vergessen oder wollte jetzt doch kneifen. Doch stattdessen sagte sie sanft und schwach: »Okay.«

Den Rest des Nachmittags verbarrikadierte ich mich in meinem Atelier, um mir einen Plan zu überlegen. Gegen fünf machten die Juristen Schluss. Ich duschte und wählte ein semiotisches Outfit, das ich im Gästezimmer anzog: ein graues Hemd, das, wie Anne sagte, gut zu meinen Augen passte; ein dunkelblauer Wollblazer, den sie mir auf einer winterlichen Reise nach Burgund gekauft hatte; und die weißen Stan Smiths von Adidas, die sie »jungenhaft« genannt hatte.

Ich setzte mich aufs Gästebett und horchte auf die Dusche im Nebenzimmer. Das Team war nach Hause gegangen, ich hatte gehört, wie sie sich verabschiedet hatten. Meine Eingeweide zogen sich zusammen. Mein linkes Knie hüpfte auf und ab, ein nervöser Tick, den ich nie losgeworden war. Ich war so ängstlich, als stünde ich vor Gericht. Was ja auch stimmte.

Eine Viertelstunde, nachdem die Dusche abgestellt worden war, klopfte es. Anne hatte sich schon immer schnell angezogen, viel schneller als ich. Die meisten Menschen dachten vermutlich, sie würde Stunden vor dem Spiegel verbringen und sich mit verschiedenen Cremes und Lotionen verwöhnen, doch so war sie ganz und gar nicht. Sie verstand sich einfach aufs Ankleiden. Wie eine Musikerin zog sie verschiedene Register: Power, Verführung, Familientreffen, Freizeit. Als ich die Tür öffnete, verschlug es mir die Sprache. Sie hatte sich für den *Sieh dir gut an, was dir entgeht, du blöder Wichser*-Look entschieden: eine schmale dunkelblaue Kimonohose von Dries Van Noten, an deren Bein sich ein Drache in Cremeweiß und Rostrot emporschlängelte; ein hellrosa Tanktop aus Kaschmir und Seide mit einem schwindelerregenden V-Ausschnitt; und schwarze Stiefeletten aus Kalbshaar mit Stahlkappen, die sie sich nach dem ersten gewonnenen Prozess gegönnt hatte. Dazu trug sie einen dicken Filzmantel, der die Farbe von feuchtem Moos hatte. Ihre Augen waren mit Kajal umrahmt, ihr Haar locker hochgesteckt.

»Du siehst unglaublich aus«, flüsterte ich.

Sie hielt den Mantel über dem Ausschnitt zusammen. »Wollen wir gehen?«

Damit sich der Abend besonders anfühlte, hatte ich ein Taxi bestellt. Der Wagen war mit dem Logo des einzigen Pariser Taxiunternehmens versehen, das zuverlässig arbeitete, und wartete schon im Leerlauf vor dem Haus, als wir die Tür abschlossen. Ich nannte dem Fahrer die Adresse, Pont de l'Alma, eine steinerne Brücke, die das 7. mit dem 8. Arrondissement verbindet. Anne schaute mich wissend an, bevor sie die Hände im Schoß faltete.

»Und?«, fragte ich, als das Taxi auf den Boulevard Raspail bog. »Wie läuft der Fall?«

Sie betrachtete mich, bevor sie antwortete. »Du siehst hübsch aus.«

Vor lauter Schock konnte ich nur ein Dankeschön hervorstoßen.

»Der Fall läuft.« Sie nahm einen Lippenstift aus der Handtasche. »Jacques hält uns ein bisschen auf, er arbeitet sehr methodisch. Vertraut wohl nicht auf unsere Energie.«

Ich wollte anmerken, dass er vielleicht einfach zu alt war, beherrschte mich aber.

»Das Problem bei einem solchen Fall ist der eigene gesunde Menschenverstand. Er sagt einem, wie lächerlich das alles ist – es ist lächerlich, nicht zu wissen, dass man in der Schwangerschaft nicht trinken darf; es ist lächerlich zu behaupten, man habe keine Rollenvorbilder, weder in der Familie noch im Fernsehen. Diese Frauen leben schließlich nicht in einer Hütte im Busch. Lille ist eine Großstadt. Also müssen wir ganz schön tief graben, um ein Gegenargument zu finden, das nicht verächtlich klingt.«

»Wann findet der Prozess statt?«

Sie seufzte. »Übernächsten Montag.«

»Wow.«

»Ja. Also, erfahre ich, wohin wir gehen, oder ist es eine Überraschung?«

»Die erste Station scheinst du schon erraten zu haben.«

Ihr Gesicht verdüsterte sich.

»Keine Sorge.« Sie schaute angestrengt aus dem Fenster. »Wir werden nicht dort essen.«

Bateaux Mouches ist eine ziemlich alteingesessene Firma, die Ausflugsboote auf der Seine betreibt. Sie bieten Fahrten mit Mittag- oder Abendessen an, bei denen man aufgetaute Drei-Gänge-Menüs bekommt, die berüchtigt sind für ihre schlechte

Qualität. Außerdem finden Tag und Nacht Rundfahrten zu den Sehenswürdigkeiten statt. Wann immer Anne und ich mit Camille am Fluss spazieren gingen, zogen die flachen weißen Boote an uns vorbei – das offene Oberdeck voller glücklicher Touristen, die von ihren orangefarbenen Sitzen herüberwinkten. Bei Nacht ist der Anblick der Bote vor den berühmtesten Monumenten der Stadt besonders schön; sie werfen ein berauschendes Netz aus Lichtern auf die Mauern und Zinnen und gleiten gleich einer gewaltigen Taschenlampe über die wässrige Lebensader von Paris.

Jedes Mal, wenn wir diese Boote sehen, sagt Anne: »Komisch, ich bin noch nie mit einem gefahren.« Was natürlich seine Gründe hat. Die Bateaux Mouches sind für Touristen, genau wie die Stadtrundfahrten mit Doppeldeckerbussen in London und New York. Aber ich war mir sicher, dass sie sich tief im Inneren danach sehnte, einmal damit zu fahren. Also würden wir das heute Abend tun.

Als wir zu dem kleinen Anleger bei der Brücke kamen, lief ich voraus und öffnete ihre Tür, bevor ich den Taxifahrer bezahlte. Dann bot ich ihr meinen Arm an, um ihr die steile Rampe hinunterzuhelfen, die eindeutig nicht für Frauen mit hohen Absätzen geschaffen war.

»Oben oder unten?« Es war Anfang November, und abends um sechs war es schon recht kalt. Dennoch sagte sie: »Oben.«

Ich gab die Karten ab, die ich online gekauft hatte, und wir stiegen die kleine Treppe zum Oberdeck hinauf. Die Touristen hatten sich nach unten in die verglaste Wärme geflüchtet.

Als das Boot lostuckerte und das schmutzige grüne Wasser zu bescheidenen Wellen aufwirbelte, setzte sich Anne auf eine Bank und holte eine Schachtel Zigaretten aus der Tasche.

»Was denn?« Sie zuckte defensiv mit den Schultern, als sie meinen Blick bemerkte.

Als wir uns kennenlernten, hatten wir beide geraucht, doch Anne hatte es in der Schwangerschaft aufgegeben, und ich hatte mich aus Solidarität bemüht, es ihr gleichzutun. Als Camille etwa drei war, fingen wir wieder an, auf Partys zu rauchen, und schnorrten Zigaretten. Wir wollten uns selbst keine kaufen, das wäre ein schlechtes Signal gewesen. Vor etwa zwei Jahren hatten wir endgültig aufgehört. Weshalb mich die noch ungeöffnete Packung Davidoff auf ihrem Schoß umso mehr überraschte.

»Ich hatte wirklich Stress.« Sie nahm eine Zigarette heraus. Deutete auf die Kluft zwischen uns. »Das hier stresst mich. Willst du?«

Scheiß drauf, dachte ich, dann wären wir wenigstens auf demselben psychosomatischen Level.

Also rauchten wir, während das Boot zu den historischen und modernen Sehenswürdigkeiten tuckerte: Palais de Chaillot, der Tunnel, in dem Prinzessin Diana gestorben war, Champ de Mars, der Eiffelturm.

Ich zog meinen Schal fester. »Glaubst du, ihr gewinnt?«

Sie führte elegant ihre Zigarette zum Mund. »Keine Ahnung. Zuerst war ich mir sicher. Aber jetzt?«

»Wer ist eigentlich dieser Thomas? Ist er gut?«

Ihre Augen verengten sich zu schmalen Schlitzen.

»Was? Ich kann nichts dagegen tun.«

Sie stieß einen Ring aus grauem Rauch aus. »Versuch es.«

Und so versuchte ich es. Wir sprachen über ihren Fall, über die Garantien und die Risiken. Dann erzählte ich ihr von *War-Wash*; ich würde mein Land und mich auf rituelle Weise reinigen. Mit Benzin.

Sie fuhr über das Geländer, streckte die Finger zum Wasser aus.

»Und was wirst du waschen? Alte Briefe? Die britische Flagge?«

Ich beschloss, ihrem Kommentar die Schärfe zu nehmen, indem ich nicht darauf reagierte. »Im Grunde ja. Dinge, die in die Zukunft weisen, dazu vieles aus der Vergangenheit.«

Sie spielte an ihrem Ehering herum. Der Wind fuhr durch ihre dunklen Strähnen im Nacken. Ich sehnte mich danach, ihr Gesicht zu berühren.

»Allerdings will Julien das Projekt nicht machen.« Ich trat die Zigarette aus. »Wir haben uns sogar deswegen gestritten.« Anne zog die Augenbrauen hoch, was mich ermutigte.

»Er will, dass ich immer weiter das Gleiche male. Aber die Ölbilder waren eigentlich nur ein Glückstreffer. Ein Zwischenspiel.«

»Dann such dir jemanden, der es macht. Eine andere Galerie.«

Ich schaute sie verwundert an. Wo warst du nur, o meine Pragmatikerin?

»Die Sache ist die, Richard.« Sie warf ihre Zigarette in die Seine. »Es ist sein Geschäft. Er hat das Recht, selbst zu entscheiden, was er verkaufen will und was nicht. Und eine zusätzliche Vertretung wäre ohnehin gut für dich.«

»Mehr noch, es wäre unglaublich. Aber es wird nicht einfach, etwas mit Benzin zu platzieren.«

»Kommt auf den Inhalt an«, meinte sie achselzuckend. »Die Leute stellen alle möglichen scheußlichen Sachen aus – benutzte Tampons, tote Tiere. Meist ist es lächerlich. Du musst es nur gut hinbekommen.«

»Du meinst also, es wäre einen Versuch wert?« Ich hielt den Atem an.

Sie zog den Mantel enger um sich. »Natürlich.«

Ich wollte ihr noch so viele Fragen stellen. Glaubst du das wirklich? Würdest du mich dann mehr lieben? Stattdessen schauten wir schweigend zu der majestätischen weiß-goldenen Brücke, die den Eingang zum Invalidendom zierte.

»Also, *Der Blaue Bär*«, sagte sie leise. »Hast du wirklich versucht, ihn zurückzuholen?«

Ich nickte. »Ich bin einfach reingestürmt. Habe sie angebettelt.«

»Aber wieso?«

»Weil mir an dem Gemälde sehr viel liegt. An der Zeit, in der ich es gemalt habe, an der Person, die ich war, als ich es gemalt habe.« Ich schaute auf meine Turnschuhe. »An den Menschen, die *wir* waren.«

Sie wandte ihre Aufmerksamkeit der Brücke zu, auf der eine Schar geflügelter Pferde über den Autos und Fußgängern emporragte.

»Weißt du noch, wie es im Badezimmer immer nach Fritten gerochen hat?«

Ich musste lachen. Unsere damaligen Freunde mit dem Haus in Cape Cod hatten zwei Kinder. Ob nun deren Vorliebe für Fastfood in die Wände eingedrungen war oder ob sie ein Reinigungsmittel mit einem hohen Anteil an Rapsöl verwendet hatten, das Badezimmer hatte tatsächlich nach Fritten gerochen.

»Ich frage mich, was die beiden jetzt machen«, sagte ich. Wir waren so gut mit Charles und Donna befreundet gewesen. »Wir sollten uns mal wieder bei ihnen melden.«

Anne wandte sich ab, und ich spürte wie betäubt, dass ich das Falsche gesagt hatte. Links und rechts von uns zogen die fleisch- und beigefarbenen Gebäude von Paris vorbei.

»Eines möchte ich von dir wissen«, sagte sie schließlich und zog den Mantel fester um den Hals. »Du hast es ihr nicht verkauft, oder? Du wolltest es nicht deshalb zurückholen, oder?«

Ich spürte nadelfeine Stiche im ganzen Körper. »Nein, versprochen, so war es nicht. Zwei Männer haben es gekauft, ein Paar.«

Sie wirkte nicht überzeugt. »Ehrlich?«

»Ich schwöre es dir.«

»Aber sie wohnt in London?«

Ich schluckte. »Ja.«

»Hat sie auch dort gewohnt, als das zwischen euch angefangen hat?«

Ich schüttelte den Kopf.

»Sie wohnte also in Paris.«

»Ja.«

Sie biss sich auf die Lippe und schaute weg. Holte ein Taschentuch aus der Handtasche, saß aber einfach nur da und umklammerte es.

»In Paris. Wie lange?«

Mein Herz war wie gefangen in meiner Brust. »Wie lange sie in Paris gewohnt hat?«

»Wie lange es gedauert hat.«

Ich schaute aufs Wasser, die schrägen Uferbefestigungen, die verwitterten Hausboote.

»Richard?«

»Sieben Monate.«

Aus ihrem Gesicht wich die Farbe. Ich glaubte schon, ihr würde schlecht.

»Aber es war nicht –«

Sie hob die Hand. Schloss die Augen. »Lass es.«

Ein älteres Paar kam die Treppe herauf und nickte uns zu, bevor sie sich weiter vorn hinsetzten. Der Mann holte eine Kamera aus dem Rucksack. Die Frau richtete ihre Haare.

»Was habe ich dir getan? Was haben wir einander getan?«

Der Wind tat mir in den Augen weh. Ich war ohnehin den Tränen nahe. »Es war nicht deine Schuld. Es liegt nicht an dir –«

»Natürlich liegt es nicht an mir. Es liegt an dir. Du hast das getan.«

Ich schaute auf den orangefarbenen Vinylboden hinunter. Er war rissig und voller Schmutz. Am Bug des Schiffes suchte sich die ältere Frau einen anderen Platz, weil ihr Mann sie unbedingt im Profil vor der Seine fotografieren sollte.

»Wenn ich dir nur begreiflich machen könnte, wie leid es mir tut, dass ich dich verletzt habe.«

Anne schloss die Augen. »Lass es. Lass es einfach. Es gibt nichts, das du sagen könntest.« Sie drückte das Taschentuch ans Gesicht. »Es macht mich ganz krank. Sieben Monate.« Sie legte die Hand auf den Bauch. Sie sah wirklich aus, als wäre ihr schlecht.

»Ich hole dir etwas.« Ich stand auf, weil auch sie sich erhoben hatte.

»Ich muss ein bisschen allein sein.« Sie schob mich beiseite. »Ich gehe nach unten.«

Sie lief rasch zur Treppe, und ich folgte ihr nicht. Sieben Monate. Das war einfach zu lang.

Ich setzte mich wieder, zitternd vor Kälte und Reue. Wenn wir anlegten, würde Anne womöglich nach Hause wollen. Was ich ihr nicht verdenken könnte. Es war vermessen von mir, zu glauben, ich könnte das alles mit einem beschissenen Rendezvous in Ordnung bringen. Es war vermessen zu glauben, ich könnte irgendeines der Probleme lösen, die ich selbst verursacht hatte. Wir bohrten nur immer tiefer, durch den Lehm, hinunter zu den Würmern.

Der nächste Teil des Abends sollte eigentlich eine humorvolle Auflockerung sein, doch als wir am Maison de la Radio anlegten, einem kreisförmigen grauen Bau, der wie ein Pessar aus dem Kalten Krieg aussah, schämte ich mich für meine Naivität. Falls Anne wie durch ein Wunder kein Taxi gerufen hatte, hätte ich sie wenigstens in eines der besten Restaurants der Stadt ausführen müssen: etwas verblüffend Teures und

Atmosphärisches wie Le Tour d'Argent oder das Jules Verne. Stattdessen hatte ich eine Steakhauskette namens Hippopotamus gewählt, die rund um die Uhr geöffnet hatte, einen in Rot, Schwarz und Grau gehaltenen Tempel des schlechten Geschmacks, in dem die Teller praktisch bodenlos waren: Man konnte so viel Steak, Rahmspinat und Röstkartoffeln essen wie man wollte.

In unserer Anfangszeit in Paris – in der es für Inès nichts Schöneres auf der Welt gegeben hatte, als ihr Enkelkind zu hüten – waren wir mitten in der Woche ausgegangen und hatten uns gezwungen, den Abend so wild und prachtvoll wie nur möglich zu gestalten. Der Treibstoff des Glücks sollte uns durch die gummiartigen Abendessen vom Imbiss und durch das Aufstehen in der Morgendämmerung helfen, zwei Dinge, die unser Leben als frischgebackene Eltern prägten.

Wir gingen tanzen und trinken – wir hatten immer gern getanzt. Wenn uns der eine Club langweilte, wechselten wir zum nächsten, immer in dem Wissen, dass wir letztlich im Le Pulp landen würden, einem schäbigen, von Lesben betriebenen Etablissement bei den großen Boulevards nahe der Oper. Hier füllten wir uns mit lauwarmem Bier ab und tanzten zu Indie Pop, bis wir ausgehungert und dehydriert den Club verließen.

Das Hippo war nur einen kurzen Fußweg vom Pulp entfernt, und obwohl das Fleisch dort nicht gerade herausragend und das Restaurant voller aufgedunsener Männer in metallisch schimmernden Blazern war, die von den nahegelegenen Stripclubs herüberpilgerten, liebten wir den ansteckenden Charme der provinziellen Kellner und die riesigen Steaks, die mit einer Schüssel *frites* und brutzelndem Gemüse serviert wurden.

Es war unser kleines Geheimnis – unsere kitschige Kaschemme. Jetzt, da Camille älter war (und feste Nahrung zu sich nahm), achtete Anne mehr auf unsere Ernährung. Die späten Besuche im Hippo waren zu einem Ritual der Vergangenheit geworden.

Trotzdem beschloss ich, als ich sie am Fuß der Gangway auf mich warten sah, nicht zu lügen. Sie hatte offensichtlich geweint, aber ich las auch Stolz in ihrer Miene. Ihre Lippen waren frisch nachgezogen, ihre Haltung kerzengerade.

»Und«, sagte sie mit verschränkten Armen. »Was nun?«

»Wenn ich jetzt das Hippo vorschlagen würde …« Mein Herz schlug heftig.

Sie schüttelte den Kopf, der schwache Hauch eines Lächelns zuckte über ihre Lippen.

»Wärst du ein Arschloch.« Sie rückte ihre Handtasche zurecht. »Aber ja.«

Das Hippopotamus war dicht besetzt – zum Glück, denn das lenkte uns ab, während wir auf die Speisekarte warteten. Ich fühlte mich völlig haltlos. Einerseits schienen die Rhythmen und Gewohnheiten von sieben gemeinsamen Ehejahren zum Greifen nah, andererseits ragte da dieser beschissene Eisberg zwischen uns auf. Daran war ich schuld, und wir beide wussten, dass eine Kollision unvermeidlich war.

»Und, wie clever bist du heute, Hippo?«, fragte ich fröhlich, als die Karten kamen.

Unter der Überschrift *Aus Liebe zum Fleisch* bot das Hippopotamus eine Auswahl an Menüs zum Festpreis an; unser Favorit mit dem absurden Namen Clever Hippo bestand aus Vorspeise und Hauptgericht oder Hauptgericht und Dessert, beides zusammen für jeweils neunzehn Euro.

»Ich weiß nicht.« Anne blätterte in der laminierten Speisekarte. »Ich bin nicht sehr hungrig.«

Ich schaute sie an und sehnte mich nach ihr und wünschte

mir, ich könnte einfach ihre Hand nehmen und alles wiedergutmachen.

»Bitte, Anne«, sagte ich sanft. »Bitte bestell das Clever Hippo.«

Sie blickte hoch, offenbar erstaunt, dass ich es ernst meinte, sagte aber nichts, bis der Kellner kam.

»Willkommen im Hippopotamus!« Der junge Mann hatte eine Igelfrisur und roch, als hätte er in Drakkar Noir gebadet. »Ich heiße Antoine. Möchten Sie vielleicht mit einem unserer Spezialcocktails beginnen?«

»Wir würden gern schon bestellen«, sagte Anne.

»Wunderbar. Was darf ich Ihnen bringen?«

»Ich nehme das Hippo-Clever-Menü«, sagte sie, die Augen auf den Tisch gerichtet. »Tomaten-Tartare als Vorspeise und das Hippo-Steak.«

»Ausgezeichnete Wahl. Und Sie, Monsieur?«

»Ich nehme das Gleiche. Englisch?«, fragte ich Anne. »Beide englisch.«

»Perfekt! Kennen Sie schon unsere neuen Beef Effects?«

»Wie bitte?«

Antoine schlug Annes Speisekarte auf. »Unsere neuen Beef Effects bieten überaus günstige Optionen für jeden Geschmack. Waren Sie gerade im Kino?«

»Ähm, nein.«

Er blätterte um. »Dann könnte das Beef Effect *Gourmand* etwas für Sie sein. Unbegrenzte Saucenauswahl zum Steak.«

»Hat man die nicht immer?«, wollte Anne wissen.

Antoine klappte die Speisekarte zu. »Und trinken Sie Wein?«

»Ja, bitte. Côtes du Rhône.«

»Sehr gut!« Er sammelte die Speisekarten ein. »Ich bringe sofort Ihr Carpaccio.«

»Eine Eins für Einsatz«, sagte ich, als er verschwunden war.

»Man bekommt fünf Euro Nachlass, wenn man gerade im Kino war«, sagte Anne, »es gibt eine Beef-Effect-Kino-Option. Nicht schlecht.«

Wir saßen schweigend da und tranken Wasser aus der Karaffe auf dem Tisch, während wir ziemlich demonstrativ auf unseren Wein warteten. Als er kam, schenkten wir uns nach, sobald Antoine wieder verschwunden war.

Wir hoben die Gläser, stießen aber nicht miteinander an. Der Service im Hippopotamus war überaus effizient, uns blieb nicht viel Zeit.

»Darf ich fragen, ob sie etwas dazu gesagt haben?« Ich zog die Umrisse der französischen Landkarte auf der Papiertischdecke nach. »Deine Eltern, meine ich, als ich gefahren bin.«

Anne rutschte auf ihrem Stuhl herum.

»Mein Vater hat nichts gesagt, kein Wunder. Er hat mir am nächsten Morgen auf die Schulter geklopft und verkündet: ›Ach, ihr regelt das schon!‹ Du weißt ja, Augen zu und durch.« Sie breitete ihre Serviette auf dem Schoß aus. »Mit meiner Mutter habe ich darüber gesprochen.«

Ich wartete gespannt.

»Wir haben darüber gesprochen. Das ist alles.«

»Und Camille?« Ich ballte die Faust.

»Darüber müssen wir tatsächlich reden.« Sie lehnte sich zurück, um Platz für unsere Tomaten-Tartare zu machen, dünne Tomatenscheiben mit gehacktem Thunfisch, Petersilie und einem unansehnlichen Klecks Salsa aus der Konserve. Anne schob den Teller beiseite und griff nach dem Wein.

»Ich weiß nicht, was ich ihr sagen soll. Aber wir müssen ihr irgendwas sagen. Meine Eltern haben es mir damals verschwiegen, aber ich habe sie nachts streiten gehört, und das war schlimm.«

»Wir streiten ja nicht.«

Ihr Gesicht wurde hart. »Weil wir uns nicht in ihrem Beisein anbrüllen? Eins kannst du mir glauben. Schweigen ist schlimmer.«

»Ich habe es meinem Vater erzählt.« Etwas Besseres fiel mir gerade nicht ein.

Sie hob mit einem Ruck den Kopf. »Ehrlich?«

Ich nickte. »Nicht in allen Einzelheiten, aber …«

»Und was hat er gesagt?«

Ich stieß den Salsahaufen mit der Gabel vom Thron. »Dass ich ein beschissener Idiot bin. Er liebt dich.«

Wäre dies ein Film gewesen, hätte ich wohl gesagt, dass ich sie auch liebte, aber dies war kein Film. Wir saßen in einer Steakhauskette, und statt einer romantischen Liebeserklärung bekamen wir Antoine.

»Alles bestens?«

»Sie können das wieder mitnehmen.« Anne deutete auf ihren Teller.

»War es nicht zu Ihrer Zufriedenheit?«

»Ich bin nur nicht sehr hungrig.«

»Der Wein ist gut!« Ich klopfte mit dem Finger ans Glas. Der arme Kerl tat mir leid.

Als er gegangen war, sackte Anne in sich zusammen.

»Ich sehe einfach keinen Ausweg, Richard. Wirklich nicht. Ich denke ununterbrochen darüber nach, und wenn ich nicht darüber nachdenke, denke ich daran, dass ich nicht darüber nachdenke. Es macht mich wahnsinnig. Ich habe es satt. Ich kann nicht mehr essen. Mir bleibt nur noch die Arbeit, und selbst dabei kann ich mich nicht richtig konzentrieren.«

»Aber meinst du nicht … gibt es denn gar keine Möglichkeit, uns zu versöhnen? Ich weiß nicht.« Mir wurde klar, dass ich meine Gedanken nicht aussprechen konnte, ohne wie ein Idiot zu klingen.

»Wie denn? Sollen wir es etwa einfach vergessen? So tun, als wäre nichts gewesen?«

Ich schob meine Gabel auf dem Teller herum.

»Ich werde dir was sagen. Und schau mich bitte an, wenn ich das tue. Glaubst du etwa, Monogamie wäre meine leichteste Übung? So toll ist sie nicht, und ich bin mir nicht einmal sicher, ob sie natürlich ist. Glaubst du etwa, mir kommt es nie so vor, als läge ich neben meinem Bruder im Bett? Glaubst du, ich kapiere nicht, was du getan hast? Ich kapiere es, das kannst du mir glauben. Der Unterschied ...« Ihr kamen die Tränen, und sie zerknüllte die Serviette. »Der Unterschied besteht darin, dass du gelogen hast. Du hast sie geliebt. Du hast es nicht nur mit ihr getrieben, du hast dich –«

»Ich habe mich nicht –«

»Red keinen Scheiß!« Sie schlug mit der Hand auf die Tischplatte. »Ich habe die Briefe gelesen«, zischte sie leise. »Du wolltest uns verlassen. Und ich kann dir sagen, wenn Camille und all die Arbeit nicht wären, würden wir gar nicht mehr hier sitzen. Dann wärst du schon weg. Es gibt keinen Grund für mich, dir zu verzeihen. Keinen einzigen. Du hast mir keinen Grund geliefert, und ich sehe auch jetzt noch keinen. Weißt du, was du hättest machen können? Du hättest es mir sagen können, als du sie kennengelernt hast. Ich habe keine Ahnung, wann das war, und ich weiß auch nicht, wo, aber ich vermute mal, dass es sich langsam entwickelt hat, dass es einen Moment gab, in dem du hättest sagen können: Anne, ich habe jemanden kennengelernt, und ich finde sie attraktiv. Und ich habe Zweifel. Und langweile mich. Ich brauche eine Pause.«

Ich schob meinen Teller weg. »Das wäre in Ordnung gewesen?«

»Wir hätten darüber *reden* können. Ich bin nicht so behütet aufgewachsen wie du glaubst. Ich weiß nicht, was ich in diesem

Augenblick empfunden hätte, aber ich weiß, wir hätten darüber reden können. Wenn ich es erfahren hätte, als es noch ein Interesse und keine Tatsache war, hättest du uns wenigstens eine Chance gelassen. Weil ich dich verstanden hätte. Denn ich kenne dieses Gefühl.«

Sie tupfte sich die Augen mit der riesigen roten Papierserviette ab, während Antoine rasch meinen Teller wegzauberte.

Sie wartete mit geschürzten Lippen, bis er außer Hörweite war. »Aber was ist mir stattdessen geblieben?« Ihre Stimme brach. »Mal ehrlich, hast du je daran gedacht, was mir geblieben ist? Du hattest eine Affäre. Du hattest …« Sie musste innehalten. »Du hattest ein verdammtes Leben mit jemand anderem. Und ich soll dir verzeihen? Was habe ich denn davon? Was habe ich davon, wenn ich dir verzeihe? Jemand anders hätte sich längst scheiden lassen.«

»Ich weiß«, sagte ich mit bebender Stimme. »Das weiß ich.«

»Manchmal will ich es sogar! Ich will einfach Scheiß drauf sagen und nach vorn blicken. Du hast alles verändert. Du hast uns verändert. Wir waren Glückspilze, Richard. Wir hatten es wirklich, wirklich gut. Und du hast es versaut.«

Antoine erschien mit einem Plastiktablett, auf dem zwei Teller mit Steak und dampfenden Beilagen standen.

»Guter Gott«, murmelte Anne.

»Es tut mir leid, Antoine. Könnten Sie uns das einpacken?«

Der gute Mann zuckte nicht mit der Wimper.

»Selbstverständlich. Möchten Sie auch eine Saucenprobe mitnehmen?«

»Was soll's«, ich warf die Serviette auf den Tisch. »Natürlich.«

Wir verließen das Restaurant mit unseren unfranzösischen Papiertüten, auf denen ein noch unfranzösischeres Nilpferd prangte. Anne ging zügig, ich konnte kaum mit ihr Schritt halten. Als wir den Taxistand an der Ecke Rue Montmartre und Boulevard Poissonnière erreichten, wurde ich langsamer. Doch sie ging weiter.

»Willst du nicht ...?« Ich deutete auf die Taxis.

»Geh weiter.«

Wir überquerten die großen Boulevards, kamen am imposanten Gebäude der Pariser Börse vorbei und landeten auf der Avenue de l'Opéra, die sich für den Abend mit Laternen herausgeputzt hatte.

»Geh weiter.« Sie überquerte noch rascher die Straße.

Wir kamen am Hôtel du Louvre vorbei, in dem wir früher gelegentlich den Abend mit einem Glas Champagner eingeläutet hatten, und gingen durchs Palasttor zum Museum.

Wer je in Paris war, hat dort seinen Lieblingsort, und Anne-Laures war der Innenhof des Louvre. Jenseits der umstrittenen Pyramide führt ein unauffälliger Durchgang in einen viel kleineren, intimeren Innenhof mit einem Springbrunnen, der nie in Betrieb ist. Nachts werden die steinernen Skulpturen ehemaliger Könige und Minister von unten beleuchtet und auf dem Dach prangt eine Reihe furchteinflößender Wasserspeicher, für immer in einem Schrei gefangen.

Der Rand des Springbrunnens war kalt unter unseren Beinen – eiskalt, um ehrlich zu sein. Wir setzten uns hin, und ich holte einen Stapel Papierservietten aus der Tüte, damit Anne sich darauf setzen konnte, doch sie lehnte ab.

Eine Weile saßen wir schweigend nebeneinander und betrachteten das Mauerwerk, das von den Lichtern rosa und ockergelb gefärbt wurde. Ohne die Touristenmassen, die sich durch die äußeren Korridore des Schlosses wälzten, wirkte der

Innenhof geradezu lächerlich romantisch. Vor einem Jahr hätten wir einander hier umarmt, uns geküsst und über die selbstsichere Schönheit der Stadt gelacht. Paris vertraute mehr auf sein Aussehen als jede Frau. An diesem Abend aber saßen wir einfach nur da und hofften, dass irgendein Anblick oder Geräusch die liebliche Stimmung störte, der wir uns nicht hingeben konnten.

»Wenn ich es nur rückgängig machen könnte«, sagte ich schließlich, »wenn ich es ungeschehen machen könnte …«

»Es ist aber geschehen.«

Ich schaute auf meine Hände. »Ich vermisse dich wirklich. Ich vermisse uns.«

Sie überkreuzte die Beine und rieb sich mit den Händen die Oberschenkel warm. »Du bist monatelang nicht richtig hier gewesen. Über ein halbes Jahr. Du hast einfach nur funktioniert.«

»Ich will aber nicht, dass es so ist. Daran bin ich schuld, doch jetzt bin ich wieder da. Ich verspreche dir, es ist vorbei. Das ist es schon lange.«

»Aber nur, weil sie dich verlassen hat. Ansonsten wärt ihr immer noch zusammen. Oder du wärst mit ihr weggegangen.«

Ich schaute durch den Gang zu der Glaspyramide. Sie war hellerleuchtet und wirkte wie ein gelber Zauberwürfel, der aus einer entfernten Galaxie in diese Nacht gefallen war. Sogar Anne wusste, dass Lisa meine Liebe nicht erwidert hatte, doch ich versuchte, das nicht an mich heranzulassen.

»Es stimmt doch, oder?« Aus dem Augenwinkel bemerkte ich, wie Anne mich anschaute. »Du hättest mich verlassen.«

»Das hätte ich nicht. Niemals. Ich weiß, was in den Briefen steht. Wie sie sich anhören. Und es stimmt, es gab einen Punkt, an dem mir mein wirkliches Leben nicht mehr wirklich erschien. Einen Punkt, an dem ich geglaubt habe«, ich blickte auf, doch sie hatte sich abgewandt, ihr Gesicht schien angespannt, ihre Hände waren zu Fäusten geballt, »einen Punkt, an dem ich Idiot gedacht habe, ich würde dich verlassen. Aber jetzt weiß ich, dass es nicht stimmt. Wäre es wirklich so weit gekommen, hätte ich es nicht getan. Eigentlich wollte ich es gar nicht. Ich war wie besessen.«

»Und was soll ich damit anfangen?« Ihre Augen blitzten. »Mich bei ihr bedanken? Soll ich dieser Person dankbar sein, weil sie dich nicht mehr wollte? Sie muss schon wirklich was ganz Besonderes sein.«

»Das ist sie nicht.« Ich grub die Finger in den Stoff meiner Hose. »Letztlich war sie … war sie einfach nicht du.«

Ich hörte einen kehligen Laut, Anne weinte. Ihr Weinen drang aus einem verschlossenen Ort tief im Inneren, den kein Trost je erreicht.

»Selbst jetzt arbeitet mein Verstand weiter. Er hört einfach nicht auf«, stieß sie hervor. »Wo? Wieso? Wie sah sie aus? War sie hinreißend? Wie hat sie … geküsst? Und dann die Vorstellung, dass du mit ihr geschlafen hast … ich weiß nicht einmal, wie ich mir das vorstellen soll.« Sie hielt die Luft an. »Es hört einfach nicht auf. Ich könnte dir nur verzeihen, wenn ich keine Liebe mehr für dich empfände. Das würde es …« Sie legte die Hand an den Kopf. »Du hast … du hast es kaputtgemacht. Du hast uns kaputtgemacht«, schluchzte sie. »Für nichts.«

»Anne, ich liebe dich.« Ich ergriff ihre Hand und drehte sie zu mir herum. »Ich liebe dich mehr als alles andere in meinem dämlichen Leben, und es tut mir leid, dass ich so einen furchtbaren, schmerzlichen, unglaublichen Fehler begangen habe. Ich werde das für den Rest meines Lebens bereuen. Aber ich war mir noch nie, noch nie so sicher mit uns. Mit uns beiden. Ich kann … ohne dich kann ich nicht ich selbst sein. Bitte.«

Ich nahm ihre andere Hand. »Ich wusste es in dem Augenblick, in dem ich dich mit deiner Cousine in der blöden Kneipe gesehen habe. Du bist … ein Mehr-als-Mensch, Anne. Du bist mehr als meine beste Freundin und meine Ehefrau, du bist mehr als schön, und wenn ich dir wehtue, dann liegt es vielleicht daran, dass ich weniger wert bin als du, daran, dass ich das immer gewusst und mich dafür geschämt habe.«

Ihr Kinn zitterte. Ihre Haut fühlte sich kalt unter meinen Händen an. »Ich werde tun, was immer nötig ist, um dir zu beweisen, dass es nie wieder vorkommt.«

Sie biss sich fest auf die Lippen, während eine Träne über ihre Wange rann. Zum ersten Mal erwiderte sie den Druck meiner Hand. »Aber was willst du an der Tatsache ändern, dass es geschehen ist? Was willst du dagegen tun?«

Ich begann zu weinen. »Was ich tun will?« Ich ließ ihre Hände los. »Was ich tun will? Ich weiß es nicht. Ich habe es nun mal getan. Ich kann dich nicht dazu zwingen, mich wieder zu lieben.«

»Aber ich liebe dich doch«, schrie sie. »Nur komme ich nicht darüber hinweg! Es geht einfach nicht! Ich bin so wütend und so traurig und so verlegen und so beschämt und so wütend auf dich. Ich hasse dich, und gleichzeitig will ich einfach nur zurück zu dir. Und ich weiß nicht, was ich machen soll. Ich weiß es einfach nicht.«

Ich blickte hoch zum Himmel und zu den Gebäuden und den Wasserspeiern und den Skulpturen. Ich blickte zu der Pyramide und dem Karussell, das sich dümmlich im Park drehte. Und sah die Schönheit hinter den Dingen. Überall war Schönheit. Lichter und Boulevards und Durchgangsstraßen und Menschen, die irgendwo hingingen oder von irgendwoher zurückkamen. In diesem Moment, an diesem Ort, der immer eine sichere Zuflucht für uns gewesen war, der ruhig und richtig gewesen war, begriff ich, dass ich Anne, wenn ich sie wirklich liebte, die Entscheidung, bei mir zu bleiben, selbst überlassen musste.

»Anne«, flüsterte ich und berührte wieder ihre Hand. »Ich gehe jetzt.«

»Du willst *gehen*?«, wiederholte sie und schlang die Arme um den Körper.

»Ja, ich gehe weg.«

Sie drehte sich zu mir, ihre Augen schimmerten in der Dunkelheit.

»Du willst wirklich weggehen?«

Mein Kinn zitterte, ich kämpfte dagegen an.

»Ich will dich zu nichts zwingen oder dir die Entscheidung schwerer machen. Ich will auch nicht, dass du wegen Camille bei mir bleibst. Es soll allein deine Entscheidung sein. Ich will, dass es dabei um uns geht.«

»Aber wir können nicht …« Sie besann sich. »Jetzt haben wir uns also getrennt?«

Meine Kehle war voller Glassplitter. »Keine Ahnung. Vielleicht?«

Sie strich sich die Haare zurück und rieb wieder ihre Beine. Ich nahm sie in die Arme, um sie zu wärmen, und sie entzog sich mir nicht.

»Ich weiß nicht, was ich sonst machen soll.« Ich hatte das Gesicht in ihren Haaren vergraben, sie rochen nach Trockenblumen.

»Ich weiß«, flüsterte sie. »Ich weiß.«

»Scheiße, ich liebe dich wirklich. Ehrlich.« Ich hielt sie noch fester.

Sie drückte ihr Gesicht an meine Schulter. Ich spürte ihre Tränen durch mein Hemd. Ein paar Minuten lang blieben wir so sitzen, nahmen die Stille der Gegenwart in uns auf, die letzten Stunden der Dunkelheit, bevor unsere unbekannte Zukunft begann.

18

Ich zog zu Julien, bis ich eine eigene Wohnung gefunden hatte. Ich stopfte eine Auswahl an sentimentalen Gegenständen in eine alte Reisetasche: den endlosen australischen Roman, der früher seinen Platz neben meinem Bett gehabt hatte; die Videos von meinen Eltern; die Kamera; Fotos von Anne und Camille, die ich aus ihren Zinnrahmen geholt hatte. Mit voller Absicht ließ ich viele notwendige Dinge im Haus zurück, damit ich einen Grund hatte, wieder hierherzukommen.

Als ich Julien erzählte, was passiert war, war unser Streit vergeben und vergessen. Nachdem ich zehn Tage auf seinem Sofa übernachtet, das Geschirr gespült und abends mein begrenztes Repertoire an Nudelgerichten gekocht hatte, konnte ich mit ihm über *WarWash* sprechen, ohne dass er mir herablassend oder gemein vorkam. Ich begriff seinen Standpunkt – die Galerie war wie eine ewige Dinnerparty, zu der ich einen unberechenbaren, betrunkenen Gast mitbringen wollte, der vermutlich Sachen kaputtmachen würde. Nachdem er betont hatte, dass er und Azar Sabounjian eine »gemeinsame Geschichte« hätten, sagte er, ich solle es dennoch dort versuchen. Ich hätte seinen Segen.

Wir sprachen nicht viel über Anne-Laure. In den ersten Wochen behielt ich meine Gedanken und Ängste für mich, damit sie sich der Gestalt des jeweiligen Tages anpassen konnten. In Wahrheit wollte ich nicht mit anderen Leuten über unsere Trennung sprechen, dadurch hätte sie sich zu real angefühlt. Solange die Dinge, die wir zueinander gesagt hatten, sicher in meinem Gedächtnis verstaut waren, konnte ich sie auf unterschiedlichste Weise, sogar positiv interpretieren. Wenn ich jedoch zu viel darüber sprach, würde ich begreifen, wie schlimm es wirklich um uns stand.

Nachdem ich tagelang niemanden ans Telefon bekam und E-Mails an Adressen schickte, die sich als Spam erwiesen, entdeckte ich schließlich eine Wohnung in den Kleinanzeigen von *De Particulier à Particulier*, dem Schutzpatron aller schäbigen französischen Immobilien. Ein Witwer wollte sein Schreibbüro vermieten, während er eine erlösende Reise mit dem Hausboot unternahm, auf dem er und seine Frau gewohnt hatten. Er wolle erst einmal nach Amsterdam fahren und dann weitersehen. Er sagte, er habe noch einen anderen Freund, der an der Wohnung interessiert sei. Wenn ich wieder mit meiner Frau zusammenkäme, solle ich ihn einfach anrufen. Er hoffe auf meinen Anruf, fügte er hinzu.

Die Wohnung war eine architektonische Unmöglichkeit: eine Vierzehn-Quadratmeter-Maisonette im fünften Stock eines schmalen Hauses im 10. Arrondissement. Das Untergeschoss bestand nur aus einem in der Wand eingelassenen Tisch, zwei Bänken, einem Spülbecken und einer Doppelkochplatte. Die Treppe war platzsparend konstruiert, jede Stufe war nur so groß wie ein einzelner Fuß. Der Stauraum unter der Treppe war mit einem Vorhang abgetrennt. Oben war eine Holzplatte in die Zimmerecke eingebaut, davor stand ein Hocker – der ehemalige Schreibplatz. Links gab es einen Futon und dahinter ein Doppelfenster, durch das man über die Dächer blickte. Das Badezimmer war kaum größer als eine Flugzeugtoilette und in schwedischem Stil gehalten, ohne Trennung zwischen Dusche und Scheißhaus. Beim Duschen spritzte das Wasser überallhin und versickerte irgendwann im Abfluss. Der Besitzer hatte mir freundlicherweise einen Duschabzieher hinterlassen und mich daran erinnert, alle elektronischen Geräte aus dem Bad zu nehmen, während das Wasser lief.

Über dem Bett hing ein Regal, auf dem ich Bücher und Fotos unterbringen konnte, neben dem Fenster gab es eine Kleiderstange, die gerade lang genug war für einige Hosen und Hemden. Meinen Mantel hängte ich an die Wohnungstür. Es gab einfach keinen Platz für große Dinge. Das Gebäude selbst wirkte klapprig, und meine Nachbarn brieten ständig etwas in Fischsauce, deren Geruch durch alle Ritzen der Wohnung drang. Aber das Haus verströmte eine positive, kreative Energie, und ich war dankbar, dass ich die Wohnung gefunden hatte. Es war irgendwie beruhigend, in etwas so Kleinem zu wohnen. Ich fühlte mich umhüllt, gepolstert. Und schrecklich allein.

Das neue Jahr hatte schon begonnen, es war der 15. Januar. Die Feiertage waren an mir vorübergegangen, ohne dass ich daran teilgenommen hätte. In der Woche nach meinem Auszug hatten Anne und ich schmerzliche, vom Schweigen unterbrochene Diskussionen über Weihnachten und Neujahr geführt. Obwohl wir vereinbart hatten, mit Camille zu reden und ihr zu erklären, dass Mama und Papa sich für die verschwommenste und beunruhigendste aller Beziehungsvarianten entschieden hatten, die berüchtigte »Auszeit«, befürchtete Anne, Weihnachten ohne ihren Vater könnte zu viel für Camille sein. Also beschlossen wir, dass ich für den 24. und 25. in die Bretagne kommen und in einem Hotel wohnen würde, doch dann warfen die Bourigeauds unsere Pläne über den Haufen: Sie buchten für alle außer mich einen Weihnachtsurlaub in Marrakesch. »Sie haben gedacht, ein Tapetenwechsel würde uns guttun«, sagte Anne am Telefon. »Es tut mir leid.«

Und so verbrachte ich die Feiertage mit meinen Eltern im guten alten Hemel Hempstead. Kommt man ohne Frau und Tochter zur jährlichen Vorweihnachtsparty bei den Nachbarn, wirft das unwillkürlich Fragen auf. Das Abendessen, das unter dem Motto Speck stand, fand bei Tabatha Adsit, einer Freundin meiner Eltern, statt. Zwischen den Gängen, die aus Kohl im Speckmantel und Gans im Speckmantel und überhaupt allem im Speckmantel bestanden, musste ich wieder und wieder bestätigen, ich sei nicht geschieden.

»Wir nehmen eine Auszeit«, erklärte ich und reichte einen Spinatsalat weiter, der mit Speckimitatstücken bestreut war. »Wir brauchen ein bisschen Abstand.«

»Ach, das funktioniert doch nie, Richy«, sagte Tabathas Ehemann Rufus. »Wisst ihr noch, auf der Uni?« Er schaute in die Runde. »Da haben wir das doch die ganze Zeit gemacht. Im Grunde bedeutet es, dass man mit jemand anders schlafen will, man tut es vielleicht auch, und dann ist die Kacke am Dampfen.«

»Rufus, hör auf«, flüsterte seine Frau.

»Ich hoffe, ihr bekommt es wieder hin«, sagte er und häufte Salat auf seinen Teller. »Sie war ein reizendes Mädchen.«

Mir half es nicht, dass die Leute in der Vergangenheitsform von Anne sprachen. Wann immer jemand etwas Nettes über meine Frau zu sagen hatte, hörte es sich an, als wäre sie tot. »Wir haben sie immer gemocht«; »sie war so schön«; »ihr beide wirktet so glücklich.«

Und natürlich sorgten sich alle um Camille. Die Leute wollten wissen, was wir ihr gesagt hatten, wollten mir darlegen, wie traumatisch es für ein Kind sei, wenn ihm die Situation nicht richtig erklärt würde. Ich erwiderte, wir könnten unmöglich etwas erklären, das uns selber noch nicht klar sei. Meist ermahnte man mich daraufhin, nicht egoistisch zu sein. Es ginge dabei nicht um uns.

Camille war tatsächlich verwirrt. Ganz schrecklich verwirrt. Es war herzzerreißend. Als sie mit ihren Großeltern aus der Bretagne zurückkam, fuhr ich kurz vor ihrer Ankunft nach Hause und bereitete mit Anne alle emotionalen Trostpflaster vor: ihre Lieblingsapfelschorle, zwei Blätterteigteilchen mit Vanillecreme und eine Übernachtung bei ihrer besten Freundin Marie gegen Ende der Woche. Da Camille den größten Teil der Ferien allein mit ihren Großeltern verbracht hatte, rechnete ich damit, dass sie erwachsener geworden war, ein energiegeladenes Häschen, das vor Geschichten nur so übersprudelte. Das verleitete mich zu der Annahme, Camille würde sich vor lauter Ablenkung nicht viel daraus machen, dass Daddy für eine Weile auszog. Aber Ferien waren eine Sache, Zuhause eine andere. Und Zuhause war ein Haus mit Mummy und Daddy darin.

Weder Anne noch ich wussten, wie weit wir gehen sollten, um es unserer Tochter begreiflich zu machen. Wenn wir ihr die ganze Wahrheit sagten, würde sie es mir übelnehmen und Männern womöglich nicht mehr trauen, sagte Anne. Obwohl ich dieses großzügige Angebot nicht verdient hatte, war ich nicht gerade scharf darauf, dass eine hasserfüllte Teenagerin irgendwann angstvolle Gedichte über mich schrieb. Ich stimmte zu, es vage zu halten und Camille lediglich zu sagen, dass wir »ein bisschen Zeit ohneeinander verbringen würden«.

Nachdem ich einigen Leuten – vor allem Anne-Laure – erzählt hatte, dass *WarWash* konkretere Formen annehmen würde, hätte ich während der Woche bei meinen Eltern eigentlich konzentriert an Zeichnungen und einem ersten Entwurf arbeiten müssen. Doch als ich einmal dort war, wurde ich hineingesogen in einen Wirbel aus Nostalgie und Ichbezogenheit. Alles floss ineinander, und ich befürchtete, das Projekt könnte sich zu sehr um mich und meine Eheprobleme drehen. Dabei sollte es doch glaubwürdig und aktuell sein und auf die furchtbaren Dinge, die sich gerade im Irak ereigneten, verweisen.

Also suchte ich nach einem Ventil für meinen emotionalen Überschwang und wandte mich wieder der Videokamera zu. Während der Feiertage herrschte bei den Haddons ein ständiges Kommen und Gehen von Paaren aller Art – nur Geschiedene gab es nicht. Der Wunsch, diese ausgeglichenen, angepassten Menschen zu dokumentieren, entsprang natürlich einem verkehrten Denken, doch ich fühlte mich besser, wenn ich aus meinem eigenen Kopf heraus und in das Leben anderer trat. Tief unter ihren Geschichten über finanzielle Schwierigkeiten, tief unter ihren gemeinsamen Erinnerungen und ihren Ratschlägen zur Vermeidung von Flatulenz und Mundgeruch verbarg sich das Geheimnis von dauerhafter Liebe. Sie waren glücklich, einander jeden Abend beim Essen gegenüberzusitzen und in ihrem gemeinsamen Bett Trost zu finden; diese Rituale, die wie ein Uhrwerk abliefen, hatten sie nicht schreiend in die Arme eines anderen Menschen getrieben, und ich hoffte, dass mir meine Aufzeichnungen die Frage beantworten könnten, warum dies so war.

Ich beschloss, dieses Nebenprojekt *Zeuge* zu nennen. Indem ich meinen eigenen Fall ein bisschen – nein, sehr – aufblähte, konnte ich die Freunde meiner Eltern davon überzeugen, sich an meiner Dokumentation über eheliche Liebe für »eine Galerie in den Staaten« zu beteiligen.

Das erste Paar, das sich dazu bereitfand, waren die Adsits, die Gastgeber der Speckparty. Ich filmte sie wie meine Eltern Rücken an Rücken in ihrem Wohnzimmer. Danach gestand mir Tabatha, sie habe seit Jahren nicht so viel Spaß gehabt. Anscheinend hatte sie eine ganze Liste an ärgerlichen Dingen mit sich herumgeschleppt und nur darauf gewartet, dass jemand sie fragte, was sie an ihrem Lebensgefährten auf die Palme brachte.

So geschwätzig Rufus Adsit gewesen war, als es um meine Eheprobleme ging, so zurückhaltend blieb er im Film, ein kluger Mann. Er sagte, er liebe Tabathas Kochkünste und ihre Art, die Betten perfekt zu machen, inklusive eingeschlagener Ecken. Als ich ihn fragte, wann er zum ersten Mal gemerkt habe, dass er sie liebte, wurde er puterrot. »Sie war sehr nett zu meinen Eltern«, stieß er hervor. »Sie schien dort zu Hause zu sein.«

Neben den Bainbridges, den anderen engen Freunden meiner Eltern, befragte ich auch Harold. Ihn konnte ich nicht so leicht über den Zweck des Films belügen; immerhin hatten wir uns zu einem Männerfrühstück getroffen. Er wusste sofort, dass es etwas mit meiner Frau zu tun hatte.

Mein Interview mit Harold und Rosalyn Gadfrey dauerte eine Ewigkeit – ich musste es in zwei Sitzungen aufteilen. Obwohl die beiden zwei Kinder hatten und seit fast zwanzig Jahren verheiratet waren, waren sie noch immer völlig hingerissen voneinander. Es ließ sich nur schwer herausfinden, was die beiden überhaupt aneinander störte.

Rosalyn: »Er wirft zusammengeknüllte Socken in die Wäschetonne.«

Harold (mit erhobenen Händen): »Schuldig im Sinne der Anklage!«

Rosalyn: »Na ja, er schnarcht ein bisschen, aber daran gewöhnt man sich, oder? Es ist wie mit dem Meeresrauschen.«

Harold: »Meine Rosie liebt den Strand!«

Der Film dauerte Stunden. Kassette um Kassette. Ich hatte mittlerweile vier Interviews, lauter glückliche Paare, alle aus Hemel Hempstead, alle heterosexuell, alle weiß. Nicht gerade soziologisch repräsentativ. Ich hätte auch etwas Größeres daraus machen, nach London fahren und andere Menschen befragen können, doch als ich mit den Gadfreys durch war, fand ich, es sei genug. Am Anfang hatte mir das Gemecker anderer

Leute geholfen, bei Verstand zu bleiben. Doch als ich die Kassetten zurückspulte und mir in der Privatsphäre meines zu kurzen Kinderbettes die ehelichen Geständnisse anschaute, wurde mir klar, dass diese Menschen sich nicht beklagten, sondern gestanden, wie sehr sie einander liebten. Sie gestanden die Opfer ein, die sie gebracht hatten und weiterhin bringen würden, um das Leben führen zu können, für das sie sich entschieden hatten, um einander glücklich zu machen. Am Ende der Sitzungen war ich weder inspiriert noch getröstet, ich war eifersüchtig. Und sehr, sehr traurig.

Als ich nach den Feiertagen in meine winzige Pariser Wohnung zurückkehrte, überfiel mich der schreckliche Januar mit seinen Sonderangeboten und ausgefransten Schaufensterdekorationen. Ich konnte nicht ewig in den Erinnerungen anderer Menschen herumschnüffeln. Ich musste mit *WarWash* weiterkommen. Etwas aus mir machen, indem ich wieder etwas machte.

Meine erste Wahl für eine neue Galerie war und blieb Azar Sabounjian – einer der einschüchterndsten Galeristen in Paris. Elegant und unverblümt, eine wichtige Triebfeder zur Wiederbelebung zeitgenössischer Kunst. Er vertrat große Namen wie den britischen Fotografen Martin Parr und den umstrittenen amerikanischen Fotografen Larry Clark. Ich mit meinem minimalen Bekanntheitsgrad würde vermutlich kaum einen Termin bei ihm bekommen, geschweige denn eine eigene Ausstellung. Doch ich musste es versuchen, und sei es nur, um meinem Selbstbewusstsein auf die Sprünge zu helfen. Außerdem musste ich vorher meine Idee in einem Waschsalon austesten, der so abgelegen war, dass man mich nicht erkennen würde, wenn ich etwas in die Luft jagte.

Mein Ziel war ein baufälliger Laden namens Lavo-Magick!, der zwischen dem 20. Arrondissement und dem Vorort Bagnolet lag, einer Gegend, die die Franzosen als *la banlieue* bezeichnen, oft auch mit dem Zusatz *chaude*, was in diesem rassistisch angehauchten Zusammenhang so viel wie gefährlich bedeutet, da dort Menschen wohnen, die weder wohlhabend noch weiß sind.

Ich war bepackt mit Kleinkram, den ich opfern konnte: Goodwill-T-Shirts, eine Musikkassette von Rod Stewart, unbedeutende Fotos, ein alter Ikea-Katalog und ein Viertelliter Benzin.

Als ich am Lavo-Magick! ankam, bemerkte ich, dass es Konkurrenz gab – anscheinend war ich nicht der erste Kunde auf Abwegen. Die Fassade war mit Aufklebern und Graffiti übersät, die beiden Fenster mit Eisenstangen vergittert. Auf dem Gehweg gor eine Urinpfütze vor sich hin, daneben lag eine Plastiktüte mit Kleidern. Bei den Betonstufen, die zum Waschsalon hinaufführten, lag ein alter – also halbversteinerter – Hundehaufen.

Drinnen war es nicht so schlimm wie erwartet. An den Wänden prangten zwar einige Aufkleber und verschlungene Initialen, aber es gab weder Graffiti noch Pisse. In der Ecke standen vier alte orange Klappstühle, passend zu den vier Waschmaschinen und Trocknern, was ich irgendwie nett fand.

Da ich befürchtete, jemand könne hereinkommen, stopfte ich meine Objekte und Kleider in eine Waschmaschine und schloss die Tür. Zum ersten Mal kam mir der Gedanke, dass mein kleines Experiment einem Ladenbesitzer irreparablen Schaden zufügen könnte. Oder dass die Person, die nach mir Maschine Nummer vier benutzte, ihre Textilien von heißem Matsch überzogen vorfinden könnte, während ich längst auf und davon wäre. Ich schaute in meine Brieftasche – fünfunddreißig Euro in Scheinen und eine Zwei-Euro-Münze. Außerdem hatte ich einen Marker und einen Notizblock dabei. Ich würde einen Zettel mit der Aufschrift *Defekt* auf die Maschine kleben und Bargeld hinterlassen, nein, kein Bargeld, das könnte wer weiß wer mitnehmen. Ich würde mir zu Hause das Impressum von Lavo-Magick! ansehen und etwas spenden. Mit einem hoffnungsvollen Blick zur Decke öffnete ich das Waschmittelfach und ließ gluckernd Benzin hineinlaufen.

Während ich dasaß und zusah, wie meine abgelegten Sachen in die Vergessenheit wirbelten, wünschte ich mir, ich könnte mit Anne sprechen. Ich sehnte mich danach, sie an meiner Seite zu haben, während zweiundvierzig Minuten Rod-Stewart-Balladen in Benzin gespült wurden. Aber wenn man etwas Schlechtes getan hat, verliert man die Möglichkeit, die guten Dinge miteinander zu teilen. Das war vielleicht am schlimmsten, jedenfalls in diesem Moment. Ich wollte die Hand ausstrecken und meine Frau zum Lachen bringen und hatte nicht das Recht dazu. Ich konnte sie nicht mehr zum Lachen bringen.

Nach zwanzig Minuten verkündete ein müdes Piepsen, meine *Kleider* seien fertig. Ich öffnete die Tür und spähte hinein. Die Stahltrommel war nicht so verschmutzt, wie ich befürchtet hatte – die Mischung aus Benzin und Wasser war auf den Gegenständen nicht zu öligen Klümpchen erstarrt.

Die Kassette war in einem schlechten Zustand – sorry, Rod. Die T-Shirts sahen aus, als hätte man mit ihnen eine Nachgeburt weggewischt, doch der Geruch war seltsamerweise nicht unangenehm, eine Mischung aus Auspuffgasen und Pflaumensaft. Den Katalog hatte es am schlimmsten erwischt – er war nur noch eine zerfledderte, breiige Masse. Als ich die Papierkügelchen im Gitter der Stahltrommel sah, war ich mir ziemlich sicher, dass der Katalog und die Tatsache, dass ich Gefahrenmaterial in das Gerät gekippt hatte, die arme Waschmaschine vermutlich das Leben gekostet hatten.

Ich kritzelte den Defekt-Hinweis und versuchte, mein schlechtes Gewissen zu verdrängen. So viel Benzin war es nun auch wieder nicht gewesen. Vielleicht ließ es sich im wahrsten Sinne des Wortes herauswaschen. Ich könnte Lavo-Magick! sogar im Ausstellungskatalog namentlich erwähnen, falls es je einen geben sollte. Ich könnte ihnen ein Kunstwerk schenken.

Als das handgeschriebene Schild an der Waschmaschine pappte, fühlte ich mich ein wenig besser und packte mein Zeug in einen Trockner. Vermutlich würde ich damit eine weitere Maschine demolieren.

Oder die ganze Nachbarschaft in die Luft jagen. Etwa eine Minute nach dem Start nahm mein ehefrauenfreies (und daher stark geschwächtes) Gehirn wieder die Arbeit auf und schlug vor, dass es vielleicht keine gute Idee sei, Benzin und trockene Hitze miteinander zu verbinden. Brandgeruch bestätigte die Annahme, und ich schaltete das Ding aus. Ich befürchtete, dass jeden Augenblick die Nachbarschaftshilfe hereinkommen und über den bescheuerten Ausländer herfallen würde, der in ihrem Waschsalon wissenschaftliche Experimente durchführte.

Ich stopfte die klebrigen Klumpen zurück in die Tüte, hinterließ zwanzig Euro Bußgeld auf der kränkelnden Waschmaschine und machte mich schleunigst davon. Die Tatsache, dass ich Lavo-Magick! nicht bis auf die Grundmauern niedergebrannt hatte, war in der Tat pure Magie.

Vier Tage vergingen, bis ich den Mut fand, bei Azar Sabounjian anzurufen. Inzwischen war es mehr der Mut der Verzweiflung. Camille war von ihrer besten Freundin Marie spontan übers Wochenende nach Bordeaux eingeladen worden, weshalb ich die nächsten drei Tage allein sein würde. Vermutlich quälte ich mich weniger, wenn ich über etwas nachdenken konnte. Falls mich Azar ablehnte, würde ich mich das Wochenende über in Selbstmitleid suhlen. Sollte er meinen lächerlichen Entwurf akzeptieren, würde ich mich in meinem Triumph sonnen.

Ich wählte die Nummer der Galerie. Als das Telefon klingelte, vermisste ich plötzlich einen Festnetzanschluss. Was, wenn ich nun diesen komischen Widerhall hörte, der bei Handys manchmal vorkam? Nach fünfmaligem Klingeln meldete sich eine Empfangsdame. Ich hörte einen britischen Akzent heraus, obwohl sie Französisch sprach, wollte aber nicht zu vertraulich mit einem Menschen umgehen, den ich gar nicht kannte, und fragte sie daher auf Französisch, ob ich mit Azar sprechen könne.

»Dürfte ich fragen, wer am Apparat ist?«

Eine unangenehme Frage, Azar kannte mich nicht.

»Ein unzufriedener Klient der Galerie Premier Regard.« Es war das Erste, was mir in den Sinn kam, und ganz schön gemein gegenüber Julien. In der Pariser Kunstwelt ging der gute Ruf über alles – es würde sich herumsprechen. Andererseits hatte Julien nach eigener Aussage ein Hühnchen mit Azar zu rupfen. Dieses Wissen konnte mir von Nutzen sein.

»Dürfte ich fragen, worum es geht?« Die Frau schien unbeeindruckt von meiner Unzufriedenheit.

»Ich bin Künstler. Ich hatte einige Ausstellungen in der Gegend und würde gerne mit ihm über eine Installation sprechen.«

»Aber Sie haben noch nie bei uns ausgestellt?«

»Nein.« Ich schluckte. »Aber ich habe im Atelier Buci und im Premier Regard –«

»Verstehe. Aber wir nehmen Künstler nicht nur aufgrund von Referenzen.«

»Ich habe keine Referenzen.« Jetzt war es heraus. »Ich meine, ich wollte diese Galerien nicht als Referenz anführen. Ich möchte einfach nur … eine Idee vorstellen.«

»Es tut mir leid, aber –« Schweigen, das Telefon wurde auf eine harte Oberfläche gelegt. Ich hörte im Hintergrund gedämpfte Stimmen.

»Können Sie bitte warten, Mr …?«

»Haddon.«

Und so wartete ich. Nach einer bescheidenen Ewigkeit meldete sich ein Mann.

»Hier spricht Azar Sabounjian«, sagte die kultivierte Stimme. »Was kann ich für Sie tun?«

Es war schön und gut, einen schriftlichen Entwurf neben mir auf dem Tisch liegen zu haben, doch ich hatte völlig vergessen, auch etwas Mündliches vorzubereiten.

»Mein Name ist Richard Haddon, ich hatte mehrere Ausstellungen in der Gegend –«

»Das sagte mir Alice bereits.«

»Ich habe eine Idee für eine Installation, die für Ihre Galerie wie geschaffen wäre.«

»Sie sind mit meiner Galerie vertraut?« Ich meinte, ihn etwas in den Computer eintippen zuhören.

»Selbstverständlich.«

»Verstehe«, sagte er zerstreut. »Und wo, sagten Sie, haben Sie ausgestellt?«

»Ich bin ursprünglich aus London. Ich hatte dort einige Ausstellungen und auch in den Vereinigten Staaten und hier in Paris.«

»Wo in Paris?«

»Im Premier Regard, Espace 66, Atelier Buci –«

»Aha.« Er hüstelte. »Sie kennen also Julien?«

»Ja.« Ich hielt mich bedeckt, da ich nicht wusste, ob das gut oder schlecht war.

»Hat er Ihre Arbeiten verkauft?«

»Ja, sehr viele sogar.«

»Und warum machen Sie Ihre Installation nicht bei ihm?«

»Er macht keine Installationen.«

Azar schnaubte, was ich als gutes Zeichen deutete.

»Und worum genau geht es bei der Installation?«

»Die Beziehung zwischen Amerika und England bezüglich des Irak.«

»Und Sie sind Brite, sagen Sie?«

Ich bejahte.

Nach einer unnötig langen Pause sagte er: »Hören Sie zu, Richard. Ich mag Installationen. Ich mag internationale Kunst. Ich mag junge Kunst …«

Ich zitterte. Ich war Mitte dreißig. War das nun jung oder alt?

»Ich bin kein Fan von Blindbewerbungen, aber ich finde George Bush zum Kotzen.« Seine Worte klangen knapp und abgehackt. »Warum kommen Sie nicht vorbei, mal sehen … Alice?!«, brüllte er. »Freitag, der 28.?«

Ich brauchte nur zwei Sekunden für die Antwort. Dank meiner demolierten Ehe hatte ich keinen einzigen Freitag in der näheren Zukunft verplant.

»Ich gebe Ihnen zehn Minuten«, bot er mir an.

»Zehn Minuten sind gut.«

»Dann kommen Sie nachmittags. Sagen wir um drei?«

»Drei Uhr«, wiederholte ich. »Perfekt.«

»Sehr schön. Dann sehen wir uns morgen.«

Die Stille dröhnte grell in meinem Ohr. Verdammte Scheiße, dachte ich, als ich das Handy weglegte. Der 28. war *morgen*?

19

Am nächsten Tag machte ich mich mit einer Mappe voller Zeichnungen und mit einem Magengeschwür auf den Weg ins 6. Arrondissement. Seit sieben Jahren hatte ich kein berufliches Wagnis mehr unternommen, ohne dass meine Frau mir vorher Mut zugesprochen hatte. Doch statt an der Küchentheke zu sitzen und mir Annes Weisheiten anzuhören, während die Kaffeemaschine zischte und die Butter weich wurde und Camille die Bluse ihrer Schuluniform mit Himbeermarmelade bekleckerte, hatte ich im Stehen in einem Café gefrühstückt, neben einem Haufen Betrunkener, die sich über meine Aktentasche lustig gemacht hatten, eine bezeichnende Reaktion in einem Land mit einer Arbeitslosenquote von 9,7 Prozent.

Ich war zu unruhig, um meine Zeit zu Hause zu vertrödeln, und lief an der Seine auf und ab, bis die Galerien im Viertel öffneten. Ich wollte die Arbeiten meiner Kollegen sondieren, das hatte ich seit geraumer Zeit versäumt. Nachdem ich zwei Stunden umhergelaufen war, schien mein Projekt zum Scheitern verurteilt. Mein Entwurf umfasste weder Bilder von Frauen mit nacktem Oberkörper in bunt bedruckten Höschen, noch Neonschilder mit ironischen Wörtern wie *glücklich* oder gewaltige Berge an Dreck. Aber das war in Ordnung. Ich konnte notfalls wieder zu meinen Eltern ziehen und im Muffin Break arbeiten.

Um Viertel vor drei machte ich mich auf den Weg zur Rue

Saint André-des-Arts. Die Galerie Azar Sabounjian residierte neben einem Laden von Isabel Marant, deren handgezeichneter Stern neben dem Logo signalisierte, dass man das Königreich des Hip betrat.

Als ich in die Galerie kam, telefonierte die Empfangsdame gerade – es war dieselbe Frau, mit der ich am Vortag gesprochen hatte. Sie betonte die falschen Silben, wie es Engländer im Französischen zu tun pflegen. Sie hatte endlose Beine und trug eine hochgeschnittene Hose, die selbst bei einem so attraktiven Mädchen unnötig viel Aufmerksamkeit auf den Beckenboden lenkte.

Als sie auflegte, war ich unwiderruflich davon überzeugt, dass sie Engländerin war, stellte mich in meiner Muttersprache vor und erwähnte meinen Termin bei Azar. Das war mein erster Fehler. Ich selbst hasse es, wenn Leute Englisch mit mir sprechen, nachdem ich gerade etwas auf Französisch gesagt habe, und ich hatte keine Ahnung, weshalb ich genau das nun bei ihr tat. Es sollte vertraulich klingen, wirkte aber beleidigend. Sie warf einen Blick in den Terminkalender und zuckte lässig mit den Schultern, bevor sie mir (auf Französisch) mitteilte, Monsieur Sabounjian sei noch nicht vom Mittagessen zurück. Ob ich auf diesem überaus unbequemen Stuhl auf ihn warten wolle?

Wenn er um drei noch nicht vom Mittagessen zurück war, musste er in der Tat Franzose sein. Die Empfangsdame – Alice, wenn ich mich recht erinnerte – schlenderte hin und her, machte Fotokopien und schob Dinge auf ihrem Schreibtisch umher, um irgendwie beschäftigt zu wirken.

Um zwanzig nach drei fragte ich mich, ob ich aufs Klo gehen sollte. Schwere Entscheidung. Wenn ich wartete, würde ich womöglich während unseres Gesprächs müssen. Wenn ich jetzt ging, wäre ich womöglich bei Azars Rückkehr auf der Toilette, was noch schlimmer wäre. Ich warf die Zeitschrift weg, in der ich ohnehin nicht gelesen hatte, stand auf und erkundigte mich beiläufig nach der Toilette. Ohne die Augen vom Bildschirm abzuwenden, deutete Alice in einen Flur und teilte mir hartnäckig auf Französisch mit, es sei gleich die erste Tür links.

Ich ging durch den Flur, vorbei an einer Reihe von Bondage-Fotografien, die anscheinend mit Fruchtgummi und Cheeststrings nachgestellt worden waren, bis ich die Toilette fand, die von innen ganz mit Alufolie ausgekleidet war. Als ich in den Empfangsbereich zurückkehrte, bemerkte ich sofort den gutaussehenden Mann im dreiteiligen Anzug, der auf der Kante von Alices Schreibtisch hockte.

»Richard, nehme ich an?« Er neigte den Kopf zur Seite. Verdammt nochmal, dachte ich, und gab ihm die Hand. Sie war noch nicht mal richtig trocken.

»Sollen wir uns in meinem Büro unterhalten?« Er wies mir den Weg.

»Ja. Ich muss nur eben …« Ich griff nach der Aktentasche, die ich neben meinen Stuhl gestellt hatte, und folgte dem Mann, der mein Schicksal in den Händen hielt.

Azars Büro sah genauso aus, wie ich es erwartet hatte: tadellos organisiert und aufgeräumt, mit zwei Regalen, in denen eine sorgfältige Auswahl an Büchern stand. Sein Schreibtisch war aus massivem Mahagoni. Die Lederoberfläche wurde von einem Pelz umrahmt, bei dem es sich hoffentlich um Panda-Imitat handelte.

Azar setzte sich auf einen transparenten Drehstuhl und deutete auf einen Hocker. Dänisches Design, ganz sicher teuer, aber dennoch nur ein Hocker. Ich fragte mich, ob er eine Narrenkappe für mich bereithielt.

»Also.« Er verschränkte die Arme auf dem Tisch. »Ich habe nicht viel Zeit, wie schon erwähnt.«

»Stimmt.« Ich öffnete meine Aktentasche und holte Mappe und Zeichnungen heraus. »Das sind einige Fotos meiner neuesten Arbeiten, mit Zeitungsausschnitten.« Ich schob ihm die Mappe hin.

»Die sehe ich mir später an.« Er legte sie beiseite. »Sprechen wir über den Irak.«

»Wunderbar.« Ich bemühte mich, nicht rot zu werden. »Ich habe hier einen Entwurf, Sie könnten ihn lesen, oder –?«

»Warum fassen Sie es nicht für mich zusammen?« Er lehnte sich auf dem Stuhl zurück.

»Sehr gut.« Ich setzte mich so aufrecht wie möglich hin. »Ich möchte die Installation *WarWash* nennen, und obwohl der Krieg noch nicht begonnen hat –«

»Das wird er aber.«

»Genau. Also, ich bin Engländer, habe aber viel Zeit in Amerika verbracht, und die Tatsache, dass sich die beiden Länder wegen etwas so Unbewiesenem militärisch zusammenschließen, ist völlig absurd. Daher kam mir die Idee zu einer interaktiven Installation, die auf Fehlern basiert. Ich würde mit zwei Waschmaschinen arbeiten, einer britischen und einer amerikanischen, und mit bestimmten Gegenständen, die mich an Fehler erinnern, die in beiden Ländern begangen wurden, sowohl persönliche als auch politische Fehler. Diese Gegenstände würde ich in den jeweiligen Maschinen waschen, und die Öffentlichkeit wäre eingeladen, eigene Objekte mitzubringen. Allerdings würde alles in Benzin gewaschen.«

»In Benzin? Also in Öl?«, fragte Azar mit hochgezogenen Augenbrauen.

»In der Tat. Und hinter den Plattformen, auf denen die Maschinen stehen, würde eine Wäscheleine gespannt, auf der wir die Gegenstände später trocknen. Ich würde dem Objekt und der Person, die es gespendet hat, eine handgestempelte Erkennungsmarke zuweisen.«

»Verstehe.« Er trommelte mit den Fingern auf der Tischplatte. »Die Objekte würden also wie Leichen aussehen?«

»Das hängt natürlich von der Größe des Gegenstandes ab. Aber wenn sie mit Schlamm bedeckt sind, könnte es hinkommen. Entweder wie Leichen oder wie, ähm, Föten.«

»Föten.« Er notierte sich etwas. »Verstehe.«

Ich schwieg. Zu diesem Wort gab es nicht viel zu sagen.

Er blätterte in meiner Mappe. »Ich nehme an, Sie haben das schon ausprobiert.«

Ich bejahte die Frage erleichtert.

»Und nichts ist in die Luft geflogen?«

»Nein«, sagte ich so überzeugend wie möglich. »Aber man kann die Sachen nicht in den Trockner tun. Und Papier verursacht eine Riesenschweinerei.«

Er nickte. »Haben Sie eine Materialliste dabei?« Er blickte zu dem Papierstapel auf meinem Schoß.

Ich reichte ihm meinen Entwurf. Zu meinem großen Entsetzen las er ihn laut vor.

»Materialbedarf: Zwei Waschmaschinen, eine Whirlpool (Kosten: 400 Euro), eine Tricity Bendix (Kosten: 350 Euro). Vermutlich einen Umwandler und einen Überspannungsschutz (Kosten: 25 Euro). Zwei große geflochtene Wäschekörbe (IKEA, Kosten: 9 Euro pro Stück). Sechs Benzinkanister (Kosten pro Kanister: 18 Euro). Drei Packungen Latexhandschuhe (Kosten: 10 Euro). Zwei große Suppentöpfe (Kosten pro Stück: 15 Euro). Zwei hölzerne Plattformen à 10 m² (Castorama, Kosten: etwa 100 Euro). Fünfzig Erkennungsmarken (Kosten: 200 Euro). Ein Graviergerät (Kosten: 75 Euro). Eine Wäscheleine (Kosten: 15 Euro). Wäscheklammern (Kosten: 5 Euro); Nylon für eine vertauschte Version der britischen und amerikanischen Flagge

(Kosten: 25 Euro); Farben für die Flagge (Kosten: 40 Euro); schwarze Plane (Kosten: 20 Euro).«

Er rieb sich das Kinn, griff nach einem Stift und notierte etwas. Dann fuhr er ohne aufzublicken fort:

»Aufbau: Die Installation erfordert etwa eine Fläche von vierzig Quadratmetern. Die beiden Waschmaschinen stehen nebeneinander, die amerikanische links, die britische rechts. Zwischen den Maschinen sollte etwa ein halber Meter Raum bleiben. Ein Wäschekorb steht links von der amerikanischen Maschine, der andere rechts von der britischen Maschine, daneben jeweils ein Benzinkanister. Hinter den beiden Maschinen hängen miteinander verschmolzene, in Öl gemalte Versionen der britischen und amerikanischen Flagge, vom Künstler geschaffen (siehe beigefügte Zeichnung). Die Tatsache, dass es sich um zwei Flaggen handelt, wird immer deutlicher, je weiter sich der Betrachter von den Maschinen entfernt. Die Waschmaschinen, Wäschekörbe und Benzinkanister werden auf einer hölzernen Plattform befestigt. Der Aufbau soll eine politische Debatte evozieren. Die Wäscheleine hängt rechts von den Maschinen. Unter den trocknenden Gegenständen wird eine schwarze Plane ausgelegt und so zurechtgeschnitten, dass sie an Leichensäcke erinnert.«

Wieder notierte er sich etwas, was mich wahnsinnig machte. Vermutlich war es sein Einkaufszettel: Könnten Sie meiner Frau sagen, dass ich ganz scharf auf Wildpilze und Farfalle bin? Und wir haben kein doppellagiges Klopapier mehr. Danke, Alice, Sie sind ein Schatz.

Er lehnte sich zurück und fuhr sich mit den Fingern durch den üppigen Haarschopf, bevor er zur letzten Seite des Entwurfs kam.

»Erklärung des Künstlers: Die Installation mit dem Arbeitstitel *WarWash* soll ein Schlaglicht auf die sinnlosen Bemühungen der amerikanischen und britischen Regierung werfen, die im Irak nach Massenvernichtungswaffen suchen. Das geschieht, indem die Öffentlichkeit in eine absurde häusliche Tätigkeit einbezogen wird: Gegenstände in Benzin zu waschen. Durch die Objektauswahl, die den Künstler und die Teilnehmer an vergangene Fehler erinnert, spricht die Installation eine intellektuelle, visuelle und olfaktorische Ebene an und sollte daher Fans von Künstlern wie Sophie Calle und Maurizio Cattelan gefallen.«

Das war's. Mehr gab es nicht zu lesen. Nur meine Zeichnungen waren noch übrig, die er kaum eines Blickes gewürdigt hatte.

Azar drehte sich auf seinem schicken Stuhl nach rechts und dann nach links. Schließlich schob er alle meine Unterlagen zu einem säuberlichen Haufen zusammen und legte einen silbernen Briefbeschwerer in Form eines Tannenzapfens darauf.

»Sehr schön«, verkündete er und nickte. Er notierte sich eine letzte Zeile, die anscheinend in einem Ausrufezeichen endete.

»Kommen Sie mit.«

Hinter seiner Bürotür bog er nicht nach rechts ab, um mich zu meiner Landsfrau mit der hohen Taille zurückzuführen, die online ihre Zeit vertrödelte. Stattdessen ging er mit mir um die Ecke zu einem Torbogen, der mit Abdeckfolie verhängt war. Er öffnete den Reißverschluss einer Plastiktür und bedeutete mir, hindurchzugehen. Jetzt begriff ich, was Julien gemeint hatte, als er Azar hart genannt hatte. Er verfügte sogar über einen Hinterausgang für abgelehnte Künstler.

Nachdem er mir durch die Plastiktür gefolgt war, holte er eine Taschenlampe aus seinem Blazer.

»Wir arbeiten noch an der Elektrik.« Er schaltete sie ein. »Und an der Farbe.«

Ich sah mich schweigend um. Azar wusste, was ich konnte.

Er hatte gesehen, wie ich malte. Möglicherweise wollte er mich bitten, seinen Ausstellungsraum zu streichen.

»So, das wäre das.« Er hielt mir die Plastiktür auf. Als wir wieder im Flur standen, wischte er sich den Staub vom Anzug.

»Der Raum ist Ende März fertig.« Er schnippte ein Stückchen getrocknete Farbe vom Ellbogen. »Wollen Sie?«

Ohne abzuwarten, bis sich mein Puls wieder normalisiert hatte, fuhr er fort: »Da wir noch nie zusammengearbeitet haben, müssten Sie die Kosten der Installation vorschießen. Sollten wir sie verkaufen, erstatten wir Ihnen den Preis. Einverstanden?«

Ich war wie gebannt von seinen perfekten Zähnen. Ich war geplättet. Ich konnte nicht sprechen.

»Phantastisch«, sagte er lächelnd. »Das wird toll.« Er holte eine Visitenkarte aus dem Jackett. »Rufen Sie mich nächste Woche an – Sie können den Termin mit Alice vereinbaren.«

Ich bemühte mich sehr, meine Aufregung zu verbergen, und erwähnte, dass ich keine Visitenkarte besäße, meine Telefonnummer und Adresse aber auf meinem Entwurf vermerkt seien. Er sah mich ein wenig mitfühlend an und streckte die Hand aus.

»Ach ja, und wenn Sie meine Galerie zerstören, zahlen Sie dafür. Das wird in einer Zusatzklausel stehen.«

»Eine Zusatzklausel«, wiederholte ich. »Natürlich.«

Azar brachte mich zur Tür und stellte mich unterwegs Alice – das kleine Biest war in der Tat Britin – offiziell vor. Beide sagten, ich solle anrufen, wenn ich Hilfe beim Materialeinkauf benötigte, und wünschten mir ein *»bon week-end«*.

Wie betäubt taumelte ich hinaus ins Feierabendgewühl, rempelte alte Damen mit Einkaufstrolleys und Frauen mit Blumensträußen an. Es war passiert. Er hatte ja gesagt. Nachdem ich mich monatelang gefühlt hatte, als wäre ich von einer lebenswichtigen Energiequelle abgeschnitten, hatte ich nun einen winzigen Prozentsatz meines alten Ichs zurückerlangt. Ich war wie elektrisiert. Stolz und nervös. Ich wollte es Anne erzählen.

Ich ging die steile Straße zum Jardin du Luxembourg hinauf, vorbei an den Nebengebäuden der Sorbonne. Ich schwang meine Aktentasche hin und her. Mein Schritt war beschwingt, mein Nachmittag ein Musical, Paris meine Bühne. Auf Höhe der Springbrunnen am Eingang wurde mir klar, dass ich meine Begeisterung einfach nicht bezähmen konnte. Ich musste es meiner Frau erzählen. Ich holte mein Handy heraus, der Akku war leer. Ich hatte es in letzter Zeit kaum benutzt und nicht daran gedacht, es heute Morgen aufzuladen. Nun konnte ich die guten Neuigkeiten nicht mit der einzigen Person teilen, auf die es ankam. Ich setzte mich auf eine Bank und überlegte, ob ich bei uns zu Hause vorbeigehen sollte. Einerseits war ich ganz in der Nähe, andererseits war es noch nicht einmal fünf. Anne wäre vermutlich gar nicht zu Hause, zumal Camille schon nach Bordeaux gefahren war. Und wenn sie da wäre, würde sie sich vermutlich aufregen, weil ich nicht vorher angerufen hatte. Andererseits würde es sie vielleicht rühren, wie dringend ich sie sehen wollte. Ich beschloss, es auf einen Versuch ankommen zu lassen. Es war nur eine Viertelstunde zu Fuß, und notfalls konnte ich ihr auch eine Nachricht hinterlassen. Vielleicht würde sie sogar mit mir essen gehen. Vielleicht bestünde die winzige Chance, dass sie noch nichts vorhatte.

Als ich unser Gartentor erreichte, stellte ich überrascht fest, dass in der Küche Licht brannte. Und dann sah ich meine Frau. Sie ging am Fenster vorbei. Sie telefonierte. Obwohl ich den Schlüssel dabeihatte, kam es mir vor, als dürfte ich sie nur von hier draußen beobachten. Sie füllte am Spülbecken etwas mit Wasser und klemmte das Telefon währenddessen zwischen

Wange und Schulter. Vielleicht eine Blumenvase. Anders als ich in meiner Wohnung hielt Anne den Haushalt tadellos in Ordnung.

Ich ging den Weg entlang und probte meine Rede – ich habe gerade eine wunderbare Neuigkeit erfahren, mein Akku war leer, ich wollte es dir unbedingt erzählen –, als ich durchs Fenster eine weitere Person bemerkte. Sie sagte etwas zu Anne, die daraufhin nickte und in die Küche deutete, während sie weitertelefonierte. Als sich derjenige herumdrehte, sah ich, dass es Thomas war. Thomas in meiner Küche. An einem Freitagabend.

Mein Herz hämmerte wie wild, es war, als presste jemand meinen Kopf zusammen. Vielleicht arbeiteten sie; es war absolut möglich, dass sie arbeiteten. Bei der Anhörung hatten die Geschworenen für die schwangeren Frauen gestimmt, doch die Winzer waren in Berufung gegangen. Anne arbeitete mehr denn je, das hatte sie mir selbst gesagt. Aber es war auch nur noch eine Stunde hin bis zum offiziellen Wochenendbeginn, ihre Tochter war nicht daheim, und der Mann, mit dem sie diese Tochter gezeugt hatte, wohnte zurzeit woanders. Ich schaute zu, wie Anne vom Fenster wegtrat, und meine Knie gaben unter mir nach. Ich konnte mich nicht bewegen. Als Kind hatte ich einmal zu wild geschaukelt und war aus großer Höhe auf den Bauch gefallen. Ich erinnerte mich, wie ich mit dem Gesicht nach unten in einer Mischung aus Erde und Sand gelegen und die Ameisen betrachtet hatte, während mein Inneres wehtat und sich völlig luftleer anfühlte.

Mit dem gleichen hohlen Gefühl wandte ich mich ab, in der Gewissheit, dass bei meinem Überraschungsbesuch nichts Gutes rauskommen würde. Da öffnete sich die Tür hinter mir. »Richard?« Es war Anne.

Ich musste mich zwingen, mich umzudrehen.

»Was machst du hier?«

»Ich …« Leere Hände, leerer Kopf. Was war ich doch für ein Trottel.

»Alles in Ordnung mit dir?«

»Klar!« Ich zuckte mit den Schultern. »Ich war gerade in der Gegend und wollte dir eine Neuigkeit …« Ich holte zum Beweis das Handy aus der Tasche. »Mein Akku war leer, daher konnte ich nicht anrufen, aber ich sehe, dass ich, hm, hätte anrufen sollen.«

Ich musterte sie und stellte ein wenig beruhigt fest, dass sie flache Schuhe trug.

»Tut mir leid, wenn ich störe.«

»Nein.« Sie trat von einem Fuß auf den anderen. »Es kommt nur … überraschend. Ich habe Camille weggebracht, sie war ganz aufgeregt, wie du dir vorstellen kannst. Wir müssen … wir müssen uns was einfallen lassen. Das ist jetzt schon das zweite Mal, dass die Merciers sie irgendwohin mitgenommen haben.«

Ich nickte, mein ganzer Körper bewegte sich im Einklang mit meinem dummen Kopf. »Sicher.«

»Du kannst reinkommen. Wir … Thomas ist hier.«

»Ja.« Ich nickte noch immer. »Das hatte ich bemerkt.«

»Wir … arbeiten. Oder machen gerade Schluss, ich –«

Ich hörte nicht zu. In meinem Kopf rauschte es. Ich konnte nur daran denken, dass er jeden Augenblick hinter meiner Frau auftauchen würde, groß und gutaussehend, mit diesen Lippen und ohne Schuhe.

»Nein, ähm, ich muss los, ich war nur gerade in der Nähe, also, wenn du noch arbeitest?«

»Du hast gesagt, es gibt Neuigkeiten.« Sie schaute über die Schulter.

»Oh! Ja. Ich habe … ich habe *WarWash* in einer neuen Galerie vorgestellt. Bei Azar Sabounjian.«

Sie schaute mich beeindruckt an.

»Und er hat es genommen. Ich meine, er nimmt es für April.«

»O mein Gott, das ist ja wunderbar!« Sie kam die Stufen herunter, legte die Arme um mich und umfing mich mit ihrem Duft, einer berauschenden Mischung aus Limone und Zeder, die ich noch nicht kannte.

Ich musste zusammengezuckt sein, denn sie wich zurück.

»Ich freue mich wirklich für dich. Das ist wunderbar.«

»Ja, ich hatte irgendwie gehofft ...« Ich schaute auf meine Füße. »Es war dumm von mir. Du hast offenbar was vor. Ich wollte es dir nur erzählen. Damit du es weißt.«

»Ja.« Sie schaute wieder über ihre Schulter. »Wir müssen wegen der Berufung Überstunden machen. Und wir versuchen, ein bisschen Spaß dabei zu haben.«

Frag jetzt nicht nach Selena, Richard. Frag nicht nach Jacques. Lass nicht zu, dass sich deine Eingeweide verknoten, nur weil du keine Ahnung hast, was Thomas allein in deinem Haus zu suchen hat.

»Du kannst gerne reinkommen. Wir könnten darauf anstoßen.«

»Nein. Ich habe euch unterbrochen. Ein anderes Mal.«

»Ganz bestimmt. Das ist wirklich ein Grund zum Feiern.«

Ich versuchte zu lächeln. »Sicher.«

Sie lächelte zurück, und ich fiel in mich zusammen. Ihre Haltung und das gezwungene Lächeln verrieten mir, dass das, was ich für Traurigkeit gehalten hatte, in Wirklichkeit Mitleid war.

Ich schob die Hände in die Taschen. »Mir gefällt dein neues Parfüm.«

Sie wurde rot. »Oh, danke.«

Ich schaute sie an und spürte, wie sich meine Demütigung in Zorn verwandelte. Ich wollte meine Frau zurück. Ich wollte in mein eigenes Haus gehen. Ich wollte wissen, was der Typ dort drinnen machte. Stattdessen verabschiedete ich mich mit einem jämmerlichen Gruß und trat auf den Gehweg, auf den ich vor gar nicht so langer Zeit *Ich liebe Âne* geschrieben hatte.

Bei einem Waffenstillstand sind die Bindungen zerbrechlich und den Gezeiten unterworfen. Noch vor zehn Minuten war ich voller Hoffnung gewesen, die gute Neuigkeit hatte mir Auftrieb gegeben. Doch nun, auf dem Heimweg, der eigentlich keiner war, war ich niedergeschmettert vor lauter Enttäuschung und, schlimmer noch, Unwissenheit. Ich war davon ausgegangen, dass die Trennung für Anne ebenso schwer wäre wie für mich. Jetzt wurde mir jedoch klar, dass meine Frau diese Phase völlig anders erlebte. Dass sie sich nicht gefangen, sondern womöglich endlich frei fühlte.

20

Obwohl ich T. S. Eliot bewundere, stimme ich mit seinen sozio-meteorologischen Ansichten nicht überein. April ist nicht der grausamste Monat; das ist der Februar. Er ist endlos und freudlos. Ich verbrachte fast den ganzen Monat damit, das notwendige Material für *WarWash* zusammenzusuchen und darüber nachzugrübeln, welche Gegenstände ich selbst waschen wollte. Es war eine echte Herausforderung, Dinge zu finden, die meine eigenen Fehler und gleichzeitig die nationale Erfahrung widerspiegelten.

Für die britische Maschine musste ich einfach das Rezept meiner Mutter für Rinderzunge mit Linsen beisteuern, eine Katastrophe, die sie mir in meiner Kindheit alle vierzehn Tage aufgezwungen hatte, nachdem sie irgendwo gelesen hatte, dass heranwachsende Jungen Folsäure bräuchten. Ich ließ mir von meinem Vater eine Caban-Jacke schicken, die ich Alistair Parnell in der Grundschule geklaut hatte und die immer noch in einem Müllsack versteckt im Kleiderschrank lag. Ich trieb die anderen dazu, ihn wegen der Jacke »Pansington Bär« zu nennen, und als ich herausfand, dass die Jacke seinem älteren Bruder gehörte, der im vergangenen Winter in einem Skilift an einem Gehirn-Aneurysma gestorben war, verdrängte ich meine grauenvolle Scham, indem ich ihn weiter aufzog. Diese Jacke, diese Erinnerung, sollte definitiv in Benzin ertränkt werden.

Außerdem wählte ich ein Geschirrtuch mit dem Konterfei von Margaret Thatcher und bildete ein Gewinnlos von Euromillions nach, das eine Engländerin gekauft hatte, als 113 Millionen im Jackpot waren. Sie hatte die Summe jedoch nicht bekommen, weil ihr ältlicher Ehemann das Los weggeworfen hatte. Und ich musste – ich musste einfach – ein Hochglanzfoto von David Beckham beisteuern, der bei der WM 1998 im Spiel gegen Argentinien Rot gesehen hatte, woraufhin Argentinien das Spiel gewann. Schließlich entschied ich mich noch für einen sieben Jahre alten Besucherausweis vom Charing Hempstead Hospital, in das mein Vater mit einer supraventrikulären Tachykardie eingeliefert worden war, einer Art kleinem Schlaganfall. Für die amerikanische Maschine nahm ich einige Gegenstände aus der Kiste, die ich aus unserem Haus in der Rue de la Tombe-Issoire mitgenommen hatte: eine Ausgabe der *Atkins-Diät* und eine Postkarte vom World Trade Center, die ich bei einer Reise vor 9/11 gekauft und an meine Eltern adressiert, aber nie abgeschickt hatte. Vieles andere musste ich in virtuellen Schatztruhen wie Ebay und Craigslist suchen: eine American-Heroes-Figur von George Bush; ein Poster der *Exxon Valdez*, bevor sie gesunken war; einen Wahlzettel aus Florida. Die restlichen Dinge, die ich brauchte, waren noch zu Hause unter dem Bett, in einem Schuhkarton mit Fotos und Erinnerungen. Überbleibsel aus meinen ersten Jahren mit Anne. Dinge, die mich zum Lächeln gebracht hatten. Dinge, die mir jetzt das Herz brechen würden.

Ich plante meine Entdeckungstour für einen Samstag, weil Camille dann zu Hause wäre. Ich war vor zwei Monaten ausgezogen. Wir hätten einen Besuchsplan erstellen sollen, wir hätten überhaupt einen Plan haben sollen, doch wann immer ich Anne-Laure nach einer langfristigen Perspektive fragte, sagte sie nur, sie brauche Zeit.

Und so verbrachte ich gestohlene, zufällige Augenblicke mit meiner Tochter: spontane Einladungen ins Kino, Ausflüge mit heißem Kakao, Übernachtungen unter der Woche, wenn Anne lange arbeiten musste. Ein richtiger Plan hätte mir zwar mehr Zeit mit Cam verschafft, aber er hätte mir auch das Gefühl gegeben, ich sei schon geschieden.

Als ich klingelte, öffnete mir mein kleines Mädchen mit Feenflügeln, Diadem und einem tuntigen Prinzessinnenkleid die Tür.

»Herein, herein!«, rief sie und schwenkte ihren Zauberstab. »Daddy ist da!«

Ich hob sie auf den Arm und bemühte mich, dabei nicht das Plastikdiadem herunterzufegen.

»Wie geht es meiner kleinen Prinzessin?«

»Ich bin eine Feen-Patin«, verkündete sie und sog meine Küsse in sich auf. »Also ehrlich!«

Anne war in der Küche. Sie hatte die Haare mit dem mottenzerfressenen Seidentuch zurückgebunden, das sie gern am Wochenende trug, um den Start eines gewaltigen Hausputzes zu signalisieren.

Sie kauerte vor dem Spülbecken, erhob sich und streifte die gelben Gummihandschuhe ab. Sie küsste mich auf jede Wange, eine so unnatürliche Geste, dass sie mich mehr schmerzte als überhaupt kein Kuss.

»Igitt. Meine Hände riechen nach Plastik.« Sie wich meinem Blick aus. »Camille möchte dir helfen, wenn du nichts dagegen hast. Brauchst du eine Tüte?«

Ich deutete auf den riesigen Stoffbeutel, den ich über der Schulter trug. »Hab was mitgebracht. Danke.«

»Und falls sie … falls sie so weit ist …« Anne zuckte zusammen. »Meinst du, du könntest sie dann zum Mittagsschlaf hinlegen?«

»Natürlich.« Ich kam mir vor wie ein Babysitter, nicht wie ein Vater.

»Gut.« Sie richtete sich auf. »Möchtest du … einen Kaffee?«

Ich hätte gern einen getrunken, aber ich konnte unseren unbeholfenen Umgang nicht länger ertragen. »Nein, danke.«

»Cam, möchtest du noch etwas Saft?«

»Ich trinke *Ambrosia*«, sagte sie und wirbelte den Zauberstab um ihren Kopf. »Na komm schon, Daddy!«

Ich folgte Camille in den ersten Stock und nahm den Geruch des Treppenläufers in mich auf, den Brotduft meines Hauses.

»Wo fangen wir an?«

»Schlafzimmer«, sagte ich, und mein Magen zog sich zusammen, als ich das Wort laut aussprach. Ich war seit einem Monat nicht mehr in unserem Schlafzimmer gewesen.

»Okay!« Sie trottete wie ein energisches Pony den Flur entlang.

Ich sah erleichtert, dass das Schlafzimmer so ordentlich war wie ein Hotelzimmer. Das Bett war tadellos gemacht, es duftete frisch, und in der Luft hing noch der leicht verbrannte Geruch des Staubsaugers.

Ich schaute mich nicht zu gründlich um. Camille sollte mein Unbehagen nicht spüren. Es war ein ganz normaler Tag, an dem Daddy seine Zeitkapsel durchsuchte, während seine Tochter auf dem Bett herumhüpfte.

Ich holte den weißen Schuhkarton von Stan Smith aus dem Versteck. Camille setzte sich auf die Matratze und stopfte den Tüllrock unter sich. Ihre Füße baumelten nur Zentimeter vor meinem Gesicht.

»Machst du ein Bild?«, fragte sie mit verschränkten Armen.

»Nein, Liebes.« Ich nahm den Deckel vom Karton. »Eher eine riesige Collage.«

Das Erste, was mich begrüßte, war der Kaufvertrag für den

Blauen Bären. Den musste ich kopieren, denn er kam auf jeden Fall in die Waschmaschine. Darunter lagen Quittungen für Malzubehör, die eigentlich in einen Aktenordner mit der Aufschrift *Steuer* gehörten.

»Mum sagt, du willst Sachen in die Waschmaschine tun.« Camille katapultierte sich vom Bett und ging zum Schrank. »Brauchst du ein T-Shirt?«

»Na ja.« Ich stützte mich auf die Ellbogen. »Kommt drauf an. Die Sache ist so. Weißt du noch, als du mit den Origami-Tieren angefangen hast? Und dabei manchmal Fehler gemacht hast? Du hast mit einem Nashorn begonnen, das irgendwann mehr wie ein Einhorn aussah, und dann hast du noch mal von vorn angefangen, bist du's richtig hinbekommen hast.«

Sie neigte den Kopf und schien unsicher, worauf ich hinauswollte.

»Und ich suche nach etwas, das wie das erste Nashorn ist. Das, was nicht richtig war.«

Ihr ganzes Gesicht zog sich zusammen.

Ich gab nach. »Okay. Such mir ein T-Shirt heraus. Ein richtig schmutziges.«

Cam verschwand in der Wäschekammer, und ich setzte meine Suche fort. Ich hatte mir von dem Schuhkarton mehr erhofft, was nur bewies, wie lange ich nichts Bedeutendes mehr hineingelegt hatte. Vor drei Jahren hatte ich regelmäßig Dinge hinzugefügt: einen von Annes typischen Einkaufszetteln (*Kaufen: Joghurt [bitte Vollmilch?], [Willst Du??]*), die Visitenkarte eines denkwürdig schlechten Restaurants, die kitschigen Hundebriefmarken, die meine Mutter auf ihre Postkarten klebte.

Unter einem unglückseligen Foto meines zweiundzwanzigjährigen Ichs bei einem Phish-Konzert in New Hampshire (ein sehr amerikanischer Fehler, der dringend gewaschen werden musste) fand ich einen der Gegenstände von meiner Liste: das

Belegexemplar der Anzeige im *Providence Phoenix*, mit der ich Anne den Heiratsantrag gemacht hatte. Die wollte ich nicht waschen, nur ansehen. In der Hand halten. *Anne-Laure: Willst du mich heiraten? Richard H.*

Camille kam mit einem Trainings-Shirt von Anne aus der Wäschekammer zurück, einem dieser doppellagigen Netzteile in leuchtendem Neon, das vermutlich eine dreistellige Zahl auf dem Preisschild gehabt hatte.

Ich bedankte mich, wusste aber schon, dass ich es niemals waschen würde. Also legte ich es beiseite und wühlte weiter im Karton. Unter dem Stiel vom ersten Eis, das Camille jemals in der Bretagne gegessen hatte, fand ich Punkt drei von meiner Liste: die Eintrittskarte für die Nan-Goldin-Ausstellung im Pompidou von Samstag, dem 12. Januar 2002, dem Tag, an dem ich Lisa kennengelernt hatte.

Ich schob das verfluchte Stück Papier heimlich in die Tasche. Unterdessen war Camille der archäologischen Ausgrabung überdrüssig geworden und hatte sich unter der Bettdecke verkrochen.

»Hier, Daddy. Möchtest du was?«

Sie hielt mir die hellgrüne Glasschale hin, in der Anne Lesezeichen, Camilles neueste Origami-Tiere und andere Kleinigkeiten, die für eine gute Nacht sorgen sollten, aufbewahrte.

»Sieh mal!«

Sie hielt meinen blauen Papierbären in ihren kleinen Fingern. Ich stand langsam auf, setzte mich neben sie und warf einen argwöhnischen Blick in den verlassenen Flur.

»Mal sehen.« Ich nahm Schale und Bär entgegen und drehte das Tier in den Händen.

»Hat Mummy dir erzählt, dass ich den gemacht habe?«

Sie zuckte mit den Schultern. »Nein.«

Das war ein noch besseres Omen als die Tatsache, dass sie

ihn überhaupt aufbewahrt hatte. Denn wenn etwas besonders wichtig oder schwierig war, behielt Anne es normalerweise für sich.

Mit einem tierischen Knurren setzte ich den blauen Bären auf die Decke und wühlte in der Schale. Eine Rabattkarte für ein neues Café, das in der Nachbarschaft eröffnet hatte (Kundenbindung und Kaffee zum Mitnehmen waren zwei neue Konzepte in Paris), ein ramponiertes Lesezeichen von Shakespeare & Company, ein gezeichnetes Herz mit einem Smiley in der Mitte (*signé* Camille) und eine kleine Karte mit einem von goldenen Blättern umrahmten *Dankeschön* auf der Vorderseite.

Ich griff nach der Karte. Es war eines dieser winzigen Dinger mit einem Loch, das die Floristen in persönlich angelieferte Blumensträuße stecken. Ich warf erneut einen Blick in den Flur, war aber immer noch allein mit Cam.

»Was ist das denn?«, fragte ich laut, als würde meine Schnüffelei dadurch entschuldigt, dass ich Camille zur Komplizin machte.

Liebe Anne-Laure,
ich kann Ihnen gar nicht genug danken, dass Sie sich so bemüht haben, mir zu zeigen, wo's langgeht. Sie sind eine Inspiration und ein echtes Vorbild für mich, und ich wünsche Ihnen nur das Beste.

Ihr
Thomas

»Na ja«, sagte ich und schob die Karte in die Tasche. Seit wann benutzten Untergebene bei Savda & Dern vertrauliche Pronomen wie »Ihr«, wenn sie an ihre Chefin schrieben? Er war nicht *ihrer*. Anne gehörte *mir*. Das hier war unser Bett, unser Leben, unser Haus. Dieses Leben gehörte noch immer mir.

»Okay!«, sagte ich und rieb Camille den Rücken. »Ich glaube, das wär's!«

»Aber du hast nicht viel gefunden, Daddy«, sagte sie und zog die Decke hoch.

Ich küsste sie auf die Stirn und sagte, es sei alles in Ordnung. Ich nahm ihr das Diadem ab und legte es in die Schale. Dann bemühte ich mich, alles wieder so anzuordnen, wie es vorher gewesen war.

»Wenn du wach wirst und ins Kino möchtest, kann Mummy mich anrufen. Das ist gar kein Problem. Ich komme gerne wieder.«

Sie verdrehte vor lauter Müdigkeit die Augen.

»Okay?«

»Okay. Hab dich lieb.«

Ich löste den Zauberstab aus ihren Fingern und legte ihn auf den Nachttisch.

»Hab dich auch lieb.«

Ich sauste mit einem »Camille schläft jetzt!« und einem »Danke für alles!« durch die Küche, um mir meine Eifersucht nicht anmerken zu lassen, und verließ das Haus. Konzentriere dich auf die guten Dinge, sagte ich mir. Dein Bär ist auch da.

Ich begab mich zum Premier Regard, weil mir noch der letzte Artikel für die amerikanische Waschmaschine fehlte und ich außerdem ein Friedensangebot überbringen wollte. Als ich das letzte Mal im Premier Regard gewesen war, hatte Julien seine Bestürzung über Sabounjians Zusage nicht verbergen können, und ich hatte seinen Neid genossen. Es war irgendwie peinlich gewesen, und wir hatten einander seitdem kaum gesehen. Der Besuch war längst überfällig, außerdem wollte ich ihn um etwas bitten.

Julien saß am Schreibtisch und starrte an die gegenüberliegende Wand. Der Schreibtisch, an dem Bérénice gesessen hatte, war verschwunden. Ich tippte an die Scheibe, und er winkte mich herein.

»Hey!« Zu meinem Erstaunen stand er auf und umarmte mich. Dann deutete er auf den fehlenden Tisch. »Schau, sie ist weg.«

»Das hatte ich schon bemerkt. Gut oder schlecht?«

»Sie ist durchgebrannt. Das hätte ich ihr gar nicht zugetraut. Wie sich herausstellte, hatte sie wohl doch eine ziemlich wilde Ader. Hat sich in einen Motocrossfahrer verliebt. Nun, was verschafft mir das Vergnügen? Bist du auf dem Weg zu Azar?«

Ich zog mir einen Stuhl heran. »Nein. Ich war gerade zu Hause. In meinem richtigen Zuhause.«

Julien zog eine Augenbraue hoch. »Und?«

Ich holte die kleine Karte aus der Tasche. »Der Typ schickt meiner Frau Blumen.«

Er setzte umständlich die Brille auf. »Hm.« Er drehte die Karte um. »Nun, nun. Das ist ziemlich harmlos, wenn ich ehrlich bin.«

»Sie lag auf ihrem Nachttisch.«

Julien nahm die Brille ab. »Dann musst du den Mistkerl eben übertrumpfen. Ich habe einen Freund, der *unglaubliche* Terrarien einrichtet. Falls du etwa Blumen schicken wolltest …«

Ich schnappte mir die Karte und steckte sie wieder ein. »Sie arbeiten an einem sehr schwierigen Fall. Er ist nur ein Kollege. Ein Freund.«

»Sicher ist er das. Natürlich.« Julien setzte die Brille wieder auf. »Oh. Du hast Post bekommen.«

»Könntest du das präzisieren?«

»Ach so, Entschuldigung. Von deiner Mutter. Und von den Bekloppten. Die haben tatsächlich zurückgeschrieben. Eine

Postkarte. Sieh mal.« Er wedelte mir damit vor der Nase herum. »Stonehenge. Also ehrlich.«

Und dann begann er vorzulesen.

Sehr geehrter Mr Lagrange,
vielen Dank, dass Sie sich per Post an uns gewendet haben. Obwohl Mr Haddons Besuch gewiss überraschend war, sind wir überzeugte Befürworter kreativer Triebkraft, selbst wenn diese Instinkte (von voreingenommenen Menschen) als »unangemessen« verurteilt werden. Davon abgesehen hatten wir einige Probleme mit dem Gemälde, die Energie stimmte nicht mehr. Wir haben kürzlich eine sehr starke Kunstschmiedearbeit aus Kanada gekauft, es könnte auch damit zu tun haben. Bitte erkundigen Sie sich nach Ngendo, wenn Sie Mr Haddon das nächste Mal sehen. Wir vertrauen darauf, dass es ihr in dem neuen Kapitel ihres Lebens gutgeht!

Ngendo hockte bei uns im Keller unter einem alten Handtuch und hob unsere zusammengewürfelte Tupperware, die rostigen Tennisschläger und die Tüten mit alten Kleidern auf eine höhere Daseinsebene.

Julien warf mir die Karte herüber. »Jedenfalls hört es sich nicht an, als wollten sie uns verklagen. Das ist doch schon mal was. Und hier ist der Brief von deiner Mutter.«

»Da wir gerade von Briefen sprechen.« Ich nahm den Umschlag entgegen. »Ich weiß, ich habe gesagt, du sollst ihn wegwerfen, aber ich habe mich gefragt, ob du vielleicht zufällig nicht hingehört und –«

»Glaubst du etwa, ich kenne dich nicht?« Julien stand auf. »Nach all der Zeit?«

Er verschwand im Hinterzimmer und kam mit einem braunen Umschlag zurück, auf dem *Diverse* stand.

»Lisas letzter Brief?«, fragte er und holte stolz einen gelben Umschlag hervor.

»Ich vernichte ihn. Er kommt in die Wäsche.«

Er nickte skeptisch.

»Es ist mir ernst. Darum.«

»Gut.« Er gab mir den Brief und verschränkte die Arme. »Ab in den Teer.«

»Julien?« Ich steckte den Brief in die Tasche. »Danke wegen Azar. Ich meine, du hast mich empfohlen, und –«

Er fiel mir schnalzend ins Wort, wie es Franzosen gern tun, wenn ein Gespräch zu sentimental wird.

»Mal mir bei Gelegenheit noch ein paar Ölbilder. Bevor du berühmt wirst.«

»Okay«, sagte ich lächelnd. »Mein Team wird sich bei dir melden.«

Wir umarmten uns, und ich war wie aufgeputscht vor Freude, unsere Freundschaft hatte offensichtlich überlebt. Ohne Julien fühlte sich mein Leben nicht richtig an.

Es war kurz vor elf, der Pariser Himmel hatte sich vom Schmutz gereinigt, die Vögel waren wieder da, das Wetter war fast milde – und es hatte keinen Sinn, viel Aufhebens um Lisas letzten Brief zu machen. Ich konnte mich ebenso gut auf irgendeiner mit Taubenscheiße bedeckten Bank schuldig fühlen.

Obwohl ich mir unwillkürlich vorstellte, wie Lisa meine Adresse geschrieben hatte, mit genau dem richtigen Schnörkel beim R und H, versetzte mich ihre Handschrift nicht länger in glühende Tagträume. Meist hatte ich aus dem Lesen ihrer Briefe ein Ritual gemacht, den Umschlag berührt, als suchte ich nach Blindenschrift, daran gerochen und ihn vorsichtig mit der Kappe eines Bic-Stiftes geöffnet. Doch dieser Brief, der letzte, lag mir nicht am Herzen. Auf ihn reagierte ich anders, mit einer verstärkten Spannung in den Schultern, mit einem dumpfen Pochen knapp unter der Stirn. Zum ersten Mal war es nicht aufregend, sondern fühlte sich einfach nur falsch an.

Der Anfang war so, wie Julien ihn mir am Telefon vorgelesen hatte.

Lieber Richard,
gestern bin ich an einer Galerie vorbeigekommen und habe darin ein Foto gesehen, das mich auf eine Idee für dich gebracht hat. Oder das mich an dich denken ließ. Das ist wohl das Gleiche. Ich weiß, dass du dich nicht sehr für Fotografie interessierst, aber auf dem Bild war ein ramponiertes Segelboot in einem Maisfeld zu sehen. Im Boot saß eine Vogelscheuche. Es sah gar nicht montiert aus; es sah aus, als wäre die Welt um dieses Boot herum gewachsen. Es war schwarz-weiß. Schön. Ich wünschte, wir hätten es zusammen gesehen, ich hätte gern deine Meinung dazu gehört. Wir hätten darüber reden können.

Also waren jetzt Vogelscheuchen angesagt. In letzter Zeit hatte ich viele davon in Videos und Kurzfilmen über Installationen gesehen. Vermutlich lag es daran, dass sie ausgesprochen unheimlich wirkten. Ich war froh, dass es nie zu dem Gespräch gekommen war, das Lisa sich gewünscht hatte. Zu einer Vogelscheuche in einem Boot fiel mir nämlich überhaupt nichts ein.

Ich nehme an, es ist unvermeidlich. Also gut: Ich vermisse dich. Dave und ich haben den Termin für die Hochzeit festgelegt: 21. Juli. Jetzt fühlt es sich endgültig an. Und darum vermisse ich dich. Ich bin mir sicher, dass du das besser verstehst als ich selbst, da ich nie verheiratet war. Es fühlt sich wie ein Abschied an. Ich meine, es ist ja auch offensichtlich ein Abschied, das war es immer, nur wie gehe ich jetzt mit dem Vermissen um? Was mache ich mit dem Teil von mir, der dich vermisst, der abends einschläft und manchmal von einem parallelen Leben träumt?

Wenn ich über dieses nächste Abenteuer nachdenke, bin ich ausgesprochen dankbar, eine Erfahrung gemacht zu haben, die mich wärmt. Etwas Verbotenes, Ungezogenes. Ich hoffe, dass du die Sache mit deiner Frau wieder in Ordnung bringen kannst. Ich kann nicht anders, ich frage mich, ob du glaubst, dass wir einander irgendwann wiedersehen. Ich würde es gern. Am liebsten schon jetzt. Aus mir wird eine schreckliche Ehefrau.

Mit diesen Worten endete der Brief, unterzeichnet hatte sie mit *Liebe*. Doch ich spürte kein Knistern. Keine Hitze. In diesem Augenblick spürte ich nichts als Enttäuschung, weil meine Exgeliebte so leicht zu durchschauen war. Eine Spielerin. Eine Manipulatorin. Sie war nicht, was sie zu sein vorgab.

Nein. Ich spürte es tief in meinem Inneren, in meiner Seele. Ich würde Lisa Bishop niemals wiedersehen. Nicht einmal zufällig. Ein Teil von mir wäre nicht überrascht gewesen, wenn sie die Hochzeit abgesagt hätte – falls meine Gleichgültigkeit in ihr den Wunsch geweckt haben sollte, mich zurückzubekommen. Doch ich war mir ganz sicher, selbst wenn Anne mir nicht verzieh, würde ich nicht zu Lisa zurückgehen.

Ich stopfte den Brief zu den anderen Sachen in den Stoffbeutel und riss den weißen Umschlag auf, den meine schrullige Mutter geschickt hatte. Zu meiner Überraschung schnürte es mir die Kehle zu, als ich ein Zeitschriftenfoto mit einer Zitronentorte hervorzog, auf dem ein lila Notizzettel klebte.

Liebling,
Daddy hat mir erzählt, was mit Anne-Laure passiert ist. Sei nicht böse deswegen. Ich weiß, dass du das hier sicher lächerlich findest, aber das Bittere, Herbe und Süße hat etwas für sich –

die meisten Leute mögen lieber Äpfel, aber das hier ist etwas ganz Besonderes. Das Baiser ist nicht halb so schwer zu machen, wie es aussieht. Ich dachte, du könntest es für Anne mal ausprobieren. Egal. Torte.

Alles Liebe,
Mum

Man liebt Menschen. Sie enttäuschen einen. Doch manchmal auch nicht. Sie lieben einen einfach weiter, bis zum Ende; sie warten, bis man aufwacht und sie schätzen lernt. Bis man sagt: »Ich liebe dich. Ich habe dich immer zurückgeliebt.«

21

März. Ein Monat, den man überstehen muss. Marschieren. Hindurchmarschieren.

Zu Beginn des Monats hatte ich das Material für die Installation zusammen, was allerdings zu einem gewaltigen Platzproblem führte. Daran hatte ich nicht gedacht, als ich mein Exposé erstellte. Zwei Plattformen von jeweils zehn Quadratmetern in einer Vierzehn-Quadratmeter-Wohnung zusammenzubauen, war mathematisch unmöglich. Ganz zu schweigen davon, dass ich eine Flagge von 1,80 m × 2,70 m von Hand bemalen musste.

Da Anne und Camille bis Ende März in einem weiteren staatlich sanktionierten Urlaub waren, stand mein Atelier in der Rue de la Tombe-Issoire leer, doch Anne bot mir nicht an, es zu benutzen, und ich fragte nicht danach. Es war nicht mein glanzvollster Moment, aber letztlich musste ich Azar über meine häusliche Situation informieren. Er war froh, davon zu hören – vermutlich fand er, sie verleihe mir als Marke zusätzliches Pathos – und bot mir den halbfertigen Raum hinten in seiner Galerie als Atelier an. Ich könne die Installation dort bauen. Meine Wäsche öffentlich zu waschen, erwies sich als Segen – es tat mir gut, das Haus zum Arbeiten zu verlassen.

Mehrere Wochen vor der Eröffnung schickte Azar eine Presseerklärung an seine Kontakte und meine derzeitigen Kunden bei Premier Regard – eine großzügige Geste von Julien, zumal ich inzwischen herausgefunden hatte, warum sich die beiden nicht verstanden. Es hatte nichts mit irgendwelchen hochtrabenden Kunstangelegenheiten zu tun; niemand hatte dem anderen einen Künstler weggeschnappt. Beide hatten an der Sorbonne Kunstgeschichte studiert und um die besten Noten gewetteifert, doch da Azars Familie strenger war und man in Frankreich Männern nahöstlicher Abstammung mit kaum verhohlener Feindseligkeit begegnete, hatte Julien auf Partys großen Erfolg, während Azar beim Studium glänzte.

Es war eine lächerliche Rivalität, die sie längst hätten überwinden müssen, und Julien machte einen entscheidenden Schritt in die richtige Richtung, indem er ihm seine Kontaktliste zur Verfügung stellte. Zusammen mit der Presseerklärung erfolgte auch der Aufruf, Gegenstände vorbeizubringen, die etwas mit Fehlern zu tun hatten. Nachdem ich die Plattformen gebaut hatte und mit der Verschmelzung der britischen und amerikanischen Flagge vorangekommen war, machte ich mich daran, die Spenden zu sichten.

Viele Menschen schritten zur Tat und steuerten Dinge bei, die mit Reue zu tun hatten. Jeden Morgen begrüßte mich Alice mit einer Tüte voller Gegenstände, die vor der Galerie abgelegt worden waren. Die meisten Menschen nutzten die Aktion, um ihre Expartner an den Pranger zu stellen: Wir bekamen haufenweise Liebesbriefe, Hassbriefe, Immobilienangebote für Häuser, die nach einer Scheidung verkauft wurden; Fotos aus glücklichen Zeiten, die den Besitzer nicht mehr glücklich machten; eine Menge Fotos von halbbekleideten, schläfrigen Paaren im Bett.

Ich versuchte, Dinge mit einem politischen Bezug zu finden, doch davon gab es nur sehr wenige. Das änderte sich Mitte März, als die Kacke in der Politik so richtig zu dampfen begann. Elizabeth Wilmshurst, die stellvertretende Rechtsberaterin des britischen Außenministeriums, trat zurück, nachdem es ihr nicht gelungen war, die Blair-Regierung davon zu überzeugen, dass eine Invasion im Irak nicht durch internationales Recht gedeckt wurde und somit illegal war. Nur wenige Tage später starteten die USA eine Überraschungsinvasion im von der Baath-Partei regierten Irak, obwohl nie Massenvernichtungswaffen gefunden wurden und weder die Vereinigten Staaten noch Großbritannien die Unterstützung der UNO genossen. Der Krieg hatte offiziell auf inoffizielle Weise begonnen. Krieg.

Die weltweiten Proteste nahmen zu, es gab gewaltige Aufmärsche, Streiks und Arbeitsniederlegungen in Paris, London, Tokio, Moskau, Amerika und Kanada; allein in Rom versammelten sich drei Millionen Menschen. Die Leidenschaft und die schiere Anzahl der Proteste – über zweitausendfünfhundert Demonstrationen bis März – ließen die *New York Times* schreiben: »Es mag doch noch zwei Supermächte auf diesem Planeten geben: die Vereinigten Staaten und die öffentliche Meinung der Welt.«

In meiner weitgehend arabischen Nachbarschaft wurden regelmäßig amerikanische Flaggen verbrannt. Die meisten Europäer kannten das Klischee von den naiven, sturen und ungeheuer patriotischen Amerikanern, doch bis auf ein paar wenige, die mit ihnen in Restaurants gegessen und ihre Forderung toleriert hatten, alles außer dem Hauptprotein getrennt serviert zu bekommen, waren wir diesem Klischee nie in der Realität begegnet. Die Reaktion auf die französische Position zum Irak war unlogisch und hasserfüllt. Studienfreunde vom RISD schickten mir Schnappschüsse von Speisekarten, auf denen das Wort *Französisch* durch *Freiheit* ersetzt worden war: Freedom Fries, Freedom Toast. Gourmet-Supermärkte knickten unter dem Druck der öffentlichen Meinung ein und verkauften keine offenkundig französischen Produkte mehr wie Gänseleberpastete oder bestimmte Käsesorten. Viele Weinhandlungen nahmen die französischen Flaschen aus den Regalen. Die Touristenzahlen gingen zurück, und Paris rutschte auf der Beliebtheitsskala der Amerikaner von Platz zwei auf Platz siebzehn ab.

Es war eine furchterregende, eine lärmende Zeit – ich wohnte nur zwei Häuserblocks von der Place de la République entfernt, dem Zentrum der Proteste –, und doch war ich nie stolzer auf meine Adoptivheimat gewesen. So aufgeblasen und mürrisch die Franzosen auch sein mochten, ich hatte sie doch immer als sehr fair empfunden. Ihre Weigerung, an einem Krieg teilzunehmen, den sie als unbegründet erachteten, bewegte mich. Sie waren bei der Stange geblieben, benutzen sie aber nicht als Waffe.

Es war allerdings keine gute Zeit, um allein zu sein. Ich dachte ständig an Anne und Camille, wenn auch nicht an ihre Sicherheit: Ich wusste, dass sie in der Bretagne sicher waren, einer Gegend, die förmlich übersät war von Bunkern, in die man sich notfalls mit einem Monatsvorrat an Kuchen und Annes liebsten Brettspielen flüchten konnte. Es war einfach unfassbar, dass wir nicht zusammen waren. Das war jetzt schon so lange so, und mir wurde von den vielen unbeantworteten Fragen ganz schwindlig.

Anne war eine Pragmatikerin, aber nicht gefühlskalt. Ich hatte in unserer Beziehung bestimmte Aufgaben übernommen, die andere gegen Geld erledigen konnten, wie etwa ein Babysitter, Klempner oder Essenslieferant, doch für die Liebe gab es keinen Ersatz. Gewiss, sie könnte sich ganz auf die Erziehung unserer Tochter konzentrieren oder sich eine Katze zulegen, aber es gab keinen Ersatz für einen warmen Körper. Es sei denn, da wäre ein neuer Körper in unserem Bett.

Nachdem ich Thomas an jenem Freitag in unserem Haus gesehen und den Beweis für die Blumenlieferung gefunden hatte, schwor ich mir, dass ich nicht wie ein Hund mein Revier markieren würde. Er war mehrfach beruflich bei uns zu Hause gewesen und an diesem Abend eben auch. Auf dem Papier war das weder ungewöhnlich noch beunruhigend. Doch wenn man bedachte, dass Anne-Laure und ich irgendwo zwischen ehelicher Remission und Scheidung steckten, empfand ich die Gegenwart des jungen Mannes als quälend. Morgens stellte ich mir vor, wie sie zusammen arbeiteten und sich – warum auch nicht? – zu einem schnellen Mittagessen verabredeten. Ich sah, wie Anne ihn über ihr Weißweinglas hinweg anlächelte und wie er sich zurücklehnte und den Arm über die Rückenlehne streckte, ein wenig zu ungezwungen, ein wenig zu entspannt.

Doch Anne würde das nicht tun. Oder doch? Auge um Auge, Zahn um Zahn war nie ihre Art gewesen. Vor allem nicht mit einem Kollegen. Dafür war sie zu professionell, zu ethisch, zu ehrgeizig. Das redete ich mir jedenfalls ein, wenn ich mitten in der Nacht aufwachte und wieder davon geträumt hatte, dass ich sie in meinem eigenen Haus herumknutschen sah; ihre aufgeknöpfte Bluse war halb von den Schultern gerutscht, seine Hände lagen auf ihren blassen Brüsten.

Ich konnte meine Zweifel und Ängste nur beschwichtigen, indem ich an die Ausstellung dachte. Jeder Fernsehzuschauer, der den Blutdurst in Bushs Augen gesehen hatte, ahnte die bevorstehende Invasion, doch niemand konnte wissen, dass es zehn Tage vor der Vernissage passieren würde. Azar rief mich regelmäßig an, um mir zu sagen, wie schrecklich das alles sei – die bevorstehenden Opfer, die Menschen, die vor der Zeit sterben würden –, und um mir zu erzählen, dass wir anscheinend eine *Menge* Presse bekommen würden: Alle Pariser Medienvertreter von seiner Liste hatten zugesagt.

Trotz der guten Neuigkeiten und des guten politischen Timings, das uns Aufmerksamkeit garantierte, quälte mich die

Angst, das Ganze könnte scheitern, diese unglaubliche Gelegenheit könnte sich in Luft auflösen. Ich war ganz allein in dem politischen Hochofen, der sich Paris nannte, und es kam mir vor, als hinge meine unmittelbare Zukunft nur vom Erfolg der *WarWash*-Ausstellung ab. Natürlich wusste ich es besser, Anne-Laure würde mich nicht zurücknehmen, nur weil ich eine Ausstellung in einer coolen Galerie bekommen hatte, aber es konnte auch nicht schaden. Ich wollte sie mit der Spannbreite der Ausstellung überraschen. Ich wollte ihr beweisen, dass ich wieder der Künstler – und Ehemann – werden konnte, der ich einmal gewesen war. Ich wollte ihr zeigen, dass sich mein Regime nicht nur verändert hatte, sondern dass es verzweifelt war.

Zum Glück fiel die Vernissage in den April, mit dem man gemeinhin Verjüngung und Wiedergeburt verbindet. Auf den Straßen drängten sich Blumenhändler, alles war durchdrungen vom Geruch der Maiglöckchen und auf dem Gehweg schlenderten attraktive Paare mit halbgegessenen Baguettes nebeneinanderher. Es war ein schöner Abend, warm und angenehm, und seit langem der erste Tag ohne Regen.

Ich verwendete viel Mühe auf mein Outfit. Ich hatte mich noch nie ohne Anne auf eine Vernissage vorbereitet: zum ersten Mal seit sieben Jahren würde ich das solo durchziehen. Ich entschied mich für das abgetragene Jeanshemd, das ich den ganzen Tag angehabt hatte, eine enge dunkelblaue Hose und weiße Turnschuhe. Dazu ein Blazer. Der fertige Look war ein Drittel Schuljunge und zwei Drittel *Ich feiere auf einer Yacht den Geburtstag von Bret Easton Ellis*.

In der Galerie herrschte fieberhafte Geschäftigkeit. Vor der Tür rauchten zwei Barkeeper, während ein dritter eine Sackkarre mit Mineralwasserkästen hineinrollte. Azar lief telefonierend im Empfangsbereich auf und ab, und Alice kämpfte mit einem Papierstau im Drucker.

»Meinen Sie, wir brauchen Freigabeformulare?« Sie winkte mit der Hand, die nicht in der verräterischen Maschine steckte. »Ich denke, wir brauchen welche, aber Azar sieht es anders.«

»Die Leute haben schon eins unterzeichnet, als sie uns die Sachen geschickt haben«, sagte Azar, während er mit der Hand die untere Hälfte des Telefons zuhielt. »Das stand in dem offenen Aufruf: Wenn Sie etwas einreichen, stimmen Sie zu, dass … und so weiter und so fort.«

Alice zerrte ein letztes Mal an dem eingeklemmten Blatt und gab auf.

»Gehen Sie mal nach hinten«, sagte sie und deutete in den Flur. »Es sieht toll aus.«

Und das stimmte. Obwohl die Beleuchtung nicht zu meiner ursprünglichen Idee gehörte, hatte Azar darauf bestanden, die Installation theatralisch in Szene zu setzen. Ein Elektriker hatte zwei riesige Deckenspots angebracht, die die Plattformen anstrahlten und zusammen mit der Beleuchtung an den Sockelleisten den Eindruck einer politischen Debatte verstärkten.

Die Flagge sah phantastisch aus. Vielleicht meine bisher beste Arbeit. Meine letzte abstrakte Arbeit war so lange her, dass ich befürchtet hatte, es nicht hinzubekommen. Doch da ich die Farbe mit einem Duschabzieher auf den Stoff aufgetragen hatte, war mir eine Mischung aus Jackson Pollock und Gerhard Richter gelungen. Ich war wirklich stolz darauf. Falls sich die Installation nicht verkaufte, wollte Azar die bemalte Flagge für fünfzehntausend Euro anbieten.

Ich ging zuerst den amerikanischen Wäschekorb durch. Neben meiner *Atkins-Diät* und der Postkarte mit den Zwillingstürmen enthielt er ein mit Goldschnitt versehenes Jahrbuch der Sharonville High in Cincinnati aus dem Jahre 1974, das mir ein pensionierter Lehrer mit folgendem Hinweis geschickt hatte: *Ich habe immer gedacht, aus mir würde ein Schriftsteller. Aber Sie wissen, was man über jene sagt, die es nicht können …* Eine Lehrerin, ebenfalls eine in Frankreich lebende Amerikanerin, hatte ein verwaschenes blaues T-Shirt mit der Aufschrift *Columbine High* geschickt. Shelly Hampl, mein amerikanischer Fan mit der Vorliebe für aufblasbare Turnschuhe, hatte die Baseballkartensammlung ihres Sohnes beigesteuert, versehen mit der Notiz: *Er ist jetzt schwul.* Andere Gegenstände, die ich aus den Spenden ausgewählt hatte, waren unter anderem das Foto eines Kleinkindes, das auf dem Schoß des Weihnachtsmannes heulte, umgeben von Weihnachtssternen und einem Spruchband mit der Aufschrift *Weihnachten!*; ein Poster von George Bush mit einem Spaten in der Hand; ein abgelaufener US-Reisepass; ein Blankoformular für die Aufnahmeprüfung am College (das ich vermutlich für ein Vermögen auf Ebay hätte versteigern können, aber was tut man nicht alles für die Kunst); eine selbstaufgenommene Musikkassette, beklebt mit Regenbogenstickern und einer Erklärung in grünem Markierstift: *Ich liebe dich, Cassie! 1999!!!*; ein Graduiertenhut mit orangefarbener Quaste und ein Verlobungsring mit einem kleinen Loch, wo einmal der Stein gesessen hatte.

Im britischen Korb lagen das Rezept meiner Mutter für Rinderzunge sowie die gestohlene Jacke von Alistair Parnell, daneben eine zerlesene Ausgabe von *Das wüste Land* (nicht nur der Titel passte, T. S. Eliot war auch gebürtiger Amerikaner, der später die britische Staatsangehörigkeit annahm, also gut gemacht, Spender); ein Platzdeckchen mit einem Bild von Tony Blair; der Schokoriegel »Snowflake« von Cadbury, der im Jahr 2000 anlässlich der grellen Hochzeit der Fernsehmoderatorin Anthea Turner auf den Markt gekommen war und ein neues Jahrzehnt firmengesponserter Eheschließungen einläutete; und zuletzt eine Anzeige für die »Squidgygate-Leitung«, mit der man gegen ein Entgelt von 36 Pence pro Minute die dreißigminütige Unterhaltung zwischen Diana, Prinzessin von Wales, und ihrem engen Freund James Gibey anhören konnte, bei der es um ihre möglichen Liebschaften ging.

Während ich den Strom an beiden Maschinen überprüfte, einige Wäscheklammern zurechtrückte und mit den Lichtern hantierte, trafen die ersten Gäste ein. Ich hörte Korken knallen und Gläser aneinanderstoßen. Als ich in den Empfangsbereich zurückkehrte, erkannte ich einen bekannten Kulturkritiker von *Libération*. Er unterhielt sich mit einem Mann in Reithose. Und da war natürlich Shelly Hampl, die sich bereits Azar geschnappt hatte. Ich rüstete mich gerade für eine Runde Händeschütteln, als ein Paar an der Tür meine Aufmerksamkeit erregte. Beide trugen Weiß, dazu Blazer in verschiedenen Farben, und einer von ihnen hatte eine kleine Schachtel dabei. Ich traute meinen Augen nicht: Dave und Dan.

Nach einem flüchtigen *bise* für Shelly, das sich natürlich zu einer Umarmung auswuchs, begrüßte ich meine Kontinuisten.

»Gentlemen«, sagte ich und schüttelte ihnen die Hand. »Das ist aber eine Überraschung.«

»Ich weiß«, sagte Dave. »Dabei halten wir gar nichts von Überraschungen!«

»Wir sind für die Frühjahrsvernissagen in der Stadt.«

Ich schlug ihm auf die Schulter. »Da kommen Sie genau richtig!«

Dave hielt die weiße Schachtel umklammert und schaute sich argwöhnisch um. »Wir würden gerne mit Ihnen über etwas reden. Hätten Sie eine Minute Zeit?«

»Sicher.« Ich deutete in den Flur. »Wir können dort hingehen.«

Ich spielte im Kopf verschiedene Szenarien durch. Vielleicht ging es um Ngendo, möglicherweise wollten sie sie zurückhaben. Das wäre ein Gottesgeschenk, da ihre Umsiedelung mir gewiss Pluspunkte bei Anne einbringen würde.

»Nun, das ist ehrgeizig«, sagte Dave, während er die Installation betrachtete. »Und so ganz anders als Ihre Gemälde.«

»Aber wir wollten mit Ihnen über das hier sprechen«, sagte Dave und reichte mir die Schachtel. »Ich bin mir nicht sicher, ob Julien Ihnen davon erzählt hat, aber es geht um die Energie bei uns zu Hause. Amira hat eine weitere Messung am *Blauen Bären* unternommen. Und die Ergebnisse waren –«

»Schrecklich«, ergänzte Dan und nickte traurig.

»Es war voller roter und violetter Energie. Stellenweise sogar schwarzer. Das sind wirklich schlechte Neuigkeiten. So etwas ist uns bei einem Kunstwerk noch nie passiert.«

»Es tut mir sehr leid, das zu hören«, sagte ich und war überrascht, wie leicht sich die Schachtel anfühlte. »Soll ich die aufmachen? Oder für später aufheben?«

Dan legte die Hand aufs Herz. »Machen Sie sie auf.«

Ich öffnete den Deckel und nahm ein einziges Blatt Seidenpapier heraus. Darunter lag ein Foto vom *Blauen Bären*, aufgenommen in ihrem Haus.

»Oh.« Ich hielt es ans Licht. »Danke.«

»Es tut uns sehr leid, aber wir müssen es zurückgeben.«

»Verzeihung, wenn ich ein bisschen begriffsstutzig wirke.« Ich schaute noch immer auf das Bild. »Sie wollen es *zurückgeben*?«

Dan ließ mir keine Zeit, um zu reagieren. »Wenn eine Messung negativ ausfällt, kann sich die negative Energie wellenförmig im ganzen Haus ausbreiten. Wenn man sich selbst lange genug dort aufhält, werden sogar die schwarzen Energiepartikel im eigenen Körper aktiviert. Es ist sehr bedauerlich, aber der *Bär* fügt sich einfach nicht in unseren persönlichen Raum.«

»Ich hatte mal schwarze Energie im Organismus«, sagte Dave leise. »Von meinem Mitbewohner im College. Es hat sechs Monate gedauert, bis mein System wieder in Ordnung war.«

Dan ergriff seine Hand. »Wir haben mit Ihrem Galeristen gesprochen. Es ist alles arrangiert.«

»Sie haben mit Julien darüber gesprochen?« Ich sah mich nach dem Mann um, der mir diese wichtige Information vorenthalten hatte.

»Ja, das haben wir. Es sind leider sehr unglückselige Neuigkeiten. Ich hoffe, alles wird gut.«

»O Mann, ich meine, kommt drauf an.« Ich hätte sie liebend gern gefragt, was zum Teufel mit dem Geld aus dem Verkauf passieren würde. Und wer Energiemessungen an Gemälden vornahm. Und wieso sie mir das Bild nicht zurückgegeben hatten, als ich sie im November darum gebeten hatte.

Doch energetisch betrachtet, erschien es mir ziemlich wichtig, mich nicht aufzuregen. Das hier war meine große Vernissage, und die würde ich mir nicht von zwei Irren versauen lassen, die aussahen, als wären sie den Dreharbeiten zu *Miami Vice* entsprungen.

»Nun, ich möchte die Einzelheiten gern mit Julien besprechen, wenn es Ihnen nichts ausmacht.«

»In Ordnung. Natürlich. Amira meint übrigens, es wäre sehr läuternd, wenn Sie es waschen.« Er deutete auf das Foto.

»Es käme einer Salbung gleich«, sagte Dave. »Es wird den nötigen mentalen Raum schaffen, damit Sie das Bild wieder willkommen heißen können.«

Meine professionelle Haltung fiel in sich zusammen. Ich konnte mich nicht länger bremsen. »Ich wollte dieses Bild schon vor Monaten zurückhaben! Damals hätte ich es wirklich dringend gebraucht, und Sie wollten es mir nicht geben. Und jetzt erzählen Sie mir, dass …« Ich versuchte, ruhig zu bleiben, doch es gelang mir nicht. »Ich will, dass Sie diese beschissene Skulptur aus meinem Haus entfernen.«

»Nein, Sie werden Ngendo behalten. Sie hat in Ihrem Leben offenbar noch viel zu richten.«

Dann zogen sie ab – mitsamt ihrer selbstgerechten Augenverdreherei und ihrem Kombucha-Atem. Ich wollte das Foto gerade in die amerikanische Maschine werfen, als mir jemand die Hand auf die Schulter legte.

»Julien!«, sagte ich, »Warum hast du mir das mit dem *Blauen Bären* nicht erzählt?«

Mein gut vorbereiteter Exgalerist reichte mir ein Weinglas. »Die haben mich erst gestern angerufen. Ich wollte nicht, dass du dich aufregst. Außerdem«, er hob sein Glas, »gibt es absolut keinen Grund zur Sorge. Sie wollen nicht mal das Geld zurück.«

»Das ist nicht dein Ernst.«

Er grinste breit. »Ich habe es auch nicht geglaubt. Ich habe sogar meinen Anwalt angerufen. Sie werden ein Spendenformular unterschreiben. Wir können es nicht weiterverkaufen, wohl aber verschenken – oder willst du es zurückhaben?«

»Ich wollte es unbedingt zurückhaben! Vor Monaten. Aber wozu soll das jetzt noch gut sein?«

»Apropos.« Er legte den Arm um mich. »Deine Frau ist gerade gekommen.«

Nachdem ich Julien das Foto für die Akten ausgehändigt hatte, drängte ich mich durch den Flur und entdeckte Anne und Camille, die sich etwas hinter Alices Schreibtisch ansahen. Ich blieb stehen und beobachtete sie. Anne hatte für unsere Tochter ein Kleid in Rosa und Bordeaux mit Schmetterlingskragen und kleinen schwarzen Stiefeln ausgesucht. Anne trug eine kamelhaarfarbene Kaschmirtunika, die ich noch nie an ihr gesehen hatte, und dazu enge rosa Jeans. Das Outfit schmiegte sich an ihre Figur und betonte jede Kurve. Ich bemerkte, dass sie meine Lieblingsschuhe trug: Highheels mit runder Kappe in einem leuchtenden Blau, deren Absätze mit goldenen und silbernen Ketten geschmückt waren. Sie hatte die Haare locker aufgesteckt, was sie sehr französisch aussehen ließ. Am Handgelenk trug sie ein schlichtes goldenes Armband, das sich hin- und herbewegte, als sie auf etwas in dem Buch vor Camilles Nase deutete.

Ich fixierte meine Familie, weil ich nicht von irgendwelchen Gratulanten aufgehalten werden wollte, und bahnte mir einen Weg zu ihnen. Dann beugte ich mich vor und umarmte meine wunderschöne Tochter.

»Daddy!«, rief sie und ließ sich von mir hochheben. »Du bist wieder da!«

»Nein, *du* bist wieder da, Süße.«

»Mummy sagt, du willst was machen, das richtig stinkt.«

»Das stimmt, Liebes.« Ich küsste sie noch einmal. »Ganz und gar.«

Ich hielt Camille immer noch an der Hand, als ich mich aufrichtete und Anne begrüße. Ihre Haut roch nach Gardenien. Ich wollte mein Gesicht an die weiche Stelle knapp über ihrem Wangenknochen drücken und meinen Mund zu ihrem Ohr wandern lassen, wollte den Smalltalk und die Trinkerei um uns herum ausblenden.

»Du wirst nicht glauben, was passiert ist«, sagte ich und sparte mir die üblichen Fragen nach dem Urlaub. »Die Kontinuisten, die den *Blauen Bären* gekauft haben und ihn mir nicht zurückgeben wollten, waren hier.«

»Wirklich? Sind sie schon wieder gegangen?« Sie schaute sich um.

Ich nickte zur Tür. »Weißt du, warum sie hier waren? Sie haben ein Foto von dem Bild gebracht, damit ich es in die Waschmaschine stecke. Sie geben es mir nämlich zurück.«

»Das Gemälde?!«

»Und zwar nicht, weil ich sie darum gebeten habe, sondern weil es ›negative Energie‹ verströmt.«

Ich sah, wie Alice aufblickte, die bisher getan hatte, als würde sie nicht zuhören.

»Keine Sorge, liebste Alice, es ist nichts Geschäftliches. Nur ein Haufen Spinner, die Energiemessungen an ihren Kunstwerken vornehmen.«

Sie wedelte mit der Hand, als wollte sie abstreiten, dass sie gelauscht hatte.

»Negative Energie?«, wiederholte Anne, die nervös aussah. »Musst du dafür bezahlen?«

»Nein. Allerdings kann ich es nicht verkaufen. Sie haben einen Vertrag aufgesetzt, nach dem es nur verschenkt werden darf. Wir könnten es also ... behalten.« Ich zuckte zusammen.

Plötzlich wollte ich ganz dringend ihre Hand festhalten. Doch ich tat es nicht. Wir starrten einander an, bis sie tief Luft holte. »Warum konzentrieren wir uns nicht einfach auf heute Abend? Dann sehen wir weiter.«

»Richard!« Azar kam auf mich zu. »Können wir in zwanzig Minuten anfangen? Sie müssen Anne-Laure sein.« Er küsste sie auf die Wangen. »Wie schön, Sie endlich kennenzulernen. Hallo, Prinzessin.«

Ich hatte Camille ein paarmal mit in die Galerie genommen, und sie wurde ganz rot, denn sie hatte eine Art Schwärmerei für Azar entwickelt.

»Bis es so weit ist ...« Er lächelte entschuldigend, bevor er sich wieder an mich wandte. »Dürfte ich Sie kurz entführen? Da sind einige Leute – Presse –, die Sie kennenlernen sollten. Falls Sie, Anne-Laure, und Camille sich die Installation anschauen wollen, nur zu.«

Azar schleppte mich zu mehreren Leuten, doch in Gedanken

war ich bei Anne im Ausstellungsraum. Ich hätte gern neben ihr gestanden, als sie zum ersten Mal die fertige Installation mit der richtigen Beleuchtung sah, die seltsam bedrohliche leere Wäscheleine mit den wartenden Klammern und die Flagge, die im Hintergrund wie etwas Blutendes an der Wand glomm.

Ich sprach mit einigen Journalisten und Bloggern, während die Menge dichter wurde. Die Leute wurden auf die Straße gedrängt, wo sie weitertranken und rauchten. Der Empfangsbereich war zu klein für alle Gäste, doch Azar war entschlossen, die »Laien« erst nach hinten zu lassen, wenn die Waschmaschinen gestartet wurden. Dort sollte die Party weitergehen, bis die Wäsche fertig war und ich die Gegenstände aufgehängt und beschriftet hatte.

Nachdem ich die Runde gemacht und einige Zitate geliefert hatte, schaute Azar mich an und klopfte mit einem Messer an sein Glas.

»*Tout le monde, bonsoir! Merci d'être venus!* Wenn Sie uns nun bitte nach hinten folgen würden, wir beginnen mit der Vorführung!«

Wie bei allen Veranstaltungen, bei denen Nahrungsmittel und Menschen zusammenkamen, erfolgte der Exodus stoßweise. Die Leute füllten sich noch die Gläser oder luden sich Käse und Trauben auf die Teller. Nach zehn Minuten war erst die Hälfte der Gäste hinten angelangt, woraufhin Azar das Startsignal gab.

Ich bezog meine Position neben den Maschinen und schaute mich nach Anne um. Sie stand mit Camille in der Ecke und betrachtete die Menge. Und dann mich. Ich konnte ihren Gesichtsausdruck nicht deuten.

»Danke noch einmal, dass Sie gekommen sind«, übertönte Azar den Lärm. »Ich würde gern einige Worte zu der Installation sagen, vor allem möchte ich betonen, dass wir sehr stolz sind, Richard Haddon hier bei uns zu haben. Er ist ein britischer Staatsbürger, der viel Zeit in Amerika verbracht hat, und jetzt hat es den armen Kerl hierher verschlagen.« Die Leute lachten. »Als wir vereinbart haben, gemeinsam hieran zu arbeiten, gab es noch keinen Krieg im Irak. Jetzt schon. Vor sich sehen Sie eine lebendige Demonstration der Absurdität und Sinnlosigkeit, die diesen Konflikt von Beginn an geprägt haben, eine Absurdität, die nachgebildet wird durch den Akt, den Richard vollziehen wird, eine Art rituelle Waschung von Gegenständen, die Menschen mit Reue und Bedauern verbinden. Gewaschen werden sie in Benzin.

Einige von denen, die Dinge gespendet haben, befinden sich heute mit uns in diesem Raum.« Er schaute sich um. »Andere haben etwas mit der Post geschickt. Und viele Gegenstände wurden vom Künstler selbst ausgewählt. Doch jedes Stück steht in einer bestimmten Beziehung zu dem Land, das es repräsentiert, und die meisten erinnern an Fehler. Auf der linken Seite haben wir Amerika. Auf der rechten Großbritannien. Richard wird die Waschgänge bei beiden Maschinen starten und jeden Gegenstand aufrufen, den er hineinlegt. Wenn die Maschinen fertig sind, hängt er die Gegenstände auf die Wäscheleine und versieht sie mit Erkennungsmarken. Ich lade Sie ein, diesen Raum zu genießen, während die Maschinen laufen, doch sobald der Trockenprozess beginnt, werden wir eine Sicherheitsabsperrung aufstellen wegen des verwendeten Gefahrenmaterials. Im Empfangsbereich liegen Masken bereit, falls jemand Probleme mit dem Geruch hat, und ich möchte auch auf die Ausgänge hinweisen: einer rechts, einer hinter Ihnen im Flur. Noch einmal vielen Dank, dass Sie gekommen sind. Möge das Waschen beginnen!«

Es waren ermutigend viele Zuschauer da, trotzdem wurde ich das flaue Gefühl im Magen nicht los. Ich wollte mit der amerikanischen Maschine beginnen und Lisas letzten Brief waschen. Ich würde mich in einen dissoziativen Zustand versetzen müssen, damit ich mich traute, den Brief in Gegenwart meiner Frau aufzurufen.

Ich stellte mich vor die amerikanische Waschmaschine, griff nach dem ersten Gegenstand und rief: »Abgelaufener US-Reisepass; Colin Peterson.« Dann warf ich ihn in die Trommel. Ich nahm den nächsten Gegenstand: »Getragenes T-Shirt aus Columbine, Colorado; Julia Mavis.« Und so ging es weiter, bis die Leute wieder zu plaudern begannen und ich nicht mehr brüllte, sondern leidenschaftlich vor mich hin murmelte. Dann war nur noch ein Gegenstand übrig. Ich schaute mich nervös um und bemerkte, dass Anne und Camille noch in der Ecke standen und jede meiner Bewegungen beobachteten. Ich schluckte schwer und sagte: »Ein letzter Brief; Lisa Bishop«, und warf ihn hinein. Mein Herz schlug so heftig, dass mir alles vor Augen verschwamm.

Ich versuchte mir einzureden, dass ich keine Grenze überschritten hatte – dass die Überschneidung von Persönlichem und Öffentlichem nicht respektlos war, solange es um Kunst ging –, und schüttete einen Viertelliter Benzin in die Maschine. Ich stellte das Programm auf Kaltwäsche und Schonschleudern und drückte nach kurzem Zögern auf den Startknopf. Dann trat ich rasch an die britische Maschine und rief die Gegenstände mit so viel Selbstvertrauen wie möglich auf, während ich insgeheim betete, dass nichts explodieren möge, während ich vor der Tricity Bendix stand.

Als ich mich schließlich umdrehte, überraschte es mich nicht, dass der Raum fast leer war. Die paar Grüppchen wankelmütiger Kunstliebhaber hier und da interessierten sich kaum für das, was in den Maschinen passierte. Ich suchte den Raum nach meiner Frau ab. Julien stand in der Ecke, in der Anne vorhin gewesen war, und hielt Camille bei Laune. Dann wurde mir klar, warum. Anne kam mit entschlossener Miene auf mich zu.

»So«, sagte sie mit einem Blick, der alle meine Hoffnungen, sie zu beeindrucken, zunichtemachte.

»Ganz schön voll hier.«

»Anne, es war nicht … ich wollte nur, dass –«

Sie hob die Hand. »Nur eins. Ich will dir das hier wirklich nicht verderben, aber du hast immer noch ihre Briefe?!«

»Ich habe alle weggeworfen. Bis auf den einen.«

Annes Blick folgte meinem zu der Whirlpool-Maschine. Ihre Lippe zuckte. »Du hast ihn vernichtet.«

Ich nickte. Ich schaute zu, wie ihr Gesichtsausdruck von verletzt zu weniger verletzt zu amüsiert wechselte.

»Nun.« Sie trat seufzend vor die Maschine und fuhr mit dem Finger über das Glas. »Meinst du, das Zeug da drinnen wird es überstehen? Hast du was unterschrieben, falls sie in die Luft fliegen?«

Ich versicherte ihr, dass dies der Fall sei, und trat neben sie, so nahe, dass ich sie hätte berühren können. Bräutigam und Braut vor einem giftigen Kuchen.

»Oh«, sie deutete auf meine Manschette. »Du hast Tapenade auf deinem Hemd. Oder Benzin?«

Ich kratzte mit dem Nagel an dem Fleck, während ich nach Worten suchte.

»Egal. Ich muss dir was sagen.« Sie schluckte. »Ich weiß nicht, wie lange Camille und ich heute Abend bleiben können. Wir warten auf jeden Fall noch das Trocknen ab. Aber ich muss dir, ähm, auch noch was anderes sagen.«

Ihr Tonfall verursachte mir Gänsehaut. Es war nicht Anne-Laure de Bourigeauds Art, »ähm« zu sagen.

»Was?«

»Ich hatte eine Verabredung, Richard. Genauer gesagt, zwei. Glaube ich.«

Meine Gliedmaßen verwandelten sich in gekochte Nudeln. Der Lärm waberte um mich herum.

»Wir haben nicht über ›Verabredungen‹ gesprochen«, keuchte ich. »Ich dachte, wir geben einander nur Freiraum!«

»Na ja, es ist noch nichts passiert. Ich meine, du weißt schon.«

»Du warst zweimal verabredet!«

»Ich habe es nur ausprobiert.« Sie schaute sich nervös um und sagte dann im Flüsterton: »Ich will wissen, wie es ist.«

»Anne.« Ich streckte die Hand nach ihr aus. »Bitte. Es ist Thomas, oder nicht?«

Zu meinem Entsetzen wurde sie rot.

»Es spielt keine Rolle, wer es ist. Aber ich hatte das Gefühl, ich müsste es dir sagen.«

»Aber musstest du es mir ausgerechnet hier sagen?« Mir versagte die Stimme. »Ich glaube, mir wird schlecht.«

»Ich habe überhaupt nichts getan. Ich wollte mir nur einen schönen Abend machen.«

»Wie viele schöne Abende?«

Sie schluckte. »Ich hätte nichts sagen sollen.«

»Nein! Ja. Nein! Wir brauchen Regeln! Ich hatte wirklich keine Ahnung, dass …« Ich bemerkte, wie uns ein Mann beobachtete. Ich funkelte ihn an, und er wandte sich wieder den Leuten zu, mit denen er gekommen war.

»Ich dachte nur, wir wären noch nicht an diesem Punkt«, flüsterte ich. »Ich wünschte, du hättest es mir früher gesagt. Ich weiß nicht, was das bedeutet.«

»Ich glaube nicht, dass ich dir sagen muss, was ich tue. Oder wann ich es tue.« Sie wirkte durcheinander. »Es war falsch, es dir hier zu sagen, aber es ist keine große Sache. Noch nicht. Du solltest nur wissen, dass ich nicht zu Hause sitze und Pro- und

Kontra-Listen aufstelle. Um das wirklich durchzustehen, muss ich wissen … muss ich meine Optionen kennen.«

»Ich kann mir das wirklich nicht anhören.«

»Ich weiß.« Sie ergriff meine Hand. »Es tut mir leid. Als ich dich diesen Brief aufrufen hörte, habe ich wohl gedacht …« Ihre Finger waren kühl. Meine Handflächen verschwitzt. Ich wäre am liebsten zusammengebrochen.

»Tun wir einfach, als hätte ich nichts gesagt.« Ein lauwarmer Händedruck. »Du kannst mein kleines Geständnis in die Waschmaschine werfen.«

»Bitte schlaf nicht mit ihm«, flehte ich sie an. »Bitte.«

Sie hätte sagen können, ich hätte nicht das Recht, so etwas von ihr zu verlangen, doch stattdessen löste sie sich von mir, hob Camille hoch und verschwand mit ihr.

Ich war verblüfft, dass ich unsere Fortschritte so falsch gedeutet hatte. Die positive Energie und die Aufregung der Vernissage hatten mich auf ein Gespräch hoffen lassen, auf das Geständnis, dass sie mich vermisst hatte, dass wir demnächst einmal alleine essen gehen würden. Und als sie gesagt hatte, sie könne wegen Camille nicht lange bleiben, war meine positive Stimmung schon so stark gewesen, dass ich gehofft hatte, sie würde mich für später zu uns nach Hause einladen. Ich hatte gehofft, dass sich die Dinge vielleicht – ein süßes Vielleicht – dahingehend entwickeln würden, dass ich nicht in meine Wohnung zurückmusste. Zutiefst fassungslos und enttäuscht, fing ich an, die glitschige Masse aus den Maschinen in die Leichensäcke zu schaufeln.

Azar machte eine zweite Ankündigung, diesmal für den Trockenvorgang, der eine größere Menge anlockte. Menschen sind immer scharf darauf, die Zerstörung zu begaffen.

Alice stand bereit, um mir beim Gravieren zu helfen. Während ich die Gegenstände aufhängte, gravierte sie eine Beschreibung und den Namen des Spenders in die Erkennungsmarken, die ich dann über die Wäscheklammer des jeweiligen Gegenstandes hängte. Fast alles hatte überlebt, obwohl die Fotos und Poster kaum noch zu erkennen, die Oberflächen mit Tinte und Benzin verschmiert waren. Die Stofftiere sahen grauenhaft aus, also wie Kunst, und Lisas Brief hatte sich in einen schmierigen Klumpen verwandelt. Hätte ich noch falsche Zähne hinzugefügt, hätte er wie ein Teratom gewirkt.

Das Trocknen war ein langwieriger Prozess, für den ich Latexhandschuhe brauchte und die ruinierten Gegenstände vorsichtig in riesigen Eimern zwischenlagern musste. Sobald etwas aufgehängt wurde, begann es zu tropfen. Ein weiterer unerwarteter Pluspunkt, denn es sah aus, als tropfte Blut herunter. Noch bevor ich fertig war, klickten hinter mir die Kameras. Jemand johlte sogar. Ich dankte insgeheim dem gesichtslosen Unterstützer, der mir einen kleinen Teil meines Stolzes zurückgegeben hatte.

Mehrere Leute im Publikum hatten Schutzmasken aufgesetzt, was die Fotografen dazu veranlasste, die Zuschauermenge zu fotografieren. Während ich die Fragen einer finnischen Journalistin beantwortete, kam Anne und verkündete, sie würden nach Hause fahren. Camille stand neben ihr und hielt sich die Nase zu.

»Ich weiß. Es riecht wie an einer Tankstelle«, sagte ich und wollte Camille schon durch die Haare fahren, als mir bewusst wurde, dass meine Finger in völlig verschmutzten Handschuhen steckten. »Und wie findest du das?«

Camille war zu fasziniert von der Tatsache, dass die finnische Journalistin keine Augenbrauen hatte, um ihrem Vater ein Kompliment zu machen.

»Tut mir leid, dass ich Sie unterbreche«, sagte Anne, »aber wir müssen wirklich los. Meinen Glückwunsch, Richard.« Es klang liebreizend und traurig.

»Rufst du mich an?«

Anne wirkte peinlich berührt, weil ich es laut ausgesprochen hatte. »Schatz, gratulierst du deinem Papa auch?«

Sobald Anne und Camille außer Hörweite waren, stürzte sich die Journalistin auf mich. »Ist das Ihre Frau?«

Ich sah zu, wie Anne sich von ihren Bekannten verabschiedete.

»Nun«, ich streifte die ruinierten Handschuhe ab, »sie war es.«

22

Den Kriterien der Kunstwelt zufolge war meine Installation ein Erfolg. Ich erhielt ausgezeichnete Besprechungen in *Text zur Kunst*, *BOMB* und *Art Forum*, dazu einen längeren Artikel von Lisas ehemaligem Arbeitgeber, der *Herald Tribune*. Sogar die *New York Times* bat um ein Interview, für das ich das erste professionelle Porträtfoto meines Lebens machen ließ.

Mitte April hatte sich die Situation im Irak in ein absurdes, grauenhaftes Durcheinander verwandelt. Als die Bronzestatue von Hussein umgestürzt wurde, kam es zu gewaltigen Plünderungen, die von den ausländischen Streitkräften nicht verhindert wurden. Die Vereinigten Staaten enthüllten glasklar ihre Prioritäten und schickten lediglich Truppen, um das Ölministerium zu schützen, während das irakische Nationalmuseum seines »kulturellen Erbes« beraubt wurde – des Erbes eines Landes, das fremd und unbedeutend war, da es zum großen dunklen Reich der »anderen« gehörte.

Zeitungsberichten zufolge herrschte auf den Straßen blankes Chaos: Plünderer liefen barfuß mit gebrauchten Bürostühlen und Schreibtischen davon; Deckenventilatoren und zerschmetterte Computer wurden auf Eseln abtransportiert. Ein Reporter von Associated Press behauptete, er habe eine Gruppe Männer gesehen, die den Konzertflügel eines Hotels davongerollt hätten. Die Nachrichtensender schienen geradezu berauscht von diesem magischen Realismus: Schaut nur, was sie alles mitnehmen! Jede Meldung war geprägt von den visuellen Widersprüchen zwischen Dort und Hier.

Dort: Autobomben, staubige Kellerräume, angefüllt mit ausländischen Waffen; Journalisten, die an der Hotelbar Schweppes bestellten und drei Minuten später tot waren; Terror und Verwirrung, die durch die lange Stille dazwischen nur verschlimmert wurden.

Und Paris? Mein Paris? Anrufe von Azar, dass meine Installation verkauft würde. Drei potentielle Käufer, möglicherweise ein vierter. Artikel und Zitate, nach denen ich eine Art Prophet war. Aufgeregte, unterbelichtete Blogger, die behaupteten, ein kaum bekannter Engländer sei »das neue Gesicht der französischen Kunst«. Ich hätte glücklich, sogar stolz sein müssen. Doch in jenen ersten Wochen eines zu warmen, pollenverseuchten Aprils kam ich mir eher vor wie das neue Gesicht der Verzweiflung.

Anne hatte alle Versuche, die Flugbahn unserer Ehe zu diskutieren, abgeblockt, ebenso wie meine passiv-aggressiven Fragen nach ihren »Verabredungen«. *Zeit*, sagte sie immer wieder. Sie brauche mehr Zeit. Doch nun, da meine Installation abgeschlossen war, hatte ich zu viel Zeit, und obwohl ich es gewiss bereuen würde, wenn ich ihr ein Gespräch aufzwang, zu dem sie noch nicht bereit war, fiel es mir zunehmend schwer, den Mund zu halten.

Und dann, als wäre alles noch nicht düster genug, kehrte *Der Blaue Bär* zurück. Julien behauptete, es sei schlecht für sein geschäftliches Karma, ein bereits verkauftes Bild einzulagern, und forderte mich auf, es mitzunehmen. Ich wollte Anne fragen, ob sie es haben oder wenigstens aufbewahren würde, da meine Wohnung viel kleiner war als unser Haus. Als *ihr* Haus.

Aber ich wollte nicht, dass das Bild wie eine Niederlage in der

Rue de la Tombe-Issoire eintraf, wie eine jämmerliche Erinnerung, ein geschrumpfter Ballon. Ich stellte mir vor, wie sie die Packer anwies, es in den Keller zu tragen, und zuschaute, wie sie es die Treppen hinuntermanövrierten, stellte mir vor, wie sie später selbst hinunterging und es mit einem Tuch verhängte, nicht bedauernd, nur resigniert. Und was, wenn *er* dort wäre? Die gesichtslose Verabredung? Der Mann, der mit meiner Frau essen ging und Wein trank und sie romantisch umwarb? Was, wenn sie nun einen Drink nahmen, nachdem der Lieferwagen davongefahren war, und er sie nach dem Gemälde fragte, weshalb der Bär blau sei? Sie würde ihnen beiden Wein einschenken und lachend mit den Schultern zucken. Sie würde sagen, es spiele keine Rolle. Sie könne sich nicht daran erinnern. Es sei nur irgendein Ding, das sie in ihrem Haus unterbringen müsse.

Und so wies ich Julien an, das verdammte Bild in meine Wohnung zu schicken. Eines Morgens kam ein mürrischer Grieche in einem weißen Lieferwagen angefahren, für den »Kunsttransport« offensichtlich bedeutete, den fraglichen Gegenstand förmlich auf die Straße zu werfen, gefolgt von einer überdeutlichen SMS: *Hier.*

Ein 117 × 140 cm großes Gemälde eine der schmalsten Treppen in ganz Paris hinaufzutragen, war eine gewaltige Aufgabe. Es in meine Vierzehn-Quadratmeter-Wohnung zu bekommen, grenzte an eine logistische Meisterleistung.

Ich versuchte, es hinter mein Bett zu hängen, doch es passte nur, wenn ich es um neunzig Grad kippte. Es passte um ein Haar hinter meine Kleiderstange, wäre da nicht eine verbrecherische Wölbung in der Wand gewesen. Ich versuchte sogar, es an die Decke meiner schäbigen Wohnküche zu hängen, fand es aber beunruhigend, es über dem Kopf zu haben. Schließlich hängte ich es rechts vom Herd auf. Diese Wand war auch gewölbt, und das Gemälde wackelte jedes Mal, wenn die Wohnungstür auf- und zuging.

Und es machte sich gar nicht gut. Es sah in meiner Wohnung einfach schrecklich aus. Es beherrschte den winzigen Raum und nahm außerdem die ganzen Kochgerüche meiner Fischsauce liebenden Nachbarn auf. Und dennoch tröstete es mich, meinen alten Freund bei mir zu haben. Es erschien mir angemessen pathetisch, dass das Bild so viele sinnlose Reisen unternommen hatte und nun zusammen mit meinem müden, alten Ich in dieser glorreichen Bruchbude hauste. Noch zwei Wochen Gewürzmissbrauch der Nachbarn und die feinen Risse in der Leinwand würden den Geruch eines ungewaschenen Sexualorgans annehmen, eine olfaktorische Essenz, die das Bild sein Leben lang begleiten würde. Auch das erschien mir angemessen. Denn ich fühlte mich, als verströmte ich selbst etwas Fauliges. Die feuchte Hitze der Ziellosigkeit. Den säuerlichen Gestank der Niederlage.

Die Zeit verging. Und verging und verging. Junge Männer in kragenlosen Jacken sausten auf Rollern umher, und die Lilien blühten. Ich entdeckte ein Café, in dem ich morgens an der Theke Kaffee trinken und den Stammgästen bei ihren Gesprächen über die Sportergebnisse vom Vorabend zuhören konnte. Ich hörte zu, wie sich die Kellner über die Waren fürs Mittagessen beschwerten, die vom Markt in Rungis gekommen oder nicht gekommen waren, wie sie darüber klagten, dass selbst die Amerikaner kein Trinkgeld mehr gaben.

So fing ich aus lauter Selbstmitleid an, mir die *Zeugen*-Videos anzuschauen. Meine Eltern, die Gadfreys, die Adsits, ihr aufgezeichnetes Glück, in Endlosschleife. Nach dem Morgenkaffee schlurfte ich durch die Gegend um den Canal Saint-Martin, wo die Sprayer aus der Nachbarschaft ihre Tags unter die berühmten Keramik-Aliens des Straßenkünstlers Invader sprühten. Ich suchte nach einer neuen Richtung für meine Filme, die nichts mit Romantik zu tun hatte.

Aber ich konnte nicht anders. Jeden Morgen ertappte ich mich dabei, Bilder aus fremden Leben zu stehlen. Ich filmte die Menschen nicht – ich war zu depressiv und energielos, um die Kamera zu benutzen –, listete aber innerlich ihre Freuden auf und speicherte sie wie Serotonin-Injektionen für die Zeiten, in denen es mir besonders schlechtging. Vor allem abends, wenn ich nirgendwohin konnte, wenn ich mich körperlich danach sehnte zu sehen, wie Cam konzentriert die Nase rümpft, während sie Zahnpasta auf ihre Alligatorzahnbürste drückt, tröstete mich der Gedanke an die willkürlichen Momente der Zufriedenheit, die ich an diesem Tag gesammelt hatte, tröstete mich das Wissen, dass es da draußen Menschen gab, die eine Menge Spaß hatten.

Auf diesen Spaziergängen suchte ich nach flüchtigen Augenblicken. Intimen kleinen Gedichten. Das Paar Frauensandalen neben dem Kanal. Der Korken einer Champagnerflasche, der unter eine Bank gerollt war. Das kleine Mädchen, das an der Schulter seines Vaters schlief. Die Frau, die ihren Finger auf den feuchten Sabberfleck drückte, den ihr Kind auf seinem T-Shirt hinterlassen hatte. Der Ballon in Hundeform, den jemand im Gras vergessen hatte. Die alte Frau, die mit ihrer Familie auf einer Decke saß und für alle Stücke vom Baguette abbrach. Eine herumgereichte Tüte dunkler Feigen. Ein junges Paar, das aus dem Kino kam und genau im selben Augenblick die Augen vor dem Tageslicht schützte. All diese kurzen Momente, die man so leicht verpassen konnte und aus denen das Leben anderer Menschen bestand.

Es war unvernünftig, diesen sentimentalen Voyeurismus durch die Videos aus England noch zu verstärken, doch genau das tat ich jeden Abend. Zwischen den gesprochenen Worten und den fadenscheinigen Vorwürfen der Paare – den tiefen Seufzern über feuchte Handtücher und zu viel Backpulver im selbstgebackenen Brot – wurde ihre hart erarbeitete Liebe greifbar und allgegenwärtig. Dies war der unwiderlegbare Beweis, dass andere Menschen glücklich waren und ich sehr traurig war.

Diese Videos bildeten eine gewaltige Leerstelle ab – je länger ich mir die Aufnahmen ansah, desto klarer wurde mir, dass Anne und ich darin fehlten. Wenn uns jemand nach unserer Beziehung fragte, wandte sie sich ab. Wir verloren einander. Ich hatte sie verloren. Ich hatte meine Frau verloren.

Gegen Ende April hatte ich meine Tochter endlich einmal für mich allein, nicht weil sie mich vermisste, sondern weil eine Übernachtung bei einer Freundin geplatzt war: Die meisten ihrer Freundinnen hatten jene Grippe, die winzige Bürger bei jedem Jahreszeitenwechsel überfällt.

Ich hatte für das Wochenende eine ganze Reihe von Aktivitäten geplant, mit denen ich meinen emotionalen Camille-Speicher auffüllen wollte. So würde ich sie unter der Woche nicht zu sehr vermissen und ihr gleichzeitig glückliche Erinnerungen verschaffen, von denen sie ihrer Mutter ausgiebig erzählen konnte, wenn sie wieder zu Hause war. Auf diese Weise übernahm meine unschuldige Tochter gleich zwei Rollen: Therapeutin und PR-Spezialistin.

Wir gingen in den Zoo, der mitten im Jardin des Plantes versteckt ist und ohne eine Sechsjährige an der Hand bedrückend gewesen wäre. Vor dem Affenkäfig sah Camille nur haarige, lebhafte Wesen, die ihre Hände und Füße genauso benutzten wie sie, die ihre Jungen ebenso umarmten, wie Anne und ich es mit ihr taten. Sie sah nicht die ungepflegten Käfige, das mit Urin verschmutzte Heu; sie sah nicht, dass der Pavian vor lauter Stress büschelweise Fell verloren hatte oder dass die Mutter sich wiederholt mit dem Rücken auf unnatürliche Weise an den Käfigstangen rieb.

Ich spendierte ihr einen Crêpe mit Butter und Zitrone im Le Train Bleu, dem schönsten Restaurant von Paris, wenn nicht in ganz Frankreich. Es befindet sich im ersten Stock des gigantischen Gare de Lyon, eine vergoldete Hymne auf gewölbte Decken, ausladenden Stuck, Champagnerkübel und Glitzer. Umgeben von älteren Paaren, Geschäftsleuten und hübschen Osteuropäerinnen, hätte ich mit meinem kleinen Mädchen nicht glücklicher sein können. Sicher, ich wäre glücklicher gewesen, wenn mich der Lappen Weizenmehl keine vierzehn Euro gekostet hätte, aber glücklich war ich trotzdem.

Danach gingen wir ins Kino: *Findet Nemo*. Und dann zu McDonald's, wo sie mir versprechen musste, ihrer Mutter nichts davon zu sagen. Ich kaufte ihr grün-weiße Ballerinas mit Marienkäfern auf der Kappe. Ich ertappte mich dabei, wie ich sie beim Essen anstarrte und ihr Fragen stellte. Sie sah ihrer Mutter so ähnlich.

Am Sonntagnachmittag absolvierte ich meinen letzten Akt als Wunderpapa und ließ sie auf einem der winzigen Shetlandponys reiten, die Inder in der Nähe der Tennisplätze im Jardin du Luxembourg vermieteten. Ein kalter Wind fuhr durch die importierten Palmen, und als wir zurückkamen, war Camille erschöpft. Anne sollte sie um sechs Uhr abholen, und da es erst vier war, legte ich sie im Schlafzimmer hin. Ich nahm mir vor, sie nach einer Stunde zu wecken, damit sie keinen Aufstand machte, wenn sie am Abend um die übliche Zeit schlafen gehen sollte.

Ich setzte mich unten an den kleinen Tisch, der mir als Essplatz und Schneideraum diente, obwohl ich zurzeit keine Schnitte hinbekam. In den vergangenen Wochen hatte ich mit der Idee gespielt, die Interviews in eine echte Kunstform zu verwandeln, sie zu schneiden und mit völlig anderen Inhalten zu durchsetzen, doch ich hatte es noch nicht übers Herz gebracht, etwas herauszunehmen. Ich schaute mir die Filme immer wieder an. Es war peinlich. Eine kitschige Droge.

Ich setzte mich hin und rief den Film auf, den ich von meinen Eltern gedreht hatte. Dann wählte ich eine meiner Lieblingsstellen, siebzehn Minuten nach dem Anfang.

»Was ist deine Lieblingserinnerung an Dad?«, hörte ich meine Stimme.

Sie kaute auf ihrem Finger. »Ich weiß nicht. Nur eine?«

»Das ist schwierig, oder?«, sagte mein Vater strahlend. »Ich bin so ein lebhafter Mann!«

»Mal sehen«, sagte sie immer noch kauend. »Als ich ihm gesagt habe, dass ich schwanger bin, ist er mit einem Kissen unter dem Pullover zur Arbeit gegangen. Weißt du noch?«

Mein Dad lachte. Sie fuhr fort: »Erinnerst du dich, wie wir aus den Flitterwochen in Italien zurückkamen? Wir saßen in dem Kleinflugzeug, es hatte nur zehn Plätze, und dann gab es Turbulenzen. Das war furchtbar.«

Mein Vater nickte.

»Es wurde schlimmer und schlimmer. Dein Vater hält immer meine Hand, wenn wir fliegen und es unruhig wird. Es war also ganz schrecklich, wir saßen nebeneinander, dann kam der schmale Gang und dann noch ein Sitz, auf dem ein junges Mädchen saß. Es war wohl ihr erster Flug. Sie schaukelte vor und zurück. Und dein Dad hat einfach nach ihrer Hand gegriffen. Er hat keine Fragen gestellt oder so, er hat sie einfach nur festgehalten. Weißt du noch? Und so haben wir drei dagesessen, bis die Turbulenzen vorbei waren.«

»Das war ein harter Flug.« Mein Dad hustete.

»Das war's?« Wieder meine Stimme. »Das ist deine Lieblingserinnerung?«

»Es war eine sehr freundliche Geste, Richard«, sagte meine Mutter. »Wenn ich wütend auf ihn bin, denke ich daran, wie er dem Mädchen damals Sicherheit geschenkt hat.«

Eine ganze Weile sagten sie nichts. Meine Mutter trommelte auf den Tisch. Mein Vater beobachtete ihre Hand. Die Stille würgte mich wie eine Anakonda. Stille. Stille.

Plötzlich klopfte es an der Tür. Sicher mal wieder die Jesuiten. Ich hielt den Film an, stand aber nicht auf; ich hatte beschlossen zu testen, wie lange es dauerte, bis sie aufgaben und abzogen.

Das Klopfen wurde lauter. Ich wechselte zu dem Video von Harold und Rosie. Ich konnte gut darauf verzichten, dass mich jugendliche Anhänger der Gesellschaft Jesu mit verweinten Augen vor einem Video meiner eigenen Eltern antrafen.

Es klopfte wieder. »Richard?« Eine Frauenstimme. »Ich bin's.« Als ich wusste, dass es Anne war, durchflutete Wärme meinen Körper.

Ich sprang auf und löste den wackligen Riegel, der sich als Schloss tarnte.

»Hey«, sagte ich überrascht.

»Hey.«

»Möchtest du reinkommen?«

Sie neigte den Kopf. »Es ist fünf.«

»Willst du?« Ich hielt ihr die Tür auf.

»Es ist fünf Uhr, Richard. Ich sollte sie doch um fünf Uhr abholen.« Sie stand noch immer im Flur.

Ich senkte die Stimme. »Sie schläft. Ich dachte, wir hätten sechs gesagt.«

Anne biss sich auf die Lippe. »Ehrlich?« Sie stieß die Luft aus. »Egal, ich habe noch was zu erledigen, also …« Sie wühlte in ihrer Handtasche.

»Nein, nein. Komm rein! Ich kann sie wecken, oder wir können einfach ...« Sie trat in die Wohnung. Ich legte meine Hand auf ihren Kragen, um anzudeuten, dass ich ihr den Mantel abnehmen wollte.

»Oh.« Sie schlüpfte aus einem Ärmel. »Danke.«

Als ich mich umdrehte, um den Mantel aufzuhängen, stieß sie ein Keuchen aus.«

»Oh. Scheiße!«

»Hab ich ja gesagt.« Ich runzelte die Stirn.

»Sieh dir das an«, sagte sie leise und streckte die Hand nach dem *Blauen Bären* aus. »Du hättest ... wir hätten es doch für dich aufbewahrt.«

»Ja. Ich wusste nicht, ich wollte nicht ... Irgendwie wollte ich es für mich.«

Sie wandte sich lächelnd zu mir. Meine Freundin. Meine Frau. Ich erinnerte mich, wie sie in Cape Cod mit einem Buch auf dem Schoß eingeschlafen war, während ich das Bild malte, wie sich die Vorhänge in der Brise hoben und senkten, erinnerte mich an den Rhythmus ihres Atems. An die zarte Schwellung ihres Bauches, die unser erstes und einziges Kind beherbergte.

»Na ja, es tut gut ... es ist schön, es zu sehen.« Sie verschränkte die Arme. Sie schaute das Bild noch eine Weile an, bevor sie die Kassetten und Kabel und meinen schwarzen Kopfhörer bemerkte.

»Was ist das alles?« Sie griff nach einer Kassette.

»Oh.« Ich trat zum Tisch und wünschte mir, ich hätte eine Decke über das sentimentale Durcheinander gebreitet. »Gar nichts.«

»Und wer ist das?« Sie deutete auf das eingefrorene Bild von Harold und Rosie, das ich eilig geöffnet hatte, um das Video von meinen Eltern zu verbergen. Sie waren in einer Umarmung gefangen. Rosie trug noch ihre Schürze. Sie war bis zur Brust hochgerutscht.

»Das ist der Typ, mit dem ich mich auf der Fähre angefreundet habe.«

Sie sah mich an.

»Er ist … das ist Harold. Mit seiner Frau.«

»Ja, aber was soll das?«

»Es ist gar nichts, nur ein Projekt, mit dem ich vor langer Zeit angefangen und an dem ich ein bisschen herumgespielt habe.«

Ein Geräusch von oben.

»Schläft sie noch?« Anne schaute zur Treppe.

Ich nickte. Sie griff nach einer anderen Kassette.

»Willst du nicht darüber reden? Wann hast du damit angefangen?«

Ich setzte mich auf den Platz unter der Treppe. »Es ist wirklich nichts … nichts Offizielles. Ich habe mir die Zeit damit vertrieben, als ich im Herbst bei meinen Eltern war.« Ich stotterte vor mich hin. Es klang alles vollkommen falsch. »Ich habe die alte Videokamera entdeckt und angefangen, meine Eltern zu filmen. Besser gesagt, zu interviewen. Und dann habe ich andere Leute interviewt. Nicht viele.«

»Paare?«

»Ja.« Ich zuckte mit den Schultern.

»Also ist es eine Dokumentation?«

»Nein. Keine Ahnung.«

Sie drehte eine leere Kassette in den Händen.

»Du hast es nie erwähnt.«

»Na ja, da gibt es nicht viel zu erwähnen. Ich nehme es nicht sehr ernst.«

Anne betrachtete das ganze Zeug auf dem Tisch. »Das kommt mir aber anders vor.«

»Ich weiß nicht, was es werden soll.«

»Kann ich mir was davon ansehen?« Ihre Hand schwebte über der Tastatur.

Ich schluckte. »Weiß nicht.«

»Ist es pornographisch?«

»Mein Gott, nein! Das sind meine Eltern und ihre Nachbarn und der Typ, den ich auf der Fähre kennengelernt habe, mit seiner Frau. Sie sind schon seit einer Ewigkeit verheiratet.«

Sie wirkte nachdenklich. »Also kann ich mir was davon ansehen?«

Ich schaute zur Treppe und hoffte, Camille möge in genau diesem Augenblick aufwachen.

»Es ist noch nicht fertig geschnitten. Nicht mal annähernd. Aber ...« Ich griff nach der Maus. »Ich kann dir Harold zeigen. Er verkauft Kopierer.«

Ich drückte auf Play. Harold rieb seiner Frau gerade den Rücken, und sie hatte den Kopf an seine Schulter gelehnt. Durchs Fenster hinter dem Spülbecken strömte Licht und erleuchtete den Backofen.

»Wo ist das?«, flüsterte Anne.

»Bei ihm zu Hause. In Great Gaddesden. Nicht weit von meinen Eltern.«

Anne nickte. Harold und Rosie umarmten einander, weil Rosie etwas eingestanden hatte, das sie traurig machte. Die Umarmung dauerte lange. Nachdem er seine Frau auf die Wange geküsst hatte, lehnte Harold sich zurück. Rosie rieb sich mit dem Geschirrtuch die Augen und setzte sich wieder hin.

»Möchtet ihr weitermachen?«, fragte meine Stimme. »Wir können auch aufhören.«

»Nein, bitte«, sagte Rosie. »Es ist mir peinlich. So eine dumme Sache.« Harold griff nach ihrer Hand. »Frag uns irgendwas. Was Lustiges.«

»Na schön. Kann Harold kochen?«

Rosie brach in Gelächter aus. »Ob er kochen kann?! Na ja, er kann grillen. Ein Ei kochen. Für viele Männer ist das gleichbedeutend mit Kochen. Ja, ich würde sagen, er kann es.«

»Ich mache auch sehr leckere Schinkensandwiches.«

Rosie nickte nachdrücklich. »Das stimmt. Allerdings bist du sehr großzügig mit der Mayonnaise.«

»Siehst du?«, sagte ich zu Anne und streckte die Hand nach der Tastatur aus. »Nicht besonders tiefgründig.«

Sie schlug meine Hand weg. »Pst, die sind süß.«

Meine Stimme meldete sich wieder. »Und Rosie, kann sie kochen?«

»Haben Fledermäuse Flügel? Natürlich kann sie kochen. Sie macht einen Blutpudding, da würdest du –«

Mein Handyalarm meldete sich. Ich stellte ihn ab und hielt das Video an.

»Was ist?«

»Ich wollte Camille wecken, damit sie heute Abend kein Theater macht.«

Anne nickte.

»Soll ich sie wecken?«

Ihre Augen wurden groß. »Ich weiß nicht.« Sie schaute auf den Bildschirm. Harold hatte das Geschirrtuch um die Faust gewickelt, und Rosie war mitten im Lachen eingefroren. »Wäre gut. Sie hat eine lange Woche vor sich.«

»In Ordnung.« Ich stand auf. »Geht es ihren Freundinnen besser?«

Anne zuckte mit den Schultern. »Nicht so richtig. Die haben immer noch die Grippe. Soll ich sie holen?« Sie wollte aufstehen, doch ich war schon an der Treppe.

»Nein, nein. Mach es dir bequem. Ich hoffe nur, sie schläft nicht zu tief.«

»Kann ich noch ein bisschen weiterschauen?«

Ich wurde vor Überraschung rot. »Sicher. Falls du möchtest.«

»Ist es wirklich in Ordnung?«

Ich stand wie ein Idiot da und starrte auf den Bildschirm. Die Wärme ihrer Gegenwart durchflutete mich wie eine Welle. Etwas lag in der Luft, mir war flau im Magen und ich war gleichzeitig aufgeregt; es war wie das künstliche Hungergefühl, das einen überkommt, wenn man Essen mit Geschmacksverstärker zu sich nimmt.

»Ist es in Ordnung?«, wiederholte sie.

»Klar doch.« Ich beugte mich vor und wechselte zu einem anderen Video. »Aber es ist wirklich nichts Wichtiges. Du solltest ... das hier ist der Anfang von Harolds Teil, du musst nur auf Play drücken.«

Sekunden später war ich oben an der Treppe und hörte statt Harolds Bariton meine eigene Stimme.

»Okay. Willkommen bei meinen Eltern. Edna. George. Wann habt ihr beide euch kennengelernt?«

»Beim Schwimmen. Sie trug einen roten Badeanzug.«

»Einen Einteiler.«

»Ich habe ihr ein Eis angeboten.«

»Ein Mr Whippy! Du weißt schon, von dem kleinen Lieferwagen, der immer draußen vor dem Eingang stand.«

Ich stützte mich an der Wand ab. Das kluge Mädchen hatte herausgefunden, wie sie sich das Video von meinen Eltern ansehen konnte. Ich wurde rot vor Scham – zum einen, weil sie es sich anschaute, zum anderen, weil ich versucht hatte zu verheimlichen, dass ich es mir angeschaut hatte. Ich setzte mich im Schlafzimmer auf die Matratze und horchte auf den Atem unseres schlafenden Kindes. Die Stimmen meiner Eltern drangen von unten empor. Mich überkam der Drang zu weinen.

Ich rutschte hoch und neigte meinen Kopf zu Camille. Ich legte meine Hand auf ihre Stirn – sie war feucht, aber nicht zu heiß. Das arme Ding war im dichten Gewebe des Schlafs gefangen. Es erschien mir grausam, sie aufzuwecken, doch etwas Dunkles wuchs in meiner kleinen Wohnung heran. Eine unbestreitbare Traurigkeit erfüllte das ganze Zimmer, und ich fürchtete, dass ich mich hier nie wieder sicher fühlen würde, wenn ich Anne und Camille nicht schleunigst aus der Wohnung schaffte. Sie waren mir zu nahe. Ich liebte sie zu sehr. Und diese Liebe in Verbindung mit der Tatsache, dass ich einen weiteren Abend allein und untätig verbringen würde, weil mich meine eigenen Handlungen zur Reglosigkeit verdammten, entfachte in mir den Wunsch, es hinter mich zu bringen und endlich allein zu sein.

»Liebes«, sagte ich und legte ihr die Hand auf die Schulter. »*Mon lapin.*« Ich schüttelte sie sanft. »Mummy ist hier, Schatz. Zeit, nach Hause zu fahren.«

Ein Auge öffnete sich. Funkelte mich an.

»Arghhh«, knurrte sie und zog die Decke über sich.

Ich zog sie wieder herunter. »Ich weiß, Liebes. Es macht dir keinen Spaß, aber du musst jetzt aufwachen. Du hast morgen Schule und –«

»Ich will weiterschlafen!« Sie drehte sich um. »Ich will hierbleiben!«

Ich kitzelte sie am Rücken.

»Du kommst ja bald wieder, Liebes. Aber Mum wartet unten auf dich.«

»Es ist so dumm«, sagte sie in ihr Kopfkissen. »Ich will nicht!«

Meine Brust brannte. Wieder spürte ich den überwältigenden Drang zu weinen. Aber ich würde warten, bis sie gegangen waren. Ich würde warten und den verdammten Computer ausschalten und mich dann ins Badezimmer setzen, das nicht größer war als ein durchschnittliches Waschbecken, und weinen.

»Camille, komm jetzt. Mum muss nach Hause.«

Sie warf die Decke beiseite.

»Du bist *gemein*. Ich will nicht.«

»Ich weiß, Schatz. Aber wir hatten doch Spaß, oder?«

Ich schob ihr die Haare aus dem klebrigen, verschlafenen Gesicht und sah, dass sie Tränen in den Augen hatte.

»Oh, Liebes.« Ich nahm sie in die Arme. »Geht es dir nicht gut?«

»Ich bin müde.« Ich spürte ihr Gesicht heiß durch meinen Pullover. »Ich will hierbleiben.«

»Liebling.« Ich küsste sie auf den Kopf. »Glaub mir, ich weiß das. Aber Mama hat ein tolles Essen gekocht, und wir holen jetzt deine Schuhe. Kannst du dir die Schuhe anziehen?«

Camille trat mit dem Fuß nach mir und runzelte die Stirn.

»Na komm schon, Liebes. Lächle mal für Mama, okay? Sie will sicher etwas über den Zoo hören. Und die Ponys.«

Camille zuckte mit ihren schmalen Schultern.

»Na gut.«

Ich musste ihr auf die Füße helfen, weil sie noch so wacklig auf den Beinen war. Ich warf die Decke aufs Bett und schüttelte die Kissen auf, damit ich nicht ganz so deprimiert sein würde, wenn ich zurückkam und den Abdruck eines Körpers entdeckte, der nicht mehr da war.

»Na los, meine Hübsche.« Ich nahm ihre Hand. »Vorsicht auf der Treppe. Hast du deine Jacke?«

»Die ist unten.«

»Prima. Und ab nach unten!«

Ich stieg die Treppe hinunter, gefolgt von Camille, und drehte mich zwischendurch um, falls sie ausrutschte. Anne hatte einen Anfall bekommen, als sie die Treppe gesehen hatte, für sie war es die architektonische Verkörperung eines Unfallschwerpunkts.

Am Fuß der Treppe drehte ich mich um und schwang meine

Tochter herunter. Wir blickten beide zum Küchentisch. Anne klappte abrupt den Laptop zu und wischte sich die Augen.

»Hallo, mein Schätzchen«, sagte sie und nahm Cam in die Arme. Als ich die beiden zusammen sah, rutschte mir das Herz in die verdammten Schuhe.

»Hast du alles? Du hast alles, oder?« Anne stand auf und fuhr sich nervös durch die Haare. Am rechten Auge war die Wimperntusche etwas verschmiert.

»Das war toll.« Sie nickte zum Computer. »Das könnte was werden. Ehrlich.«

Bevor ich antworten konnte, griff sie nach Camilles Jacke, die rechts neben dem *Blauen Bären* hing.

»Du hast gut geschlafen, was?« Sie half Camille in die Jacke. »Ein nettes Schläfchen.« Dann kam sie zu mir und küsste mich so fest auf beide Wangen, dass ich die Feuchtigkeit ihrer Lippen auf der Haut spürte.

»Es ist wirklich sehr gut.«

Meine Kehle war wie zugeschnürt. Ich nickte nur. Sprechen konnte ich nicht.

Sie schluckte mühsam. »Okay, Schätzchen, gib deinem Daddy einen Kuss.«

Was Camille auch tat.

Anne warf noch einen Blick auf das Gemälde und schaute dann zu Boden. Es kam mir vor, als wollte sie etwas sagen, doch sie tat es nicht. Nachdem sie sich für das Wochenende bedankt hatte, hielt sie unserer Tochter die verräterische Tür auf.

Das Gebäude war so schlecht isoliert, dass ich jeden ihrer Schritte hören konnte. Kleine und große Füße stiegen die hölzernen Treppen hinunter, dann folgte der oberste Treppenabsatz, der auch aus Holz und ziemlich rutschig und in Annes Augen ebenfalls ein Unfallschwerpunkt war.

Ich wartete, bis die Schritte verklungen waren. Dann setzte

ich mich hin und klappte den Computer auf. Der Bildschirm zeigte den Fernseher meiner Eltern. Ich ließ das Video einige Sekunden zurücklaufen, um mich zu vergewissern.

»Aber ich wollte doch mit Camille sprechen, Liebling«, sagte meine Mutter und drehte sich zur Kamera. »Meine Güte, hast du das Ding schon wieder eingeschaltet?«

»Es war nicht Camille«, sagte meine Stimme. Die Kamera zoomte sie heran. »Und, ja, das habe ich.«

»Das wird kein sonderlich interessantes Video«, sagte mein Vater. »Wir beide vor der Glotze.«

»Entschuldigung. Aber wie schafft man es, dass die Liebe hält?« Meine Stimme – die Linse auf das alternde Gesicht meines Vaters gerichtet.

»Geht es dir wirklich gut, Schatz?« Meine Mutter griff nach der Fernbedienung, die auf dem Couchtisch lag.

Die Kamera wechselte von meiner besorgten Mutter zu meinem verwirrt aussehenden Vater und wieder zurück.

Meine Stimme: »Nein.«

»Liebling?« Meine liebenswerte Mum stand vom Sofa auf. Die Kamera wackelte, als sie sich neben mich setzte. Ich hatte zuerst ihr Gesicht und dann ihre Hand gefilmt. Ich hatte gefilmt, wie sie ein Kissen auf den Boden warf, damit sie mich umarmen konnte.

»Würdest du das Ding bitte ausschalten?« Wieder meine Mutter.

Und dann meine Stimme, bedrängt, beinahe erstickt.

»Was soll ich tun?« Eine Pause, in der meiner Mutter Tränen in die Augen traten. »Was habe ich getan?«

Wieder Bilder vom Fernseher. Eine attraktive Frau, die eine Rolle Toilettenpapier in der Hand hielt und demonstrierte, wie dick und reißfest jede Lage war. Und dann flimmerte der Film ins Nichts.

Ich saß da, starrte auf den Computer, wie betäubt, weil Anne das gesehen hatte. Sie hatte gesehen, wie ich die Fassung verlor, wie ich Unsinn redete, hatte mich mit meinen Eltern gesehen, mit gebrochener Stimme. Und es tat weh, als mir klar wurde, wie sehr ich sie alle vermisste, wie allein ich ohne meine Eltern, meine Tochter und meine Frau war. Wie sicher ich mich gefühlt hatte, als meine Mutter sich neben mich aufs Sofa gesetzt und mir kreisend den Rücken gerieben hatte. Da erklangen Schritte vor der Tür. Mein Herz schlug schneller, es waren zwei Paar Füße.

Ein leichtes Durcheinander im Flur, dann klopfte es. Ich öffnete und sah mich Anne gegenüber, die Camille an der Hand hielt.

»Tut mir leid. Kann ich reinkommen?«

»Hast du was vergessen?«

»Camille, Liebes.« Sie drehte sich zu ihr um. »Mummy braucht nur eine Sekunde, in Ordnung? Hier.« Sie drückte den Lichtschalter für den Flur. »Nur eine Sekunde.«

Ich machte die Tür weiter auf und flüsterte: »Soll sie allein da draußen bleiben?«

»Lass die Tür einen Spalt auf.« Dann kam sie herein und zog mich neben das Bild, wo unsere Tochter uns nicht sehen konnte. »Nur eine Sekunde, Schätzchen!«

»Hör zu, Richard.« Ihre Miene war entschlossen. »Es ist wegen der … der Verabredungen.«

Ich schloss die Augen. »Lass das. Nicht schon wieder. Ich kann das nicht.«

»Nein, hör zu, es ist …« Ihre Stimme zitterte. »Ich bin tatsächlich ein paarmal ausgegangen. Ich hatte einen Babysitter, mit allem Drum und Dran. Ich habe …« Sie drehte sich nervös um. »Alles klar, Häschen?«

»Nein!«, rief Camille zurück.

Anne begann zu flüstern: »Es kam mir vor, als … ich hab's versucht. Ich habe es wirklich versucht. Aber ich musste so viel erzählen, weißt du? Man muss alles erklären, man kann nicht einfach Namen fallenlassen, und es war so … so einfach, dass dieser Blödmann sich in mich verliebte, und darum auch so deprimierend.«

»Ich habe dir doch gesagt, ich kann das nicht ertragen.« Meine Beine wurden taub. »Nicht jetzt. Nicht hier.«

Sie nahm mein dummes Gesicht in ihre Hände.

»Ich will, dass zu zurückkommst, Richard. Ich glaube, du solltest zurückkommen.«

»Mummy!«, schrie Camille. »Das Licht ist aus! Ich hab Angst!«

Anne drehte sich um, riss die Tür auf und drückte den Lichtschalter.

»Streck den Arm herein. Ich halte deine Hand fest. Und mit der anderen Hand hältst du dir das Ohr zu. Mum und Daddy müssen miteinander reden.«

»O Mann«, flüsterte ich. Doch Camille gehorchte. Anne blieb entschlossen hinter der halboffenen Tür stehen und hielt die winzige Hand unserer Tochter. Draußen im Flur summte Camille vor sich hin.

»Es wird nicht leicht. Das weiß ich. Aber ich will, dass du zurückkommst.«

»Du meinst es ernst.« Mein Kinn begann zu zittern. »Bitte sag, dass du's ernst meinst.«

»Ich meine es ernst. Wirklich. Aber ich bin nicht die zweite Wahl.«

Ich konnte nicht anders, ich begann zu weinen. »Du bist nicht die zweite Wahl für mich. Niemals.«

»Ich weiß nicht, was daraus wird.« Sie schaute auf den kleinen weißen Arm, der durch die Tür lugte. »Aber ich vermisse dich. Ich vermisse unser ganzes verdammtes Leben.«

»Mum! Das Licht ist schon wieder aus!«

»Herrgott nochmal«, zischte Anne und drückte Camilles Hand. »Nur noch eine Sekunde!« Sie strich die Haare nach hinten. »Ich glaube, es sollte heute Abend passieren. Also jetzt.«

»Jetzt?! Was sollen wir ihr denn sagen?«

»Ich weiß es nicht. Ich weiß einfach nicht –«

»Mum!«

»Mensch Cam, ist ja gut!« Sie riss die Tür auf. »Camille, ich schwöre bei Gott, ich brauche nur noch eine Minute. Versprochen. Drück den Schalter. Dann fahren wir alle zusammen nach Hause.«

»Ich will nicht den Schalter drücken.«

»Je te jure, Camille, *si tu ne –«*

Ich schoss in den Flur, drückte den Schalter und versprach ihr, dass wir wirklich nur noch eine Minute brauchten.

Dann schloss Anne die Tür hinter uns, zog mich an sich und küsste mich, küsste mich lange und so, wie es sich gehörte.

»Es gibt kein Zurück.« Ich spürte ihren Atem heiß auf meiner Haut. »Vorwärts ist vorwärts.«

»Cam braucht vermutlich eine Therapie, wenn wir sie noch lange da draußen stehen lassen«, sagte ich. Ich küsste sie über die Augenbraue, neben die Lippen. Mein Seigneur regte sich in meiner Hose.

»Damit haben wir schon angefangen«, sagte sie und schnitt mir die Antwort mit einem Kuss ab. »Wir reden darüber. Wir haben Zeit.«

23

Der Witwer, dem die kleine Wohnung gehörte, freute sich zu hören, dass ich auszog. Statt sie an den erwähnten Freund weiterzuvermieten, wollte er sie vielleicht selber nutzen, wenn er von der Kreuzfahrt zurückkam.

»Man braucht so viel weniger Platz, wenn man allein ist«, sagte er am Telefon zu mir. »Und das Badezimmer! Ich kann es nicht fassen. Ein Stück Seife, eine Tube Zahnpasta. Ich bin wieder Junggeselle.«

Nachdem wir über eine Paartherapie diskutiert (und uns dagegen entschieden) hatten, gingen Anne und ich die Frage an, wie wir unseren Familien beibringen sollten, dass wir zusammenblieben. Schließlich befanden wir, dass sie es schon selbst merken würden, wenn wir überall zusammen auftauchten. Im Grunde ging es sie ohnehin nichts an, solange wir wussten, was wir taten. Wir waren wieder zusammen. Und wohnten im selben Haus. Stritten uns, wenn ich ungesalzene statt gesalzene Butter gekauft hatte. Welch besseres Ende konnten sich unsere Eltern schon wünschen?

Camille das alles zu erklären, war eine andere Sache. Wir gestanden ihr, dass wir Probleme gehabt und sie gelöst hätten, wie Erwachsene es eben täten. Ich fürchtete, mein Auszug und erneuter Einzug könnten sie zu der Annahme verleiten, die Ehe sei sehr flexibel – ein ständiges Auf und Ab, bei dem die Hauptdarsteller kommen und gehen können, wie es ihnen gefällt. Doch wie soll man einer Sechsjährigen die Wahrheit, die echte Wahrheit erklären? Denn eine Ehe ist tatsächlich flexibel. Wenn man verdrängt, dass schlimme Dinge passieren können, wird sie nicht überleben.

Es ist nicht einfach. Keiner von uns hat jeden Tag gute Laune, aber in unser Leben ist ein gewisses Gleichgewicht zurückgekehrt, das Gefühl, das Richtige zu tun – wir machen genau das, was wir machen sollen, und zwar gemeinsam. Und obwohl es eine Lüge wäre zu behaupten, dass im Schlafzimmer die große Kehrtwende eingetreten ist, herrscht zwischen uns eine Offenheit, die sich wie die aufrichtigste Form von Liebe anfühlt – Liebe mit all ihrer Zärtlichkeit und Frustration. Trotz aller Fehler und Schwächen wissen wir, dass wir an dem Ort sind, an den wir gehören, bei dem Menschen sind, zu dem wir gehören.

Ich habe nie erfahren, ob Anne mit dem Mann, mit dem sie sich getroffen hat, auch geschlafen hat, und ob dieser Mann Thomas war. Vielleicht werde ich es nie erfahren. Irgendwann nach meiner Rückkehr gestand sie, er sei wieder nach Luxemburg versetzt worden. Mehr will sie nicht sagen, und ich habe mittlerweile erkannt, dass es reichen muss.

Anne-Laure, die äußerlich so gefasst und makellos wirkt, besitzt Reserven an Lust und Stärke und Zorn, die sie nur selten offenbart, die aber da sind. Sie ermöglichen es ihr, Dinge vor mir zu verbergen. Wenn wir uns in letzter Zeit geliebt haben, wirkte sie hemmungslos wie lange nicht, was mich vermuten lässt, dass mit jenem Mann, wer immer er auch sein mag, tatsächlich etwas geschehen ist. Es sind Kleinigkeiten – wie sie ihre Brüste berührt, wenn sie über mir ist, der dünne Schweißfilm, den sie sich nicht mehr von der Stirn wischt. Sie genießt es, dass man sie beachtet und schön findet, weshalb ich denke, dass sie gevögelt haben. Ich denke, dass sie Zeit – vielleicht nur einen Augenblick – mit jemandem verbracht hat, der ihrem Körper Wertschätzung entgegenbrachte, der sie wahrhaft schön fand, der ihr das Gefühl gab, wieder mächtig und weiblich und geheimnisvoll zu sein.

Es darf nichts bedeuten. Denn letztlich bedeutet es nichts. Wenn ich dem Bedeutung beimesse, geraten wir erneut in einen Kreislauf aus Verbitterung und Klaustrophobie. Ich liebe sie. Ich liebe sie zutiefst. Wir wollen auf Dauer zusammenbleiben. Es wird nicht immer angenehm sein, und irgendwann werden wir wieder stolpern, wird einer von uns Mist bauen. Vielleicht nicht mit einem anderen Menschen – vielleicht nicht mit einer Affäre –, aber es wird eine Hürde kommen. Eine Abrechnung. Und eine Versöhnung.

Denn letztlich ist dies der Grund, aus dem dumme Menschen wie wir heiraten. Wir beide wissen, dass wir einander verlieren und wiederfinden können. Weil wir verzeihen können. Oder es zumindest glauben. Ich hätte mir an Annes Stelle nicht verziehen. Weil sie den Mut hatte, uns wieder zusammenzubringen, liebe ich sie und unsere kleine Familie und unsere Zukunft nur noch mehr.

Ende Mai wurde *WarWash* an einen deutschen Medienmogul verkauft, der viel Zeit in Paris verbrachte. Anne ging mit ihren Winzern in Berufung und verlor. In zwei Jahren werden alle unsere Lieblingsweine Frauen mit dicken Bäuchen auf dem Etikett haben.

Wir nahmen unsere Sonntagsessen bei den Bourigeauds wieder auf, aber nur einmal im Monat. Alain behandelte mich fast so wie früher, doch bei Inès hatte ich an Achtung eingebüßt. In ihr herrschte eine Meritokratie der Gefühle. Ich musste mich als würdig erweisen, bevor sie mich wieder in Gnade aufnahm.

Der Blaue Bär lehnte den Frühsommer über an der Wand des Esszimmers. Das Bild war Trost und Hindernis zugleich, doch wir wussten einfach nicht, wo wir es unterbringen sollten. Es war geschichtsträchtig, und nicht alles davon war gut. Fürs Schlafzimmer war es zu vorbelastet, und Camille wollte es schon lange nicht mehr bei sich haben. Ihr Zimmer war mittlerweile mit Sternbildern dekoriert, die im Dunkeln leuchteten, ihre neueste Besessenheit. Das Wohnzimmer war nicht der richtige Ort für das Bild, und wir waren beide der Ansicht, dass unsere Gäste ständig danach fragen würden, wenn wir es ins Esszimmer hängten. *Der Blaue Bär* war wieder zu dem geworden, was es ursprünglich gewesen war, eine private Verbindung zwischen Anne und mir, die schwer zu erklären, uns beiden aber völlig klar war.

Doch es konnte nicht ewig an der Wand lehnen, und der Keller schien uns ein Schritt in die falsche Richtung zu sein. An unserem achten Hochzeitstag verkündete Anne, sie habe eine Lösung gefunden. Sie erfordere allerdings ein gewisses Vertrauen meinerseits.

»Es gehört doch uns, oder? Wir können damit machen, was wir wollen. Hast du Papiere, mit denen wir das beweisen können?«

Ich sagte aufgeregt ja. Sie wäre um ein Haar in ihre Juristensprache verfallen, was bedeutete, dass sie etwas plante, das möglicherweise illegal war. Sie bestellte einen Babysitter für Camille und sagte, wir könnten Mittagessen gehen, aber vorher müsse sie – besser gesagt wir – noch etwas abliefern. Ich solle Turnschuhe anziehen und mich auf einen langen Fußweg gefasst machen.

Um elf Uhr standen wir auf dem Gehweg, das Bild war notdürftig auf einem Kofferroller befestigt. Anne überraschte mich mit der Ankündigung, wir müssten es bis an die Seine schieben.

»Ist das unser Geschenk zum Hochzeitstag? Du wirfst es in den Fluss?«

Sie schüttelte den Kopf. »Komm schon.«

Wir schoben es durch die Rue de la Tombe-Issoire, was schwerer als erwartet war, da sich die Rollen auf dem unebenen Gehweg wild in alle Richtungen drehten. Wir kamen an den düsteren medizinischen Gebäuden beim RER-Bahnhof Port Royal vorbei, die kleineren Häusern und Geschäften wichen, in deren Schaufenstern gegrillte Hähnchen und Obst in großen Körben angeboten wurden.

Wir kamen an einem Park vorbei, in dem winzige Kinder Plastikgegenstände über den Spielplatz schoben, gehütet von Großeltern, die die Tauben von ihren Schützlingen wegjagten. Junge Leute auf Fahrrädern rollten fröhlich durch Pfützen, und ein Bus bog um die Ecke und spie seine Fahrgäste aus, eine kleine Parade in Tweed. Wir gelangten vom 14. ins 6. Arrondissement, blieben zwischendurch stehen, um uns zu unterhalten, und ich fand das alles eher lustig als beängstigend. Ich war froh, mit meiner Frau zusammen zu sein, mir die Stadt anzusehen und Dinge zu beobachten, über die wir uns beim Essen unterhalten konnten. Ich vertraute ihr, was das Gemälde betraf. Was immer sie sich ausgedacht hatte, wie immer sie feiern wollte, es wäre der richtige Weg.

Nach beinahe einer Stunde erreichten wir die Seine. Anne deutete wortlos an, dass wir die Straße vor dem Institut de France überqueren sollten, in dem jedes Jahr entschieden wurde, welche Wörter in den französischen Wortschatz aufgenommen wurden. Wir schoben den Wagen über den Quai de Conti bis zur Pont des Arts. Die metallene Fußgängerbrücke hinüber zum Louvre wird auf beiden Seiten von Maschendraht gesäumt, der mit Tausenden von Vorhängeschlössern dekoriert ist. Liebespaare, vor allem Touristen, bezeugen ihre Hingabe, indem sie ihren Namen auf ein Vorhängeschloss schreiben und es an der Brücke befestigen. Diese neuerdings sehr beliebte Tradition hatte den illegalen Immigranten, die für gewöhnlich Eiffeltürme im Miniaturformat verkauften, neue Geschäftsmöglichkeiten eröffnet. Am Eingang zur Brücke drängten sich Verkäufer, die Vorhängeschlösser in verschiedenen Größen – klein wie an einem Kindertagebuch, groß wie eine menschliche Hand – anboten.

»Okay«, sagte Anne und wischte sich den Schweiß von der Stirn. »Da wären wir.«

Ich schaute zu den Touristen, die Fotos machten, und den jungen Leuten, die vor der Masse an Schlössern knieten, um die Botschaften darauf zu lesen.

»Ich sehe ein, dass du es loswerden willst, aber ich bringe es nicht über mich, es in den Fluss zu werfen.«

Sie bedeutete mir, das Bild die Stufen hinaufzuschaffen. »Das tun wir auch nicht.«

Als wir die Brückenmitte erreicht hatten, lehnte Anne sich ans Geländer, um all die Domino-Brücken zu betrachten, die ihre weißen Bögen über die Seine spannten.

Ein Mann in einer bunten Tunika trat näher und fragte, ob wir ein Schloss kaufen wollten.

»Nein, danke«, sagte Anne grinsend. »Wir haben schon eins.«

Ich wartete ab, bis er das nächste Paar ansprach.

»Du verrückter kleiner Esel«, sagte ich. »Du willst es hierlassen?«

Sie nickte und grinste breit.

»Das ist dein Plan? Das ist unser Schloss?«

»Zu sentimental?«

»Nein.« Ich sonnte mich förmlich in unserer Nähe. »Es ist richtig so.«

Ich schaute mir die ganzen Menschen auf der Pont des Arts an. Es mussten mindestens fünfzig sein, vielleicht auch mehr.

»Wird uns nicht sofort jemand nachlaufen?«

»Ich habe es mir genau überlegt«, sagte sie und holte ein Blatt Papier aus der Tasche. Sie hielt es mir hin. Darauf stand in Druckbuchstaben *Gratuit, vraiment*.

»Kostenlos. Ehrlich«, wiederholte ich.

Sie griff nach meiner Hand. »Bist du damit einverstanden?«

»Absolut.«

Wir standen eine Weile lang schweigend da und betrachteten die Paare, die ihre Kamera von sich wegstreckten, um sich selbst auf der Brücke zu fotografieren; die Touristen, die mit den Fingern über die unterschiedlichen Schlösser strichen. Blaue, goldene, mit Plastik oder Metall überzogene, mit Initialen versehene, mit wasserfestem Stift oder Korrekturflüssigkeit bekritzelte oder gänzlich namenlose. Im rosigen Licht, das auf die gewaltigen Mauern des Louvre fiel, und vor dem Hintergrund des Flusses, auf dem die Sonne spielte, wirkten die Schlösser wie ein riesiger Schwarm glücklicher Fische, die nirgendwohin schwimmen wollten. Ihre Reise war zu Ende.

»Weißt du, was die Leute mit den Schlüsseln machen, nachdem sie ihre Schlösser befestigt haben?«, fragte Anne und fuhr mit den Fingern über den Rand des Gemäldes.

»Sie behalten sie.« Ich wandte mein Gesicht der Sonne zu.

»Nein. Sie werfen sie in die Seine.«

Plötzlich sah ich Hunderte von Schlüsseln am Grund der Seine, überwuchert von Algen und Plankton, verankert mit einem Wunsch, der dahingeflüstert worden war, bevor man sie ins Wasser geworfen hatte.

»So, Künstler«, sagte sie und neigte den Kopf. »Sollen wir es auf die Reise schicken?«

Gemeinsam lösten wir die Kordel und hoben das Gemälde vom Wagen.

»Ich bin nervös«, sagte ich.

»Ich weiß.« Sie kicherte. »Ich auch.«

»Und dann rennen wir los, bevor jemand die Polizei ruft?«

»Nein. Wir gehen einfach weg. Obwohl ich den Roller gern behalten würde. Ich benutze ihn immer, wenn –«

»Hey, Esquire. Es soll doch romantisch sein.«

Sie lachte und stimmte mir zu, und dann gestand ich, dass der Kofferroller in der Tat ganz nützlich war, um große Gegenstände zu befördern, deshalb würden wir ihn verschonen.

Nachdem das beschlossen war, nahmen wir einander an die Hand und starrten auf unser großes Gemälde.

»Okay«, sagte sie feierlich. »Lebwohl.«

Genau hinter uns nahm sich gerade ein Gendarm die illegalen Händler mit den Schlössern zur Brust.

»Oh«, flüsterte Anne. »Das ist unsere Chance. Schiebst du?«

Ich nickte, weil ich zu glücklich war, um etwas zu sagen.

»Okay. Bei drei. Eins.«

Ich bezog hinter dem leeren Karren Position.

»Zwei!«

Ich legte die Hände an die Griffe und sah zu, wie Anne in die Knie ging.

»Drei! Los!«

Albern und berauscht stürmten wir vorwärts, vorbei an den Touristen, vorbei an den jugendlichen Liebespaaren, vorbei an den Verkäufern, die rasch ihre verbotene Ware zusammenrafften. Wir rannten die Treppen am rechten Ufer hinunter und schossen mit unserem widerspenstigen Wagen über die Straße, dass die Autos hupten und die Fahrer fluchten. Beim Louvre überquerten wir erneut die Straße und stürmten auf eine Grünfläche vor einer Kirche.

»Da drüben«, sagte Anne und deutete auf eine kleine Straße, die im rechten Winkel zum Park verlief. »Komm schon!«

Bevor ich losrannte, vergewisserte ich mich, ob uns auch niemand jagte. Doch hinter uns war niemand. Es war überhaupt niemand da. An diesem blauen Tag, diesem vollkommenen Tag, unserem neuen Tag in Paris konnten wir einfach weiterlaufen.

Einige der im Roman verwendeten Zitate entstammen folgenden deutschen Ausgaben:

Padgett Powell, *Roman in Fragen*, aus dem Englischen von Harry Rowohlt, Berlin Verlag 2012

Pablo Neruda, *20 Liebesgedichte und ein Lied der Verzweiflung*, aus dem Spanischen von Fritz Vogelsang, Luchterhand 2009

Arthur Rimbaud, *Eine Zeit in der Hölle*, aus dem Französischen von Hans Therre und Rainer G. Schmidt, München, Matthes & Seitz, 1979

Jack Kerouac, *On The Road – die Urfassung*, aus dem Englischen von Ulrich Blumenbach, Rowohlt 2010